贵州人民出版社

图书在版编目（CIP）数据

请问我能去爱谁 / 石强云著 . — 贵阳 : 贵州人民出版社 , 2011.6

ISBN 978 – 7 – 221 – 09581 – 7

Ⅰ . ①请… Ⅱ . ①石… Ⅲ . ①长篇小说 – 中国 – 当代

Ⅳ . ① I247.5

中国版本图书馆 CIP 数据核字（2011）第 108926 号

书　　名　请问我能去爱谁

著　　者　石强云

责任编辑　程　立

策划编辑　一　航

文字编辑　张　燕　张小葱

文案编辑　张小葱

装帧设计　谢　滨

出　　版　贵州人民出版社

社址邮编　贵阳市中华北路 289 号　550001

经　　销　新华文轩

印　　刷　湖南凌华印务有限责任公司

规　　格　710 × 1000 毫米　1/16

字　　数　145 千字

印　　张　15

版　　次　2011 年 9 月第一版

印　　次　2011 年 9 月第一次印刷

书　　号　ISBN 978 – 7 – 221 – 09581 – 7

定　　价　24.80 元

Contents
目录

# 前 言

如果哪天我有勇气对一个女孩说“我要娶你”，我想那应该是最浪漫的，那可能是我这辈子唯一说过的有责任感的一句话。

这世上最可悲的男人就是娶了一个不爱自己，被别的男人抛弃了，却无奈选择陪你过日子的女人。这样的夫妻很多。我再也没勇气对一个女孩说不离不弃、至死不渝的话。

当有一天，你会遇上一个女人，她不是最漂亮的，也不是最优秀的，你可以找到比她更好的，但你偏偏还要跟她在一起，哪怕遇到一些阻力，你还是那么执着。那就是爱。她像毒药一样迷惑你，你可以为很多人活着，却只愿为她去死。爱情不是一见倾心，更不是一见钟情，不是送一朵玫瑰或写一首诗，不是想着如何讨好她的芳心，不是想着如何将她弄上床。不是占有，不是征服。只是想照顾她，或者被她照顾，看到她笑……仅此而已……

爱情就像两个拉橡皮筋的人，受伤的总是不愿放手的一方。

# Chapters.01 第一章

## 年轻都不靠谱

Young are not by sight

1

我站在讲台上激情地演讲，指着下面一排一排的美女，如神一样举起双手呼吁：哥的心血撒在干裂的土地上，开满了鲜花，路过的美人摘下它吧，当作哥的施舍！

顿时四周一片哑然，寂寞过后是空前的喧哗，掌声雷动，灯光下的我耀眼夺目，我站在众人瞻仰的位置笃定地微笑。

散场后我傲慢地避开了所有记者的访问，开着我的红色法拉利敞篷，戴一特大号的墨镜，跟雪豹突击队似的，载一标致漂亮的小妞盘桓于高速路段横冲直撞。特拉风……我超过一辆卡车又超过一辆丰田，前面一辆宝马5系居然占道，我踩下油门，飙过他的车旁对他竖起了中指。宝马车主按下车窗，自卑地望着我的背影消失在风里。

我每天都会做这个梦，每天都会有不同更新的版本，随着我年龄的增长和爱好品位的突变，梦里的女人会从少妇变成少女，从高贵变成可爱，车子换了七八辆，有时候还会出现几个人高马大的保镖。唯一不变的只有我，在梦中依然那么的牛叉。醒来后刷牙洗脸，提着一根油条和一杯豆浆，一脸春光的去挤公交车上班。心想，油价这么贵，能弄辆奇瑞开开算不错了。

我也不确定自己到底帅不帅？我已经过了谈帅的年龄，偶尔撒完尿后打个冷战会在马桶的泡影里看到自己的样子，但很模糊。我很少会生别人的气，而那次是个例外，正值上班的路上，肛急，付钱找了一公共厕所便蹲之，一哥们站我旁边，我排不出来，他还是看着我，那天我的心情真的不是很好。结果上了一个打破世界纪录的大号，用时整整50分钟。从此患上了忧郁症。

迟到是我的家常便饭，我的顶头上司是个肥胖的中年女人，三十七岁，如狼似虎，五短身材像个地主婆，经常会把我叫进她的办公室训话，趁机占我便宜，用她的化骨绵掌拍着我的肩，偶尔还一副风情万种的样子装可爱捏着我的脸蛋恨铁不成钢地说：“你呀，叫我怎么说你呢？”

用同事们的话说，我是不识好歹。地主婆对我像对待小心肝一样。我觉得我做得无可挑剔，我对自己的工作充满自信。迟到是我用来抵制剩余价值被压榨的手段。

如果那天没有迟到，或者没有下雨，也许这辈子都不会认识文娟。人和人的相遇只是一个巧合，如果巧合中有一方主动了，不是姻缘就是劫数。

我遇上文娟的时候，她还是一个很悲观的女子。她认为命运是由手上的掌纹决定的，而不是双手。她会为一个镜头或一句话感动得流泪，有时候坐在窗口想着一些渐行渐远的事情，眼角会有泪痕。她是一个很奇怪的女人，经常悲天悯人。抽着白色点五的中海南香烟，苍老伤神，像等待一个很久很久没有揭开的谜底。

她研究的东西也稀奇难解。她相信迷信，喜欢研究星座，喜欢看人手相。她说诸葛亮观星相，所用的那七口水井可能就是星座图相。有时候她会呆在我房里玩到很晚才回去，我缄默地抽着烟渴望发生点什么。没想到她妖娆地躺在我床上用手托着下巴跟我讨论太阳、月亮和地球。她说月亮可能是假的，原因是它太大了。其它的行星都很小，一看就是被某个行星吸引。

我漫不经心地盯着电脑说：地球能吸引那么大一个行星确实是件了不起的事。她说月球可能是外星人的飞船，或者是诺亚方舟。

我停下了手中的工作，凝神转头问她：难道飞船和诺亚方舟有那么大？她从不允许我对她的思考怀疑和打扰，站起来走到我旁边推打着我说：不是，你想，为什么地球上有生命？

我继续将手按在鼠标上拉动箭头，玩笑道：是方舟带我们来地球的吗？然后就围绕我们转。她对这个答案感到很满意，点头说嗯，有可能。她的想法得到我的支持是她最高兴的事。本以为这事过后咱们就可以谈点别的，比如说男女的生理问题和感情寂寞。可她对这些东西从来不感兴趣。

她继续苦思地问我为什么要有潮汐呢？“引力，地球的引力。”我坚定地说完，提神灌注地点了支烟。

“所以只能这样解释了。”她站在我身旁来回兜了几圈思忖道，“因为潮汐才能有生命繁衍。是不是这样？”我很难进入她的思维，咳嗽了一声准备转

移话题。

她看出我又要打击她，按着我的肩强迫我听完她的逻辑。她沉着地说，我的意思是如果没有潮汐，很多动物就不可能存在，所以说潮汐是一个生命现象。

每个人内心深处的寂寞总希望另一个人来读懂。她能读懂我的，我却读不懂她的，我总认为她有病，一度认为她是精神病患者。愿意跟她交往的原因是她很多时候把我当个偶像，认为我知识渊博，什么都能理解。被人欣赏的感觉是很良好的，所以我只能假装同道中人，相见恨晚地与她扯这鬼大头痛的话题。

我们就像两个小孩子在讨论自己是从妈妈腋窝里生出来的还是从石头缝里蹦出来的这么荒唐。她神经质的时候像走火入魔，我只能迎合着陪她一起去想象那些本不属于让我发昏的事情上。

她得意地问，现在是不是相信了？我老实地点头说，嗯，月亮肯定是假的。以前我还在想月亮是不是地球的一部分，大陆板块飘移的时候脱离了地球。

她马上声威大震，像快跑中嘲笑身后一个不会走路的瘸子，爽朗地笑道，不可能，它们差距太大了。月亮某些金属类的东西太多了。

我思虑，幻想就干脆幻想到底吧。撇着嘴说，地球也有磁场呀，和电的产生一样，同性排斥，才会有公转自转呀。

她整个人突然安静下来，呆呆地坐在床上问，那你怎么解释同性恋？我说不知道，没试过。这是反科学和伪科学的东西吧。

那一晚她的激情突然就没有了，像回到了一个陌生人的状态，悻悻地从我屋里走出去。我没问没送也没挽留，我怕她精神病复发。

过后很多天，她没有跟我讨论过星相，只给我发了一个教人折玫瑰的网址。我抱着是不是种子下载的心情才打开的，没过目就关了。我对她的举动已经习以为常了，她经常会搜索一些古怪的新闻跟我分享，我都没认真看过，完了敷衍她一阵。

没想到三天后的一个深夜，凌晨三点，她给我发信息，说想要一支纸玫瑰，让我送给她。

我假装睡着了，关了电脑，然后打电话给我的好兄弟徐风。跟我同属夜猫子的徐风说这么晚还有女人给你发信息呀，他用了一首歌词开导我：不是因为寂寞才想你，而是因为想你才寂寞。我摇头叹气，哥这次又被粘上了。

不知道是因为生气还是什么？这之后的很长一段日子她没有联系过我。午夜我站在窗口抽了支烟，感到了前无古人、后无来者的寂寞。仰望着天上的月亮，分神了，很久。我想那可能是假的，就像来到我生命中的这个女人一样，又可能会在某个日子里离我而去。

我从来不愿意跟别人分享我的寂寞。我是个三流设计师，我的每样作品都融入了我最深的寂寞和愿望。每次完成一件作品，我就像谈一次恋爱一样，我最崇高的品质和激情都献给了它。只有在忘情工作时，我才会为自己的作品感到自豪。我非凡人，我就这么自以为是地活着。我跟文娟一样，我们离现实的世界太遥远，只有烟才是我唯一的物质，除了这一点我跟她没有任何相同的地方。

我不算正式的上班族。一年中要失三次业，过着凡人的生活，却是艺术家的脾气，没有哪次能跟领导搞好关系。每次对领导说完“你娘个逼”这么副有感情的话后，最少有一个月是闷在家里发呆，工薪早超过了白领，过的生活却比白领差很多。

我住在郊区农村一个连肯德基都没有的小镇上，屋后是一条浊绿的生满苔藓的河道，河里扔满了垃圾。

一个人时，我常常发笑，我和文娟在一起是如何聊上那么多的？她最擅长的话题是星相、手相和面相，像玄学大师。我是一个连方向感都没有的人，至今分不清东西南北，在大城市就是一个路盲。在曾经居住过大半年的地方，快递公司给我送包裹时，我甚至记不清我时常在那里等车的公路叫什么名字？我从来不关心这些与我无关的事情。就像我这个人一样，很多人喜欢我设计的作品，因为里面带着我的心血和灵魂，绝无仅有的一件，绝不雷同。我本人只是一个抽烟、打架、赌博的混混，与我的作品没有任何关系。谁也没有资格要求我必须做到跟作品一样的完美。我是生命体，有生理现象；作品没有，它只有我的灵魂。

每走过一条马路我都不会去看路牌叫什么名字。我以为下次我不可能再从这里经过，所以没有必要记住，我走过的路没有归宿，没有留恋。

## 2

这个世界完了，我也完了。

一碗麻辣烫九块五，我付十块，找我五角，盛情难却，我收下了。

久旱逢甘霖，他乡遇故知，洞房花烛夜，金榜题名时。人生四大幸事我一样都没沾边，满脑子对社会和人生的憎恶，再不占点小便宜，我就要反动了。

我对社会的憎恨多数要归结到女人身上，我在感情上是个失败者。我试图证明的爱情与我的想象背道而驰。曾经喜欢过一年多的女孩，最后连手都没牵到。一方面我又是个泡妞高手，像我这样的小资阶层，是不乏少女趋之若鹜的。因为我妈说过，用钱泡到手的女人不许带回家。我一再考量那些恋爱中纯洁无瑕的女子，每一个都如少女般的腼腆。结果我失败了。如好兄弟徐风所说，这世上的失败都是金钱的失败，与人格魅力没关系。没有钱搞不定的女人，就算是大明星，你要有钱，给她买辆私人飞机，一样可以撕毁她的虚荣心和高贵。平常的女人就更不用说，给她五千块一个月的工作，她可以为此失身。给她一件她想要的，她就会给你一件你想要的。

我喜欢过我的表姐，但我没有遗憾。遗憾这东西就像没赶上末班公交车，却意外地捡到一个钱包一样。没有遗憾就不会有新的惊喜，当你揣着那个钱包的时候你会像一下子老了好几岁，感慨尤深地说：这一切，或许是天意吧。

在梦中我总是梦到有个女孩陪着我喝白开水，坐在公园里被蚊子咬她依然觉得快乐。我渴望这样的爱情。但从没有过。

我坐在小排档上吃完了麻辣烫，连嘴唇上的油都没摸干就朝洗浴中心快步走去。贪了点小便宜，心里虚得荒，唯恐老板在后面喊住我。我想这种性格怎么能做商人？徐风还说要跟我合伙开安装公司，不从小便宜贪起，将来怎么贪大便宜。

城市的夜晚充满了诱惑，像我的性格一样直接、赤裸裸，却又掩盖得深藏不露。经过换衣洗澡这些复杂的程序，半个小时后，我身着浴袍，与所有客人一般无异地出现在大厅内。只有在这个时候我才是个俗人。有女人的日子，我会很忧郁，像诗人一样开口成章，闭口成禅。没有女人就只能堕落，当堕落已成定性，像那些被女人伤害过的伤口一样，结疤、凝固，麻木不仁，丑陋不堪，却已成了我身体上的一部分。

我不明白很多人为女人伤心的理由，就像不明白现在躺在女人怀里的感觉，急促仓皇。我经久感叹想对躺在我身旁的女人说声谢谢。或许某一天，我会娶一个“小姐”做老婆，只要她不把用在客人身上的那套虚情假意用到我身上，我都会尊重她。既然大家都是金钱和物质下的玩物，我何不找个技术过硬的。徐风的墓志铭：这世上没有泡不到的妞，只有不够花的钱。

我想我还是对世上的女人太尊重了。如果像徐风那样，可能早就破产了。我对爱情的理解很肤浅。你爱我，我爱你，就这么简单。如果变复杂了，就是一方不爱了，抓紧时间换下一位。没什么犹豫不决苦想成灾的，不爱跟爱一样简单，对不上号。谁也没有权利对爱情抱怨和记恨。拒绝不爱的人是最善良的举动。沉默是最真诚的回应。

欲望排解了我就成了佛，不再是凡人，不再为凡人的这些琐碎之事忧愁。唯一担心的就是屋里的一大堆脏衣服，已经一个多月没洗了，不分季节的时装都穿了一遍，身上的这件算最干净的，才穿了三天而已。

回到屋里已是深夜，我给汪明打了个电话，让他明天来收房租。他已经延迟一个多月没来收租了。我催了好几遍，这几天工作分心，我认为大部分是这个原因。我不喜欢拖欠一样东西很久。汪明是个很有趣的年轻人，每次来总要抽掉我大半包烟陪我吹牛到晚上都不舍得回去，还要拉我去喝酒，当然是他买单。这栋房子是他老爸的，他老爸像是什么部门的主任，然后他们家在城里买了房子，就搬了出去。

这栋房子之前住着一个皮包公司的小老板，每个房间都有床和办公用品。可能是逃跑也可能被谋杀，无缘无故失踪了。东西还是原本不动地放在这里。我们是在一个同城交友，不怎么光明正大的网站认识的，那网站是提供寂寞的单身青年男女结合发泄的渠道。我表明身份后很多女人对我极度仰慕。汪明在受冷落之时听说我是位设计师。那时他们家的房子正好装修，可能是对我说的不信任，或是真诚的找我帮忙也好，那些都过去了。他求助于我，让他省了好几万块，而且效果令他很满意。我的才能得到了他们的肯定。但我没收他的钱，因为室内设计不是我的专业，我最多只给了些建议，和开了几份单子。他唯一炫耀的是他们家的房子，乡下一栋，城里一栋，他还有辆斯柯达的轿车。我问起他们家在乡下的房子，后来他就带我来了这里。我将整栋楼都租了下来，就住一个房间。他觉得我这人很怪。乡下的房子便宜又清静，就算我在马路上扔块香蕉皮也没人出来指责我。我付了三个月的房租，他推辞不接。我不喜欢别人破坏我的空间，我怕那些空着的屋子他又会租给别人住，所以我强意要他收下。他勉强地接下，只收了一个月的，向我保证那些空房间不租给别人。从那时起我就认定这小子是个义气的人，是值得开拓培养的一个兄弟。平常他没事也老来找我玩，只是一到收房租的时候，他就像消失了一样，故意装深沉。收完租又有些过意不去，非逼着我喝酒。



3

郊区村落里的房屋密密麻麻，电线杆上拖着杂乱无章的电缆。门前一条三米宽的小巷直通远处的公路。房屋旁长着青绿的野草，几只黄毛土狗东逃西窜，其中一只是我养的，叫闷骚。我从来没给闷骚洗过澡，也没管过他，每次到外面吃饭时，总要打包一点回来给它。如果它咬了人，我绝不承认这只狗是我养的，要杀要剐你们看着办。

闷骚是我前女友留给我的，她说喜欢小动物和小孩的人都是善良的。那时候我们住在小区里。我们的恋爱很平淡，同居到一起也很平淡。她问过我什么时候结婚？我闭而不答。我说我们每个人的结局都一样，就是死亡，所以不需要问我要结局。

闷骚的母亲那时候是条流浪狗，住在楼道里，每天都会有邻居给它饭吃，吃得它肥肥胖胖，见人就摇尾巴，温饱思淫欲，不久后就下了一窝崽，我女朋友就抱了闷骚回来，像抱着自己的儿子一样，除了打理闷骚，她就是发短信。我对她不闻不问。就连在床上她也是短信不断，脸上扬溢着幸福。我十分气愤，但没有爆发，我感觉自己没有受到重视。

她每个星期会去做次头发，都是固定的一家。理发店里有很多帅哥，大部分是做“小姐”的生意，因为“小姐”有钱，做一次头发一百多块。我想那些理发师可能也把我女朋友当成了“小姐”，她穿的衬衫都是松松垮垮的，如果躺在椅子上，肯定被理发师们看光了。一想到这些我就难受。她每次去的时候都是找 16 号的理发师，一来二去就熟了，不知什么时候两人互留了手机号。有天晚上我正跟她在床上练功，突然就被那个理发师来的电话惊扰了，她迅速爬起来连裤子都没穿就慌慌张张跑到客厅里去接，故意很大声地扯着题外话，我知道有事情发生了。

我并没有就此事大发雷霆，如果她最后要嫁的人是那个理发师，我反而成了第三者，心虚的应该是我。后来她再问我会不会娶她时？我直接说不会，永远不会。她没有骂我就将东西从这里搬走了。

那段时间我很失落，自己一身的才华顶不上一个理发师，觉得很失败。被人白叫了几十年的赵有才。我每天除了喝酒就是上网聊天，后来就认识了汪明。

实质上汪明比我大两岁，笑起来像个孩子般天真。跟这样的人交往让我很踏实，他不会算计别人。每次来的时候，我一打开门，他就拍着我的肩膀倚老卖老地说：“小赵呀，最近忙吗？”

我说还行还行，然后送上一支烟，将早准备好的钱递给他。他看也没看就塞进口袋。像个老朋友一样找了把椅子反坐着跟我聊最近碰到的女人，问我怎么才能搞定女人？我每次给的答案只有一个字：钱。

他每次都很正经地摇摇头，嗯，不是那种女人。是好女人。我问什么才算好女人？他说就是不随便给人上的那种女人。

我说女人只要喜欢你、信任你、有求于你、感恩你，就一定会给你上。女人给不给你上，与她们本身的好坏无关。要从你自己身上找毛病，你肯定不对她的胃口。

汪明每次都要坚持他的观点，对我说："你不懂，你还小。"汪明是个很好的男人，总是被女人玩耍，我也不忍心打破他对女人崇高的概论。

我们在那个网站一共认识了两个女人，一个是万芳芳，还有金妮，是我的姘头，热情开朗、活泼可爱。一头乌黑亮丽的头发，迷人的丹凤眼，颇有几分香港明星杨恭如的味道。金妮把我们都当成了好朋友，什么都不忌讳，也从没想过嫁给我们其中某人。万芳芳是奔着汪明的钱而来的，第一次见面她就说自己的困境，说得汪明连生同情。后来约她吃饭，约了七八次，连手都不给汪明牵。汪明向我讨教，我说女人跟猫一样，是喂不熟的。让他送贵重物品，他不听我的。非说万芳芳是好女人。万芳芳虽然没给他牵过手，却总是主动给他发信息，关心他身体，关心他工作，这点很受用。

第一次碰见万芳芳的时候我就知道她是个什么样的女人，一轮到她说话，我就对金妮抛笑，对万芳芳的伎俩视若无睹。我不光不喜欢她，而且鄙视她。她穿着低胸棉衣，总是故意将她的身体作为资本，一双大眼睛尽显勾魂摄魄之绝技。

金妮喜欢我的原因只有两点：第一，我体格较瘦；第二，我有络腮胡子。她说这样的男人性功能较强。

一谈到金妮，汪明的眼睛就充血，饶有兴趣地问我最近又用了什么招式？他的车停在楼下的院子里，出门时已经天黑，周围飘着邻居家里的菜香，和睦的家庭让我很羡慕。我想起了我孤苦伶仃的母亲，我很少回家，回到家就跟我父亲吵架。我母亲二十一岁嫁给了他，一直到他四十五岁才发迹，赚了一笔小钱，他做的第一件事就是搞婚外恋。那时候我还住在家里，他经常深更半夜才回来，有时七八天见不到他。我母亲做了一桌子菜每天都是熬到眼睛红肿，热了一遍又一遍等他回来吃饭。

我母亲是个包容懦弱的人，心地善良，不辞劳苦，从无怨言。

我父亲的脾气一日不如一日，回到家就躺在床上发短信，母亲给他端饭，他没好气地说吃过了。作为男人逢场作戏我也能理解，但没想到自己的父亲蠢到这份上，简值不配做我赵有才的父亲。像我赵有才年纪轻轻就看透了女人，从来没把心交出去过。看到他那副猥琐的神情，我感到一阵恶心。那一年我恨透了他，我发誓将来如果有了孩子，我一定要做个好父亲。

一个父亲哪怕你做得再多，只要做错了一件，在孩子心中就有阴影。有一次我们因一件小事争执起来，点到他的龌龊处，他扬起手掌就要打我，凭我的脾气，我是敢跟他对着干的。我母亲正从厨房里端着锅热汤出来，还没来得及放到桌子上就赶忙过来劝我。被他一掌挥过来，全泼在我裤裆上，烫得我直叫娘，我母亲手臂也被烫伤，后来起了一层皮。她赶忙让我去洗洗，我传宗接代的东西都被烫红了，我跑进房间，用毛巾擦干，坐在床上吹，天佑我赵有才，换了一般人，可能就废了，我们赵家可能就绝后了。我母亲一直敲我的门，让我到医院里去。我穿上裤头弯着腰出门，从冰箱里拿了个冰袋，回到房间闭门不出。那一天我体验到了冰火两重天的痛苦，让我练就了金刚不坏之身。

我母亲极少骂他，那次骂得很厉害，又哭又闹。我两个小时后才出去，收拾了行李，提着一个旅行包。我母亲上来就问我有没有事，要送我去医院。我说我要走了，你以后自己保重，这个家我是呆不下去了，总有天要被亲生父亲谋害，虎毒不食子，我从没见过这种父亲。

地上的肉丝残羹早被母亲打扫干净，重新又做了一碗，她拉着我先吃饭。我甩开她的手说，以后我再也不回来吃了，免得碍某些人的眼睛。

父亲坐在椅子上抽烟，听到我的一番话后，突兀的站起来，端起电饭锅嘭的一声摔在地上，滚吧，走了就永远别回来。

从那以后我就很少回去，或许是我的离去，让他清醒了。母亲说他改过了，每天都正常回家吃饭，脾气也好了。他总是呆在门前远望，像个无依无靠的老人，白头发也长了很多。

这两年我们的关系所有改善，每次回去他都是关心我身体，问我有没有女朋友？带回家吃顿饭。我赌气说，我成废人了，赵家的希望别寄托在我身上，你另立门户吧。他悔不当初。

我母亲也真的以为我那次被烫得已经不行了。我一回去，就听到她对我父亲发牢骚，扒开手臂上那年被烫伤留下的疤痕给他看。说手臂都烫成这样，儿子怎么受得住。我父亲自责地靠在椅子上抽闷烟，像个绝望的行者，一脸的皱纹，下巴上黄黄的胡子长久没刮，邋遢不堪。

我记得有年回家，太阳的光线从树叶的空隙中穿过，他就躲在那片阴影里抽着烟对我傻笑，细细的闪光在他身上点缀。我从车上下来，他上前帮我提着包的样子像个讨好的乞丐，我捏着酸酸的鼻头，有点想哭的冲动，紧紧地抓着他那只提包的手臂，指甲一直嵌进了肉里。他抿着嘴唇，转过脸对我微微歉意。我喊了声“爸”，那久违的声音从我嘴里说出后，双唇颤抖得再也说不出第二个字。

4

在动身前，汪明问我要不要将金妮和万芳芳约出来？我给金妮打了个电话，她以为我又是想干那事，我们厮混到一起基本是直奔主题。她说今天是第一天，很痛，不方便出来。我关心了一句就挂了电话。

汪明又让我给万芳芳打。对待万芳芳这种女人就要不冷不热，敌不动，我不动。一旦她知道你对她有所想法，她的姿态就高昂了，不是缺这个就是缺那个。金妮是玩的心态，她是卖的心态。平时摆出副良家的样子说起大道理来像个圣女。哪怕你对她说一万句话“我爱你”都不关屁用，真金白银放上去，她本性就暴露无遗了。

我见着她在酒桌上说三从四德就翻胃，把汪明骗得一愣一愣，以为遇上了佛。我说万芳芳是你女人，你自己约。汪明硬是不发动车子，他在女人面前比较胆小，女人只要稍稍一伪装他就不知道从哪里下手。天底下除了“鸡”，所有女人在他眼里都是好女人。

我说咱们呆会去洗桑拿，带万芳芳去不是搅兴吗？汪明只有在“鸡”身上成功过，对于他来说，女人还是个非常复杂的课题。我叮嘱他身可动，但心不能动。炒面用筷子吃那就是农民，用刀叉吃那就是绅士。对付女人用钱，不可用情。世间万事万物，取其弱点而攻之，避其俗庸而改之。

每次我侃得正起劲，他就打断我，说我也不过一个失败的男人，孤独得可怜，被女友甩，只能拿一只狗出气。

被点到痛处，我按下车窗，沉默着抽了支烟。我阅女无敌，但也没碰到女人对我死心塌地。一次酒桌上，金妮开玩笑说：你们两个要中和一下，取长补短，一个太放荡，一个太正经。

回想起来，谁没正经过，谁没有过做处男纯情的日子，还不都是被寂寞逼的。心中无爱，踏遍青楼无处女，谁规定了我必须坚守。

广播里放着中国第一大淫贼的歌曲，此人乃汪明的偶像，以糟蹋明星而享


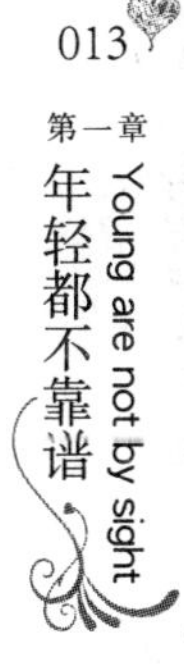

誉世界后退出娱乐圈。国人皆叹他生不逢国，倘若生在日本，可为国宝。此乃神人，论坛上许多美女争着与之合影为荣。汪明说如果他出一本《泡妞绝杀技》，哪怕再贵也要买回来学习。我说这个我兄弟徐风就可以教你。他不信，我马上翻出手机给他看徐风给我传送的彩信，每一张都是香汗淋漓，场面热火朝天，有过之而无不及。汪明骂道：好白菜都让猪给拱了。

汪明这辈子对三样东西特别珍爱：车子、房子、女人。汪明从没像我一样，对女人做过不法乱纪的行为。恭恭敬敬，还没牵手就想着以后生孩子的大事。每次来看到门前闷骚的大便他总是亲自动手拿扫帚清除，说我把他们家弄得像个狗窝。只要是他们家的房子，哪怕是租出去的，他也会像对待自己的居宿一样爱护。他像兄长一样教导我：自己都照顾不好，就不要养狗嘛。

闷骚是我女朋友留给我的唯一财产，我在她身上付出那么多，就因为一句承诺，对我撒手不管。她在认识我之前还是个青涩的姑娘，满脸粉刺。经过我辛勤的灌溉和滋润，皮肤光滑得像水蜜桃，弹指可破。胸部也比以前大了三分之一，滚圆柔软。花蕊受的粉多了，才会结出那么饱满的果实，这都是我的功劳，我播撒了那么多的汗水，不辞辛苦，无怨无悔，她走的时候连句谢谢都没有。一个男人一生的精力，能够开发的女人总是有限的，等到哪天我四肢无力，见着美女无欲无念时，也算是功德圆满了。

每次不开心或想到她我就会对闷骚一阵猛踢，解了气，搬了张椅子坐到镜子前抽支烟，仍然不失一个成熟男人的风范。

汪明这辆斯柯达据说开了两年，至今无任何擦痕，连块漆都没掉，每天都擦得锃亮，在风中势如破竹。去年徐风问我要不要买车？他一堂兄在东风厂谋事，三万块就能搞辆宾悦出来，我说要买也要买 CR-V，徐风骂我没爱国意识，不配当个中国人，他自己对日本技术情有独钟，电脑是索尼的，连刮胡刀都是松下的。饭岛爱去世时他还哭了一天。

这种心理就像隔壁一个手脚不干净的人偷了我家的菜，但他儿子考上了名牌大学，我们坚决不能承认他儿子的大学文凭，因为他们世代人品都有问题。

汪明将车速减到 50 码，似乎有话想对我说，三辆灯光闪闪的摩托车从旁边呼啸而过，开着破音的喇叭，上面坐着长发飘飘的女孩。在没有教养的青春里，我何曾不想这样疯狂一把。只不过老子的纯情全都耽误在了我表姐身上。如今年纪一把，无业无家，感慨万端。我对汪明说，我这么大岁数，连辆车都没有，是不是很失败？

汪明说买车就等于养了一个孩子。他当初买车的时候全是从他老子那里拿的钱，早知道拿去做生意好了。

汪明一副生意经的样子说，要将钱投在有回报的事情上。买车买房都不是首策。

徐风早就跟我说过合伙注册一家安装公司，我一时拿不出那么多钱，而且我也很满意现在的生活。

汪明问我有没有兴趣做保健品生意？保健品就是糖水，吃不死人就一本万利。

汪明一直没正经工作，说白了就是一个司机，靠着老爸吃干饭，换种说法就是少爷。除了开车接送他老爸，其他时间都在跟一帮牛逼哄哄的骑破木兰的铁哥们学做生意。前段日子说要开个蔬菜加工厂，将蔬菜做成熟菜，包装好送往超市，主要供应群体为都市白领，买回家拆开后直接微波食用。那时他们的想法很宏伟，还要开连锁店搞加盟商，创品牌。五年后每个城市都有他们的店面，专门销售包装精美的熟食。这一定会是新的餐饮方式，快餐盒饭都会被淘汰。最后集资时，朋友们都说没钱，出力入干股。他回家问他父亲要钱，老父听说儿子要做生意很高兴，最后仔细一揣摩，蔬菜加工厂原来只不过是做熟食的，开个熟食店也不过几万块本钱，他一开口要三十万，老父雷霆一怒，差点没一巴掌将他掴到墙上。



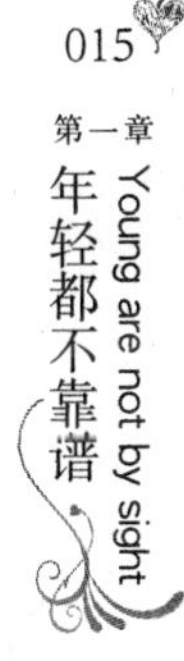


他那些朋友大概都是在饭桌上认识的，对吃都比较精通。蔬菜加工厂没搞成。后来又说要搞食品厂，加工豆制食品，而且他们发现了一个秘方，是从乡下老太婆那里搞的，将豆渣压干发酵会长霉菌，霉菌的味道鲜美。到时候搞两台压缩机专门用来做豆渣罐头，比市面上的腐乳罐头还好吃。最后也是由于汪明老爸的不支持这事就黄了。他父亲老谋深算，精于政道，第一想到的不是产品质量，而是销路。汪明在销售渠道是一张白纸。

车子停在锦绣酒楼的门前，两个光鲜亮丽赏心悦目短旗袍迎宾对我们点头微微一笑：“欢迎光临。”

我本想随便找个小排档，喝两瓶啤酒，醉了找一家洗浴中心死沉沉地睡一觉。汪明说这次吃饭的意义重大，是商业洽谈。汪明没做过什么惊天动地的大事，遇到点风吹草动发财的迹象就要隆重一回。

夜幕下的城镇餐馆灯火璀璨，大厅里的餐桌上挤满了欢声笑语的男女。善解人意热情洋溢的服务员将我们迎到楼上，跑堂高喊着：楼上两位。

刚到包房坐下，汪明就接过服务员手中的茶壶给我倒水，殷情地上了一支烟，有点像鸿门宴的感觉。他递上菜谱问我想吃什么。我说一切从简吧，吃饱了就行。

来了条烤鲶鱼，一个梅菜扣肉，一个红烧鳝筒，一个青炒蓬花菜。汪明说不行，不行，再点几个，今天我买单。我说够了，咱们两个人吃不完。

菜一上齐，他站起来关上包间的房门神秘兮兮地挨到我旁边说：这次没有你不行呀。我说什么大事呀？

他说为这个项目他已经谋划了好几个月，一准能发财。就是做保健品生意，直销，连店面他都找好了，两万四一年，可以半年一付。供应商代理商那边都打了招呼，资金一到位马上发货。他喜欢把生意说成项目，项目这个词一出口几乎就是动辄千万元的生意。每逢我们与女人一桌吃饭时，他就摇头叹气，最近的项目又黄了。

他信心满满地说这个一定好卖，省市电视台广告每晚播四遍。供应商还提供免费试用品。

汪明吐出一口烟雾，精神抖擞地说："试用品里面用的全是兴奋剂和麻醉药，到时候顾客一吃，浑身是劲，不酸不痛。我们的产品卖半年，然后关门打烊，卷铺盖走路。"

我挟了口菜赞道："好项目。"汪明问："你到底有没兴趣？""这么好做的生意，我肯定有兴趣。"我笑道，"但我不会呀。""我路子都铺好了，就等你一句话，干还是不干？"我问："就我们两个？"汪明正襟危坐道："人越少赚得越多，其他人我不打算带他们入伙。"

凭汪明的家产，开个小店九牛一毛，光说他那辆车和我租住的房子加起来也不止一百万。天底下掉馅饼，我凝思片刻道："你家大业大，我一个穷打工的跟你合伙，恐怕资金不够呀。"

"要不了多少钱？"汪明语气轻松地说，"一人先投三万块就可以启动了。"我心想就六万块钱的生意还要拉我入伙，这少爷当得太憋屈了吧。我问："你老爷子知道吗？"

"他知不知道都一样。"汪明说，"他没有信任过我一回，我要碰到一个好爸爸，我早发财了。"

汪明之前做过很多生意，全都是赔本，还有一次是被朋友卷走了钱。他为人坦诚，交的狐朋狗友多，对人从不设防。他老爸对他失望透了，一心料定他没做生意的天分，养老险医疗险一应俱全，也不指望将来靠他赡养。每次问家里要钱，他只敢偷偷地问母亲要。

他说这次赚了就去开蔬菜加工厂，然后还要开食品加工厂，到时候就是一集团呀，副总裁的位置非我莫属，平分天下。

他的这番话听得我心里暖洋洋的，我说生意的事我一定全力支持你。咱们先吃饭，随后详谈，菜都凉了。他满心欢喜，像找到了玩具的孩子，不停地给我敬酒、上烟。

5

金妮在电话里跟我撒娇说她肚子痛得厉害，躺在床上用热毛巾敷着，到现在还没吃饭。我说我给你打包饭菜过去。她说我现在就要，你空投给我吧。我悻悻地挂了电话。

在念初中时我就经常看到表姐面部扭曲表情痛苦地弯腰捂着小腹，我以为是胃病，还要给她买药，她笑我傻得可爱。在表姐22岁之前，我一直是个纯真的孩子，品学兼优、道德高尚。表姐22岁的时候结婚了，嫁给了一个年轻有为的国家干部，吃公粮，背景深。结婚的前一天，表姐在房里试穿白色的婚纱给我看，问我漂不漂亮？我摇头说，不漂亮，一点都不漂亮。表姐眼里渗着泪花，红扑扑的脸蛋分外妖娆，我一把将她搂在怀里，那是我人生中第一次因为失败而暴动，之后暴动过很多次。表姐没有挣扎，很镇定地问我，有才，还记不记得政治老师说过的话。表姐很少叫我的名字，在班里也大呼我表弟，帮我打饭，帮我洗衣服。班上的人都知道我们的亲戚关系。念书的时候表姐坐在我前排，当时政治课上讲的是婚姻法。讲到男女法定结婚年龄，我心里还在盘算，我跟表姐还要过几年才能结婚。小时候我经常到舅舅家玩，还跟表姐睡过一张床，我说长大了要娶她。表姐躲在被子里跟我一起朗诵鹅鹅鹅……曲项向天歌，白毛浮绿水……

政治老师说三代内不许近婚，表姐急忙站起来问老师，近亲是什么关系？老师解释说，就像你跟赵有才的关系，你爸爸和她妈妈是姊妹，你们就是第二代的近亲。

表姐失落地坐下，只有我感觉到了她那时浑身燥热，我看到她的耳朵都红了。星期天放学的路上，表姐不在意地问我：政治老师的话是不是真的？

我说我不管，我就是要娶表姐。表姐拍着我的头说，真是好表弟。

后来我考进了重点中学，表姐却落榜了。表姐哭了整整一个暑假，我去舅舅家玩时，舅妈一个劲地夸我，说我是根苗子。表姐哭得泪眼蒙蒙，躺在床上不吃饭，舅妈让我去劝她，看着她侧躺在床里边的脸，我很想抚摸一下，却始终没有勇气。

舅舅说女孩子不用读太多书，有副漂亮脸蛋，找个好老公就行，送表姐去读了卫校。

我们的学校是在一块穷乡僻壤的地方，没什么娱乐设施，所以学生们除了用功念书就是谈恋爱了。同学们都说我少年老成、成熟稳重，从不与女生嘻哈打闹。谁知道我心中只有我表姐一人，以至于我的少年时代，除了我表姐，我脑中没任何女孩的影子和回忆。

表姐经常给我写信，信中的口气一直像个小女生，“学习很轻松呢”、“失眠啦”、“外校一个男生送了我块手表，我还给他啦，我无情吧”。许多年来她一直用这种口气与我说话，除了结婚前的那天。

表姐的同学都是漂亮女孩，她总在信中给我介绍，说等我毕业了要介绍给我做女朋友，保证带出去不给赵家丢脸。

表姐毕业那一年，我考上了大学。舅舅忙着找关系介绍表姐进人民医院当护士，家人为我摆了桌酒席。表姐也来看我，道了声恭喜就让我带她出去玩。我骑车背她去了我们的母校，在那里我们度过了最纯真最美好的三年，形影不离。表姐搂着我的腰，裙摆飞扬，清风徐来，我像只幸福的鸟儿一样一路高歌。表姐说你考上了大学这么高兴呀，是不是没人管你，你就可以胡作非为了？我一直以为她了解我，对我心知肚明。我从未为了儿女情长分过心，我把表姐当成了我的全部。那个夏天，我们坐在山坡上遥望远处的房屋，还有那些从我们身边流过的青春年华。我说我的快乐都是因为你。表姐两颊绯红，低头含笑手指甲放进嘴里对我重复政治老师说过的话。法律上不允许，道德上也不允许。我身心受困，却仍不死心，总盼望有一天毕业了，社会管不了我，父母也管不了我，我会带着表姐远走他乡。

夏季的夜晚闷热，我和表姐总要在外面玩到很晚才回去，我们一起看星星，一起散步，我抓萤火虫给她。很多次我想牵起她的手，才刚靠近我手心就出汗，在身上擦了一遍又一遍，我总希望我握着她的手，是一双干净的手。衣服上都擦出了汗渍，我的邪念仍然没有得逞。

白色月光下，表姐婀娜迷人，发育成熟的身体无时无刻不在挑衅我的理智。白天我却不敢偷看，表姐一弯腰、一低头与我嬉笑就能看见，那是一抹丰满的白色，像月亮一样纯洁，每当此时我总是撇过头，看了我就觉得是一种罪过。

表姐很早就会起床去摘刚刚开放的栀子花，放在鼻子旁闻很久，陶醉其中，还让我插一朵到她头上。那时候我觉得她就是我的新娘。表姐将那些栀子花插在我房间的花瓶里，放在我的书本上，放在我的床头。整个房间花香扑鼻。

一到中午表姐就会犯困，像一只吃饱了的小猫，垂着头打瞌睡。她要睡在我房间的床上，枕着花香入眠。我退门而出，捧着一本书坐在太阳的树荫下等待落日黄昏。月上柳梢头，人约黄昏后。夜晚表姐总会自觉地洗了澡换了干净衣服陪我一起去乘凉。我却总是怀念小时候能跟表姐睡在同一张床上，多么希望大人们还将我们当两个小孩子一样对待，能够让我陪表姐睡在一起，我发誓，什么事也不干，就睡觉。

我曾很多次看到过表姐安详的睡容，侧躺着，半边脸靠在枕头上，双手放在胸前，从裙边露出一只美丽白嫩的细腿搭在床沿。每当那个时候，我就像欣赏一幅名家的艺术作品一样，静静地站在床边，连呼吸都不敢大声。我曾想轻抚她的脸庞，亲吻她的额头。她安静得像只绵羊。醒来后睁开眼睛盯着我也不慌张，很自然地擦着嘴角问我，我有没有流口水？

我摇摇头，端水给她洗脸。

上学的时候表姐坐在我前排，班上有很多同学暗恋她，无一敢接近。中午我们趴在桌课上午睡，醒后来第一件事表姐就是转过被课桌压得红扑扑的脸问我：我有没有流口水？

我教她双手搓脸，就可以把那些睡觉时留下来的印痕消除掉。

表姐在他们眼中生性孤僻，从来不与男同学说笑，对我的关心倒是异常，或许因为我是她表弟的原因。同学们只得巴结我，问我表姐的嗜好。因为表姐，我的同学缘很好，包括那些成绩不好、整天捣蛋的同学也会给我三分溥面，只求我说一些表姐的故事，问我表姐平常在家里做什么？让我帮他们在表姐面前美言之类的话。但有一次我因为表姐跟别人打了架。隔壁班一个混世的家伙喜欢表姐，一见到我就叫我小舅子。那时他的个子就有一米七多一点，我打不过他，拿着砖头将他的头砸破了。后来他送到了医院，老师问了我原由，也没处罚我。因为那家伙平时的德行就不好，也没给老师留下好印象。那家伙头上绑了一个星期的纱布，颜面丢尽，扬言要在放学的路上拦我。那时候表姐给了我很大的安全感，只要跟表姐在一起，我什么事都做得出来，整个一英雄，勇气可嘉。那家伙在星期天放学时，纠集了七八个人在离学校五百多米的山坡处等我，将自行车横成一排挡住我的去路。表姐纵身下车，撒开双臂挡在我前面怒吼：你们谁敢动我表弟？

表姐的美色在学校是出了名的，哪怕是这些混混都不敢发威，一个个唯唯诺诺，咬着嘴唇，像羞答答的少女。那个被我砸破头的，上前嬉皮笑脸地与表姐调笑了几句。表姐骂道："你还嫌没打够是不是？"

表姐知道我的性格，我书包里早已放了一块砖头，为了表姐，为了尊严，那时我杀人的胆都有。

那家伙觉得脸面丢大了，把我训了一顿，说我是孬种，要靠表姐保护。我气冲冲地站出来要跟他单挑。我一时冲动，正中他意。表姐在一旁劝我，我浑身是劲，恨不得一拳头就将他鼻梁打断。

表姐说我打架下手狠，杀心重。我知道我打不过他，所以要一招毙命，让他没有还手的余力。我们选在一块草坪上比武，表姐为我捏了一把汗，几次劝我都被推到了一边。

放下书包后，我和那家伙互扶对方的肩膀，一开始是摔跤，后来我先动了手，一拳打在他眼睛上，爆肿成一条缝，先将他压在身下。我始终没有他力气大，没几下工夫就被他翻转身来，我被打趴在下面。我仍然不依不饶地反抗，拿脚蹬他的要害。被我踢了一脚，他伸出手挖我的脸，我脸上被挠出了几道血痕。单挑最终是以我落败而告终，表姐见我吃亏了，就忙上来拉架，把那家伙推开，将我扶了起来。两人脸上都带着血迹，他是鼻血，我是几条长长的伤痕。为此我两个星期在学校都抬不起头，如被猫抓的一样，像个花脸大鬼。脸上的肉疼痛得刺辣。

我拍着身上的泥土一句话也没说，扶起自行车就奔命的往家里赶。在我最心爱的女孩面前，我被打败了，那时我没把她当成我的表姐，一直把她当成了我的信仰。我像个落败的骑士，甚至无颜再见她。她骑车在后面追赶我，还玩笑说："表弟破相了还是这么帅呀。"然后又骂那个家伙不男人，打架怎么能挠脸呢？像个娘们。然后还夸道："表弟多帅，左一拳右一拳。"怕回家被父母骂，在经过一座大桥时，我停了下来，将自行车推到桥底，然后走到河边捧起水洗着脸上的伤口，在水影中我看到表姐站在我身后默默不语，那时我想站起来搂着她。

回到家后，我一直躲在房里不敢出去，连晚饭也没吃，第二天还是被我母亲发现了。我说是骑自行车摔伤的。

表姐每天都会给我看伤口，期待不要在脸上留下疤痕，怕我长大了不好看。那时她只要检查一遍我脸上的口子，眼眶就湿一回。许多年后她还是会跟我提起，那时我为了她，跟别人打架。

自从我考上大学后，我们之间就疏远了，或许是她成熟了，我还一直活在那个梦里。

入学的时候父亲送了部手机给我。后来我也没打多少电话回家，最多的用途就是跟表姐发信息。从高中到大学我从未感觉过离别的痛苦，因为表姐在我心中不曾离去，看着她的文字，仿佛就在我左右。

她进了医院当护士后，性情突变，她学会了调侃。一有空就问我“有才少爷，现在在干嘛？”当着舅舅和我母亲的面，她只呼我表弟。“有才少爷”是她用文字对我的专称，或许这样叫起来，就少点罪孽感，在她心里。

我们像恋人一样互相关心对方，讲着各自的生活。我每一个细节都给她报告，可她瞒了我，她恋爱了。

阳光下，火热滚烫的车轮碾过了夏天，留给我的是一片未枯的栀子花瓣，明朗醇芳，夹在书中，像命中注定的感伤，掩盖了我善意的灵魂，终于明白那么多年的平静只在一朝爆发。

6

汪明请我吃了顿饭，我请他洗桑拿。汪明热情，但却没有生意头脑，没有那种无往不利的狠劲。我压根没打算与他合伙卖保健品。他也没有成功的案例让我参考。我又不是他老子，虽然是小生意，我也没义务拿钱陪他打水漂玩。但作为朋友，我很想帮他，万一他成功了，我就是他的合伙人，失败了，他也感我一恩德。第二天我从银行里取了三万块借给他。说这是存着娶媳妇用的，家中还有两老要赡养，字字是血，句句是泪。他心情激动，要给我打借条，千恩万谢说发了不会忘了我。我住在他家的房子里，所以不怕他赔了没钱还我。第一次做了个大方的举动，手一挥，拍着他的肩说，咱们是兄弟，分得那么清干嘛？结果他还是强意给我留了张借条。

汪明从不占别人便宜，偶尔也会提防别人占他便宜，明枪易躲，暗箭他防不了。一分一毫算得清清楚楚，拿了别人多少还多少。汪明做事刻板认真，就连买单的时候也一样，酒足饭饱，坐在那里缓慢有序地喊了声服务员。服务员一报价216，他嗖的一声站起来接过菜单问：“会不会算错了？”我掏出钱包说：“我来买吧。”

他将我推到一边，仔仔细细地核对账目，确认无误后才掏出钱。出门时骂了声：“妈的，这小饭店菜这么贵。一点折不打，连零头6块都算。”

这一点他跟徐风刚好相反，徐风表面马大哈，占起便宜起来绝不含糊。我们一起吃饭，他从来不看菜谱上面的价格，随便点一桌子菜，饭后一擦嘴买单，服务员说多少钱他掏多少，连发票都懒得要。有次我们吃饭，付了钱后，刚走到门口，服务员追出来说少算了一个水煮牛肉。徐风说老子没点水煮牛肉呀。刚吃牛肉的时候他还在跟我说辣了一点，粉丝多了牛肉少了。服务员说收桌时分明看见你们桌上有水煮牛肉的盘子。徐风吼的一声叫来经理，问这是不是黑店？想讹钱还是怎么着，不想营业之类的话恐吓一翻。经理赔不是，叫来点菜的。我们确实没点水煮牛肉，是上菜的上错了。徐风说，我还以为是你们店免费赠送的，早知道说一声，老子就不吃。本来就不喜欢吃那个菜。你们这叫强买强卖知道吗，我要到消协告你们。

为了一道二十多块钱的菜闹得饭店里鸡犬不宁，点菜上菜的通通被经理骂了一顿，低头不语，像旧社会的短工。

另外还赠送我们一张 100 块的餐饮券以赔不是。出了门口就被徐风撕了，他说下次不能再来这家了。再去就叫狼入虎口，送肉上砧板。做人要见好就收，下次再去这些服务员和跑菜的难免不会生恨往菜里面吐口水。徐风是明枪不躲，暗箭必防。

我说就吃了道霸王菜，哪有那么多是非？

他说这里面学问可大得很，这招叫做将错就错，死不承认。就跟玩女人一样。

徐风经历了 N 个女人，其中最少有三十个是年轻貌美的促销员。念书的时候他就比较浪，经常拿家里的血汗钱到红灯区去客串一把伟爵爷。那时他还没什么大的理想，混混悠悠，每天跟我谈女人。实习的时候，他跑到了一家超级购物商场去做了理货员。每天与一帮卖手机的美女纠缠在一起，乐不思蜀。让我们所有人都料不到的是，实习期过了，他毕业证也拿了，居然又跑到了超市去上班，成了合同工，一个月拿 1300 块的工资。他就是这样一个为了女人可以不要前途的人。据他说当时爱上了一位姑娘，后来他升了官，围上来的女人多了，他就成了陈世美。他的才能在超市里得到了充分的发挥，超市里经常要拆货架、组装货架，新品一到，就得换牌，换货架上的序号，重新陈列标签和价格。他的顶头上司只不过一个刚刚学会发短信的中年男人，最多也就是小学毕业，在超市里混了十几年才得一职位，连图纸都看不懂。

徐风刚签完一年的合同，就跟店长提出重新布置商场的结构，还提交了一份草图，得到了店长的大力赞赏。学设计的总能节省空间而且让外观看起来宽敞大方。他的方案通过后，货架和柜台集体大挪移，累得那些员工怨声载道，连他的上司都说他抢功。徐风的这次大挪移很成功，后来总店的区域经理来巡店，被列为示范店、规模店。全国一百多家连锁店全部效仿这类布局。徐风一下子从理货员逃了二级，升到了主官。有史以来，他是最年少有为升得最快的一个主管。此后他每天的工作只管派人组装货架，在这方面他是一个强手。他的提升是由总部决定的。他们多了一个有才的主管，还有个免费的设计师，他几乎在店里呆的时间很少，平常跟着区域经理一起全市巡店，然后回来根据地形和店的规模，重新规划各个销售部门的位置。超市布局是个很深奥的学问，服装饮料、电器五金、生猛海鲜、水果烟酒、日用品、化妆品、床上用品，让人看得眼花缭乱，他硬是一丝不苟地将这些东西摆放得有条有理。新店开张时，总部的董事长还特意将他请了过去看地形，请他设计。他打破常规将停车场设计在三楼，入口处在三楼，出口在一楼，这样一来，顾客必须从上而下，整个商场绕一圈才能出门，沿路都摆放着促销便宜的商品，很多人买东西都是顺手，看着喜欢就放进了购物车。一个商场旺季一天的营业额超过了两百万。他的威望极高，两年的时间内就升到了硬货部经理，直接管着七个部门、二十几个领班及员工，间接管着几百号促销员，坐上了商场的第三把交椅。除了店长、副店长，其余的都是他说了算。就连店长也得给他面子，店长在总部也没他那么好的人脉。他利用设计天分成了神话和偶像，商场里的美女无一不对他羡慕及崇拜。他为人也比较虚伪，重要节日请手下一起吃顿饭，深得民心，两年内跟着手下人一起学销售，后来又总结了一套自己的纲领，到总部去开会时，就把下面人的那一套学问搬出来，现学现卖。区域经理跟他是如影随形，要拜把子，多次要调去总部都被他婉谢了。一来他不习惯整天坐办公室，泡妞扯淡他文采斐然，当初念书写首情诗给班花，他愣是一个晚上写了八儿页，掏心挖肺，煽情用尽，第二天还能接着上面往下写。一到开会谈正经的，他一般说不了十分钟。开会训人对于半个艺术家的徐风而言本身就是一件头痛的事。我一去他管辖的超市购物，他总要领着我逛一遍，夸夸其谈，说每一样都是他的作品。包括那些促销员，他都看成了他的杰作，他没有创造，却经过了他的滋润和修饰，才会长得那么落落大方、水灵妩媚。二来如果不能跟这些促销员打成或滚成一团是件很遗憾的事。月薪九千，加上各类补贴，够他逍遥。每个月他还要从各个供应商那里拿黑钱，小日子过得很惬意。每次供应商请他吃饭，废话不用说，洗完桑拿，最少要塞个五千块不止的红包。要不然他老人家一动气，第二天就重新布局，将你的商品摆放到最角落里，无人光顾。哪怕你商品在电视上做的广告再多，放在超市里，如果不是放在显眼的位置，与各类功能相同，不同品牌的产品混杂在一起，加上其他品牌促销员的巧舌如簧，很难说谁高谁低，质量不是关键，关键是怎么销售，天时地利人和都要具备。哪怕你是不知名的产品，徐风一句话，放在商场显眼位置做两个星期促销，马上就观者如潮。

他这个人又贪恋女色，见着哪个促销员漂亮，必然上前勾引，没有敢不从的。想保住饭碗就得对他讨好。他一个电话，让供应商将此人调走，重新换人过来。长得丑的没有得到他的批准无法进店。

他的人格魅力又那么出众，远远超过了店长。他要给店长穿小鞋那也是一句话的事，但他很会做人，平常有机会升，偏不升，还老提携店长，给店长机会。店长对他简直像对亲爹一样，就盼他说句好话，调到总部去。前任店长也是因为超市布局的事而得到了调任，走时还请他去快活了一次，把他当作今生的大恩人。

上上下下他混得风声水起，当初一起毕业的同学，心高气傲，都跑去了大公司做设计，拿了五六千一个月已经是烧高香了，还要整天被老板训。同学们把他当神一样的传诵。

在超市里他就是土皇帝，美宝莲、兰蔻化妆品的促销员无一能逃过他的魔掌，已婚的未婚的，服装部卖衣服的，家电部卖手机的，包括卖牛奶的，他都不会放过。

他已经是此生无愿，无心再往上升，说黑够了钱就要跟我合伙开安装公司，自已做老总，冒充大款，以后进军房地产，要做富豪。这是他在超级商场混了几年后对我说的人生的第一个理想，之前没听到他说过半句关于人生打算的话。

他心狠手黑，口头禅是“超市是我家，东西随便拿”。平常不知从超市里顺了多少贵重物品回家。家用电器不是自已搞的，就是供应商送的。小的不黑，只黑大价格的。上次我去买了一格兰仕的微波炉，499块。刚刚推到门外，他在后面追上我，让我拿发票给他，他在上面大笔一挥，写上“货已收，质量问题，退货”，潇洒的落款，徐风两个大字龙飞凤舞，然后让我拿着发票到吧台去领钱。念书时他也算个文学年青，洋洋洒洒写了短篇小说三十几篇，几乎都是他泡妞的经历，投给了杂志报刊，连半个字都没发表，一毛钱的稿费都没落得。如今他徐风两个字随便一挥最少值五百，真可谓一字千金。让我好生敬畏。他跟我开玩笑说，兄弟来舍下购物，就全把这里当自家耍。

我说改天给我弄两台三星的洗衣机和冰箱。他说这事得跟家电部主管一起弄，万一盘点起来，主管扛不住往上投诉，他饭碗不保。每年超市盘点，货物损耗最少有几十万，不是被偷就是在搬运过程摔坏的。一些小的化妆品或衣服鞋子之类的多数是购物的小偷或内部促销员所为，那些大的等离子电视，冰箱空调，全都是他们官官勾结而作。上面一责怪全怪到店长头上，与他不相干，这也是他不想升店长的原因。

7

女人生理期前后是最需要男人照顾的。金妮给我发了条短信：多尔衮，哀家今天安全期。

为了弥补她的疼痛，决定罚我为她煮一次饭。我不学无术、懒惰成性，却算得上个传统意义上的好男人。因为我会烧菜，最拿手的绝活就是烧鱼，每次回家我都会亲自下厨烧鱼给我妈吃，我妈说连鱼刺都想吃掉。

小时候我什么家务活都不愿做，我妈逼着我学烧菜，她说你连饭都不会煮，将来哪个女孩愿意嫁给你？学有所成她逢人就说我儿子烧得一手的好菜。

金妮最喜欢吃我烧的雪菜黄鱼、红烧昂刺鱼。

那天晚上她很活泼。

窗外下着断断续续的雨，一直下到了屋内，涓涓细流犹似银丝木耳汤。像过年时的鞭炮声，此起彼伏，一段连着一段。我将她搂在怀中有一股想融化她的冲动。她善解人意，温柔真诚。却不知这样的女人为什么没能找到一个好的归宿，如是我们一开始认认真真谈恋爱，我不敢保证自己不会爱上她。她跟我一样，都是在感情上受过伤的人，互相坦诚。她对我无所求，只要志趣相投的人陪伴，不需要相爱。她说爱情里充满谎言和欺骗，爱情是占有和束缚，不免让人伤心流泪。我们从来没到外面去开房，每次都是去她家。我送过她最贵的物品也就是一套玫琳凯，还是从徐风那里拿来的，做了顺水人情。

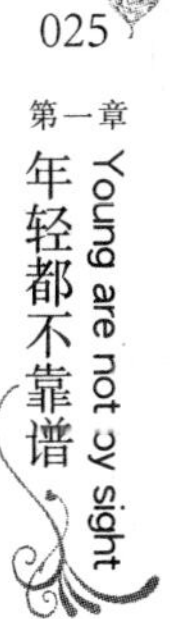


金妮的生命中可能有很多像我这样形形色色的男人。她每晚会在网上呆到凌晨两三点才睡觉，经常听着《一个人想你》，偶尔我去看她的时候，她疯疯癫癫地搂着我的脖子哼唱：噢，我每天都在想着你，噢，念着你。但我早已学会一个人想你……

我知道她想的人不是我，或许是遗失的美好。

她说我们来到这个世上时，本来是赤条条而来的，什么都没有，被可笑地冠上了许多虚假的东西，说是我们一定要坚守的，说是我们拥有的，我们就为这些东西的得失而痛苦。她告诉我她看到过空气的颜色，小时候她奶奶带她到公园里去玩，她躺在草坪上仰头看天，眯着眼睛就看见了空气的颜色，像结晶体，透出不同的光。她一直不明白那是什么，后来才知道那是尘埃。

那是她童年里最美好的幻境，五光十色的尘土微粒在空中漂浮。某一天我去看她，她光着脚丫穿着大号的白色衬衫坐在阳台上晒太阳，眯着眼睛看见我进门时笑得像个大白痴，我将她从阳台上抱下来，发现她腿下竟然是真空的。她拍着头笑道："好兴致，大白天的在家不穿衣服。"

她说对面有个男孩子偷偷地在看她。她就是喜欢这种感觉，喜欢被人欣赏。她捏着我的鼻子说："我已经不喜欢你这种男人了，我喜欢那种纯纯的男孩，静静地坐在我对面，什么事也不干，就那样静静地望着。我想亲他一下的时候就亲他一下。他像一只羔羊那样乖巧。"

我说我以前就是那样。

她越来越喜欢小男生，她说以后要嫁给一个处男。男人没有生理上的处男之分，只有心理上的处男。三天不干坏事就是处男。真正的处男就是没有谈过恋爱的男孩子。面对女人时束手无策，一直围着女人转。说那句话时她依然笑得像个大白痴，扑倒在我怀里。相聚时我总会为她烧顿饭，算是对她的补偿。她说是我上辈子欠她的，所以这辈子要还。我说这是什么歪理，鬼知道上辈子的事。

我们一起去市场买菜时，她的眼光总要逗留在那些中学生，或者那些白白净净斯斯文文的男孩子身上。他们身上都有一股稚气。她挽着我的胳膊说："女人们别说这个世界没有好男人，这些都是好男人。"

我笑道："大概是吧，男人都是在恋爱以后变坏的。"她说："女人也是。"曾经我表姐问过我。"有才，你说这世上真的没有好良心的人吗？"我说有，至少还有一个，就是你表弟我。那一年她刚离婚，我刚刚变坏。在她心中我永远是当初那样的善良。时间深邃得如此相似的疼痛。人去人留，都是宿命，回头看，只不过一个剪影。

金妮也只不过是生命中某个时段的某一位。大部分年轻人都活得不快乐，每晚要熬到大半夜才能入眠。虽然我父亲出过轨，我母亲守着这个家，她还是觉得很幸福，人生中唯一的愿望就是我早点让她抱上孙子。她活得比我们简单。

我和金妮买好菜回到家，她帮着切菜洗菜，催着我先烧鱼，她站在我旁边看着烹饪，她陶醉地闭着眼睛往鼻孔里扇着鱼香。她说："这一切如果是真的该多好，你看我们多幸福。

我说："难道这是假的？""假的。"金妮叹道，"钻石恒永远，一颗永留传，那才是真的。"我说："我可没钱给你买钻戒。"她笑道："谁要你的钻戒了，你给我买，我还不戴呢。"

鱼才刚入盘，她就拿着一双筷子在旁守候，端起来像个乞丐似的放在客厅的茶几上，盘腿坐在沙发上一个人吃了起来。等我所有菜都烧好了，鱼已经被她吃得精光，连鱼头都嚼了。

饭后她让我去洗碗，她说这叫调情。调情就是做着一件与主题不相干的废事，尽说废话。她洗好澡还要我陪她一起看会电视，非逼着我跟她一起猜故事中人物的命运，或者下个镜头该谁出场？她乐在其中，无比开心，热情洋溢。我熬到眼皮犯困，电视结尾了才能将她抱上床，她兴趣释然，像默默承受，没有一丝苦或一丝笑，兢兢业业一丝不苟像对待一份工作。有时候会哼两声，紧抓着我的手臂。床榻吱吱作响。

她说她只想找个人陪她吃饭，陪她看电视。但她知道男人们陪女人干所有的事都只有一个目的，就是上床。没有哪个男人愿意无怨无悔地陪女人调情。说得我无地自容。她说这样很公平，你陪我调情，我陪你上床。

我一般不会主动去找她，都是她打电话抱怨寂寞我才去。除非汪明请客，让大家一起出来聚聚，她才会以我女人的身份出场。

金妮躺在床上对我说："万芳芳挺可怜的，这几天病了，汪明也没去看她，汪明最近干嘛去了？"我翻起身找了支烟将烟灰缸放在大腿上。金妮推着我说："问你话呢？""做生意去了吧。"我说，"他在做保健品生意。"

金妮靠在我肩膀上说："好久没一起出去玩了，过几天你把汪明叫出来，大家一起聚聚。"我应了一声问："你觉得汪明是个什么样的人？""好人。"金妮掐着我的胳膊说，"哪像你这么坏。"

"那你当初干嘛不找他去呀。"我生气地喷了一口烟在她脸上。"吃醋了？"金妮得意地笑道，"想不到你还是个多情的种子。"我抚着胸口说："我心里酸得很厉害。"

金妮半夜发神经把我拉起来一起坐在窗台看雨，屋外一片漆黑。她让我明天陪她一起去看万芳芳。金妮是个热心肠，为人善良，被前男友抛弃过一次，很没安全感。她似乎体会到万芳芳的孤独和可怜，她说不知道万芳芳一个人怎么过的。

我叹道："每个人都有自己的生活方式，不管是哪种都是自我的。穷人多的是，他们不照样生活得幸福。"

金妮骂道："你这个没良心的，要是哪天我病了，你会不会来照顾我？""会的。"我嬉皮笑脸地说，"因为你是我的女人。""那汪明干嘛不去看万芳芳？""废话，他没那个义务呀。他连万芳芳手都没牵过。"

金妮噴笑了一句问：“汪明到底会不会追女孩呀？我看万芳芳也不像那么保守的女人。”“问题不在于汪明，万芳芳对任何男人都用那套。还真把自己当根葱了。”

屋外的小雨轻飘飘的像一支毛笔溅出的一团墨。黑影重重，只有滴滴答答的声音。金妮还在为万芳芳担心。让我明天把汪明一起叫上。

8

表姐说我是世上最善良的人。念书时我们一起到食堂里打饭送给学校门口的乞丐吃。看着那个衣衫褴褛的老头龇牙咧嘴地笑和满足的表情，我们很开心，像做了一件很伟大的事。我们觉得自己很厉害，可以拯救世人。

不知什么时候我变得麻木不仁，像个冷血动物。就连我的前女友都说我这个人没爱心。

在表姐结婚的前一天，我将她搂在怀里，两颊炙热，我无法接受我爱的女人嫁做人妇。我吻在了她的双唇上。多年后我还记得那一幕场景，那是我的初吻，我和表姐青梅竹马两小无猜生活了二十多年，就在那一天，我被判了死刑。我连生活下去的信念都没有。

表姐像对待一个孩子似的劝慰我。我始终不信从头到尾她就没有爱过我？表姐满脸泪水，我像头猛兽两眼冒着血光不依不饶。表姐胸口颤抖，泪水泛滥，咬紧牙关轻微地扭着头躲避我。我心生怜悯。

表姐从未看到过我如此愤怒，就连在学校用砖头砸那个自称我姐夫的小混混的头时，我也没有这般暴烈。

而我真正的姐夫是个二十六岁的国家干部，剃着平头，很精神，谈不上风流倜傥的帅哥，也算器宇轩昂，一副务实的稳重形象。

面对这个情敌时，我还得对他浅笑。结婚的那天，按照当地的习惯，他被百般刁难，依然笑逐颜开。摄像师扛着机器像拍电影一样围着表姐转，她像个花仙子似的美丽动人。舅舅把我拉到饭店门前指着一排排的名贵婚车说：“有才，看到没有，这就是排场，人活到这份上还求什么？”

我势利舅舅说过的这句话我一直铭记在心，我漂亮的表姐嫁给了一个他不熟悉的人，原因是这家伙有份好工作，有个好背景。

两年后表姐婚姻不幸时，我却还记得舅舅把我拉到饭店门前看婚车的神情。

表姐的婚事得到了周围所有的人赞同，叫好声一片，说表姐嫁了个如意郎君。护士的工作太累，表姐结婚后被调了县里电信局上班。

她的新婚蜜月期正是我失恋痛苦难以自拔、人生中最痛苦的一段时间。我没有再跟表姐发过短信，打过电话。整整一年，我们失去了联络。毕业后，我回到了家，被父亲唤了一年的饭桶，不求上进，整日窝在家中日出而息、日落而作，整夜灯火通明，颠倒黑白地生活。全家人都在吃饭时，我却躺在床上，躺在梦乡里，躺在我和表姐金色的回忆里。

我没有恋爱，没有追求，什么兴趣也没有。连遗忘都没学会。我浑浑噩噩地过了两年，突然传来了一个坏消息，表姐离婚了。原因不详，每次我问起时，父母都是遮遮掩掩，我大概也猜到了一些，不是男方没有生育能力就是男人功能无效。

我却很变态的释然了，我觉得所有人都欠我的，你们终于得到报应了。我孑然一身的去了离家两百多里的市里上班。表姐离婚后还呆在电信局，从父亲那里要我的新号码，每天跟我诉说着心事，我却无心见她。

这之前我还是个处男，比一般的女子坚守的时间都要长。我公司有个女人同情我，看不过去，就帮我破了。之后我一发而不可收拾。

我人生的启蒙老师名叫尹丽萍，比我大三岁。一头直发，鹅蛋脸，眉清目秀，身材修长，丰胸肥臀，为人爽朗简约。我刚进公司时就是她带着我，教我做事教我做人，还教我上床。有次同学们聚会说到自己的第一次时，千奇百怪，各执一词，总之不是给了自己的老婆。有人是给了“小姐”，有人是给了大姐。

我平常都叫她萍姐，她对我溺爱有加，带我吃饭，教我穿衣风格。就是从那时起，我留着长长的头发、稀疏的胡渣，一下子像老了好几岁，脸颊变尖了，体格变瘦了，声音沙哑了。

守株待兔要比主动出击有效得多，只要静静地坐着，不时对周围的人露出一个腼腆而不失迷人微笑，女人们会蜂拥而至。

表姐经常给我发短信，问我什么时候回去看她，她就住在电信局的宿舍里。她每天下班买菜煮饭洗衣服，看电视看《致富经》。生活越来越狭窄，总要问我外面的世界。她说要去学插花，像电视里那些花店的女子一样，总会邂逅一个温柔的帅哥。离婚后她谈了一次恋爱，却不是电视里那些风度翩翩的帅哥，而是个厨子。一个小饭店的老板，为人老实、敦厚，不懂风情。表姐或许是心灵太寂寞，问过我的看法。我说开心就行，三个月后，表姐又单身了。

那年的国庆我回去看她，我整个人都平静了。表姐看着我脸上的老成，什么也没说，拉起我的胳膊让我陪她一起逛街。阳光明媚，却照不亮我灰暗的心。有那么一瞬间我很幸福，表姐不管嫁给了谁，不管与谁恋爱，我仍然是她生命中的一部分。

表姐与我坐在一起时常会表现出一些不自在的动作，说话会脸红。我们用眼睛交谈，我泰然自若，她埋头含笑。她从不问我的恋爱情况，也许是她最不想听到的。我有时候没回她短信，她都会责怪我，生一整天的气。

几年的光阴，我们好像都是在这几年中长大了。各自的生活都变了样，不再像念书时，我和她一起骑自行车回家，在放学的路上放开把手叫嚣。

再回想起以前的日子，像是远古时代，那么遥远。似在书中看到的一个故事，或历史，不曾感应那是在自己身上发生的。

我忽儿明白这世界所有的爱情都经不起考验，都经不起磨砺和现实的检验。我不再为自己对表姐做过的那些事感动。我刻意不去回忆，却总是为她担心。表姐对我说得最多的话就是：“这世上再也没有好良心的男人了。”

每次梦醒，我眼眶湿润，我梦见表姐被那些坏男人欺负，被他们占有。我怕她守不住寂寞放纵自己，我自己的人生黯淡无光，却总要寻找真理去开解她。哪怕是一分的安慰，不起丝毫作用，我也要不休不止地对她说。我在乎她，我童年里最美丽的女子，不敢亵渎。唯恐被心怀鬼胎的男人得逞。

她在我心中像一潭清澈的湖水，我不敢喝，也不想别人喝。每当看着她额头上露出的忧愁和皱纹，我也劝她找个好人嫁了，善良就行。

人生匆匆，她什么也没体验，也没享受，守着一份固定工作，静等枯萎。表姐说：“你给我介绍一个男朋友吧。”我说我身边没有好人，都是流氓。表姐说：“像你一样的就行。”

当年她读卫校时说要给我介绍女朋友，至今都没影。我问她什么时候介绍个护士给我认识，她摇摇头说：“不好，都不是处女，我要帮你把关。不能害了你。”表姐的观念还是那么保守，在她心中我还是那个单纯善良的表弟。

我对女人已经没有标准，无所谓美丑，腿长白嫩、胸大丰满的我都喜欢。我连个偶像都没有，像徐风一样的阅女无数，心中没留下半点感动和遗憾。我是用嘻哈的精神过着二胡一样的生活。

岁月的年轮留下稀依的印痕，在孤寂的深夜沉落。谁能明白表姐结婚那两年我是怎么过的。我父亲骂我废物，给我脸色看，以为我是不想去上班，只知道呆在家里啃老。

我爱个女人爱了二十几年，就因她是我表姐，突然跟我说她要跟别人结婚，我人生中的第一次恋爱，而且那么深那么真。我个大老爷们整日以泪洗面，愤愤不平。

我眼睛都哭红了，我母亲以为我是得了红眼病，我关在屋里翻看那些夹在书页间的栀子花瓣。看见我们过去的点点滴滴，想一辈子不醒，就活在幻影里。

我的启蒙老师萍姐第一次把我带到床上，脱去我的衣物，温柔地抚摸我时，我的心没有一丝激动，像等待一个程序，我知道那一刻过了我就是个男人，我就毁弃了我跟表姐之间的约定，我没有像个傻子一样为表姐等待。

那些旧事就像我身上的伤疤，每每想起，总能从上面抠出一块新鲜的结缔组织，然后流出一股新鲜血液，永远不能愈合。

我走过陌生的城市，偶遇陌生的女子变成床榻之欢，每当醒来却看不见昨夜栽培的花卉，只有表姐留给我的那片枯黄的栀子花瓣浓香扑鼻。

9

汪明抖了抖风衣，掏出烟，风吹乱了他的头发，像个多情忧伤的浪子。金妮挽着我的胳膊发笑，说汪明其实挺有气质的。

我说，你要看上了汪明早说，别整天在我面前夸他，搞得我挺没安全感的，说不定下一秒就被你甩了。

金妮越来越喜欢纯情的人。静静地与她坐着，或者抱抱摸摸，搂着她的肩，紧紧地贴着脸颊，至死不渝。像浓雾里找不到的道路，一直延伸到远方，朦朦胧胧，没有归期。她害怕感情上的欺骗，更害怕那些甜言蜜语的掠夺，整个灵魂都被掏空，只有在漫漫长夜里听着那首《一个人想你》。让人痛苦的不是爱情而是思念，所以她选择像我这样的坦诚，没有尔虞我诈，谁也不欠谁。她对我的评价只有四个字：男的，活的。

我问她何故如此大彻大悟，她说都是她前男友让他太深刻了。

我打电话给汪明让他陪我们一起去看万芳芳，一开始他死活不答应。一个男人对一个刚开始喜欢的女人绝情，只有两种可能，要么是她放开了门，让他进去肆虐成狂，没兴趣了；要么是一直拒之门外，让男人失去了信心。汪明是后一种，对万芳芳绝望到底了。

几个月前他还一直在我面前说这是个好女人。我好心开导他，要给女人一点耐心，如果是真心喜欢，就算得不到，也应该珍惜那份感觉。一个人一辈子能爱上的女人，能让自己无怨无悔追逐的女人就那么几个，这是种缘分。

他点头应是，开着车带些水果来接我和金妮，路上还问我呆会说些什么？自从上次他在马路上牵着万芳芳的手被甩开后，他们就再没联系过。他想不通自己哪里做得不好，不够优秀？他有车有房，现在连中学生都在公交车上、公园里明目张胆地接吻，大街上小情人成双结队。他汪明追了个女人好几个月，连手都不给牵，女人再保守也没保守到这程度吧。这不明摆着不来电吗？

汪明说这辈子再不见这个女人，就算她跪着求着也不见。他说得咬牙切齿，恨之入骨。

汪明开车时心神恍惚，一直到万芳芳楼下，他还像个大姑娘一样畏畏缩缩。金妮将他推在前面。按了门铃，里面许久不曾有回音，来之前金妮还给万芳芳打了电话。在门前又拨通了万芳芳的手机，万芳芳脸色苍白穿着粉红的睡衣出来迎接我们。第一眼看的是站在门前的汪明，露出一排洁白的牙齿，脸四周的肌肉向外扩张。

万芳芳高烧三十九度，气若游丝。金妮走上前将她扶到床上，像一片飘落在风中的玫瑰花瓣，躺在床上渐渐的平息、死寂。

众人心头酸凉。一个弱女子，病了也无人照顾。说明她是真的没有情人。这一点汪明很欣慰。万芳芳拒绝了他，至少别的男人也没钻空。

汪明死灰复燃，又表现出了惊若天人的热心，要送万芳芳去医院。万芳芳指着床头一袋子药说，去过了，也挂过点滴。

金妮说女人恋爱不是想找一个男人上床，只是病了的时候有人照顾，有人陪着自己挂点滴。寂寞了有人陪自己吃饭，说说话。穷的时候有个人陪自己逛街。无聊的时候给那个人发个信息问候一声，说个笑话逗自己开心。得意的时候找他炫耀，失落的时候找他倾诉。

当年我就是金妮口中所盼望的好男人。人说男人不坏，女人不爱。每个人都在犯贱，贱到无敌就人贱人爱了。

死缠烂打是很不科学的泡妞方法，除了浪费时间浪费金钱外，还错过了其他的机会。最重要的是伤心。

女人病的时候照顾她要花钱，陪她吃饭要花钱，陪她逛街也要花钱，说不定完了还给你戴一绿帽子，这就是回报。

爱情会让男人变得现实，无情。

前女友跟我同居的日子，我义无反顾地发誓要对她好。努力赚钱，以后我给她买迪奥。她喜欢坐在地板上逗闷骚，看我玩电脑。说我们以后要生一个孩子，有一间不大不小的房子就够了。她光着脚丫给我比划房子的大小。那时阳光正从窗外射进来，照在她美丽的脸颊上。我觉得幸福极了。每天下班我煮饭，她刷盘子。我夜半三更不睡觉，给其他公司接私活，早点存够钱完成我的伟业。她躲在被窝里给理发店的小伙子发短信，经常避开我去洗头，回来焕然一新问我发型好不好看？说是特意为我做的。

爱情是最具风险的投资，你对一个人再好，她也会烦、会腻，会厌倦。谁都喜新厌旧，看见漂亮的衣服女人们都想试穿一下。只有玩尽了各种类型的男人，急着找终身伴侣的女人才会无病呻吟这世上好男人哪去了？

汪明身上有几分当年我纯情的傻相。他问我为什么活得这么超然物外、洒脱得意，似乎女人不断。我说既然选择了做坏人，就要比好人过得开心，不能暴露弱点出来让别人同情和嘲笑。就算有，也只是那一瞬间，但我不会说出来。

汪明一见到万芳芳就成了失心疯，一会要给万芳芳敷热毛巾，啰啰嗦嗦婆婆妈妈问了若干遍万芳芳有没有吃药，医生太不负责，怎么随便给病人开了药不问不闻。这要是出了事，连个支应的人都没有。打开每一个水瓶都是空的。万芳芳家里衣物随处乱扔，沙发上椅子上布满牛仔裤和内衣。金妮为万芳芳盖好被子，让她好好休息，起身就轰我做事。她自己边收拾万芳芳的房间，边嘱咐我烧开水。

汪明抢着我手头的活，金妮弯腰从地上拾起一双丝袜转身对我说："要不这样吧，今天就在这里吃饭，你们两个一个去买菜，一个烧开水，呆会淘米。"

汪明一马当先说："我去买菜。你们喜欢吃什么？"金妮笑嘻嘻地说："买条大鱼，让赵有才烧，他别的都不行，就厨艺这方面还算得上个好男人。"我抗议道："说什么呢，我在床上也是个好男人。"

金妮拿起丝袜揉成团就砸向我这边，被我轻轻一闪，正挂汪明的嘴角。汪明大骂，龇牙咧嘴吐了好几口唾沫星子又抖衣服又跺脚，像全身都脏了。叫嚣道："你们两个坏人，注意点形象，法律管不了你们，道德束缚不了你们，你们再这样下去迟早要自取灭亡。"

汪明的词这就么多，平时骂人教训人一本正经，开句玩笑都不会。病怏怏的万芳芳在床上笑得打嗝，病好了一半。唉声叹气让金妮放下，她自己起来整理。

汪明得意地转动手中的车钥匙问万芳芳："芳芳，你想吃什么？"那一声叫得肉麻冷峻，像一股寒风吹进我的胸口，我打着哆嗦跑到金妮旁边说，我冷死了，借我抱抱。

金妮一把推开我骂道："你个死赵有才，我又不是你什么人，以后在公众场合不许占我便宜。”

我摇着头叹道：“自家人面前就不要摆菜谱了嘛。刚开始的时候说我赵有才有络腮胡子，休格瘦，能力强，现在把我玩腻就装矜持了，你想甩掉我，休想。”

金妮脸红着一拳打在我胸口笑道：“现在不喜欢你了，你特讨厌，特烦人。”万芳芳捂着嘴笑。我学着汪明的口气酸溜溜地对万芳芳说：“芳芳，我以后跟你过了，我看金妮八成是看上汪明了，让他们媾和去。”

万芳芳深情款款地瞟了我一眼，对着汪明说：“我想吃红烧肉，馋死了。”女人病重的时候娇柔温顺、媚眼含情，让人怜生疼爱。汪明应了声就跑下楼，身影像个十七八岁在足球场上奔抢的健壮小伙子。

10

我和徐风的爱情观一样，没有追不到手的女人，只有甩不掉的。我却从来没因为徐风与我臭味相投而欣赏他的做法，相反我却更欣赏汪明，每当看着他憨厚的笑，就像看到了当初的自己。这是一株没有被城市环境污染纯洁的树苗，我相信他总有一天会开出幸福之花，只不过时间漫长。他没有像我们一样选择今朝有酒今朝醉、及时行乐的态度。

前女友与我分手已经三个多月了，突然有一天我梦到了自己跟她约会，醒来的时候我真的在跟她约会。坐在茶馆的包厢里点了两壶云南普洱茶，像哪里摘来的枯树叶子，碾碎沉落在壶底，苦涩封喉。

她一手按着自己的肚子一手捶打着我，气呼呼地骂道：“赵有才，你什么意思？你装睡是不是？你不想负责任是不是？”

“我负，你说。”我搓了搓眼皮起身说，“我先上个洗手间。”

形形色色的人围绕着自助餐台端着盘子打转，盘子里夹满了蛋糕桂圆。两个女服务员双手重叠放在腹部恭恭敬敬站在通道两侧，一身喜庆的红色还是没能让我酒醒。迈进洗手间，捧了两捧水浇在脸上，对着镜子搓揉这张布满胡渣的老脸，捋了捋沾在额前的湿头发松了口气退出来。

昨晚两个主管巴结徐风。现在官场上流行喂牌，光明正大不好送钱，就打麻将。两个主管请他吃了饭，饭后拉着他打麻将。八九点钟，我正在论坛里灌水，孤身日子过惯了，太早了睡不着。我的无聊时间几乎都浪费在这上面，以灌水而闻名江湖，获得水仙的称号。如神一般的存在四处游荡，雁过留声，贴过留名，无处不在。看贴不回乃大罪，从道德上讲这是种最无耻的行为，就如睡了女人没有留过夜费一样。几年前我以账号“赵兄托你帮我办点事”而获得论坛最隐晦ID被网友们奔走传诵。

徐风一个电话把我叫过去凑牌局，此等好事我怎会错过。风风火火的打了辆车过去。两个主管早在徐风家候命，只等我一到就准备被宰的姿势，脖子伸得长长的。

两个主管都是三十多岁的样子，算得上我们的长辈。我一去马上挪开位，递上烟，殷情得像个“小姐”。寒暄几句，问了问我的工作，得知我跟徐风是同学，更是不敢怠慢。我和徐风对面，在两个主管爽朗的笑声中拉开了战争的序幕。我打牌的德行是见牌就胡，无论大小，自摸放炮，凑齐牌就推。沾着徐风的光，吃得油满肠肥。中途胡了两把，烟是不停的抽，两个主管你散一圈他散一圈，嘴唇都抽得干裂，起身到徐风家的冰箱里拿了四瓶可乐，借花献佛递到两个主管面前。一开牌，我喂了一张六万给下家的家电部主管，醉翁怀意地问道：“徐风这三星的冰箱挺时尚，超市里有没有打折的次等品，什么时候帮我也搞一台？”

家电部主管脸红着干咳了两声望了望徐风，尴尬地看着我笑。徐风指着我骂道：“打牌打牌，改天要买自己去挑。”

几十局下来两个主管愣是没敢胡一把，两人互相调笑昨晚摸了不干净的东西，今天手气才会这么背。

徐风左右逢源，上吃下砸，连我的都不放过。烟叼在嘴上活脱脱一个兵痞。这哪里还是我当年同窗的挚友，这分明就是一个资本主义的大亨，现实主义无情派小爷。

玩到后半夜，两个主管分别输了两千多，慵懒地扭扭身体，慢吞吞地出着牌。看样子喂得也差不多了，主管一个月的工资才四千多，又买房又养一家老小，有的还有外事。这钱哪来的？从供应商那里敲诈的，从促销员那里搜刮的。

一看情况差不多，徐风朝我使了个眼色。解围的事由我这个局外人来做再适合不过了。我眯着眼睛看了下手机说：“都凌晨四点多了，明天中午还要陪人去看房，要不下次再玩吧。”

两个主管一脸笑容地站起来，打着哈哈说：“徐经理要不就这样吧，改天有空，再大战一番。”

徐风一副无辜受愧的样子扶着两人的肩膀说：“那早点回去休息吧，家中嫂子不会怪我小徐不懂事拖着二老有家有室的人玩牌吧，实在不该玩得这么晚。”

两个主管送了几千块过来，还笑嘻嘻地叮嘱徐经理注意休息，日理万机，工作繁忙陪下属玩牌，这算得上恩德无限了。

两个主管一出门，徐风就开始唠叨，说现在受点贿也真够吃力的。一不小心就被你这个外人全捞去了，人情我欠了，好处你拿了。

我一数钱，我他妈熬个通宵才赢了八百多块，他一个人赢了三千多。徐风说八百多还不够呀，你一天工资有八百块吗?

我说："我也是凭真本事呀，你没看到我牌出得多谨慎，滴水不漏。坐我下家的家电部主管忒不懂事，见着你出的牌动都不敢动，我看他样子就有胡我的动机，好几次都盯着我手中的牌思索。"

徐风喝了口可乐说："现在肚子饿得荒，晚上就喝了酒，饭都没吃一口。弄两个小菜庆祝一下吧。"我说："这么晚全城都歇业了，哪里搞菜去?"

"现成的厨子不是在这吗?"徐风推着我说，"快去吧，冰箱里有鱼，你随便弄两个小菜就够了，酒也有。明天周日你又没事，咱们一醉方休。"

我系上围裙像个家庭主妇怨道："我这八百块拿得可真冤枉，动了一夜脑子，完了还要当你的临时保姆。"

我在冰箱里翻箱倒柜，他坐在沙发上感叹，像获得多大成就似的，一身荣耀感，说人生真他妈的瞬息万变，当初进超市时还以为自己这辈子完了，天无绝人之路，完全不像自己预想的那样发展，机会来了，你不要，它非砸你头上。

我说："你不就是一个超市经理吗?这城市比你有能耐的人多的是。""一方霸主，你懂这意思吗?"徐风倒在沙发里仰面朝天说，"我掌握了千百号人的生存问题，换句话说我最少是个团长营长呀。"

我恭维道："你比团长还牛，团长手下也没你这么多女兵。想上哪个上哪个。""那是。"徐风一脸得意地说，"只要我想升迁，一句话总部马上调我去。你可别小看我这个经理，这里面人际关系学问可大着呢。跟你说了你也不懂，你们这群人这几年啥进步没有，就耽误在女人身上了。"

我赞叹："还是徐大经理高瞻远瞩，当初就有长远眼光。什么时候我失业了把我弄到你地盘去给个主管做做，我也施展一下自己的才能。"

徐风摇头说："你得了吧，这叫命运，天赐我机遇，你去了那叫专业不对口，白忙活。"

我怨声载道地烧了条鲫鱼，炒了个花生米，煎了六个荷包蛋，就跟徐风坐在沙发上对饮起来。谈起这几年的生活和大学时的感慨，现在我变得人不像人鬼不像鬼，当初念书时我是出了名的不近女色，好几个系里主动与我搭讪的女生不是骂我神经病就是说我同性恋。谁能想到毕业后最浪的会是我。如果退回到我的处男时代，会烧饭，不近女色，人品好，这绝对是一个最佳老公人选。忽儿想到一句教科书里面的段子：“橘生淮南则为橘，生于淮北则为枳。”

男人花不花心取决于与他相恋的品种。换作我表姐，我今生不会拥有第二个女人。

徐风家里啤酒被一扫而光，我喝了六瓶，他喝了四瓶。烟也抽得头昏，他晕晕乎乎地倒在我肩上，以我如今的品行，要换成个女人这会就将她办了。

我自斟自饮，醉得不省人事。那时天边已露出曙光。第二天九点钟被五六遍的手机铃声吵醒，徐风早已起床准备了早餐，将电话扔到我耳边说：“你前女友电话，估计是回心转意了，快接。”

我迷迷糊糊的喂了声。前女友在电话里说有重要事跟我说。我敷衍道：“改天再说，我现在没空。”

她扬言我不听要后悔一辈子。她在电话那边一边哽咽一边吼我。我睁开眼睛预感不妙，她平时不是这么大呼小诈的人。我问什么事？她说见面谈。十一点钟雅歌茶馆见，听起来像某汽车的名字。那里到晚上有小曲听，弹古筝的唱摇滚的，是家演艺茶楼，我一次没去过，是徐风的根据地，平常就老听他提起那里环境悠雅。没想到我女朋友也去过，而且不是跟我一起去的。看来她瞒着我的事远远超出了我的想象。一想到那些心就慢慢变硬了，我说好，一会儿见。看她这次又要什么花招？我睁开眼睛时就发了个誓，无论如何不要轻信她任何一句悔过的话。

我翻了个身，一看四周，自己睡到了床上，掀开被子准备下床时，我惊诧一顿，下身凉凉的，我捂着身体叫道：“你怎么把我衣服脱光了？我什么时候跑到床上来了？”

徐风一脸幸福满足阳光的笑容，看起来睡得很饱。“你昨晚吐了我一身，沙发上全是，我被你吐醒了，帮你擦干净扶到床上的。”

这么多年的同学，坦诚相见屡见不鲜，连对方身上的汗毛都了如指掌，哪个地方长没长痣一清二楚。但此时心里却渗得荒。我拉好被子盖着身体摸着脑袋说：“我记得昨晚没吐呀？”说时惊慌地摸了摸屁股，心里越想越害怕。昨晚到底发生了什么？

徐风若无其事地说：“你的衣服我都放在洗衣机了，算是回报，不欠你的。你昨晚烧了顿饭给我吃，我帮你洗了衣服，你今天穿我的吧。”

徐风催促我起来吃早饭，说卫生间里有新的牙刷，用完扔到垃圾桶里。看着他的眼神越想越诡异，阴森恐怖。他经常带女人回来过夜，家里保险措施器具一应俱全，床头就是。见到这些东西我如同置身一个地狱，多年来的同学看着像个恶魔。

11

我的前女友叫安蕾，我跟她的相遇像一部偶像剧。我第一次去复古专卖店买衣服就碰到了她。她长长的卷发，青涩的脸孔，不太光滑，却透着一股妩媚，我想当时是迷恋上了她的眼睛，一眨一个主意，古灵精怪。她穿着双马靴站在镜子前试衣服，试了七八件，然后问女店员漂亮不漂亮？女店员恭维了几句，她还是不满意，然后又换了一件。我一向不愿在买衣服上浪费时间。除了黑白，所有的颜色对我来说都是多余。那天我买了一身行头，衣服裤子打包付了钱，等着店员给我开票。安蕾忽然转过身问我："我穿这身好看吗？"我托着下巴仔细看了一眼点头说："可以。"她翘起嘴唇会心一笑。

结账时，店员要给我办一张会员卡，凡一次购买规定金额以上的服装都可以获得会员卡一张，下次买衣服只要七五折，有新款店里还会短信通知顾客。我留了号码办了张卡。安蕾在旁边嚷着说不公平，她买这么多回的衣服店员也不给她办会员卡。店员为难地对她笑，说下次可以带男朋友一起来买，凑齐一千块就可以办理，两人可以共同使用一张卡。

安蕾装可怜地双手抱拳搓着眼睛一副哭相说："我还没男朋友。"

我收了票，店员将一个小篮子递到我面前，说凡购买超出规定金额的顾客可以挑选一样小礼物。篮子里都是耳钉耳环发夹珍珠项链还有手链，我拿起一对大耳环说这个也不适合我戴呀。

尖尖瘦瘦的女店员快嘴快舌地说："可以送你女朋友呀？你有女朋友没有？没有就送给我吧？"

面对她的炮语连珠，我一时哑口无言。年纪一把没个正式女朋友实在不是件光彩的事，有时候想送别人一样东西都不知道送给谁。

女孩一多，她们跟着起哄，争着想要。个个都是活泼可爱。安蕾站在旁边拉着我的衣服说："我好喜欢这个耳环，我戴上一定很漂亮，送给我吧。"

我看了眼店员，再看了眼她，从审美上看，安蕾的确比店员更适合拥有这对耳环。我当时拿起那对耳环就递到了她手中，她不停地说谢谢，还要让我为她戴上。这也是我第一次送礼物给一个素不相识的人，似乎跟她的感情增进了不少，看着很亲切。

我说我不会，你让店员帮你戴吧。转身我要出门，她在后面喊住我，让我等她一起走。

那是个阳光温暖的午后，我和她肩并肩从热闹的步行街人流中挤了出来。她咬着嘴唇说："以后你会员卡能不能借我使使？"我掏出来像拿着银行卡给劫匪说："你要就拿去吧。"

这次她却变得很客气，说受之有愧，让我保存着，有需要就打我电话联系我，就那样要了我的电话号码。我送她到了车站，然后一个人游荡在街上，走到肯德基门前，在外面餐桌的长凳上坐下抽了支烟，忽儿有点孤单感。

去徐风的超市逛了一圈，看了看他灌溉的那些花朵，如芙蓉出水、性感成熟。谁能想到这些热情好客的促销员都跟他有一腿？逛了两圈没见到他的踪影，给他打了个电话。徐大经理公事繁忙又跟着上头去巡店了，落得我扫兴而归。

街上人浪起伏如千军万马，看着这些激情澎湃搂搂抱抱的人群，我唯有羞涩与退却。渺小感只要抬头望一眼高处便知，四处都是高楼大厦，衣着光鲜的人群，奔驰而过的名车。而我赵有才算得了什么？没有一栋楼是我的，没有一个女子是我的。

上帝没有赋予我普渡众生的使命，连保护女人的权利和义务都没赋予我。上帝只给了我一个生存准则，活在这个圈子里，不许杀人，不许放火，不许做法律以外的事。安安稳稳地活着，一直到死，这就是我的一生。活着给世界做一个衬托，死了就是一堆灰烬，或许没人能记得这世界我来过。如果我长得丑的话还要被别人说成影响市容，如果我再穷一点还要忍受蔑视和嘲讽。我简直不懂别人活着哪有那么多伟大的意义。

安蕾的到来，让我觉得是上帝对我愤怒的弥补。那天晚上她就给我发了短信，而且一发就发个没完，当初怎么没意识到她是一个这么喜欢闲聊扯淡的人。我以为她会像我心目中的女子一样，静静地享受寂寞，那是一种高贵。

她一开始问我吃饭没有，然后问我的工作，然后问我的爱好。我说我爱好睡觉和陪女人睡觉。她说我是个大流氓。她说人生总得有点追求吧，理想志愿什么的？我说没有，一概没有。吃喝玩乐安度此生。她问我座右铭。我想了半天，发了六个字：不拒绝，不主动。

后来她大呼上当，她说我比谁都主动，不只主动，那是相当的暴动。我很少主动与女人搭讪，第一，不稳重；第二，不自重；第三，与不熟的女人搭讪

不礼貌。

但如果哪个女人先找我聊，我会很高兴。谁先开口，谁就暴露了心机。想聊喜欢聊，才会找他聊。

对于主动找我的，在捅破那层窗户纸时，我是很主动的。总不能让女人熬到心痒痒了对你说：我们上床吧。我的暴动是节省了时间，而且维护了女性矜持的形象，很大程度上是对女性极度的尊重。

人生若只如初见，那是我觉得最有道理的话之一。刚开始我们的感觉都很好，悸动，兴奋。如果每个人每件事都保持在刚开始的阶段，每天都会保持一份新鲜感。一件事如果玩腻了，就是悲哀，人生会少样东西或者少个朋友。

她每晚都要跟我聊到深夜，每天她都能找到话题。聊了半个月，她说想买衣服了，让我陪她去，借我会员卡用用。我想她陪那个理发店的小伙子大概也是这样聊上的吧。

那天我陪她买了衣服，她付钱时说衣服太贵，看了我一眼。我假装没看见。出门时我也感觉到自己太小气了，但我是真心喜欢她的活泼，不愿意把这些惯用于许多女孩身上的老招数对待她，我尊重她，可能在她心里是我的忽略。我陪她到麦当劳去消费了 58 元。这是我人生中干得最得意的一件事，只花了 58 元就泡了个女人。我问过我妈，用 58 元追到手的女孩能不能当咱赵家的媳妇？我妈说只要 300 元以下的都算。我心里一惊，难道我老妈也知道现在市场价格？

我说这 58 元中还有我吃的那一份，实际花掉的只有 30 元。我妈说我孬儿子终于拐到一个老婆了，苍天有眼，菩萨保佑，甚至都扯到了她上辈子积的德和我们赵家祖上的恩典。正当我准备好好过日子，年底带回去拜望她老人家时，安蕾就离我而去了。

那天分手时她给了我一个深切不怀好意的微笑，让我改天到她家里吃饭，她请我。这种信息我非常熟悉，这是我的启蒙老师萍姐传授给我的。她第一次就是说：明天你到我家来，我烧饭给你吃。

一旦女人说了这句话，基本上就是拍板了。明天老娘是你的了。

安蕾每天都会跟我分享她的事，我甚至有点烦她，一个小破公司，整天勾心斗角，不是领导欺负她，就是同事们欺负她。她几乎怨恨我不能像小流氓一样拿着刀带着一伙人去帮她打架。女人不像男人，她们啰嗦，鸡毛蒜皮的事你一句我一句能骂成深仇大恨。男人有事要么打一架，要么忍了，回家喝瓶酒，第二天烟消云散。

我劝导，用短信帮她一起骂这社会总会有这么多的傻比。她解恨了，开心了，突然说了句喜欢我。

我说是哪种形式的喜欢？不能随随便便一句喜欢就敷衍了事，那是对双方的不负责任。理由说清楚了，有利于咱们以后的交往。她说喜欢就是喜欢，还分种类吗？

我说当然分。便举了几个例子，动物园中那么多的动物，我最喜欢猴子。从第一眼见到那个男人时，我便喜欢上他了。我喜欢陪妈妈一起买菜。诸如此类，你属于哪一种？她说应该属于喜欢猴子的那一种。她问我喜不喜欢她？我说你问猴子去。

她请我到她家吃饭的那天，是她买的菜，饭菜都做好了，家里收拾得干净利落，才一个电话通知我。如果心灵上距离拉近了，哪怕是没见过面，也如同相知一样，这就是那些网恋数日的人为什么一见面便炙热如火。

那天我们喝了一点酒，是我建议的。她家里没酒，我下楼去买，然后在她的推辞下给她倒了一小杯，在不影响她醉的情况下，我喜欢这种情调。

12

一个女人请你到她家去，而且烧饭给你吃。傻子都明白她喜欢你。孤男寡女独处一室，我没有那么正人君子。

我的泡妞伎俩主要分布为霸王硬上弓和怀中抱妹杀。三两杯下肚她的眼皮就下垂，她摇摇晃晃地站起来说要给我放首歌。我从后面抱着她的身体扶到沙发上，她半推半就，欲拒还迎。我解开她衣衫时，她有过一段挣扎，满嘴酒气。我说你要不愿意就算了。

她没有说话，闭着眼睛似乎一醉不醒的样子，那时屋内响起了《加州旅馆》，就在音乐声中，我和她在沙发上结束了长达近一个月的暧昧关系，从此明刀明枪的干上了。

事后她一副欲哭无泪、明日黄花一朝贬值的样子依偎在我怀里装逼地说："我们都要幸福。"我们一起坐在沙发上抽烟，她又说难受。我让她趴在我腿上，就那样静静度过了一个下午。

这是我用58元泡来的女朋友，我宣誓，这女人从此以后我养了。

星期天不是她来我家，就是我去她家。来我屋里时，我们听着魔兽亡灵序曲《the dawn》，在这首充满战场硝烟味、激昂并带着伤感的歌里，我们一次又一次抵达生命的最高峰。

后来她说这样很不方便，然后选择了一个折中的方法，我们一起去找房子，在离我和她公司上班都比较近的地方，我们同居了。

我以为从头到尾摆阵的都是我，这他妈简直是个悲剧，这他妈简直是个陷阱。我只是块砖，那个理发店的小伙子才是玉。

同居后她就发现我一身的毛病，我不喜欢看电视，整天面对电脑的时间比面对她的时间长。而且我重复听着一首歌，有时候听一天，有时候听一个星期。她受不了我的固执。而且她不喜欢我抽太多的烟。还莫名其妙地提出一个要求，不许我在公共场合笑，原因是我不笑的时候很酷，陪她一起逛街保持对身边所有人都冷漠。

就算是在上班的时候她也会给我发短信，我说有事床上说，咱们回家慢慢聊。她说我是不在乎她，才刚认识两个月就这么冷淡，要是过三四年会变成什么样子。我说哪怕是三十年四十年，我还是这个样子。

一到家衣服也不洗，有一箩筐的话想对我说。我想她出轨的原因可能就是因为我的少言寡语。

只有在我陪她买衣服的时候她才会很开心，一件衣服可以改变她的心情，每次买衣服回来，她连说话的口气都兴奋得颤抖，给我夹菜说宝贝多吃点。最可气的是她后来抱了一只狗，将那只狗抱在怀里也唤宝贝，与我齐名。

我让她给狗取个名字，别整天宝贝长宝贝短，我都分不清到底是在喊谁。有时候我在厨房里烧菜，她就在客厅里逗狗，教它双脚立地行礼。“宝贝乖，宝贝来，快点。”我以为是在喊我，马上从厨房里奔出来，她看也没看我一眼，抱着狗嘻嘻哈哈。

她给狗取了个名字叫“herry”，我说我都没英文名，你给狗取个英文名干嘛，它连人话都听不懂，你这不摆明了给自己找难堪嘛，你在街上一叫还不把人都笑死。英文名都是公关交际明星用的，他们要与外国人打交道，走国际路线才用英文名，你一辈子没出过国就整一个英文名装给谁看。

她被我说得脸红，要打我。那天她像被我捏到了把柄，半天提不起精神。后来她让我给狗取个名字，我说就叫闷骚吧，挺像你的。她骂道：“你才闷骚，你全家都闷骚。”

她也不是真的喜欢小动物，只是为了虚荣心。俗话说穷养猪，富养狗。我没钱给她买名贵的狗，她洋不洋土不土的抱了只杂毛野狗，整天抱在小区里晒太阳，拖在后面装阔气。我们两人都上班去了，将闷骚关在家里饿一整天，饿得嗷嗷叫，在屋内上窜下跳，有时候鞋子袜子找不到，我总怀疑是被闷骚拖到某个角落里去了。

一下班，她就搂着闷骚在怀里。我不理解为什么所有的男人都不能容忍别的男人摸自己老婆的胸部，却允许一只狗整天趴在老婆胸口。狗是生命体，也有生理现象，难道它心里就不快活？安蕾说我心理阴暗，心胸狭窄，没有爱心。

她从我这里搬出去的时候，收拾得很仔细，连一双袜子一卷卫生纸都没落下，闷骚留给了我，她搬过去与理发师新欢，可能也没时间再搭理闷骚了。留下我跟闷骚相依为命。之后我由于心情不好，骂了上司，就失业了。

我这边乌风阵雨，她那边巫山云雨。

我吃肉给闷骚吃骨头，我吃鱼，它吃鱼头，我对它甭提多好。失业后我天天有时间照顾它。没事我踢它，有事我把它拴起来关在卫生间。我终日沉醉，我的痛苦不是因为失去了一个女人，而是我不承认自己输了。

那段时间我感觉整个世界都荒芜了，超脱三界以外，不在五行之中，如行尸走肉。此后我认识了汪明、金妮、万芳芳。我再也不想在安蕾住过的房间里呆下去，这里面一股闷骚味，始乱终弃的女人为我所不耻。

我带着闷骚去了郊区，让它放任自流。它每天都能在外面搞得很饱，我带饭回来给它吃，它抓着我的裤管不放。我差点流下眼泪，一条狗都比人有感情。跟人相处的时间长了，越看狗越亲切。

我重新找了份工作，每天都要面对三十七岁女上司的非礼。我一进公司她就对我十分满意，安排我要职，经常鼓励我。中午吃饭时总要等着我一起，每次她要掏钱，我心里就害怕，主动站起来买单。她说小赵这个同志很懂事很可爱。漂亮的女客户到我们公司点名要让我陪着一起去看房子时，地主婆每次都要找理由搪塞，让我做其他事。就连在公司里我跟那些女人说半句话都要被她训，说上班时间不许聊天，要不然你来坐我的位子，你想找哪个聊天直接带进办公室。

有天她将我留下来加班，整个公司空无一人，九点钟时我后面居然伸出来一只肉乎乎的手。我回过头几乎要魂飞九天，地主婆端着一个全家桶还有一杯可乐递到我面前，说是奖励我的。我战战兢兢地吃起来。

我问她为什么这么晚还来公司，她说顺道路过上来看看我，怕饿着我。那天她的语气格外的柔和。手就伸到了我胸前，我猛烈拒开。她捻着手中的玉米屑说："看你吓的，你吃没个吃相，像个小孩子，衣领上都是玉米。"然后递给我一张纸巾让我擦擦。幸好我是个男人，如果我是弱女子就要被她强行占有了。想想心里很后怕，这世上女子多危险，连我这个男人都逃躲不了上司的骚扰，将来赚够钱千万不能让老婆上班。

地主婆问我有没有女朋友？我说没有，她阴险地笑了一声，像很得意。说年轻人不寂寞吗？我说还好，工作一忙就不会瞎想了。

她拍着我的肩说小赵的确辛苦了，工作出色。到时候推荐我做新项目的组长，让我全权负责。我说我阅历浅，倒是不敢当。她拍得更重，而且手法越来越不规矩。

地主婆还一直自以为是的断定我是处男，不了解个中滋味才会这么正经。她问我喜欢什么样的女人？以后给我介绍个。

该大的地方大，该小的地方小，性格像“小姐”一样我就喜欢。但不敢说。我说我目前还不喜欢女人，也无心恋爱。她惊愕地问：“小赵，你不会是同性恋吧？”我想说我是同性恋，因为我想操她大爷。

我说我不是一个纯粹追求肉体的人。那天出了公司我就打了辆车直奔红日洗浴中心，找了个最漂亮的“小姐”睡觉。

我问徐风我是不是很贱？一个丰满的女上司主动勾引我，还能在事业上帮助我。同样是女人，同样的构造，关了灯都一样，而且她浑身都是肉，摸着哪里都像摸着胸部。我偏偏不要，宁愿倒贴钱去找别人，这要让地主婆知道非气得吐血把我开除了。徐风说这世上贱人有很多，你是我见过最贱的。

13

接了安蕾的电话，我匆匆忙忙地从床上爬起来，找了几件徐风的衣服穿在身上，感觉浑身不自在。连早饭都没吃就去赴约了。

眼睛肿得像熊猫，一晚上赢了八百多块，也没心情挤公交，整个人站都站不直，昏昏欲睡。在路口抽了支烟，招了辆车便在上面眯起了起来。出租车司机把我叫醒时我正做着噩梦，梦见徐风一丝不挂地睡在我旁边，我头上冒着虚汗，坐在后座两腿打颤。

在雅歌茶馆门口拨通了安蕾的电话。她穿着一身松松垮垮的粉红色衣服出来迎接我。像比以前胖了一点，看样子那个理发师没有怠慢她。

我打了个哈欠平淡地对她一笑，然后坐进了包厢，掏出一支烟，点燃，望着窗外。她问：“闷骚还好吗？”“好得很。”我随意回答着。

闷骚是我们之间的纽带，看着孤独的闷骚，我有时候也会黯然神伤，可怜这个世上再也没有女人抱它了，它一身灰色的泥土，成天在郊区的田地间转悠觅食。

她一直跟我叙旧，来之前我就做好了心理准备，再也不上她的当，心静如水。打了一夜的麻将，眼中带着血色，她也没有关心我的身体，也不问我这段时间过得怎么样？只顾说着她的感受。

我靠在沙发上，嘴角叼着烟头，昏昏沉沉半醒半睡，耳边嗡嗡响。她突然捂着肚子说她怀孕了。我敷衍了两句继续沉睡。怀孕关我屁事，难不成还要请我去喝满月酒，老子赵有才行走江湖数载，大大小小的场面见过不少，到头来女朋友居然被一个理发师抢了去。

她声色俱厉地用一个核桃砸在我脸上吼道：“赵有才，你到底有没有听到我说话？”我火冒三丈，正要站起来发威时。她委屈地说：“孩子是你的，一百多天了。”我阴笑了一句：“那个理发师对你还好吗？你们蛮快的。”她一脸糊涂地问：“什么理发师？”

我懒得理他，靠在沙发上打盹。她将我推醒，几乎要摔盘子。我起身去卫生间洗了个脸，爽快了很多，我决定清醒面对这件事。

在回到包间坐下时，我还特意站在她旁边仔细地窥视她的肚子若干秒，她挺得高高的让我瞧，无任何起色。我啧啧了两声，咬了一片西瓜冷静地盯着她。

我跟她相处的那些日子，我们都有很好的安全措施，算准了日子才破例一回。就算百密一疏，也不完全断定这孩子是我的。如果万一是我的，我也不允许他活着面对这个世界。我希望我的孩子是降落到人间的天使，而不是他妈妈堕落而成的产物。

她一脸无助地说：“我本来不想告诉你……”说到一半她哽咽起来。如果按日子算，这孩子有百分之八十是我赵有才造的孽。我问她想怎么办？我聪明的预料她这次是来问我要钱的。她却小心地捂着肚子说：“我想生下来。”我顿时从沙发上弹了起来。我问：“那个理发师同意吗？”

“什么理发师？”安蕾勃然大怒地站起来指着我说，“赵有才，你把我当什么人了？我可是清清白白的，我离开你是受不了你自私自利，你只顾着你自己的快活，我上班累了你也不知道关心我，我帮你整理衣服你还嫌我家务活做得少，我连养只狗你都要跟狗吃醋，问你什么时候结婚？你从没给过我一句答复。”我冷笑了一声：“你继续编吧，别以为我是傻子。”

安蕾一滴泪挂在眼角，咬着嘴唇颤颤巍巍地说：“我这三个月都是一个人过的，我要是有男人，让我全家死光光，让我过马路被车撞死。”被她的一句毒誓说得我面红耳赤头皮发麻。难道真是我赵有才以小人之心度君子之腹？

我顺着她的话问："你现在想怎么办？""我想生下来。"她坚持说道，"我想要一个孩子。"我意识到了事态的严重，不管是不是我的，以防后患，我都要劝她打掉，我可不想这么早结婚，被一个抛弃我的女人粘上。我说你还这么年轻，还有大好的前途，这么早生孩子，青春就完了。而且我们之间也完了，我不想做这孩子的父亲。

她说："我没想让你做父亲，我只是想告诉你一声，我为你生了个孩子。"这么感人的话，听着想哭，但我哭不出来，只有双手捂脸干嚎了两声。我说以前都是我对不起你，不懂得珍惜，就当我错了，你想重新开始也行。我事业没事业，房子没房子，咱们还是把这孩子打掉吧，以后想生再生一个。

我的缓兵之计对她不起丝毫作用。我原本以为这辈子再也不可能见到这个女人，生活突如其来让我乱了阵脚，好像小命都握在她手中了。我掏出口袋里的钱，昨晚赢的加在一起总共三千多块。我就留了几十块的车钱，统统拿到她面前，让她去打掉，如果钱不够我再到银行取。

我几乎变成了一条脾气温和的狗，我答应陪她一起去，让她在家多休息两天，我会去照顾她。

她将我的钱推到一边说："我现在还不需要钱，如果哪天我养不活孩子，希望你看在孩子的份上可怜我们母子一下。"我将钱放到了桌前，然后起身坐到了她旁边，将她搂在怀里说："你这是何必呢？"

她说她怕痛，而且她很喜欢孩子。换作男人想想，脱了裤子，拉开大腿，然后冷冰冰的器械在体内来回穿梭，我不寒而栗。确实为难她了，只悔恨自己为图一时之快犯下滔天大罪。

我说生孩子更痛苦，十月怀胎，你得穿孕妇装，再漂亮的衣服也不能穿了，而且身材会走样，你这么年轻漂亮，就甘心跟我过一辈子吗？我性格又不好，你不会幸福的。她说："我只是想告诉你一声，我没有让你娶我。"我几乎要发疯，不知她葫芦里卖的什么药？

我赵有才就算再混蛋也不会让一个女人生下我的孩子弃之不顾。我又亲她又吓唬，给她分析形势，就差没站起来给她肚子一脚。她软硬都不吃，来之前就做了心理准备，死扛到底。

她执迷不悟，一条道走到黑。我失去了耐心，恶狠狠地站起来将钱递到她手里说："你到底去不去打胎？"她摇着头，用水汪汪的眼睛看着我，像个可怜的孩子。

我将钱收进了口袋说："随你吧，我实话告诉你吧，我们之间不会有结果的。

你想生就生了吧。这孩子跟我赵有才没有任何关系。我警告你以后不许打扰我的生活，我已经有女朋友了，年底我要结婚。”

我本想快刀斩乱麻，让她死了那条心。就算她想生，她的父母也会坚决反对，她的思想工作还是留给她的亲人们去做吧。我买了单，装作无情地迈出门。她在后面轻轻地喊道：“保重。”我回头，眼眶有些红润。语气低沉地说道：“再见。”

出门后我打了辆车，火速赶去市人民医院附属医院找我的高中同学马东，念书时我们都叫他东哥，人高马大，后来考进了医学院，毕业后到北京混了一段时间，一身沧桑地跑回来说还是家乡好，口气像他妈漂洋过海离家数年一样。他没关系也没后台，被安排到了放射科，拿着两千多块钱一个月的工资，每天上八小时的班，抽着芙蓉王、玉溪，跟我牛逼说都是人家送他的。我都怀疑他实际工资到底有没有两千块。只要是学医的人都明白，放射科是油水最少的一个部门，免费给人家拍回片子才能拿包烟。每天跟 X 光打交道，简直是拿生命换生存。他却不以为然，说北京一家私人医院请他去，五六千一个月他愣是拒绝了。此人极抠，跟他吃饭没买过一次单，至今没个女朋友。有次他相亲，让我去给他当托，非逼着我给人家介绍这是医术与医德集于一身的外科医生马东。跟他相亲的那女的比较漂亮，我就开了一玩笑，说他是肛肠科的。没想到回来的路上，他让我将刚才吃饭的钱付了，说带我去吃饭没起半点催化作用。我以为他开玩笑，就掏了一百给他，没想到他真收下了。嘿，当时把我气的。

我请他马东喝酒最少有十几次不止，他请我去吃一顿，包括跟他相亲那女的三个人才吃两百多块钱，他竟然收我一百。

聚一次就跟我炫耀他所遇见的女病人，拍胸片脱得只剩下一件胸罩，他跟我吹嘘的神情是典型的青春期躁动。有次一个二十岁出头的姑娘去拍片子，刚躺下他就吼着：“裤子脱掉。”女孩吓了一跳，外裤加内裤一并扒下。他目不转睛地盯着人家下体细看了数秒严肃地吼道：“谁让你内裤也脱掉的，穿上。”这就是他人生中的一些得意之事。

平时一副怀才不遇的样子说自己这个病能治那个病也能医，说腹腔镜子宫切除术最拿手。医术研究的论文发表了若干篇，也没见他得个什么奖。这人简直是一衣冠禽兽，不是万不得已我也不会找他。

## 14

我说东哥，这次我可是遭大难了，你一定要帮我，能不能帮我弄点堕胎的药？我本想再约安蕾出来，趁机放在她茶水里。东哥什么药都能弄到，什么安眠药、兴奋剂、催情剂。他多用于此道泡女人。让他买衣服给女人，他得先问问人家是不是处女，结不结婚？

马东得意地笑了，说这药比较贵，医院禁止私售。我火急火燎地求道："我们多年同学，你还给我绕什么弯子，多少钱你直说。"他马上变得喜笑颜开，问我到底出了什么事？我说一时走火，把别人肚子搞大了，但人家死活不去打胎，我想用药流。

马东冷冷地问："多长时间了？"我说："差不多三个月了。"马东叹了口气摇头道："什么药都不行了，而且药流不彻底，只能人流了，你抓紧办，要不然再大一点就只能引产了。"我啊了一声挠着头皮问："这该怎么办？"马东说："我给你安排，你将那女的带来。"我呼了口气说："她要是听我的，我还来求您东哥吗？"

马东安慰我别急，晚上咱们一起吃饭，慢慢商量，他一看表说，三点钟我就可以下班了。我真想抽他一耳光，我大难临头，他还有心思讹我饭，离他下班时间还有两个小时。我说还有事，改天我再请你。

我出门时他穿着白大褂在后面喊着："赵有才，你这人真没劲，好心帮你你都不领情，我肯定能给你想出办法。"我只恨自己对医学知识一窍不通，早知道就不来找他。

回到家睡了个回笼觉，醒来时天黑了一半。汪明给我打了个电话让我去吃饭，我说太累不想去。他说："我开车去接你。"

上次带汪明一起去看万芳芳，饭后万芳芳感动得热泪盈眶，说想不到最关心她的人是我们，说话时低下头捂住鼻子像受了很大的伤。

金妮将万芳芳搂在怀里给汪明示了个眼色，汪明拿着餐巾纸递过去说了一句让人热血沸腾可以为之去死的话。汪明说："不管何时何地，无论结局如何，我们都会把你当最好的朋友，只要你需要，我们随时都会帮助你。"

可能汪明心里当时是那样想的，我可没把他的话当真，如果不是金妮逼着我去，我此生都不想结识像万芳芳这样的女人。江山易改，本性难移。可怜的女人比平常女人更不知足，她们需要的东西很多，费尽心机，根本没把心思放在感情上。

我烧了条鱼，万芳芳对我印象颇佳，说想不到赵有才这个登徒浪子竟然是个居家男人。说话时避开汪明的眼睛对我媚眼含情，女人病后妩媚到了极致，差一点让我动了凡心，也想将她搂在怀里关心几句。

汪明和万芳芳的感情又升华到了一个阶段，回来的时候他搂着我说：“兄弟呀，真是谢谢你。”金妮说汪明傻得可爱，每每总要夸汪明几句。

汪明开车来接我的时候我头痛欲裂的躺在床上，他将我扶起来，问我魂又被哪个女人勾去了？

在车上我问他保健品生意做得怎么样？他说很红火，现在还请了个店员，改天要带我去看看。我随意笑了笑说：“不用了，你成功了就好。”汪明问：“你是不是缺钱用？要不明天我先还你一万。”我推辞道：“不是，不是，与钱无关，咱们是兄弟，别老跟我提钱。我是那么小气的人吗？”汪明呵呵地笑了两句，问我到底怎么了？我说昨晚打了一夜麻将有点困。

我身心疲惫。下车时叼了一支烟跟着汪明进了酒楼。万芳芳精神气爽地和金妮齐肩而坐说说笑笑，桌上摆放着几个冷盘。我惊诧道：“你们现在聚会都不通知我了，简直无视我的存在？”金妮一副青楼卖笑的样子站起来给我拉开椅子笑道：“赵爷请……”“这还差不多。”我盯着她说，“没事少跟汪明勾搭在一起，你说什么也是我的女人，没有经过我的审批不能跃级串岗。”

金妮撇着嘴说：“我现在越看汪明越顺眼，当初怎么就瞎了眼，被你给骗了。人家汪明有房有车，还有事业，你一个穷打工族还有脸跟汪明比？”

我知道金妮这句话是说给万芳芳听的。她对自己的婚姻问题无所担忧，却总是劝万芳芳找个好人嫁了，说汪明心地善良，靠得住。

万芳芳说：“我们专门派汪明开车去接你，还不重视你呀？”汪明一坐下就大款派头：“点菜，点菜。”酒过三巡，我无精打采。平常四人聚在一起，他们都说我太黄。这回没讲荤段子，他们倒不习惯了。金妮问我是怎么了？

汪明开玩笑说：“每个月都有几天不舒服，男人也有生理期的，脾气暴躁，情绪失控，你们今天就饶了赵有才吧。”万芳芳说：“不会这么快就到更年期了吧。”“你才更年期。”我叹道，“公司有点棘手的事。”

金妮说：“不谈工作，我最烦别人说公司里的事，你有苦自己咽了。”

汪明酒劲一上来就谈自己的理想，说自己以后要干哪些哪些伟事、三年后要让全中国的人民都认识他。当女人们问到重点时，他又是一副谦虚的样子说：“不谈了，不谈了，没成功之前说得再多也只是牛逼。”

“有理想总是好的。”金妮说，“不像赵有才，他的理想是陪各种各样的

女人睡觉。”我冷笑了一声说：“你这不是骂你自己吗？”每次金妮总要贬低我而抬高汪明，要不是她陪我睡过，我一定会以为她是汪明找的托。

金妮站起来义正词严地说：“赵有才，不是我说你。我虽然不是你老婆，但你他妈是个男人，男人就应该像狮子一样去争夺，你整天无所事事，吊儿郎当，前途没前途，抱负没抱负。汪明就算没成功他也努力过。你呢？”

我正想反驳，很多人活得还不如我。这社会能有份工作糊口就不错了，汪明要不是靠着他有钱的老爸，他连请我们吃饭的钱都掏不出。

手机铃声响了，一看是马东的。我捂着传话器低沉地喂了一声。马东说帮我想到方法了。我说：“你讲。”他说电话里不方便，过程有点复杂，神神唠唠、吞吞吐吐地说：“你在哪里？我请你吃饭，咱们细谈。”我想马东能请我吃饭，亚姐都主动找我睡觉了。我信他的鬼话我就白叫赵有才了。

马东说费用可有点贵，最少三千块。听他的语气像是确有把握。毕竟他是学医出身，歪门邪道总比我这个门外汉多。姑且信他一回。我说我正在跟朋友喝酒，你来吧。随后我报了酒楼的地址。马东若有所指地叹了一句：你这个家伙……

挂了电话，我催着金妮和万芳芳说：“你们赶紧吃，我一高中同学呆会要过来，人称大胃王，食欲赛八戒，这两天总想讹我饭，被他吃一回穷一回。身高七尺，打又打不过他，那么大人了，说他也不好意思。”

万芳芳急忙举起筷子认真地说：“快吃吧。”金妮推了她一下：“别听他瞎扯，说得那么夸张。物以类聚，人以群分。我倒想看看你都交的什么狐朋狗友。”

我摇头道：“他可不是我朋友，这都是上天安排给我的灾难，上高中时跟他分到了一个班，还是上下铺。我就不信你们念书这么多年，班上就没什么恶劣分子。呆会帮我多损他两句。”

汪明腼腆地笑了句：“就这么点剩菜剩汤你还不如打包回家喂你的狗呢。”马东来到门前还给我挂了一电话。我招着手说：“东哥，这边。”

马东一身西装革履，油头滑面笑着奔过来，看我对面坐着两个女人，马上眼冒绿光。伸出一只魔掌到金妮面前自我介绍：“马东，赵有才十几年老朋友，高中铁哥们，睡上下铺。外科医生。”

我拍着马屁补充道：“医术与医德一身。”拉开一把椅子把这个禽兽按下说：“你电视剧看多了吧，我们这里不兴握手，女人都特封建，男女授受不亲。不像你们上流社会那么开放。”

金妮笑道：“经常听赵有才提起你的英雄事迹。”马东乐呵呵地掏出“芙蓉王”

给汪明递了一支，又问两女士："抽不抽？"金妮和万芳芳摇着头。马东赞道："女人不抽烟好，抽烟的女人都是受过伤的。"汪明为人比较客气，顺着我的语气叫道："东哥饭吃了没有？要不要再叫两个菜？"马东一向不谦让。开口应道："随便叫两个吧。"随后就吩咐服员上了一个剁椒鱼头，一个娃娃菜。马东甩着手中的烟说："这都是病人家属送的，家里还有好几条抽不完，有才，过两天有空到我家里拿。"

这个人面兽心的家伙，我这辈子没占过他半毛钱好处，蹭了顿饭就给我乱开空头支票，表面还做得大方得体，没白吃我的，礼尚往来，人情债不欠，在女人们面前好像我们关系多牛一样。高中时还欠我十五斤饭票，到毕业都没还，我到现在还记得。毕业的时候我跟他提起此事，问能不能折合一点现金给我？他不知从哪里偷了一件校服，说是他自己的，崭新就没舍得穿，要送给我，抵饭票。我他妈都要去念大学了，穿校服给谁看？

填完志愿的那天，到同学家里去狂欢，他邀着别人打牌，在牌桌上欠了五十块钱，把我喊了过去，帮他抓一把，他上个厕所。结果人就不见了，害得我帮他顶罪。没同学愿意搭理他。一个人如果有很多朋友，一定是付出了很多，为人仗义。如果最后朋友都离他而去了，一定是他欠别人的太多。

大学毕业那年，我在街上碰到他，他非拉着我到他姨妈家去吃饭。说明天就去北京了。然后跟我悔悟，说当初自己做得真不对，现在长大了，懂事了，这么多人中只把我赵有才当兄弟。感情真执，扶着我的肩像喝过鸡血一样激昂，以后只要我赵有才一句话，他马东杀人放火就算负荆请罪了。我想他马东算计我那么多回，到他姨妈家吃顿饭理所当然，还是他逼着我去的，我什么礼品也没买。他姨妈不冷不热的烧了几个家常菜，我脸红着捱到散桌。他拉着我到街上游戏厅去玩，我怕他输了又要借我钱，我说没钱。趁他打游戏时偷偷地将钱藏进屁股口袋。回来的时候他送我到车站，给了我两块钱硬币让我坐车回去。当时我心酸了一下，后悔不该骗他。在车上我还思念他那份热诚的表情。

没想到他在社会上混了几年，又是狗改不了吃屎的老德行，说人不为己天诛地灭。难道全天下就你马东是聪明人，别人都是傻子？

得知我到市里上班，他缠着我叙旧，有时候还到我屋里小坐一会，看着喜欢的东西就顺手拿走。每次吃饭，筷子一放就扯淡，我不买单，他坐着不走，一扯能扯一个晚上，都是医院里的那点龌龊事，这个护士跟那个医生等等。后来我换了住址懒得告诉他。

两年后他跟我说了句话，让我思索了很久。他说："我只想跟你赵有才交

个朋友，但我没钱，没钱交个朋友都交不起。”那时徐风正指着我的鼻子说：“赵有才，我帮过你多少？你自己算算？”我在想，到底什么是朋友？欠得越多，友谊就越深厚，走得就越远？这世间只要存在利益关系，亲兄弟都会反目成仇，何况只是朋友？

想要跟人永远做朋友，就不要欠别人的。朋友不是工具，是你散烟给他的时候他给你上火。

15

马东一坐下来就滔滔不绝，好像全忘了此次来的目的，他的话题全在两个女人身上。

金妮说：“你们医生那么黑呀，还收病人的贿赂。”“话不能这么说。”服务员端来他点的菜，他挪了下身说，“病人家属给我们送礼，那是客气。不能不收，收了他心里就有底了，其实他不送礼，我们也会负责。我们也是图他们一个安心。”

马东把自己说得像是悬壶济世、道德高尚的济公。一放射科拍片子的满嘴医学知识，走哪都忘不了卖弄。一边扒着筷子一边跟金妮和万芳芳谈妇科问题，说避孕药不能吃，吃多了容易长小肚子，副作用很多，流产了容易宫外孕。还有一种荧光的套套不能用，会得宫颈癌。

气氛一下子被他烘托到了高潮，万芳芳和金妮还以为我这个同学是说单口相声的。我和汪明在旁没插一句嘴。万芳芳和金妮托着下巴听一段笑一段，唾沫都笑到了鱼盘里，他视若无睹照样吃得带劲。

酒暖人疲，马东的故事却只是一个段落，或许有些是他杜撰的，有些是他的梦想，不管怎么说他不是一个外科医生，他只守在一个黑暗的房子里帮人拍片。流光溢彩、草长莺飞的日子里他依然是那个马东，几十年如一日，孤独寂寞，没有朋友。有时跟我喝闷酒他几乎要把班里同学都骂一遍，说他们不是东西。然后扶着我赵有才说：“只有你，只有你当我是个人。”

他嘱咐我一点，不管在什么地方，一定要介绍这是医术与医德一身的外科医生马东。其他的他都不计较，唯有这一点只要点中了，他就会萎掉。这是他的死穴，是他的资本。

他说他马东总有一天会成为主治医生，让我给他作证。在他眼里，整个医院里都是晚辈，一群狗囊饭袋，凭关系走后门。马东跟朋友之间都处不好，别说跟领导。

金妮是个识大体的女人，察言观色，见我和汪明都快打盹了，看了下时间说："不早了吧。"马东的筷子还杵在嘴角，汪明喊着买单。我说："这次我来。"五个人中一个是我女人，还带了个同学，按人数比例也应该是我来买。优秀色狼的处事原则是，陪女人吃饭绝不让女人买单。

汪明跟我争着买单，马东像耳聋似的咽了几口饭菜。万芳芳问现在是不是回去？我一付完钱，马东像弥勒佛附体，张开笑脸说："才九点钟，还早吧，今天人多，好不容易热闹一回，唱歌去。"

两个女人一听唱歌，举双手赞成。汪明看着我，我捅着马东的腰说："老子明天还要上班。今天周日，KTV 忒贵，改天吧。"

马东大仁大义地说："我请。不就是钱嘛。"我用力地拍在他肩膀上，掐着他的锁骨说："我们不是还有事要商量吗？"马东一拍脑门："哦，对，对，我早帮你想好了，我那里有药……"

他说话到一半，我故意大声咳嗽了一句，捂着嘴巴，在后面踩他脚跟。马东意识到了我的窘态，哦哦了两句说："小事一桩，包在哥们身上，你就放心吧，这个星期之内帮你搞定。"

万芳芳和金妮盯着我问："什么事呀，神神秘秘的。"我说："没事，有点感冒。""没这么简单吧？"金妮疑惑阴险地眯着眼睛看我。"男人的小病，你们女人少打听。"金妮捂着胸口惊吓道："你不会是被小姐传染了吧？""乌鸦嘴。"我翘起屁股拍着侧腿骂道，"凡是用过的都说干净。"

万芳芳笑道："赵有才还有招小姐的习惯呀？""肯定的。"金妮说，"他是什么人我还不清楚。""今天受教了。"万芳芳说，"知人知面不知心呀，男人呀……"

我指着金妮说："你不要老是在公众场合摧毁我形象，你这是在侮辱自己，我赵有才就你一个女人。"金妮脸红着踢了我一脚，马东像一下子接收到了信号，读取了其中的奥妙。

事后马东问我这是个什么女人？我说就是一好朋友。他说你骗鬼呢，把我马东当傻子。要不你介绍给我？

一行人出了酒楼的大门，夜凉如水，风吹在醉酒的脸蛋上像刀割一样疼痛。城市灯火耀眼，多年前的学生情怀早已忘却和迷失。表姐把我塑造成一个纯情少男，几朝光阴，唯恐天下不恶，走哪里洗澡都有穿着妖艳的女人靠到我身边问先生敲不敲背？这就是他妈的岁月。女人是我生活中必不可少的一部分，而不是爱情。不是她就是另外一个，没有誓死不变的。世上最贵的是感觉，感觉没有了，跟谁都一样。庸脂俗粉也好，清新儒雅也好，横看成岭侧成峰，弯腰是条蛇，摆在那里是一堆，事后说上两句虚情假意的话，到底谁在利用谁？说不清。

高中时的马东一脸青春痘，无人搭理，偶尔借看几本同学的惊艳小说，用刀片将经典的段子割下来藏在兜里，那已经是最无耻的事了。男人过了情关，都是流氓。

众人坐着汪明的车直奔那鬼哭狼嚎花钱买嗓子痛的地方。今天还有两个免费陪酒女，让马东的情绪更高。我绅士般地给他拉开车门，让他坐前面。他不领情，献媚地给两位女士拉开车门，一起挤在后座。坐在上面还叽歪个没完，硬缠着要人家电话号码。他的手机是今年换的，花了两千多块，是他一个多月的工资。我觉得这种人都是有病，两千块可以买一台大冰箱了，都是用来通话的，非买那么小一个玩意。他还老是劝我，说赵有才你那破手机早该换了，五六百块的东西也拿得出手，真不懂妞怎么看上你的？

车子停在平静如水的大楼前，迈进去就被轰轰隆隆的噪音吵到头疼。周日人特别多，九点多钟还有人排队领牌，五人坐在沙发上，汪明去拿了个号，像挂急诊的。

五光十色的吊灯旋转，马东点了支烟又吹嘘起来。金妮跟我说：你这朋友是一话痨，不像你，闷头闷脑。嫁给他的女人绝对不会寂寞。我说你以后嫁给他好了，他人品有问题，见着女人就失态。

半个小时后出来了拨人，服务员才将我们领进去。马东一进门，衣服一脱，扯开嗓子点了一桌的酒水小吃，没见他这么大方过。

我坐在沙发上喝着一瓶啤酒给他们鼓掌。头晕脑涨，耳膜里嗡嗡响。马东站起来给众人献上一曲《好男人》，一副公鸭嗓像杀猪般嚎叫，唱到高潮差点没憋死，咳嗽了两声抱拳说失礼了，烟抽得太多，发挥失常。我就没见他正常过一回。

金妮和万芳芳唱着情歌，要拉我起来对唱。我倒在沙发里装睡。汪明帮我解围，说昨晚打了一宿的麻将。金妮说：“怪不得今天跟死猫一样。”

马东很是兴奋，拉我起来喝酒，一口一瓶。随后又叫了一打。刚开始还要干红掺雪碧，我说别跟我整你们那套，这里都是俗人，不用装逼，怎么随意怎么来。

莺歌燕舞，美女相伴，知已相陪，老友同场。要换了往日，我赵有才就要蹦上房梁揭瓦。说什么也要吼两句助兴。金妮还以为我是吃马东的醋，踢着我说：“到底谁惹你了，满脸不高兴。”

马东包治百病地拍着胸脯说：“他的事包在我身上，咱们继续。”马东酒一喝，人就飘了起来，经验丰富地说金妮气色不对，肯定是白带异常，哪天要到医院看看。万芳芳说：“到医院多麻烦呀，直接到马大夫家里看还省了挂号的钱。”马东正经地说：“这样也行。”惹得哄堂大笑。他严肃地说：“我是说真的，你们可别当我开玩笑。”

金妮说我的朋友是一个比一个下流，就汪明还算个君子，迟早也要被带坏。麻生蓬中也会长歪的。我说汪明还是颗小苗，放眼望去整个森林的树都长歪了，他日后必定也成不了型。

心中懊恼，借酒浇愁，心想就算喝到吐也要把被马东算计的喝回来。桌子上只剩空酒瓶和塑料袋子。两个女人的情绪也稳定下来，捡起沙发上的衣服穿在身上说这个周末太充实了。对于女人来说，有男人的日子就充实，没男人的日子就意味着空虚。

马东恶心的一声，捂着嘴巴说去趟洗手间，等了十几分钟也不见他出来。万芳芳说明天还要上班，催着回去。汪明叫来服务员把单给买了。金妮瞪着我说：“赵有才，你太让我失望了。”我掏出五百块给汪明说：“我来吧。”汪明钱一推说：“咱们是兄弟，我欠你的不能太多。”

我心里一热，好人啊，好人。才认识几个月就把我当生死之交。汪明有事没事把他们家房子装修的问题挂在嘴边，说他父亲相当满意，这是他做得最成功的一件事。他父亲还唠叨他终于交对了一个朋友，改天带家里吃顿饭。

我们走到吧台时，马东还没从厕所出来。我真的不想管他，汪明推着我说：“你去看看你那同学怎么样了？会不会喝醉了，倒在里面了。”

要不是我进去叫，马东估计就要在厕所里躲上一两小时。我去时他正蹲在隔间里，我还以为他又是跑了，我喊了两声，他在里面应声提着裤子出来。他洗了个手跟我出门，假惺惺地看着众人问：“怎么不等我买单都出来了？”然后跑到吧台去大模大样地问：“多少钱？”

汪明说：“赵有才已经买过了。”马东哦了一声，大胜而归地挽着我的肩说：“今天真的喝多了。”

出门时，我本想让汪明送两位女士回去，我跟马东商量一下堕胎的事。我 说：“我头晕，不坐车了，我想走走。”汪明说：“那随你吧。”马东却坐上车说：

“那我们就回去了，我明天早班。”他用手指着前面对汪明说：“附属院前面的那栋小区，不远。”

汪明和金妮对我招着手，转瞬如风般飘走了。我沿着公路走了一夜，脚掌上都起泡了，也不知道走到了几点，回到家，整个人都瘫掉了。泡在浴缸眯了一会，水都凉了才从里面爬起来。滚到床上时，两眼松弛。

16

星期一一大早被闹钟吵醒，挤着公交车去上班。一到公司心不在焉。地主婆对我嫣然一笑，笑得我心里发凉，像有什么喜事。

总经理把所有员工召集到会议室开会。地主婆汇报了几个小工程的进展和几个合作项目，然后大家鼓掌，公司突飞猛进蒸蒸日上，一片好景，所有人心里都充满希望，斗志昂扬。

经理说最近有个工程我们要选出一位经验丰富、德才兼备的人去独立完成，这是考验个人才华的时候，你们有谁愿意担当此任可以毛遂自荐。底下鸦雀无声，这群家伙平时不知天高地厚狂妄自大，一到真枪实弹地签委任状，都成了缩头乌龟。

我振作仪态对地主婆聚精会神地抛了一个浪荡的眼神。地主婆如三月桃花羞涩地两颊绯红，问道：“此次任务重大，关系到经理一辈子的居家安危，你们有谁觉得自己怀才不遇，这次就是机会。”

听到这番话，底下的人都埋着头掐手指甲，做不好要丢饭碗的。哪个公司里的员工不都是抱着混饭的心态上班的，得过且过，聪明的都创业去了。

地主婆果断地说：“那我就推荐一个，我个人认为赵有才可以胜任。他有五年的从业经验，南峰大楼的广场就是他设计的，虽然是个小风景，也算得上标致性建筑。”

南峰大楼处在闹市区，在我还没有离职前的公司与市里领导关系过硬，所以就接过来了。那时我才刚毕业，与我的启蒙老师萍姐的关系不光硬过还软过。萍姐风骚走位，与公司领导的关系也不清不楚。听说她刚来公司的时候是个很正派的女人，被领导给开发了，她索然就放荡了。萍姐极力推荐我，说公司要培养新人，开拓新人。南峰大楼每天人潮如海，就算在那里竖一座大便都会被人记住。刚来公司的时候，萍姐给我说过一个故事，讲的是庙里的神像。神像在没有成神前，它的材料是一块木头，木头被搬进了工厂，经过加工，便成了神像，那时它还只是商品，和尚们把它买了去，供奉在庙里，它的地位就高了，就有人祭拜。说它是如来它就是如来，说他是罗汉它就是罗汉。所以每个神都要有一所自己的庙。只有在庙里才有威信度，庙越大，它就越传奇。

萍姐说我们这里就是一座大庙，你现在还只是块木头，只要稍稍一修饰，你就可以成神了。我就是站在巨人的肩膀上靠在一个女人的怀里完成了我的成名作。很多著名的设计并不好看，也不见得多伟大，但它可以成全一个设计师的名声。不管我跳槽多少公司，我只要说到南峰大楼的广场，老板们都会印象深刻，拍手称赞地聘用我。

就算下了床，我也把萍姐当成我的恩师。这是个婚姻不幸的女人，丈夫只是个小职员，要靠她每月还房贷。离职前的那段时间她每晚喝得醉意朦胧的给我打电话，哭一阵笑一阵，我要过去陪她，她说我们之间完了，完了，到此结束吧。

逢年过节，我都能收到她的祝福短信，她说赵有才，我这辈子都不会换号码的，就是为了等你一个电话。我不解其意。

我对地主婆投之一笑，愧不敢当地站起来说："我刚进公司不久，恐难当此重任。"经理拍板叫道："不用谦虚了，你之前的工作能力我也了解了，就你吧。"

我心中窃喜，我赵有才又要大施拳脚了，这城市又会多一栋我的伟大作品，当别人赞美它的时候，会赞美其设计师的天分，我也可以跟朋友炫耀，看到没有，我赵有才的心血就矗立在那里，为所有人折服。

人活着一生，死后除了给这个世界留下自己的血脉，还应该留一些其他的东西，证明自己来过。我创造了这个世界的一小部分，我就心满意足了。

经理宣布散会，所有人走了出去，将我留了下来。地主婆离坐时拍着我的肩意味深长地说："小赵，好好干。"

经理长得像个大烧饼，在设计上几乎是一窍不通，据说是包工头出身，连大学都没念，这年头他妈的都是念书的给没念书的打工。地主婆是他的亲信，几乎他所有的决定都要跟地主婆商讨。地主婆就等于大内总管，公司里没一个人敢得罪她。

经理一身肥肉，像地主婆的孪生哥哥，看长相就是死后下地狱的那种。他却有一个很漂亮的老婆，来过公司一回，开着凌志跑车，头发盘起，身材束缚，前凸后翘，让人想在她屁股上捏一把。据说经理从来不在外面吃腥，每天下班按时回家，公司里也没小蜜，平时应酬都是带地主婆出去，所以他老婆很放心。


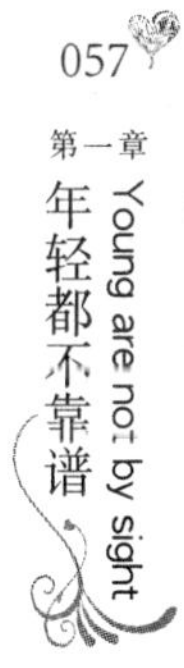

换我有那么漂亮一老婆，连皮带肉都想吞进去，细看百遍不厌，我班都不上，天天在家陪老婆。

经理把我叫到身旁，摊出一张平面图纸说："这就是我委任你此次的重任。"

这哪里是图，简直是小学生的涂鸦，可能是经理自己画的，上面只有一片土地，土地旁边是一条公路，还是他自己画了一条长线写的"公路"二字。我忍俊不禁，咬着嘴唇嗯嗯地点头，等待他的指示。他给我分析了半天地形，我才明白过来此次的重任。我几乎想砍地主婆一刀，为什么让我赵有才做这种擦屁股的事？

经理住在花宅小区，也算高档小区，去年在郊区公路旁买了一块地。他老婆看美剧看多了，觉得美国的人生活那才叫生活，人口稀少，土地众多，大农场，大庄园，一片绿色。车子停在门前，不用跟别人挤一个电梯上楼。

经理此次委派我在郊区公路造一栋别墅，还给我列举了七个要求，都是他老婆叮嘱的，以后他们要在那里住一辈子。

1. 要有 3 个院子，前院，后院和内院。

2. 入口要有玄关，要有天井。

3. 要种竹子。

4. 要中式，要含蓄，要内敛。

5. 要每个房间都要南北窗户。

6. 要有游泳池。

7. 大卫生间要有大浴缸和独立淋浴房。

其他的按我自己设想的做，让我七天之内画好平面图给地主婆审核。经理一脸严肃地说，不要给我搞砸了。

我呼了口气，这叫什么事？一个设计师去给他家里造房子，一看老板娘的品位也就是农村人家的闺女，没见过大场面，估计跟经理一样，没读什么书。要换我有钱，造一欧式的，弄成比世界八大奇迹的空中花园还要漂亮。

他像传销口号一样地热情高喊："能不能完成？""应该可以吧。"我轻松地回答。小菜一碟嘛，换了公司里其他员工都能做到。只不过经理这个门外汉太慎重此事。

他向警官一样吼道："大声点，能不能？""报告经理，保证完成任务。"我被他的情绪感染，给他敬了一个军礼。我一直想等有钱了回家亲自盖一栋最漂亮的屋子给我父母住。心想当练练手，成全自己一个心愿。

经理将图纸交给我，要带我去看地形。第一次坐老板的车，他像兄弟般的对我谈着一些家事，让我顿生亲切，恨不能掏烟出来敬他一支。

车子开了一个多小时，我坐在上面像待嫁的媳妇，双手扶膝，除了咽口水就是干咳。事虽然小，看得出经理很器重我，可能地主婆平时美言了不少。一想到这里又憎恨起她，这个死胖子，成事不足，败事有余，专挑这种垃圾活让我干。

车子停在一处布满石沙的荒地之中，两旁都是两三层的小洋房，在一条平行线上，像各家各户商量好的一样。这种设计太拘泥我的创作热情，也弄不出什么异样的风格，到了那里我才真正感觉这是一件多么低级趣味的设计，对于我赵有才来说。

经理掏出烟盒，给我散了一支，我赶忙接上，给他点上火。他一手叉腰，大气磅礴地问："怎么样，有困难吗？面积够吗？"

地面非常不规整，凹凸有致，如同老板娘的身材一样。我想经理不光喜欢这样的女人，连选地都是这种品位。我这次算是栽了。

我默不作声，吸了半支烟，指着那些不平的地坡虚张声势地感叹："太难了，太难了。首先地形不规则，还要跟这边的邻居保持在同一条平面上……"我摇头吹气。

经理搂着我的肩说："我知道有难度，但我相信难不倒你。"这句话我爱听。我打着响指给经理发誓："就算我不吃不喝不睡，我也会给您想出办法，您放心等消息吧。"

经理说："如果有什么问题，你可以直接找我。这五天你就将图纸带回去慢慢参详吧，公司太吵，不能打扰你的创作灵感。"

我心里又是一惊，这无疑是给我放了个长假。像这种设计图，我最多三天就能完成。但又不敢掉以轻心。老板娘的品位不同于这个城市的大多数白领居民，就算是罗浮宫，她也可能觉得丑。关键时刻还要靠地主婆肯定及美言，碰上这种不识货的老板真他妈的倒霉。

经理要开车送我回家，我礼貌婉谢。在十一点多钟的阳光中吸了三支烟，顺着郊区公路走了大约半个小时才招了一辆出租车。有钱人就是会享受，建房也建在没有公交路牌的地方。


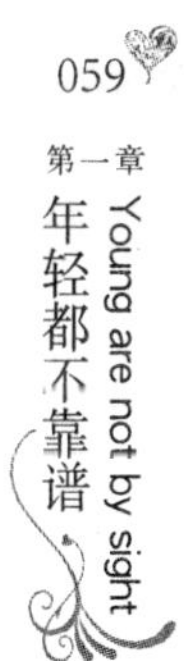

17

为了安蕾怀孕的事和经理家的农院，我忙得焦头烂额。那天她从我屋里收拾了东西，出门前装作满脸无奈痛心的样子回头望了我一眼，张开嘴欲言又止，然后叹了口气。她那一口气叹得极像猫哭耗子。她吃我的、用我的、穿我的，如果是真叹气，也是叹我没有帮她提行李，没有送她，而是坐在沙发上旁若无人似地玩着闷骚。我站在窗口望着她像一只蝴蝶慢慢地从我的视线里消失，我挥着手心痛地喊着：8……8，88。

我以为这辈子再也不可能见到她。几天后我打电话给她，响了很多秒她才语气陌生的“喂”了一声。我们刚认识那段时间，我深更半夜打电话过去，她热情奔放地跟我说笑，话语连珠舍不得挂。真是人走茶凉。

我说闷骚想你了，你回来看看它吧。她说赵有才，你多大了，别老像个孩子一样。不爱我就放了我。我已经很痛苦了，别再给我添麻烦。想到这些我真想让她自生自灭。

从第一次我将她按在沙发上，然后同居，星期天我们在家几乎都不穿内衣，窗帘一拉，那是筋疲力尽的一天。安蕾只留给了我一片泛黄的回忆，比所有的回忆都要黄，是一部动作片。

我躺在床上给马东打电话讨教。这先人沉醉在肉色里，像早忘了我的事，我提醒了好几遍他才回忆起来。“哦哦，这事呀，早想好了，晚上一起喝酒，我跟你细谈。”

我生气地骂道：“没那闲功夫，上次你他妈的就说喝酒细谈，酒也请你喝了，你跟老子卖个屁关子，要钱直说。”马东换着温和的语气说：“赵有才，我好心好意帮你，要不是看在我们多年同学，交情深厚的份上，换了任何人我都不干这危险的事。你要再这副腔调，咱们到此结束。”

我低底气焰，沉默了一会。换谁谁不气，我这里火烧眉毛，上次请他去吃饭，他却跟女人调笑，把我一个人扔在马路上。

我又像哄小姑娘似的：“好，我跟你道歉，那你说到底什么法子？”“我有东西交给你。”马东可怜地说，“我知道你根本瞧不起我，也没把我当人看。”

“你想多了，我赵有才从高中起就这德行，别人不了解，你还不了解？我最近烦，所以火气大了一点。”我跟他约好晚上六点钟在他家小区门前那个小排档见，用人之际，也不想跟他算旧账，要算的话，骂他几句都算小的，打一顿也不为过。

我在电脑前随心所欲地对经理家的农院涂涂画画，我原以为像经理这种身份的人住的房子应该是大的圆形立柱，里面摆放像英国绅士一样的大餐桌，有壁炉。楼梯是表现一座屋子最重要的地方，像一个人的眼睛。好的楼梯设计才能显出屋子的气派，最起码要有个圆形环绕的大楼梯。经理买的地虽然大，完全可以做出来，但老板娘要求三个院子，还要有游泳池，我还得帮他留停车库。就她这品位真是暴殄天物，按照她的意愿，设计了一个中式典雅的楼梯，我估计她会喜欢得狂叫。在完成这件作品时，我没有一刻不是在叹气。

一看时间已近六点钟，换了鞋出门。天还没断黑，灰蒙蒙的云彩凝结在西边，马路上鸣声喧噪，骑自行车的按车铃，骑摩托车的按喇叭，开汽车的大骂闯红灯的人找死。像谁都觉得别人碍事，恨不能多死几个，省点空间出来。

马东早在小排档的餐桌前跷着二郎腿冒着香烟歪坐。我走过去时，他笑着起身给我散了根烟，说不知道为什么？只要跟你呆在一起，心里就舒服。

我说去你大爷，老子又不是同性恋。卖烧烤的小伙子拿着一张菜单过来问要吃什么？

我随意点了几串牛脆骨和鸡肉，马东要了几瓶啤酒。我问他到底有什么鬼点子？

他从口袋里掏出一小包药片鬼头鬼脑地说：“这可是好东西，安眠药，你睡不着的时候也可以吃。保证无知无觉。”我问：“我要这个干嘛，睡不着我喝两瓶酒，听说这东西吃多了不举。”

“把你女朋友约出来，趁机放在她杯子里。迷晕了带到你家里，我给你做人流手术。”马东顿了顿说，“不过这事后患很大，万一你女朋友闹起来算不算残害人命。”

马东咬着烟头严肃地说：“目前中国还没有这项法律吧。这孩子有你的一半心血，你应该也有一半的处决权，万一闹起来你他妈可别把我供出来。”我大失所望地操道：“这就是你想的万无一失的好点子？”“再没有别的方法了。”马东拍着胸脯说，“你可以对我的医术放心，绝对不会出半点事故。”

我骂道：“将人迷晕，将裤子扒下，这已经触犯人权了，她现在又不是我女朋友。以前还可以哄一下。万一她闹起来，无可收拾。”马东两手一摊：“办法不是没有，给她乱吃药，弄成死胎，但你现在又不是天天在她身边。药得按时按量的吃。”

我毛骨悚然地问：“你到底是不是医生，这种话你也说得出口？”“在病人面前我是医生，但在兄弟面前，我可以为兄弟去当杀手。”我不屑地叹气，心想今天又白跑一趟了。我奚落道：“你做过人流手术吗？要弄出人命，你负得起责吗？”

马东掀开肚子说：“你信不信？我现在就可以拉开大肠给你看，你太小瞧我马东的医术了。总有一天我会成为最著名的外科医生。”服务员拿来一盘我们需要的烧烤，还有啤酒。马东拿了一串，手持香烟，吸了口问我：“那个孩子你到底想不想要？”

“屁话，我想要，我会找你帮忙吗？”

“我的方法可以考虑一下，万一生下来就麻烦了。你们又没结婚，而且分手了，孩子不能跟着受苦，毕竟生下来就是你的种，没生下来还只是她肚子里的肉。”

我拿起啤酒瓶喝了口闷酒。天已近暗，犹似我绝望的心情。我想马东的方法不是不行，只是我自己下不了手，将女朋友迷晕，然后脱掉她裤子给另一个人观赏，让他来动工，残害我的亲生骨肉。如果他的手术出了点问题，我难逃干系。

马东说：“快马斩乱麻，你这叫坐着等死。最少你得把她约出来重新谈谈，利害关系说清了，哪有那么傻的女人？为一个不爱自己的男人生孩子。”

我每天都想打电话劝她，问问她肚子的情况。但我又不想让她知道我对这事很在乎，我希望我的冷漠能够让她打消生孩子的念头。我说：“这是个疯女人。”马东嗯了两声，若有所思地说：“只有一种可能？”“什么？”马东卖着关子说：“你有没有看新闻？有一些女同性恋很想生孩子，然后故意跟别人同居，等到怀孕了甩开你。”“这不是新闻，这是故事会。”

“我说的是真的，有这么一部分无聊的人，将自己的幸福建立在别人的痛苦之上，反过来却说受害的是她们，法律都管不了这事。社会只会谴责你，将来你孩子也会认为你是个不负责任的父亲。”

马东这么一说，我倒真相信，安蕾这么世俗一个女人，怎么可能会愿意给我生孩子？而且也是在刚怀孕就离开我。但同性恋不会有她那么强的欲望，除了生理期，我们房事不隔天。而且她也是很主动。难道这真是她设的一个套，卖力演出只为一个孩子？

Chapters.02
第二章
人生若如初见
If the life as in the beginning sees

1

经理给了我五天时间设计他家的农院，加上双休，让我好好的放了个假，睡到精力充沛，烦恼都忘到了九霄云外。星期一早上，我去公司时，同事们都用羡慕的眼神看着我。我点头打了招呼，将图纸拿进地主婆的办公室，没好气地甩在她桌前说：“您看看吧，还有没有需要改良的地方？”

地主婆嘟着嘴笑道：“赵有才，谁惹你生气了，吃了火药，一大早就僵着个脸。”我说：“我赵有才虽不是知名设计师，但总不至于大材小用到这程度吧，让我去设计这种格局的房子，刚毕业的大学生都能做。”

地主婆起身关了办公室的门，打开图纸语气低沉地说：“你是真糊涂还是假糊涂？这是御用钦差。这次做好了，经理满意了，你在他心中留个好印象，还怕以后经理不安排你美差？公司随便找个人都会做，你就不怕被别人抢了头功？”

我仔细一想，地主婆说的似乎有几分道理。我无奈地说：“这简直是浪费我的设计才能。”

地主婆耐心安慰道:“你呀,还小,在公司不光做事,学会做人才是最重要的。”说完她细心地检查着我的作品，频频点头。就算这次占了便宜我也表现出一千个一万个不乐意,要让地主婆知道我对她很不满意,并没有因为她的提携而感激。

地主婆像幼儿园的老师一样将我带进经理的办公室。一敲门，经理像盼福星似的笑脸相迎，连称呼都改了。兴奋地握着拳头喊道：“有才，这几天工作得怎么样？”“还好。”我说，“虽然遇到一些难度，但总算克服了。”

地主婆将图纸展开，铺平在经理的茶几上给经理解释。说赵有才的设计天分和心血几乎全部溶入了这座房子中。地主婆指着其中我的几个得意之处说:“四室两厅，主卧室有一个很特别的设计，床头有一排细长窗，早上睁开眼睛趴在床上就可以看到外面的景色，如电影中一样的浪漫，相信您和夫人都会满意的。前后三院,中间有天井,种上几根竹子,夏天在里面乘凉看书意境极美。再看楼顶,有两个向内倾斜的坡，这是典型的风水学，肥水不流外人田。这座房了堪称远离都市喧嚣的世外桃源。”

被地主婆这样一吹,我马上表现出一副呕心沥血、没日没夜苦战的颓废神情，还病态地捂着嘴巴咳嗽了两声，已示过度劳神身体虚弱。

地主婆建议经理到时候在院子里再建一座假山，然后请个书法名家题几个字，气派品位明眼人一进门就一目了然。他们两个同样的肥胖，埋头一起讨论其中的细节，真像一个槽子里进食的猪。

十几分钟后经理抬起头说：“有才，不错，我没看错你，辛苦了。”说完又让我写一份详细的布局说明给他。这还真是头一次，我诚恳地点头，估计是拿回去给他老婆看的。如果老板娘不满意，我又有得忙了。

我想反正老子这几天就全当休息吧，你让我干什么我就干什么，老子照拿工资，慢慢写。

中午吃饭时，地主婆用欠债还肉的口气对我说：“怎么谢我？”我说：“这等破事，下次别叫我，如果有什么大厦工程，你交给我了，我肯定厚谢你。”地主婆诡秘地一笑说：“经理如此器重你，你没看出来吗，下次有美差肯定少不了你赵有才的那一份。”说时她又将肥手搭到了我肩上。

我转了身说：“请你吃顿饭总可以吧。”“还算你有良心，没白栽培你。”地主婆挤在我身旁走出公司，我可以感应到后面的同事指指点点，无奈这个肥婆的淫威，公司没人敢不遵照她的指示。

一路上我骂骂咧咧，说这次没赚钱又没赚名，还欠您老人家一身的人情债，这辈子都还不清了。她说：“放心，你欠我的你记着就好。”

这句话吓得我心胆俱裂，一想到跟这个死猪上床，这一身的肉，到底从哪里开刀？万一她要跟我接吻，还不得恶心死我。

吃饭时我魂不附体地想着到底怎么才能摆脱她的纠缠？到时候真不行，从马东那里拿点药，将她迷晕了，然后找个身强力壮的外卖敷衍一下，等她醒来后我穿一裤衩睡在她旁边,就连想到跟她睡在同一张床上我都浑身起鸡皮疙瘩。要不然我只有辞职不干了，看样子难逃她的魔掌。

她不停地给我碗里夹菜,我说够了够了,我自己夹。她目不转睛地看我吃掉,然后说：“你不嫌弃我筷子上的口水脏吧。”当时我就想进卫生间大吐一通，强忍着坐在那里。我赵有才一身才华苟活于世，我想到真不如死了算了。为什么没有站起来反抗，扇她两耳光？

毫无廉耻的女人，这社会已经被规则了，不管是哪里？我想徐风平时在超市大概也是这般招数吧。为了生存，为了前途，就得玩暧昧，真他娘的。

我问过徐风该怎么办？徐风说直接告诉你们经理，绝对管用。我问：那你勾引的那些促销员到店长那里告你，你怕吗？“她们敢。”徐风淫笑道，“她们都是自愿的。”

“我们经理跟这个死胖子同穿一条裤子，少了她不行，经理肯定站在她一边。而且我一个大男人跟上司说一个娘们骚扰我，怎么可能有人信，中国也没有男人的保护法，就算被她强行占有了，我他妈找个哭的地方都没有，无处申诉。”

徐风说：“这不一样，你要真不愿意，你不硬，谁也拿你没办法，就怕你主动翘起来。”“要是迷晕了自己都管不了，谁还管得了老二。”徐风说：“你告诉她老公，让她老公收拾她。”

“没凭没据的怎么说？人家反过头来说你自作多情。我刚在公司打下一点基础，可能就全泡汤了。”

我终于也体会到了人在江湖身不由己。跟地主婆坐在一起，让我无限怀念我的启蒙老师萍姐，她俩都给了我很大的帮助，只是萍姐的关怀不露声色，不像地主婆这样整天挂在嘴边提醒我欠她的。

萍姐比地主婆漂亮若干倍，无论从气质还是心灵。所以她自信，到该发生的时候她只是假意的装醉，然后让我扶她到房间休息，就在我帮她盖被子时，她伸出一只手拉住了我，然后坐起来与我面对面，头一晕倒在了我怀里，我扑扑心跳几分钟后，她见我还没反映，睁开眼睛用她的家乡话说了句：“哈儿，你是处男？”

地主婆喜欢动手动脚，只要一有机会就在我身上乱摸几把。萍姐第一次将我处理后，仍然是风平浪静，穿着职业短裙在公司里与我说话时客客气气。少时无知，一次过后就不知疲倦的想要。最终没逃过同事们的法眼，闹得满城风雨，如果再给我一次机会的话……可惜人生没有如果。

地主婆让我在公司上班产生了严重的心理障碍，无论如何我生命中不能有这样的女人出现，这个污点比嫖还可悲。

下午工作比较松散，倦生怠意，同事们聚在一起聊天说笑。我倒了杯茶靠在椅子上叹闷气，像不久将死的病人，每哼一声都哼到了心窝里疼痛。

才刚过四点，马东又给我打来了电话，问我晚上有没有空，一起喝酒去？我走到公司卫生间骂道："他妈的一天到晚只想着喝酒，你没正事我还忙着呢？"

上次请他吃了个烧烤，买单时他像菩萨似的纹丝不动，连假意的谦让都没有。他没有给我指一条明道，反而揭开了一个新的谜团，让我越来越怀疑安蕾是同性恋。我想她要真生孩子就随她去，反正不用我负责，好歹我赵有才也有后了。

马东说孩子生下来是活受罪，一个女人没有经济基础，怎么保证孩子的良好发育，还有教育问题，跟一个同性恋生活在一起，将来长大了心理不正常。就算你经常去看她们母子，但万一你真的碰上自己心仪的对象，结婚生子了，你怎么解释，两个孩子的抚养问题你想过吗？

就冲马东这一席话，我觉得这朋友有时候就算是狐朋狗友也比没有强。针针见血。我说晚上要加班，过几天有空电话联系你。

挂完电话从卫生间出来时，正好碰到地主婆。她坏坏地一笑："又在骗哪个女孩，今天明明没有加班？你想加班吗？我安排给你。"

这死胖子居然偷听我电话。我说就一男同学，约我吃饭。"男的？"地主婆圆眼睁大问，"男的也这么黏你。""男的。"我举起手说，"说谎天打五雷轰。"地主婆双手叉胸，凝神聚眉地盯着我，像发现了我身上某种不可告人的秘密。





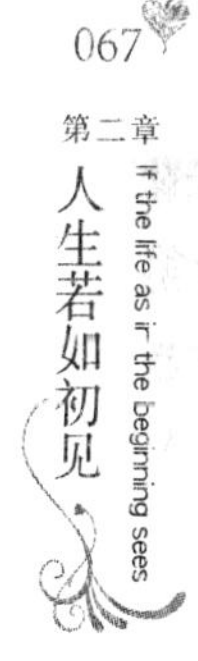


2

金妮给我发了条短信：多尔衮，哀家想你了。

女人是好东西，特别是对我这样的人而言，又有灵感又有快感。这几天身上绷紧了神经，找不到一个柔软的地方靠一下。

去给徐风还衣服时看他家里摆了很多精美的饭盒还有保温杯，我问是不是从超市里偷的？他一脚踹过来说："老子人品有这么差吗？"他说这些东西都是供应商为了促销商品给顾客送的小礼物，促销员为了讨好徐大经理，做了人情。

我看着每一个都喜欢，顺手往怀里揽了一大堆说："我拿几个回去。"徐风从后面抱住我说："随便拿几个就够了，我留着拿回家给我妈，他老人家特别喜欢这些小东西。""不光老人家喜欢，女人都喜欢。"我边笑边抢他的礼品。

徐风从后面死死地挟住我，我感觉他的 brother 顶在我屁股上，我不寒而栗，将东西统统放回原处，僵硬着脸说："我不要了。"

自从那晚在他家睡了一晚过后，让我对他产生了隔膜，尘封的阴影像一块化开的油墨，肆意浸染身体里的每一个细胞，挥之不去。有时候我对着镜子中的自己问：难道我真的是同性恋们喜欢的菜吗？

徐风所说，女少男多，分配不均匀。我是非常赞同和鼓励男人搞同性恋的，如果这世界的玻璃多了，像我这样的色狼在女人群中就身价倍增了。但我绝对不加入他们的兴趣中。

我对男人的防备很敏感，生命中有件事让我难以启齿。那时我才刚上初一，住在学校的宿舍里。我比较晚熟，在我幼稚的心灵里，这世界应该如电视上放的一样，男人吻女人，他们手牵手然后结婚。住在我同床的一个兄弟叫张浩，发育得很好，打篮球是篮板王。他身强力壮，全校能挑得过他的超不出三个。在晚上熄灯后，他也问一些我表姐的情况，冬天的时候他会搂着我睡。有时还会玩笑的拿下体顶我屁股。寝室里也经常有同学开类似的玩笑，将一个同学压在下面学电视里的样子。我们一笑过后，不知道这背后的含义究竟有多大？毕竟大家都是处男。晚上他经常将手伸到我裤子里，我拒绝过几次，他也就放弃了。但在睡梦中我总感觉他行为不轨。后来就越来越不正常，他喜欢抱着我的头吻我，我咬着牙关将他推开，然后转过身。他还经常教导我说背对着别人睡不礼貌。有一次我舒服地醒来，那是我做的第一个春梦，发现他钻到了被窝里，就趴在我的腿上亲吻。我一次骂人，当着全寝室的人在黑暗中骂他变态，不许再抱着我。所有的同学都被我吵醒了，大家说我太小气。男人与男人之间不存在什么肌夫之亲。就算那时我说出来，恐怕也没人能理解这种行为代表什么？后来他就越来越过分，他所做的事在当时看来，只能用讨厌形容。如果是现在肯定一板砖就拍死他。如果一个男人整天抱着你的腿说我爱你，而且夜半三更总偷偷的脱你裤子，换作谁都想弄死这个家伙。

每天下自习后他都会在被窝里弄到深夜才睡觉，他是睡在床外侧，有时候身体会颤抖，还会喘气，我背对着他，不知道他在搞什么东西？直到后来我也学会了，才明白那些夜晚他是在做什么？

第二学期我就调换了床铺，而且身边的同学只要稍稍过激的碰一下我都会揍他。同学们以为我有洁癖。到我成年再回忆这些事时，才知道张浩是个不折不扣的同性恋。想起他我浑身汗毛倒竖。像个厉鬼一样可怕。

那天早上我看见徐风脸上的笑窝，犹似张浩那副德行，我心底一凉，像回到了地狱。徐风脸红着说：“怎么生气了？我跟你开玩笑的，你都拿去吧，这些东西我随时都能拿一袋回来。”

我低沉地哦了一声，像个受伤的小姑娘一样，挑了几件，然后说我走了。徐风说：“你等一下，你衣服在我衣柜里，我去拿给你。”我又是哦了一声，徐风拿衣服给我时还拍着我的头说：“你他妈今天怎么了？变脆弱了。”

从徐风家出来后，阳光铺展了大地，男男女女搂在一起，招摇过市，感觉这世界真美好。女人寂寞了可以去泡吧，等着上钩的汉子一堆。男人寂寞了，花钱的到处都是。大家所求的社会都能给予。如果是同性恋那就麻烦了，只能找身边的人下手。我还在想徐风是我最好的兄弟，这辈子都不能失去他，或许是自己太过警惕多想了，这么多年他可一直是以狼王自居的。

看着广阔无垠的天空笑了一笑，社会之大，无奇不有。

我选了几个漂亮的保温杯给金妮送了过去，说是在路上特意为她买的。我才刚坐到她家的沙发上，连烟都没点着，金妮就跟我抱怨说马东最近又打电话又发短信骚扰她。还问我：“你这朋友到底是一医生还是诗人？”

我说：“医生，绝对是医生，著名的外科医生，还是一主任。医院大大小小的事都要经他手批准。”中国人有个陋习，跟别人介绍自己的朋友时，总要把那个朋友狠夸一番，这样一来感觉自己也沾了点光，有这么一个了不起的朋友。

金妮说：“他还约我吃饭呢？”“你千万别去。”我恐吓道，“天下没有免费的午餐，此人善于用药，人品极差，人面兽心。完了还要拍照威胁。”金妮吓得面无血色说：“你怎么有这么禽兽的同学呀？”“我不想理他，他老缠着我。”我说，“出了事别怪我没提醒你。”

跟马东吃烧烤时，马东问我金妮到底跟我什么关系？算不算正式男女朋友？我说就算不是我女朋友你也不能打她注意，这是我女人。马东说：“那万芳芳总可以动吧？”

我骂道：“你娘的到底是人还是畜生？万芳芳是汪明想娶的女人。”“做人太寂寞，我宁愿当畜生。”马东说，“汪明不是还没娶她么？”我叹着气说：“说什么汪明也请你唱了次歌，你怎么忘恩负义？”“那单不是你买的吗？”“那是他客气。”“我不管。汪明又不是我兄弟，我跟他讲个屁礼数呀。”

我阳奉阴违道：“那你去吧，万芳芳是一个缺钱的女人，你要对她做违法行为，我保证你这辈子就算玩了，她跟你死磕到底，没个几十万你休想了差。”

那天走的时候，他俨然一只斗败的公鸡。说赵有才你怎么那么好命？有女人愿意给你生孩子，还有情人陪你睡觉。我说我要是你，我就静静地享受这种孤独，一个人喝酒，星期天呆在家里炒个菜，看电视，上上网，烦了就到街上逛一圈，看别人接吻，饱饱眼福。

马东心浮气躁，就连走在路上，眼睛也没闲着，四处观望。一脑子的屎，真不懂那些严谨的医学论文是怎么写出来的？

金妮让我看马东给她发的情诗，说这人是恶心还是童趣未泯。一大把年纪还有写诗的心情，难能可贵。这年头人都为了房子为了工作争得头破血流，他倒真有闲情。

我说诗人绝对不是一个成熟的男人。社会公有制，责任田的时候可能会有很多诗人，因为大家吃的是大食堂，住的房子相差无几。国家抑制万元户。发表一点人生感慨很好。现在是商品经济时代，人人都在攀比，不允许诗人的头脑用在感情上。

金妮问我：什么是成熟的男人？我说：男人成熟的标准是他靠自己的能力买了套房子，而不是满脑子理想、女人、车子、牛逼等。突然哪一天他渴望在市中心有套房子而为之奋斗，而不是渴望搂着个女人去公园坐坐而为之写诗。

金妮说：那你离成熟还很远嘛？我嗯了声说：只是思想和身体成熟了，时机还没成熟，能力还有待提高。金妮笑道：“发育成熟了。呵呵……”“你敢嘲笑我。”说罢我将她搂在怀里就要修理。金妮推开我说：“你先看看你同学写的诗嘛，挺好的。”

我认真地看了眼，大意是夜晚太静谧，有个色狼睡不着觉，想着一个人。不过这家伙用词挺好，看来这几年想女人没有白想。我将手机还给金妮说：谁知道他哪抄的？金妮摇头说：“这不是抄的，你看，里面还有那晚我们吃饭唱歌的情景。”

我问道：“你回了没有？”“回了。”金妮说，“有个人愿意陪我玩情调，我干嘛不回，不光我回了，万芳芳也回了，他还给万芳芳写了好多。”

我骂道：“贱人。”“赵有才……”金妮从我怀里突兀站起来就要朝我发火。我赶忙赔礼：“我是骂万芳芳，汪明对她那么好，她还是死性不改，勾三搭四。”“回个信息怎么了？”“男人目的都不纯，你应该知道。不喜欢人家就不要浪费他时间，你以为他写诗不累呀？”金妮沉默了一会说：“没有比较怎么知道自己喜欢谁？”

我连续抽了两支烟，气得胸口发闷。汪明以前问我以后娶个什么样的女人？我说娶个不会上网聊天、不会发短信的女人。

汪明说现在要找这种文盲还真难，估计要到国外去寻，现在九年义务教育太成功了，没有不会发短信、不会聊天的女人。男人随时提防自己的老婆被别人花言巧语迷惑，特别是情投意合，心灵寂寞了一拍即合。

看来古人说的女子无才便是德这句话训诫千年都是亘古不变的真理。

金妮去洗澡时，马东又发来了肉麻的情诗。我随便看了一眼，回复：描写生动质朴，从内容上比之前的更为厚重，对感情的渴望也显得诚实多了。形式上篇篇押韵，很适合朗诵。真没发现你有这么深厚的文化底蕴。赵有才评。朗诵者：金妮。

回完，我就将马东那首诗删了。想想真可惜，他精心之作，遣词造句都很规范，也算心血之作。被我赵有才大拇指一按化为乌有。没想到这畜生留了底稿，后来发给了万芳芳。但我万万没想到万芳芳这种势利女人会为此雕虫小技的低级趣味所吸引。

人生很多事说不清，汪明有车有房，只是不善言语，马东一无所有，学会了无耻。

3

城市里没有鸟，到处都是飞禽走兽。我吃着麻辣烫、抽着烟，同一首曲子听了半个多月，恍恍惚惚中这世界没有因为安蕾的怀孕而改变，也没有因为马东的插足而变迁。所有的混乱杂物像石沉大海，不光水有净化作用，社会也有。再丑恶、再肮脏的都会沉淀下去，浮现出来的总是一片繁华美丽的景象。

经理家的农院听说近日已经开工，不知从哪里找来的建筑队，包工头居然看不懂那么简单的图纸。经理把我叫到他办公室，说要派给我一个艰巨的任务。

我欣喜若狂，想到我赵有才终于出人头地了，这次我又要为这个城市竖一座标志性的建筑，以后我的儿子从那里经过时会自豪地说：“看到没，这是我爸爸设计的。”我信心十足地说：“我一定会完成的。”

“嗯，我相信你。”经理给我倒了杯茶，把我按在椅子上说，“你设计的那栋中式别墅我非常满意，但我还是对那帮工人不太放心，这可是我一辈子的大事。”

我巴结道：“要不我每个月抽时间去看看，有错误及时纠正。”经理嗯了声点头说：“这样当然好，我的意思是，如果你每天都在那里监工，这样就可以防止他们偷工减料，避免一些细节上出现纰漏。”

我吞吞吐吐地说：“可是我没那么多时间呀。”经理拍着我的肩说：“我是想让你从明天起就到工地去，不用再到公司来上班了。”我操他祖宗，听这话怪吓人的，难道这是被开除了？我半天说不出话。难道地主婆在经理面前给我下药了？

经理又说："我给你涨百分之二十的工资，只要你好好干，我不会亏待你。我知道工地上是辛苦一点，再累也就这几个月，希望你帮我把把关。"听他的话意是重用我。我可不想到工地去，每天日晒风吹，连个坐的地方都没有。

我诉着苦说："不是我不想去，那边没公交车，我住的地方离那里又比较远。图纸画得很清楚，可以在公司找个家在那边附近的同事去看守。""是这样呀？"经理犹豫了一阵，在我面前踱着步子，每一步都像踩在我心脏上，我呼吸也成问题。

"在监工期间，我每个月给你报销1200块的出租车费，这样总行了吧，做事要亲力亲为嘛，有始有终。"经理又拍着我的肩说，"我信任你。"

从他的眼神中我看到了器重，不可拒绝的诚恳，我无奈地点头。他娘的，设计了一座农院，还要被发配边疆。这下子好了，就算农院进展速度快，在工地最少也要呆四五个月。也就是说这四五个月期间公司就算有天大的好事也与我赵有才无关了。

从经理办公室出来时，我垂头丧气。

地主婆可能也听到了这个噩耗，让我将手头上的事全部移交同事做，还要请我吃顿告别餐。心想也好，这几个月可以躲避这个死胖子的骚扰了。我发了一通牢骚。她满脸涨红，说熬过这几个月就好了，等班师回朝了，一定会加冠进爵。

这个死胖子蛮重情义，说可能好长时间见不了面，自发组织同事们晚上要给我弄个送别会。我推辞说："不必了，不必了，四个月很快的。"一个女同事问："这费用谁出？"地主婆说，大家一人凑几百。有人赞成，有人沉默。地主婆发威道："如果你们不愿出，我全包好了，不就是千把块钱的事吗？"

我心里打起了退堂鼓，地主婆这么公开的宠幸我，在我身上如果什么也没有捞到，她肯定会气急败坏的。我不想欠她的，也不想开发同事们邪恶的想象力。

我心情不适地说："明天我还要上工地，此次责任重大，回家养精蓄锐。以后机会多的是。公司年庆的时候咱们好好庆祝。"同事们皆同情地望着我，这等差事落到我赵有才头上只能算倒霉了。

下午才三点多，经理就开车带我去工地认识包工头。零零碎碎的石子已被铲平，二三十人在地面上打了桩，像战斗英雄一样挖起了壕沟。

经理的车停在路旁，身体发福的工头迎上来散烟，他自己嘴上还叼了一支。抽的是软装大红鹰，脖子上挂一厚重的黄链子，旁边还停了一辆旧的普桑，估计也是他的。一脸苍老的皱纹，笑起来露出一排烟熏黄牙，散烟的那只手都已裂开，红肉翻滚。经理摇摇手说：“我不抽。”

然后转到我面前，我接了下来，还借了个火。从他身上我看到了，才华这东西狗屁不是，他比我有钱多了。这社会有工作的嘲笑失业的，创业的嘲笑打工的。说不定哪天这家伙就能像我们经理一样，开了公司，然后指使像我这样的人。那些稍微脏一点的手给他散烟时，他也会摇头不屑。

邻居两个只读了初中的伙计都开了物流公司，人家照样做得有声有色，挟着皮包，开着别克，连说话的腔调都跟商界精英一样。只有我还乐得屁颠屁颠的以为自己多了不起，这个公司换到那个公司。

经理双手叉腰巡视了一遍，然后对包工头说：“这是这栋房子的设计师，赵有才。必须按图纸完工。不懂可以问他。”

包工头嘴上的烟蒂才刚灭，又给我散了一根。我挥着手说：“客气，客气，以后多多指教。”心想这帮人不是好惹的，得跟他们搞好关系，其中随便冲一个出来将我打一顿甩手走人，我只能找阎王爷去。经理最多安抚我两句，活照样接着干。

他们人多势众，又不懂法律，我孤身一人看守，肯定是凶多吉少，九死一生。经理走到民工中，看地角拉的线。包工头跟我套了几句近乎。我问是双包还是清包？包工头说：“要是双包就好了，你们经理也太抠门了。”

“难道材料是他自己买过来的？”“这是我们自己买的，发票得给他看。”

我冷笑了一声，什么发票，还不是开个单子吗？这点猫腻谁不知道，拿回扣已成了习惯。装车的时候少装一点，经理又不是傻子，如果每月给我开1200块的车费就是让我来管这事，那简直是让我当替死鬼。每件材料的单子都让我过目，还得我跟包工头同时在上面签字才能拿到他那里报销。

不包括装修，这栋房子造价经理的预算是在120万左右，如果是清包，估计80万就够了。如果我跟包工头合起伙来，那就有得赚了。我想入非非时，经理喜眉笑眼地走过来问我：“看着你的得意之作拔地而起，应该很兴奋吧。”我勉强地笑了两声。

走时，经理把我送到车站。让我每天给他打个电话汇报工作，他也会不定期的过来参观。什么参观，这孙子对我也不放心。

我问他我作息时间怎么安排？他说跟工人们一样，下雨就休息，没有星期天。呜呼哀哉，我连星期天都没有，什么国定节假日、八小时工作制完全不按合同来。最后他又补充一句，你放心，我不会让你吃亏。听完心里舒服多了，是该捞一点了，


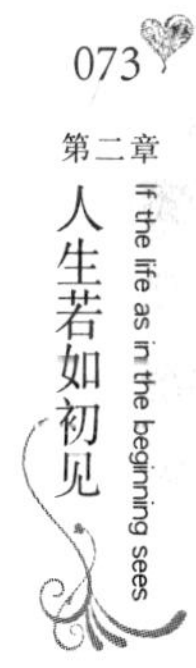

就当自个来一回劫富济贫吧。

人脑子经过复杂的运转之后，脑细胞燃烧，带动能量损耗。突然肚子饿了，想吃生煎，于是找了间小吃店，来了半斤，坐在一个中年男人的对面，他喝着一碗青菜面汤，看他吃得津津有味，也叫了一碗。

金妮又给我发来短信说：多尔衮，哀家今天是安全期。我发了句感慨：人不能把幸福寄托在另一半身上，如果哪天一个人时也会很幸福，那才叫幸福。

自从马东介入以后，我越来越感觉与金妮之间的无趣。所有情调都被破坏了，她也没我想象的那么好。晚上她靠在我怀里看电视，隔三差五的看手机，像丢了魂一样，问马东怎么突然不给她发短信了？完事后还握着手机回味马东的那些酸腐情调。

开口闭口马东念念不忘，我对自己的地位岌岌可危，必须要冷冻她一段时间，让她觉得没有我赵有才，生活会很枯燥，到时我再装救世主像神一样解除她的寂寞。

每次在她那里过夜，第二天就要迟到。这一点她跟安蕾截然相反，安蕾完事了就想睡觉，而且睡得很死。她是越发的精神，拉着我聊天，我多半是在嗡嗡声中睡着了，她还一个人自言自语。

回到郊区农村，闷骚见我回来，很远处就窜过来。这家伙比以前还胖了一点，搞不好真是吃屎长肥的。我用脚尖将它推到一边，上楼关了房门，将它拒之门外，它在外面狂烈地吼叫。

包扔在椅子上，掏了支烟倒在床上，烟雾袅袅。嘴角露出一个阴郁的笑，这笔钱该怎么赚？

4

我睡到十点多钟才起床，反正现在没人管我。坐在早餐店安心地吃了早点。拖拖拉拉赶到工地时工人们忙得汗流浃背，包工头背着手，嘴上冒着烟左右巡查。稀疏的阳光有气无力地流淌在地面，乌云穿过，阴一阵，亮一阵。

包工头见我走来忙上前殷切地散烟，说赵设计师来了。我客气地接过烟笑道："听着别扭，叫小赵吧，咱们以后相处的时间还长，您是我长辈，还得靠您多多关照。"

包工头听得一脸的暖意，望着天说："明天可能要下雨了。"我说下雨好呀，下雨休息。包工头坚难地挤出一个笑容。一个大个子的工人站起身喊着："老板，钢筋和黄沙什么时候到，活没法干了。"

包工头答应着："下午就送来。能用多少用多少。"转脸又对我挤了个笑容，要给我找安全帽戴，我推辞道："这又不是什么大工程，高空作业才戴，没这必要。"

跟他闲聊了两句，他开始套我话风，问我们经理平时的为人怎么样？我给他暗示我也是刚进公司两三个月，对公司不太熟悉，对他也不甚了解，此次也是被逼无奈。我搂着他的肩膀说："你不要给我难处，我也不给你难处，大家和和气气的混完这几个月，都是打工赚钱的嘛。"他嗯嗯地说那是，那是。

这社会混得好的都是懂事的人。听完我一席话，中午就请我到附近小餐馆消费了一顿，还给我买了条软中华。我义正词严双手挡着胸口说："使不得，使不得。"

包工头强意塞在我怀里，语气都变了，改称我兄弟。我这辈子兄弟不多，能够对我这么客气慷慨的兄弟还真没有。

我叹了口气，一脸委屈地接下说："这栋房子是我们经理自己住的，所以特意派我来监督，质量一定要过关，万一住个几年出现了什么问题，我难辞其咎。不像你们，工程尾款接到手就与事不相干了。我还得一直在公司待下去。"

包工头拍着胸口保证："质量肯定没问题。"全城建筑公司都是打着"质量第一，信誉第一"的口号招摇撞骗。"那就好。"我扶着他的肩说，"其他的事大家都好商量。"

下午货车拉来黄沙、水泥、钢筋时，我故意凑上前看了一眼，睁只眼，闭只眼，走到一边抽烟。

阳光暗了下来，刮起了一阵旋风，灰尘满天飞舞。我找了个干净点的地方坐下发呆。想想这差事不错，不用动脑，也不要心计，就是太无聊。

才刚打好地基就错误百出，幸亏经理有先见之明，让我来了，如果不是我在场不知道要造成什么后果。给他们纠正时，施工队人员几次要丢下工具跟我理论，说我不懂。我差点发火，这房子是你设计的还是我设计的？

包工头从中调和，抱怨说："太复杂了，这个图搞得花枝招展的，太费劲。我们不能按期完工呀，能不能改改？"我说道："我比你还想早点离开这鬼地方，这是老板娘要求的，一个转角都不能改。"

包工头一脸的怒气，意思是送我中华白送了。这小子在材料上谎报数量和价格我都没跟他计较。他凑在我跟前说做事要学会变通，还教我做人的道理。我将中华甩在他跟前说："你要这样咱们没法合作，前提是必须按照图纸完工，咱们才有商量的余地。”

包工头满脸横肉堆积出一个体面的笑容，说没有别的意思，就是想早点完工。我恐吓道：“要是验收的时候经理不满意，你尾款拿不到，我也不好交差。”包工头点了点头，眼珠子转得比车轱辘还快，又走过去教训施工队的人。

我给经理去了一个电话，我喊冤说这边黄沙满天、条件恶劣，这帮人我没法管了，要不您自己过来吩咐一下。我才刚挂电话，那边包工头的电话就响了，想必是经理给他施压了，他唯唯诺诺地点头。听完电话又走近我身旁，散上一支烟。

我心平气和接过，还掏出火机帮他点上。“不是我不想改图纸，我刚在电话里请示过经理，还被他大骂一通，这栋房子要有丝毫改动，让我明天就滚蛋。”

“理解，理解。”包工头吹了口烟雾，望天而叹。施工队的人员用大扳手扎着钢筋，聚在一起说着粗俗的笑话。有几双眼睛一瞟到我身上就瞪得大大的，吓得我魂飞魄散，像是对我恨之入骨。

现在这社会最讨厌的就是那种不做事、光动嘴皮的人。很明显在他们眼中我就是那种人。为了有个良好的合作，我拆开了包工头送的那条中华，笑容亲善的轮个发烟道歉。接过烟后，他们的表情和蔼多了。我想地球要是没有毁灭的话，再过五十年，这些都是紧缺性人才。再过五十年，学建筑不再是拜师傅了，都要到大学里去学。现在的年轻人除了会打游戏、会泡妞，还能干什么？再过五十年，粮食由谁来种？房子由谁来造？这么苦的差事，哪家大人愿意让小孩子来做？

再过五十年，如果人口还是逞上升状况，地上都盖满了房子，耕地也少了，粮食也少了，大米不再是两块一斤了，这才是人类最需要的东西，比名贵的衣服贵得多，什么品牌都见鬼去。有车有房算什么，有土地才算富豪。有一块土地种粮食的农民该嘲笑那些傻逼博士硕士了。

未来的危机是土地的危机。如果给我一个选择，五十年后，我一定出生在拥有好几亩农田耕地的农村。有钱盖一农村别墅，老子车子都懒得开，骑水牛去田里播种。没有堵车也没交通事故，还不用为一块破铁皮交税。再找一漂亮媳妇，那日子真他妈的快活似神仙。

有吃有喝有快乐就是活着的最高境界，谁都别悲观，谁也别牛逼，人的平均寿命只有 80 年，没有下辈子。什么理想、爱情，扯淡。

在工地上坐了一天，灰头土面，四点多钟我收了工，跟包头工打了个招呼，沿着公路一直走。

晚上就下起了暴雨，风呼呼刮，雨滴打在玻璃上，很想把闷骚抱进被容里睡，下楼去找它，它不知从哪里搞了根骨头，像舍不得吃的样子，衔在嘴里又放下，又衔起来，围着骨头打圈圈。

我蹲下来抚摸着它的头，它叫了两声继续咬着那块骨头。它身上有股腥臭味，毛发都打卷凝固在一起，以前安蕾总帮它洗澡，身上喷了香水，干干净净，连口气都没有。

我抚摸着它身上时发现它后腿上有一块疤痕，还没有愈合，上面带着血迹。可能是在外面被别的狗欺负了，或者惹事被别的狗主人打了。闷骚的体型小，而且不擅长打架，碰见陌生人会喊两声，只要人家回过头蹲下假装拿石头砸它，它马上吓得跑掉，边跑边叫。

想起以前安蕾把它抱在怀里逗趣的样子，一行热泪竟滚落下来，滴在闷骚的头上。它完全没有知觉，埋头啃着它的那块骨头。我抱起它说：闷骚，你他妈的比我还可怜。

闷骚在我怀里挣扎，带着泥土的爪子在我胸口乱挠。我将它抱进房里，然后关上门，一手的狗毛。洗了个手，拿一个带馅的大面包，我吃一半，给了它一半。

我始终没有给闷骚洗澡的勇气。闷骚像是受宠若惊，撒娇地挤在我小腿上，两只脚抓着我的裤管。我上网打游戏，它就在桌子下安静地呆着，一点儿都不淘气。

闷骚以前很喜欢撵路，只要我出门它要跟到公路上，甚至我上车时，它几乎要跳上去。我在车窗里看到它一直望着我，然后悻悻地返回，沿路碰上好玩的，或者其他狗，它要跟着它们一起疯，一起围着一个人叫。我每次下班回来，它都要在路口迎接我。可能是被打怕了，再见我时，它很平淡，不躲也不追。我一给它带饭，它就知道我在意它，要往我身上扑。

## 5

第二天雨势减弱，淅淅沥沥颇有诗意。睡在床上给包工头打了个电话，今天停工。再跟老板请示，汇报完天气情况接着睡。

其实这种作息规划真的比较人性化，以前每次下雨，打着伞像个抢险队员一样穿梭在雨中。现在我越来越觉得这是份美差，特别是听到电视里可爱的播报主持说雨势将在南方持续一个星期时，我乐得在床上打滚。起床做饭和给闷骚做饭，打算怎么充实地度过这个星期。

在屋内跟着闷骚一起手舞足蹈，这是我对闷骚最好的一天，最后的香肠都煎给它吃了。它舔着嘴角跟在我后面甩着尾巴，翘起来像一朵散开的莲花。我靠在床上放了首《加州旅馆》，捣鼓着手机，一个个号码的往下翻，不知道该打给谁。

翻到文娟的电话时，手指犹豫了两下，这个神经病像消失了一样，连个短信都没有给我。给老相好金妮拨了过去，接到电话时她语气平淡。我说这几天都休息，晚上去给你做饭好不好?

她话中带刺的说："你的事都忙好了吗？""上次是真的忙嘛。"我起身将音乐声关小说道，"我被老板派到工地去了，这几天如果一直下雨，我就一直休假。""我不限制你的人身自由，是我讨厌撒谎的男人。"说完就是忙音，拨过去就是关机。

我不知道哪里得罪了这尊菩萨？平时尽职尽守，把她伺候得服服帖帖的。我问闷骚：老子哪里做错了？闷骚事不关己地趴在我的脚下，好像香肠吃多了还没消化。

我等到四多点钟，把我可怜的闷骚一个人留在家里，冒着小雨去了金妮那里。坐在她门前等她下班。那些郁闷的烟头散落在她门前。几十分钟后，她一身雨水提着一袋子菜回来，肩上挎着个包像个家庭妇女。

她见我像乞丐一样蹲在门前冷笑了一声：你还蛮赖皮的嘛。我站起来拍拍屁股上的灰尘愤怒说："你把话说清楚了，我赵有才哪里辜负你了？就当是了断，你让我死个明白。"

她咯咯地笑了两声拿钥匙开门，把我请进屋说："我不是怕你忙嘛，你女朋友怀孕了，你四处求药打胎，哪有空理我们这些残枝败柳。"

马东这个杂碎，在背后放我冷箭，真是引狼入室。我倒在沙发上，掏出烟说："我不管你怎么误解我，但我赵有才不是那种不负责任的人。那孩子根本不是我的。"

"这是你的事，我不想掺和。"金妮把菜拿到我面前晃悠说，"最后的晚餐由你来做吧。"纵有万分悲戚，也只能怪自己择友不慎。我接过菜说："你跟马东还有联系呀？"

金妮嗯了一声将我推进厨房，摘着菜叶子说："马东没你说的那么坏，这两天还请我和万芳芳吃饭，风趣幽默笑死我们两个了。"

十恶不赦的男人都会对漂亮女人好的。我问道："你准备跟马东过了？"

"赵有才，你把我当什么人了？"金妮一把菜叶甩到我脸上说，"我只是不想打扰你，你前女友怀孕了，你就该好好对她，女人不容易，有勇气怀孕的女人更不容易，你马上就要做爸爸了，我可不想和一个当爸爸的人发生不三不四的关系。以前我不了解你，你单身，我也单身，谁也管不了我们。现在你是有妇之夫了。"

我骂道："是她先抛弃我的，我跟她肯定不可能，都是过去的事了。""我不管。"金妮叹道，"这段时间你还是好好陪你女朋友吧，等你处理好了自己的事再来找我吧。"

我一口气闷在胸口差点心肌梗塞。马东这王八羔子，我真想宰了他。那一顿饭我们吃得极不开心，好几次我想拿起电话操马东他大爷，都是被金妮阻止了。金妮急忙解释说："马东不是有意揭你的老底，他说的都是你的好话，说你念书时讲义气，重感情，没谈过一次恋爱。我们好奇打听你的糗事，他顺嘴就给说出来了。"

金妮伤感地说："天下没有不散的宴席，我跟马东肯定不可能，你也别往心里去。"

听着像分手，露水夫妻就是这么脆弱，没名没分，没有承诺，天底下没有哪份感情能长久。放下碗筷我就想走，金妮拉住我说："再陪我一晚。"

我一再发誓那孩子跟我没关系，她摇着头不想听，并且认为是自己破坏了我跟前女朋友之间的感情，简直荒谬。

那一晚我们做着与之不相干的事，我将整个故事的来龙去脉都讲给她听。她也陷入了沉思，认为安蕾的这种做法超乎常理。

最后她只说了一句，顺其自然吧，你也是该做爸爸的人了。要是我哪天碰到一个我爱的男人，我也会无怨无悔地给他生个孩子。

我吼道："她一点都不爱我。""你知道什么是爱吗？你们男人都是用下体思考的畜生。只知道占有和满足。"我问她："我们以后还能见面吗？"

"当然能。"她回答得干净利落。"那我还能来找你吗？"她没说话，只是点头，泪眼汪汪。我陪着她一直在床上看电视，这是我第一次搂着她睡，或许也是最后一次，一直到她呼吸均匀，我才倒下。

一大早她就将我推醒，说要去上班了，要赶我下床。我伸着懒腰说："我今天不上班。我再睡会儿。"她捶打着我说："不行。谁知道你会赖在这里多久？"我无奈地爬起来看她坐在镜前化妆。她叹道："下辈子宁愿做猪，吃完睡，睡完吃。"

我说有种职业比猪更舒服，每天都可以睡觉，不光自己睡，还可以陪人睡，还有钱拿。她拿起一支口红砸在我头上，然后走过来在被子里找，趴在我跟前 问：“我漂亮吗？”

“漂亮。我说，最漂亮的一次。”“有什么临别赠言给我？”“早点嫁人吧。”她表情忧沉地盯着我说：“不嫁，一辈子不嫁。”“如果我娶你嫁不嫁？”我玩笑地问。

她笑起来又是那副大白痴的表情，笑得眼泪都出来了，等我去擦拭时，她将我推开，催我快点起床。她打着伞和我肩并肩出了门，将我送到了车站。我望着她的背影被塞在拥挤的人群里，她坚强地伸出一只手喊着：“保重。”

我以前听人说过“再见就是再也不见”、“保重就是好自为之”，网络时代我们只说：88。

天还在下着雨，回去的路上，碰见一帮依靠着蛇皮袋子挤在一个工棚里打牌的民工，我感觉他们比我幸福多了。他们和同伴可以共同抵御风浪的危险。我对这个城市充满未知的恐慌。

人生中的每个时段都会出现失败低迷的情况，我无法回首自己是怎么过来的？所有的事在回忆中都不算事，只算一个片断，人生就是由这样一些片断组成。不是主题，也不是铺垫。

我在路旁的小吃店给闷骚买了一些猪蹄，顶着雨一路小跑回来。闷骚在屋里咬着我的拖鞋，海绵外翻。如果我还能为这世界做一点事的话，那就是照顾好这只狗。

我给安蕾打了个电话，我问她最近怎么样？她冷冷地说不好，但已经习惯了不好。

我确认了一遍她肚子里的孩子到底是不是我的？她拿生命安全和孩子平安跟我发誓说是我的。纵使她平时说谎无数，但总不至于毒到拿肚子里的宝宝欺天。我问她怎么样了？她说现在还看不太出来，能正常上班。我说你要想生就生下来吧，我会负责的。

说完那句话我整个人轻松多了，如释重负。人有时候只要做得豪爽一点原来会这么开心痛快。

她在电话里哽咽了两声，说我们回不到过去了。一直听着她凄凄惨惨戚戚的声音到她挂电话，我仍然不知道自己在做什么？或许我只是想找个安慰，但安蕾没给我。

连续下了三天的雨，我和闷骚足不出户呆了三天，感情倍深。小时候我很讨厌狗，念小学时我看了部电影叫《赛虎》，很凶猛，主人叫他咬谁就咬谁，阶级立场很分明，专咬地主的儿子。我也曾盼望有那么一只狗，在放学的路上等我，谁也不敢欺负我，我叫它咬谁就咬谁。我缠着我父亲给我买只狗，后来就把外婆家的看门狗给我抱了来，与赛虎无差，比赛虎还猛，我还没带它到学校，刚进我家门，就将我给咬了。

6

雨过天晴，闷骚又回归了大自然，在那些菜地里捣乱，陪着一群野狗追着路上的行人狂叫。

我坐了一班公交车，到站再打辆车，十点多才赶到工地。建筑队的人还以为我是大富，每天坐出租车上班。地面还不太干燥，许多建材上带着水珠，内院中挖了个游泳池，才挖了六七十公分深，里面灌满了半池子的水。包工头说要用水泵抽干，再让人下去接着挖。本来这些程序问题不是我管的事。水抽干了里面必定还有淤泥，民工们下去都没有下脚的地方，事半功倍。

我说这些水先不抽吧，留着和泥，什么时候干了再接着挖。包工头说不行，地下管道安装要同步进行。为了这事我差点又跟他吵一架，我说可以先把围墙砌起来。这次工友们却站在我一边，说土地太湿，挖起来不方便。

说过几句后我走到了一旁抽烟。包工头走过来说他已经跟人家说好了，管道的材料下午就送来，如果今天不装完，放在这里没人看守，晚上被偷了谁负责？

这家伙急着拿材料回扣才会这么心急如焚。我说你现在给他打电话，让他过两天再送来。

包工头说游泳池是老板娘特地吩咐的，先做好游泳池，她要来检验。

这就是地主婆跟老子说的大工程，让我全权负责。我说那随你吧，我只是给个建议。包工头唉声叹气，兜了两圈又走到我跟前说："那就按你说的办吧。到时候老板娘问起来，你帮我解释一下。"

自从那次下雨在工棚里看到民工们打牌，让我看到了温馨，他们团结一致，生活充实，没有勾心斗角，砌墙时将手机搁在旁边音量开到最大，放着一首《月亮之上》，嘴角叼着一支烟，哪个坐办公室坐到腰肌劳损的兄弟敢说自己的工作环境比他们惬意。肆无忌惮也是一种洒脱。

才过中午十一点多，包工头又拉着我到附近小餐馆里去吃饭，强意给我来了瓶酒，三旬后掏出一堆单子让我签了。然后又说最近建材都涨价了，聪明人就是聪明人，没等我开口就掏出一个红包轻轻地塞在我兜里。

我想他拿的肯定比我的多，因为他是策划者，我充其量只是一个执法不严的监督人员，同流合污，当然只能拿小份。当初经理如果把进材料的生杀大权交给我，我反而不好办，吃多了被他知道了还没等工程完工我可能就被踢出局了。这次如果他责怪了也只能责怪到包工头头上，我就死不承认。包工头也没理由将我供出来，对他一点好处都没有。

我装作恍惚不知的埋头将单子签了，继续平静地与他喝酒。两人红光满面从餐馆出来时，建筑队的人也开饭了，坐在砖头上，捧着碗筷，旁边放着一瓶啤酒。烧饭的叫刘嫂，心地善良。在后院搭了一块灶棚，负责饮水和伙食。一大早买菜回来就是烧水、切菜，忙个不停。他们每天的伙食都只有一菜，要么是鲢鱼煮豆腐，里面加了平茹，有时候是毛豆白菜煮肉。我问包工头，要不我明天拿个饭盒过来，我也在这吃吧，多少钱一顿月底我照算给你。

我想包工头不可能每天都请我去饭店吃饭，而且次次他请，我也过意不去，又是酒又是肉，最少一次也要百把块。我工资待遇还没达到礼尚往来的境地。如果他哪天没提起请我去吃饭，我独自一人去小饭馆坐着也比较尴尬。索意把自己融入他们一伙得了。

包工头说："这哪成，不就每天一顿饭么，到点了咱们单独开。"我说："还是在这吃吧，简单点好。你们是算多少钱一顿？"

"谈钱就见外了。"包工头喊着刘嫂，"刘嫂，明天伙食搞好点，赵设计也在这里吃。"

刘嫂笑容满面地应了声。工地上也没个女人，年长的民工都拿起刘嫂开玩笑。刘嫂四十岁出头的样子，人比较朴实，穿着干净，也喜欢说笑，满嘴的"死鬼"，骂这个死鬼，那个色鬼。

我吃着她的饭吃了半个多月，还带回家给闷骚吃。每天将我的饭盒洗刷数遍，用开水浸泡。开饭时还单独给我留一碗，笑起来一口的白牙，让我对卫生问题十分放心。这期间，包工头用他的那辆旧普桑送我到家两回，又给我个五千的红包，一次给了我一条中华。

某天中午，艳阳高照，风中飞舞着尘土草屑，刘嫂喊着我们吃饭。我刚刚端起碗，坐在包工头专门给我做的一块木凳上，第一口饭还没扒到口里，便看见老板娘开着凌志跑车停在工地的公路旁，一双长腿又淫又色，穿着黑色渔网袜从车里迈出来。头发高高的盘起，雍容华贵，不可亵渎，精致的脸庞涂着淡淡的粉底，白皙干净，眼圈旁有烟熏的水彩。她趾高气扬地摇着车钥匙朝人群中喊了声："谁是这里的负责人？"

所有民工像被点穴似的望着她咽口水。包工头放下碗筷，拍拍身上的尘土，笑着迎上去一脸哈哈的接道："老板娘来了。"

老板娘望着长长的头发、鹤立鸡群的我，瞟了眼包工头问："不是叫你，不是有个设计师来监工吗？人呢？是不是下馆子去了？"

我一听这装腔作势的语气，故意矜持一下，埋头猛扒碗里的饭。等包工头给老板娘指引了方向，喊着我名字时。我才倏地站起来假装屁颠屁颠的端着饭碗跑过去，边跑还边嚼，可怜兮兮惨不忍睹的样子，等她回去向经理报告了我的情况，那就是大大的好兆头。

走近老板娘时被一股香气缠绕内心骚乱不堪，都想凑上去亲一口她那尖尖的脸蛋子。包工头站在一旁盯着老板娘怀里的峰峦目不转睛。

老板娘大方一笑，亲切地凑近我跟前瞧着我碗里的饭菜十分不屑的啧啧了两声，同情地问："你平时就吃这个呀？"

"嗯，大家都吃这个。很好，刘嫂的手艺不错。"我接着又饥不择食地扒了口饭，饥肠辘辘地抬眼问："老板娘又有什么吩咐？""没事。"老板娘如千金小姐般地娇嗲道，"就是来随便看看，看看完成得怎么样了？"

她将我夸了一遍，说自己相当喜欢这座别墅的设计，语气有知恩图报的意味，耐人费解。

我领着她参观了一遍，说还有几个月就可以完全成型。她站在游泳池旁陶醉地说："夏天在这里游泳，然后泡上一杯茶，坐在天井里看书，到时候这里全种竹子，这种私家花园我太喜欢了。"

她边走边唠叨美景，说这里要放座假山，那里要安个秋千，留着以后小孩子玩。我嗯嗯的端着饭碗，偶尔扒上两口。她用手挥着空中的尘土说："这里这么脏，你怎么吃得下？你到底有没有听我说话？先把碗放下，待会我带你去吃大餐。"

我受宠若惊啊了一声。她抿嘴扑哧一笑又继续说："到时候要装全套的环绕音响系统，只要一开播放器，要所有房间，包括室外露台、卫生间、餐厅都可以享受到优美的音乐。"

我说："这个你跟装修的人说，只要主体完工了我就回公司了，辅助工程你可以按照个人的喜欢调整。"

老板娘嘟着脸说："我说你什么时候回公司就什么时候回公司，必须整套房交接，我们入住你才能回公司。”她走了两步又说：“房间，我要田园风格。要装超级双人大浴缸，独立淋浴房。”她一说到这些，我就想到了她一丝不挂和我们的肥胖经理躺在里面玩老鹰抓小鸡的游戏。

我想入非非的时候她吼了我一声：“喂，你到底听到没有？”她怒气地接过我手里的饭碗说，“你真是饿晕了，不管怎么说，你一定要呆到房子交期，我满意了你才可以回公司，要不然造得不好，我找谁去？”

骂了我一顿，又开始哄我，说要带我去吃饭。我局促不安的跟在丰满的翘臀后面，受着所有民工羡慕的眼光坐上了那辆银灰色的凌志。娘的，老子一大男人别说没开过跑车，说出去丢人，这还是第一次坐这么名贵的跑车。

就为吃一次饭，她开了若干公里，我坐在上面动也不敢动，偷偷地瞄她秀腿渔网袜。很明显这种袜子是不保暖的，它的作用在于引诱别人犯罪和胡思乱想，然后让穿上这双袜子的女主人或者拥有这个女主人的男人自豪。

像个小媳妇上花轿一样，舒服得我都不想下来。那一天我赵有才的自卑和斗志都激发了。艺术家本不该生活在这个物欲横流的现实世界，应该远离尘嚣，专心的创作，达到思想上的空旷和解脱。而这刻我想骂娘，愤愤不平。

她将我带进一家住宿与餐饮一体的连锁酒店，要了个小包房。口袋里装着包工头送我的中华都不敢拿出来抽，烟瘾憋得难受，要让她知道我一个穷打工的抽中华，这里面的猫腻明眼人一看便知。为了能让她在经理面前深刻的描述一翻我的惨状，她问我喝什么酒时，我也推辞了，我说公司规定工作时间不许喝酒上班。她豪气地笑道：“那好，我也不喝，要开车。”然后叫了两瓶椰汁。她拿过菜谱，那架势就要实实在在地犒劳我一顿。她问我喜欢吃什么菜？我说随便吧，生冷不忌、五谷不分。千万别点花样百出的菜，吃不惯。

她笑了两声，极其可爱：“那听你的。”然后叫了一条油炸的松花鱼，上面淋着玉米汁，黄灿灿，一个椒盐排条，两个青菜，一个招牌滑头汤。

## 7

包间里开着两盏奶白色的台灯，惶惶不安地照亮这个狭窄的空间。气流里也带着胭脂味。什么样的力量将我轻而易举地摧毁？

肉色生香，窈窕淑女，铁打的汉子也经不住这种考验。低下头看到桌底下老板娘的黑色网袜，不禁热血灌顶。她倒是很随意，偶尔脚尖摆动轻碰我一下，然后抿嘴举杯言笑。少时看过不少垃圾的言情小说，一个眼神，手指头相互碰一下就触电，如此神功我赵有才从未学会。

心中愧恨，老板娘如此待我，经理器重我，我却忘恩负义与包工头一起吃回扣。饭桌上老板娘没与我谈她家农院的事，只问我菜合不合胃口？肠饱耳热，如此酣情，遍地都是牲口的城市，我赵有才面对美艳之尤物岂能不动心？

巧目倩影、身姿绰约，小嘴一张笑声朗朗，举手投足间优雅得体。她跟我聊了一些公司里的情况，我借此良机告了地主婆一状，这个死胖子虽然待我不错，但动机不纯，她只要在公司一天，我就没有一天清纯日子过，老子一个才华盖世的设计师像个卖酒的整天对她笑，每天被她强押着同桌共餐，还要沾她的口水。

我说公司大大小小的事都是地主婆经手，每一个项目都是大数目，唯恐这中间没什么猫腻。老板娘答应我回去就提醒老公，要酌情处理。这女人枕边风一吹，胜似我这个小职员千百句金玉良言。

饭后老板娘用车子将我送回工地，走时媚态如狸。我似浑身充满了电流，被击打得魂不附体。老板能得此娇妻，实乃祖上坟头冒青烟。

被老板娘款待了一次，大大地提高了我的工作热情。狠狠了吸支烟，亲自上阵督促建筑队的每一个细节。

天色尚早，刚吃了中饭，肚子就饿得呱呱叫。与老板娘吃饭，光顾着欣赏美色，一口饭菜也吃不下，传说中的秀色可餐大概就是这样。又拜托刘嫂给我炒了蛋炒饭，煮了碗热汤。建筑队的人笑我这么长时间与老板娘哪里媾和去了，饭都没吃。

我装作一副确有其事的表情羞涩地含笑。民工们羡慕得口水都流下来了。我倒是想呢，老板的女人只可意淫而不可亵玩焉。

一下午他们都在讨论老板娘的那双腿，还有那双丝袜的价格。

周旋于零零碎碎的水泥黄沙砖头之中，周旋于朴素勤劳的民工之间，还有他们手机播放出来的那首《月亮之上》。这就是我赵有才的人间，灰头灰脸，要靠陪伴别人的老婆来抬高自己的身价，陪个有钱的漂亮女人吃顿饭，坐了回跑车倍感自豪。

我拿着卷尺与包工头一起量游泳池的面积，确认无误后催促他们加紧完成，到时候等老板娘来验收。

老板娘像在我心里播了一颗种子，我时时都会拨开看看有没有发芽？常不经意地站在公路上远望，她还会不会再来吃我去吃顿饭？几天以后，天又开始下雨了。世界凄迷，雨雾茫茫，水花四溅。这时建筑队的人应该是温暖地挤在

一起打牌，喝二两烧酒，生活惬意。

地主婆一早给我打电话，问我愿不愿意去公司帮个忙。我说什么事？她说就是一个小草图，要不了半天功夫，你给修改一下就行。中午请我吃饭。

我想这娘们又是长时间没见我发春了。我说我浑身酸痛，每天在工地人都累得半死，好不容易下回雨，你总不能让我一个月一天都不休息吧？

她连哄带骗还撒泼，说你到底来不来嘛？语气中像是我的旧相识。我躺在床上狠狠地说："不去。""你个小家伙给我记住，"地主婆笑了声说，"下次有你好看的。"

地主婆虽然人长得丑，但声音甜美，比得上电台主播，据我个人推算，一般胖的女人声音都比较柔和。与地主婆在电话里对骂了几句，其爽无比。大不了老子不干了，而且这肥婆的话语中也从没有过开除我的意思。

闷骚扒着门缝哼哼呲呲，估计是饿了。

汪明的车在楼下按着急躁的喇叭。我下楼给他开了门，雨雾撒了他一身，他怒发冲冠吼了句，你睡得挺舒服嘛。

汪明这几天一直打我电话邀我去喝酒，我说只有下雨才有空。得知我被派遣到工地上去了，他长叹唏嘘，说同病相怜。

他一进屋就踢着门大骂："这他妈的什么生活？"我问道："什么事惹您老人家生气，这可是你家的门，你踢坏了我可不赔。"

说完他又加紧了一脚问："你那朋友马东是人还是畜生？我操他妈的。"

我问怎么了？汪明像个发功的和尚，连额头上的青筋都暴出来了。满嘴"贱人，真他妈的贱人。"

我再问时，他直摇头，胸口岔气，跟着我上了楼，将车钥匙扔在我的床上，接着人也倒了下去，双手一摊，如同死人一般。我拉起他说："到底怎么回事啊？"

汪明叹了口气爬起来说："算了，咱们喝酒去吧。""我牙还没刷呢。""那你快点呀。"汪明催着我说，"真羡慕你，每天睡得香，玩得快活。我他妈的怎么玩不转呢？"

我坐在椅子上给他扔了根烟说："我这叫糜烂。想学我很容易。"汪明叼着烟跑到卫生间给我挤了牙膏递到我面前说："你到底去不去刷牙，每天睡得这么晚，我改天搬过来与你一起住，长期拜师了。"

我甩一甩衣袖，闷骚跟在后面摇着尾巴大步流星。汪明笑道："一个孤独的男人和一只可怜的狗，你也比我好不到哪里去？"

我从卫生间出来时，汪明躺在我床上万念俱灰，说明天也要去弄只狗，与狗相伴，没事打打游戏，泡泡论坛，人生岂不乐哉。

我说你要愿意咱们换换，别身在福中不知福，有那么一个高官爸爸，给你钱花，给你车开，房子都不用买，这里一拆迁，你身价又倍增。

汪明问我最近与金妮怎么样了？我说：“散了，人来人去，旧的不去，新的不来，这就是他妈的生活，要学会适应。”

在我看来这世上感情专一的人并不是真心的喜欢某个人，都是感情的懒惰。就像我们生活在某个城市时间长了，就不愿挪窝了。如果换个城市生活几年，可能也会喜欢那座城市。并不是真的喜欢，而是懒得再去喜欢别的。

我不知道汪明这些年的感情经历，但我知道他是一个只要喜欢上一个人就懒得再去爱别人的人，爱一个人他都嫌麻烦，都让他头痛烦躁。

到了结婚年龄的男人很怕累，双方谈妥了就结婚生子，他需要的不知是爱情还是家庭，可能他自己都搞不清。

## 8

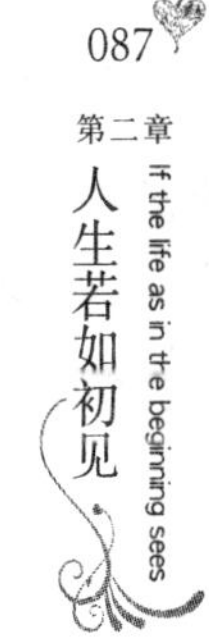


马东攻势凶猛，三天两头请万芳芳吃饭，满篇的狗屁诗歌哄得她芳心乱颤。关于他们如何厮混到一起的细节我和汪明都不得而知。汪明一次去看万芳芳，去时也没打招呼，一按门铃出来开门的竟是马东，汪明问也没问原因，掉头就走。据汪明讲当天就跑到洗浴中心消费了 1200 块，事后无尽的空虚，想回去问个明白，又羞于启口。

酒桌上汪明还骂道：“你这同学有一手呀。”我举着杯子安慰道：“犯得着为这对狗男女生气吗？你应该感到庆幸，幸亏你没娶她，否则那才是倒了大霉。”

汪明满脸颓废地说着自己的失败。我说就算是“小姐”，在你面前脱光了衣服，换了别人她也可能装装正经。生意归生意，爱情归爱情。女人你得先将她占有了再谈爱情。

马东要钱没钱，身高也不比汪明高多少，高中时一脸青春痘，后来不知哪里找的女人，采用玉女神功最高境界的阴阳调和给消灭了，现在还留有一脸的疙瘩，坎坎坷坷像他的一生。头发卷曲，长得像增函数，三天不洗头用梳子都梳不开，跟一坨泡不开的方便面似的。

要么是马东用药，要么是万芳芳的品位异于常人。马东的为人我了解，万芳芳的为人我也了解，一个贪色，一个贪钱，都不是什么善类。我对汪明说：“他们超不出一个月就得分手，你等着看好戏。”

汪明愤慨了一句：“关老子屁事。”接着给我斟酒说不知是该谢我还是该恨我？这只狼是我给引见的。

事后我问马东细节，这厮一副此地无银三百两的样子给我卖关子，说不该打听的少打听。一看他脸上的光华，就知道是被淫汁玉液给滋润过的，我赵有才没学过医，这点江湖僻谣还是懂的。

喝到第二瓶的时候，我接掉了汪明手中的酒瓶。我说你少喝点，又失恋又醉酒，呆会还要开车，为了一个女人别断送了自己的小命。

汪明不停地抽烟又问我：“赵有才，怎么才能搞定女人？”我还是一个字：“钱。”汪明说：“放屁。放你妈的屁，用钱能搞定你妈吗？”

他满脸通红，酒后失态对我翻着白眼，怒气横生。我靠在椅子上大口大口地抽烟，缄默不语。马东这畜生是我的同学，我将他放出来祸害苍生，我有一半的责任。

我打包了一些残羹冷肉，提在马甲袋里准备带回去给闷骚吃，起身买了单拉汪明走。

汪明说哪里都不想去，求我陪陪他。我说咱们总不能在里这呆一辈子吧，你想喝，咱们回去接着喝。

汪明开车将我送到楼下时对我叹气说：“我还要回去打理生意，我会尽早将钱还给你的。”我说：“这是什么话，难道你要跟我绝交？”汪明摇着手说没那意思。

这世上的快乐原来真的不是用金钱来衡量的。马东那个没钱没品的山野医者此刻应该快活到极乐仙道了。

可为情死，不可为情怨。躺在床上置身事外地抽了两支烟，给安蕾发了几句关心的短信，让她注意休息。有时候人做很多事，并不是想感动别人，而是想感动自己，证明人间尚有真情在，心未枯竭。

她不冷不热回了个“嗯”，也没说最近的情况，也没说跟我重修为好。孩子生下来该怎么办似乎她早有打算。我胡思乱想，这女人总不会穷疯了，生孩子卖吧。

我想约她出来吃顿饭好好谈谈，她却以上班忙推辞我。我已经被她搅乱了心智，她就如垂钓之人，撒下一杆，然后静坐，等着我慢慢上钩。食已经咬了，钩脱不掉。她算准黄道吉日就收线。

那段时间我一直在心里嘀咕她到底是同性恋还是用孩子来威逼我奉子成婚?

老天爷下了场泼皮的大雨，放晴后天气一片大好，万里无云，艳阳高照。建筑队进展顺利。老板娘隔三差五就来观看她的游泳池，站在岸边憧憬贵妇般的生活，午后游个泳，穿一身清凉的衣服呆在天井里晒太阳，惹得远处的邻居在阳台上拿高倍望远镜偷看这火辣的身材。

她问我院子里该怎么装修?结果开着车带我兜遍了建材市场也没找到雅观的材料。找一个福建厂商订购一个镂空石窗，花了两千多块。一开始店主说要三千八，老板娘满心欢喜，有钱没处花，又不懂行情，在她眼里那是一块最完美的艺术品。后来我给砍到了最低价，她又拉着我去吃饭。

我赵有才在这遍地荆棘之城见杆就上，遇利急占，但从不占女人便宜。特别是漂亮女人，盲目无知，我稍微耍点小花招，给她介绍几家建材店，我从中间拿点回扣，再花言巧语哄骗一翻，她掏钱还来不及。

跑了一上午，到建材城对面的小饭馆坐下，一圈人围着老板娘的凌志跑车赞叹，都以为我是泡富婆的小白脸。

点了几个家常菜，狼狈地吞食起来，引得老板娘咯咯笑，说你吃慢点，给我碗里添菜，如家人般的温暖。

澹泊之守须从浓艳场中试练，除非别人给我找错钱，天上掉馅饼我总是抱怀疑态度。很多次看到老板娘浪势逼人的眼神我都怀疑这是经理对我的试探，考验成功了就委任我人事，如果趁钩而咬的话就会被当场揭被，从此一名不文。所以我恪尽职守，不敢怠慢。一想到经理将来要委派我完成一栋栋的著名设计，心中对老板娘的美色也淡然了许多，不再那么冲动。

老板娘皓齿微张，眉目生情地嗔怒道："不许再叫我老板娘，俗里俗气的，都快被你叫老了，我也比你大不了几岁嘛。"我惊诧道："那叫什么呀?"

"随便你怎么叫。"她生气地撅着嘴，脚尖还在下面捅了我一下，我触击得心旌摇曳，半天说不出一个字。她说她名字叫吴云秀。

如果可以我他妈肉麻乎乎地喊你声云儿，连我自己都酸掉大半口牙。这是我老板的女人，喊云姐吧太亲切，这要让老板知道还得了。喊云秀吧，又不成体统，直接喊吴云秀那就太生疏。

我左右为难，只顾埋头吃饭，为了在公司混个一官半职只得夹紧尾巴做人，任她百般挑逗，不为所动。

饭后她要直接送我回家，说今天跑了一天跑累了，把我晒黑了，下午就不



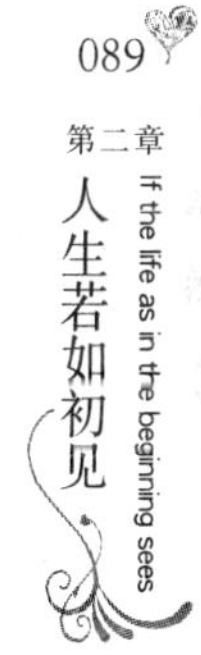

要去工地了，好好休息。

这句话放在平常女子说出口，我就当暗示听了。但这女人是我老板娘，我却不敢轻视，我那乡下的狗窝也不能入她法眼。

我说经理规定工作时间不得擅离职守，这个罪我可当不起，旷工一天扣三天工资，建筑队万一出个什么差子没及时纠正，这责任全在我身上。

她平淡地笑了两句说："你对经理倒挺言听计从的嘛。"

心里窝起了一把火，她开车送我回工地时，差点就在车上暴动了。她也是不言不语，开到半路，停下车说今天好像有点发烧，然后摸着自己的脑门，再摸了一下我的脑门确定地说："我真的发烧了，不信你摸摸？"拉着我的手去摸她洁白的额头，我轻抚了一下敷衍道："回家吃点药吧。"

她的手上涂着粉色的指甲油，然后紧握着我的手说："我手心也烫，你没感觉到吗？"

一个丰腴的女人，穿透明长腿丝袜和我挤在一个狭窄的跑车内用修长的手拉着我。而我也的确比经理那副肥态龙钟的模样好看多了。鬼才相信他们之间是爱情。这世界既然都是交易，何不再交易一回？我内心踌躇莫测，故作矜持地咽了口渴望之水点头嗯了两声，除非她主动强吻我，我他妈就豁出去了，不就一个小设计师的职位吗？

她握着我的手大概有三十秒，然后甩开叹道："我今天真的发烧了。"回到工地时我三魂七魄只剩下一具行尸走肉。老板娘对我挥了手，建筑队的人员举目远送着老板娘离去，低头讪笑。

我身上还留着她的香水味，手心发热，浑身躁动。坐在砖瓦间的一条木凳上抽了支烟，悠扬的风像从山谷吹来，耳热脸红，窘态百出。

包工头问我后院是用水泥铺平还是留一些泥土将来种花，我说随便吧，只要给她留个院子就行。

包工头说这怎么能随便，这几天天气好，如果后院不种树木花草，明天就倒水泥坪，现在就可以联系水泥厂商。

我嗯了声，没表示也没同意。结果他打电话问了一下经理，经理再问了一下老板娘的意见，然后老板娘又打电话问我。辗转反复几道，我说还是用水泥铺平吧，将来小孩子可以在里面开电动玩具车，还可以溜冰。她嗯了一声，下达了旨意。包工头乐呵呵地拍着我的肩，意味暧昧地说："赵设计师，你真有一套。"

落日斜晖，岁月像老了一半。人人都在争夺，我漠不关心地活了大半个青春，现在还没明白。这他妈生活什么最重要？捞钱还是捞人？

9

蓝天，黄沙，砖瓦敲击。太阳像个刚猛的男人将大地的水分抽离得爆干。建筑队的人汗流浃背，头顶钢盔，身上被翻晒得没有一块白的地方，像晾干的咸鱼。星期六我还在工地作业。看着身边堆积得如丛林深厚的砖块，感觉自己像只小麻雀。

文娟给我打电话时，我正咬着烟屁股躲在一个阴凉的角落里坐在长凳上无趣地敲打着手中的矿泉水。

这个神经病就像电视里某位死了很久的大侠的父亲，众人都以为他不在人世时，关键时刻他冒出来飞镖一刀，惊扰四座。

看着她的名字在手机屏里震动有点惊喜交集。自从上次她让我折一朵纸玫瑰给她，我没顺从，这几个月她销声匿迹，连泡都没冒。

她一开口就劈头盖脸断章截句娇滴滴地呻吟："我想吃爵顶鸡。"

连句套瓷的话都没有，我吞吞吐吐半天还没适应她的语气。我说今天还在上班，走不开。她吼了句没劲，说我从来没有哪个时候顺过她的意，又说她请客，还骂我小气鬼。

望了眼辛勤劳作的建筑队，我犹豫了片刻。这神经病来无影去无踪，怕这次拒绝之后又不知哪时才能得到她的邀请？

挂了电话我跟包工头撒了个谎，说公司有点急事，要过去一趟。包工头颤颤呼呼地点头，要开车送我去。我连声道歉，沿着公路走得满头大汗准备招出租车时，包工头的普桑跟上来停在我跟前，让我上车。

看他一脸诚恳的笑，我不能自己，感动得无以言表。我让他把我放在公交车站就行，我坐公交车去，还慎之又慎的叮嘱他回去看好工地，有事一定要打我电话。

骄阳似火，挤上人满为患、肉丰浪溢的公交车，在车上文娟给我发了条短信：我在你下车对面站等你，挡着太阳。

当时我的心为之一动，沁脾暖意浇灌全身，像个奇妙的预言，难道这就是我赵有才今生等待的女子？在我看来这句短信比任何诗歌都精美。

文娟曾经问过我喜不喜欢坐公交车？我说不喜欢，被挤在一堆肉里，还得时刻堤防小偷。见着老太太老爷爷要让座，见着小朋友要让座，见着孕妇要让座，见着残疾人要让座，见着抱婴儿的家长也要让座。公交车就是给年轻人站着去上班的工具。我此生坐过无数的公交车，有的时候被花团锦簇，心荡神迷；有的时候被老肉摩擦，心如刀绞。但再也没有哪次能遇到文娟这样的女子。

如果那天没有迟到或者没有下雨，换作别人文娟不知会不会做同样的举动，我问过她，她只摇头，说不知道，当时有股力量鬼迷心巧。她坏笑了一句，说想看看艳遇是什么样子？然后她将艳遇换成了邂逅。

那是一个很好的季节，陌上繁华，气温宜人。我睡过了头，两个闹钟都没闹醒我，醒来后我还靠在床上抽了支烟，不缓不慢地躲过了上班高峰快十一点时才赶到公司。地主婆问我为什么不吃了中饭再来，我说早饭吃了。

她又捏我的脸，又拍我的肩，说老娘总有一天会被你气疯掉，几年来第一次碰见你这样的员工。说这是一个工作态度问题，哪怕能力再好，在公司就要遵守公司规章制度。我从来没跟地主婆吵过嘴，换作男的我就甩下一句狠话走人了。地主婆骂完我又笑，从没扣过我一分奖金。所以无论她怎样对我，我都有恃无恐。

骂到吃中饭时带着我一起去饭店，她点菜，我掏钱。饭桌上又是另一副嘴脸，打情骂俏，从不谈工作。

早上出门时天还是晴的，地主婆说要惩罚我一下，要不然她心理不平衡，她一早就要赶到公司，一个员工却总只上半天的班。那天把我留下来加班，六点多钟，外面下了起瓢泼大雨。地主婆打电话回公司，问我待会怎么回去？有没有带雨伞？我话中带怨说就睡在公司了，明天再不会迟到了，这样你心满意足了。这个肥婆淫心大发，居然赶到公司来看我，当时我已经做好所有方案放在桌上，等到细雨纷纷时用包顶着头跑到了车站，第二天她双颊通红打着喷嚏问我昨天怎么不在公司，假意地说她后来打公司电话没人接。

文娟撑着一把白花小雨伞站在停车廊里，不声不响轻轻地移到我头顶，微微地点了下头，我靠过去说了声谢谢。她可能回应了也或许没有，轻轻地张了下嘴唇，却没有声音。

文娟身体瘦弱，那天穿着一双黑色高跟鞋，半个白皙的脚背露在外面。一条浅蓝色的牛仔裤，屁股包得很紧实。握着伞柄的指甲修长，肘压着胸部像个椭圆。淡淡的眉目化着清薄的妆容，大大的眼睛亲切善良。我朝她望一眼时她会微笑一下，然后看着别处，无心搭理我，手上的雨伞一大半是举在我这边。车来时，我跟她说了声谢谢串上去，她也跟着挤了上去，挤在一堆湿漉漉的人群里，靠在我旁边。我掏钱买票时问她坐到哪里？受人之恩，当以回报，况且是个美女。她不说话只笑，我帮她买了终点站的票，后来才知道她根本不坐这班车。

站在车上她一直对我抿嘴微笑，然后扭头看着别处，若无其事漫不经心，像受过伤的小兔。随着车子的摇晃颠簸，她几次趄趔拉着吊杆的小手甩在我肩膀上，我侧身让了个位，让她挤在我怀里，用拉着吊杆的手臂将她夹在中间。她屁股压在我身上，我没有一点动静。

我下车时她跟着我一起奔下来，伞举到我头顶。我问她去哪里？她摇头，像个无家可归的人。

她一只手拉着我的臂膀，将雨伞交到我手中说："你来撑吧，我手酸。"转过身给我看，肩膀淋湿了一小半。

我边走边对她说谢谢，问她为什么跟着我？她只笑不说话，嘴唇微启。

走到院子门前她停下来问："你一个人住吗？"

我以为这又是什么新的钓鱼游戏？利用美色敲竹杠，等我带她回屋，十几分钟后一群生猛彪汉冲进房又拍照又威胁，将我痛打一顿然后卷走所有钱财。我说还有一个兄弟，马上就回来。她哦了一声，跟着我走了进去。

我将楼下的门关得紧紧的，闷骚见着生人就叫，我把它踢到一边。她笑了句，你对狗这么坏还养狗干嘛？

我以为下面的情节该是她引诱我，先到卫生间洗个澡，穿着内衣出来，对我抛之一笑便压在我身上，然后就有一帮人在楼下叫门。

来到屋里后，她问我要了条干毛巾，擦干了身上的水，优雅地坐下抽了支烟，白色点五的"中南海"，还问我抽不抽？我说太淡，我不抽那个牌子。

她老练而哀伤地吐出一口烟丝，什么也没说，只盯着我。我心里发毛，又说了句谢谢。我们沉默了两分钟，她站起来将烟掐灭在烟灰缸里问我："我漂亮吗？"

我点点头。她又问："我有女人味吗？"我继续点头。

我一开始认为这是个女流氓，要转身操家伙准备火拼。她问我饭吃了没有？我说没有。她捂着肚子说她也是，而且很饿，问我怎么不煮饭吃。

我哦了一声，从车站遇到她起我虽然没淋到雨，却是一头的雾水。

她大方地说，我来帮你煮吧，我厨艺很好的。四下打量走到客厅从冰箱里拿东西还自言自语叹息，可惜了这么好的厨艺。

我怕她在菜里做手脚，放迷药之类，把我迷昏将屋里洗劫一空。当今社会



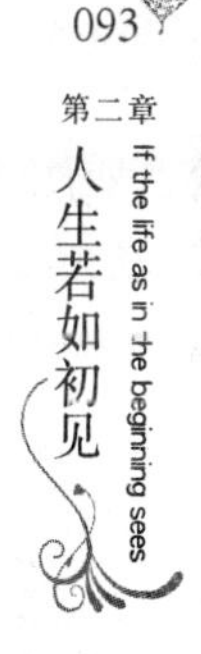

骗术千奇百怪。

我坚持说我来做吧，她跟我牵执不下，说让我尝尝她的手艺。我紧盯着她，看着切菜炒菜、洗米淘米下锅。

一切有条不紊，她当我不存在似的，做了一个番茄炒蛋、一个青椒炒香肠，洗了个手，与我坐在客厅里。我憋着尿厕所都不敢上。胡乱尝了两筷子，不知该从哪里开口？她问我那兄弟什么时候回来？我说今天可能不回来了。

她哦了一声，吃完饭放下筷子说碗我就不帮你洗了。我给她拿了瓶可乐，她喝了一口继续盯着我。我倒在沙发上纹丝不动。

她在我屋里待到了九点多钟，清淡冷寂，我对这个漂亮的陌生女子怀疑在心。她从我屋里离去时要了我的电话号码，我下楼给她开门，她说这狗挺可爱，走时闷骚还对她吼了一声。她走到院子外对我招手说："你回去吧。"望着她离去，我蒙头蒙脑。我断定她要么是哪家精神病院里跑出来的病人，要么是对我一见钟情想发生点什么，第二天消失，当作一场游戏。当然我宁愿是后一种。

回到屋我将她煮的菜都吃光了，味道鲜美，忍痛割爱地刨了点给闷骚。她到我这里来从来不打招呼，神出鬼没，经常晚上六点钟就敲我的门。如果我不在家的日子当晚她会给我发短信：我去过你哪里了，你不在家。我调笑回复：那么想念我呀？

石沉大海般的杳无音信。她从来不回复。

她再来时我就对她放松了警惕，与她大胆聊天。她问我相不相信命运？有种人从出生就注定了命运，永远都不无法改变。

我说只相信一半。她摇着头说：命运早已注定，哪怕再努力始终都改变不了。她从不允许我反对她的说法，她认为那是真理，至少是她的真理，不管我同不同意。

她做过很多勾引我的动作，比如躺在我床上翘首以盼，或者妩媚地挤着眼角，但话语中从来不谈男女问题。我哪怕随意提一句，她也会转变话题。

我问她为什么总要到我这里来？她说一个人在家睡不着，很孤独，很难过。每次看我在电脑前拉动鼠标她总忍不住夸赞一番，然后说你继续、你继续，不用在意我。

深夜她就会离去，她从来不跟我提她的事，只说过年龄，比我大两岁，待嫁闺中。

她对宇宙的研究颇深，在我屋里说完，回到家想到一段还要在网上继续跟我讨论。我一直以为她是天文学家或者疯子。

## 10

我下车时，路两旁的人群慢慢悠悠地行走观望。文娟站在一块巨大的广告牌下招着手喊我，我奔过去张开笑脸，她递给我一瓶矿泉水，还有一张纸巾。她额头细汗泌出，浸化了妆容。我微微感动，那是我看到她最老的一次，骨骼突出，脸颊有皱纹，瘦弱的脸蛋像一把就可以捏碎。

她笑了一句：等你很长时间了。

太阳如此炙热，心像掉进了冰窟窿。如果哪天我与谁都没关系，埋头走在街上，路旁音箱店里放着忧沉的音乐，前面一个女子拿着瓶水等我，递给我一张纸巾擦汗，我势必是要娶她的。

文娟将我带进爵顶鸡的餐馆，里面座无虚席。她笑道："要不是我带你来，你肯定不知道这个地方，客人都要排队。"

二楼一桌客人起身时，我们走了过去，等服务员草草地将桌上的残羹扫净，坐下时她还细心地用餐巾纸抹干那些沾染在红漆透亮桌上的油腻。我点了支烟，她接过菜谱问我喜欢吃什么？我说随便。她要了半只三黄鸡，一个酸菜鱼，一个酸辣土豆丝。都不合我的胃口。我端倪着她苍老的面容透露出一个腼腆的笑。那一天我很纯洁很烂漫，我想说她老了，她瘦了。我从没如此关心过她，也没见过她如此疑虑的笑。我问她这几个月干什么去了？她说相亲去了，谈了两个月恋爱。

我问然后呢？她摇摇头，没有然后。挤出一个笑，抿起嘴唇似视世人如踏蚁般的洒脱。

菜上齐时，我勉强地偿了两口。她说鸡很好吃，建议我试试。这就是她说的美味爵顶鸡，原料是乡下饲养的鸡，脱毛后整只放在一个水桶里煮，里面放了鸡精等调料，捞上来剁开，端一盘酱油给客人，拌着吃。这城市很多人喜欢，我一直叫它水煮鸡。厨师门用剩下来的鸡汤浇拌在其他菜肴里，所以只要有三黄鸡卖的地方，其他家常菜必然也会很鲜美。

我说你老了。她呵呵了一声，捏着耳垂笑容尴尬地说："没有吧，人家还说我很年轻呢。"

我朝远处望了一眼，金妮侧身盯了我若干秒，似笑非笑地扬了下眉，旁边坐着个陌生男子。我掩饰不住的狂笑，金妮白了我一眼转过背。这就是文娟说的命运吧，星期六，我在工地上被一个女人叫来吃她最喜欢的鸡，然后碰见刚分手的情人，她口口声声说不想跟一个快有孩子的父亲做情人，在她眼中或许文娟就是我的前女友。而她旁边的那个男子，或许只是另一个我，这就是城市中的男女关系，更替频繁。

我呼出一口气，这下算是彻底完了。结束只需要一个巧合，就像我听见前女友避着我接别人的电话一样，感觉就没了，所有的疼爱怜悯瞬间瓦解。

文娟回过头巡视众人，问我笑什么？我摇摇头，放下筷子又点了支烟。

饭后我恭恭敬敬地为文娟拉开玻璃大门，我们一起走在街上，太阳让她妆容尽失，一个失去青春的女人容颜憔悴。

她擦着汗说天真热，我们找了一个公园在阴凉的地方坐下，地儿是她选的，因为她会看风水。坐下时她说："这辈子都不想再相亲了，一辈子不结婚。"

她说她会看相，包括她自己的，注定了一辈子不婚。然后又看手相，掰开手说自己只能活到四十岁，反正怎么活都是一辈子，得过且过吧。

我很赞同说："嗯，你一看就命不久矣，最多还有八十年的寿命。"

她岔开话题问我那么大的房子一个人住孤单不。以前她到我屋里就问过我，还有我说的那个与我同居的兄弟，她一次都没见过，后来得知我是骗她的，她反而说我人品不错，很少有人这么高度的赞扬过我。因为我找了个很好的借口没有留陌生女人过夜。

我问她是不是喜欢我？她轻蔑地从鼻孔里哼笑了一声，嘴角上扬。我说跟我这样的人长期生活在一起，孤男寡女难免不会有突发事件。

她说，你不是那种人，你只有下雨的那晚有机会，但你错过了。

她用看透宿命的眼神死盯着我。我始终坚信她有精神病史，一个快三十岁的单身女人，行踪不定，似乎她做每一件事都不需要理由。

面对她时，我心潮澎湃过，胡思乱想过。几片树叶飘散在我们身旁，她对着我抛了一个媚眼，然后长笑。问我到底同不同意？

我说我一个人住惯了，而且脾气不好。她说她受得了，她也不喜欢主动缠着别人，她只想找个地方借宿。还加深了一句，我付你房租总可以吧。

我说不是钱的事。

她说，那好，我还可以帮你洗衣服，帮你煮饭，打扫卫生呀。你一个人住也是住，空那么多房间多浪费呀，就当做件好事，收留一个流浪女吧。我又不占你多大地方，我只要一间房子就够了。

事实并没有她说的这么美，后来我才知道，她除了坐在窗前抽烟静思外，什么体力活都不喜欢干。她只打扫她房里的卫生，从没帮我打扫过一回。本来我一个人用两兆的宽带很富余，她拖了一根线过去，整天下载些乱七八糟的软件，让我连网页都打不开。她最大的好处就是我吼她的时候她从不与我顶嘴，装作没听见一样继续做她的事。

我们一直坐到日落西山，公园里行人散尽才起身离去。华灯初上，城市的夜色灿烂迷离，沿街的橱窗内都透着一股喜色。我请她吃了顿晚饭。她没有喝酒，随意的点了几个菜，有时笑有时沉默，到我们无话可谈了，她催着我说："等你这支烟抽完咱们就走吧。"

我将她送到了车站，她说明天就搬过去，让我给她一把钥匙。

她上车时还在跟我说着再见，我落寞地招着手，像离别。我不知为何对这个从未熟知的女子如此信任。

星期天我依然睡到很晚才去工地，灰尘、阳光还有民工，这就是我的工作环境。包工头说："昨天老板娘来过，问你哪里去了？"我惊慌道："你怎么说的？"

"我实话实说呀，说你回公司了。"

我哦了一声，给经理拨打电话汇报了一下工作情况，那头他笑呵呵地回应，无任何异常。难道老板娘偏袒了我？

在焦虑中度过了一天，反反复复来回踱着步子，检查了一遍建筑队的成果，形势喜人，要不了多久我就可以重返办公室了，将会大刀阔斧所向披靡地完成我的事业。经理手下一等强将，所有伟大的设计都要出自我之手，想得脸都笑歪了。

文娟搬家时我没帮半点忙，不知道她一个弱女子是如何完成的？整个房间打扫得一尘不染，铺着干净的床单和洁白的褥子。

我从工地回到家，她煮好晚饭等我，还将我的狗拴在了楼下，我回去时才将它解开。她说这只讨厌的狗一直围着她叫，还企图咬她。

我看着她的房间问："这是不是今晚咱们的洞房？"她认真地说："你想得美。你动我一下，我就捅了你。"说时从枕头底下抽出一把水果刀，说是用来防身的。

我与她吃过少有的几次晚饭，没有哪次像这般激动。我的同居生活又开始，而这次却难免的暧昧。同在屋檐下，孤男寡女，让我心神荡漾，像春天的小猫，忍不住总想叫几声。

饭后她盛气凌人地让我洗碗涮锅，她给闷骚抛了些食物，然后将它踢到楼下。说闷骚不喜欢我，我也不喜欢闷骚了。

我们同居的第一晚，她没有履行诺言，幸亏她是一女的，她要是一男的，不知会诱骗多少小姑娘的芳心？连我都被她的花言巧语迷惑了。我还一直在幻


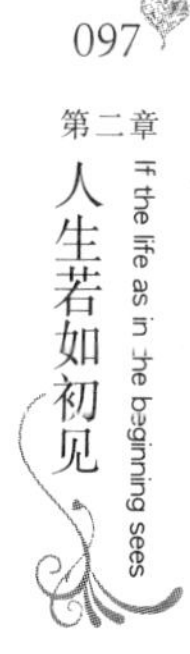

想，下班的时候有个女人给我煮好饭，饭后我敲着二郎腿坐在沙发上抽烟，等她泡壶茶来，抠抠脚丫子看看电视对她呼来喝去。

我打着饱嗝准备小解时，她将我赶了出来，说不许用女性的卫生间。

汪明家的房子房间内没有单独的卫生间，楼上一个，楼下一个。普通人家都是这种格局。文娟将我的洗漱用品全部拿到了楼下。我与她理论时，她说这样分明，各用各的，而且她化妆品较多，容不下我的东西。早上上班都很忙，刷牙洗脸挤在一起很不方便。我说那你为什么不搬到楼下去住呀。

她强词夺理说楼下是闷骚住的地方，她不喜欢与一只讨厌她的狗同处一室，要去也是我去。

听着像骂人。我愤怒道："你意思是说我半夜尿急了都要跑到楼下去。"她不可抗拒地点头"嗯"。我掏出钱包说："那你明天搬走吧。你今天搬家的车费算我的。"

她又是副可怜兮兮的样子含泪委屈道："赵有才，你不是男人，这么小气，我还煮饭给你吃。"

请佛容易送佛难，她用若干的诺言欺骗我的同情和信任，每件事都跟我斤斤计较。第一晚她就提出我的音乐声不能开太大，管好闷骚，不许它半夜瞎叫等无理要求。

11

她洗完澡，穿着保守的卡通睡衣来到我屋里，一开口就讽刺道："你一个大老爷们还用洗面奶呀，真娘。"

我说我也是靠脸混饭吃的，如果有机会要进军影视歌三栖路线。

她在帮我收拾洗漱用品时，居然用我的牙膏和洗面奶涮卫生间的马桶、镜子，还到我面前邀功说把卫生间打扫得那么干净该怎么谢她?

我说你这人怎么这么自私自利，你只清除了你专用的卫生间，怎么不顺带将楼下的也打扫干净。

她跟我抱怨她搬了一天的家，累得腰酸背痛，还要煮饭给我这个没良心的吃，说一个弱女子的辛酸，保证下个星期有空一定帮我打扫。

她坐在我床上手舞足蹈，说真温馨。我说你今夜留下来，咱们会更温馨。她站起来指着我说："赵有才，你再开这种下流玩笑，我明天就搬走。"

“人生无趣，人生无趣啊。”我站起来，从烟盒里抽了支烟，点燃，走出房间。她在后面喊：“干嘛去呀？”“下楼上厕所。”我声音高昂地喊着。她在后面咯咯笑。

在厕所里抽了半支烟，越想越不能自已。身体颤抖且感动得热泪盈眶，一个良家姑娘搬过来与我同居，还烧饭给我吃，除了爱我，还有什么别的理由？

我擦拭着嘴角的泪水颤颤巍巍奔上楼，想激动地搂着她。文娟正坐在我电脑前，忽儿见我进来，站起来就大骂：“赵有才，你个下流坏子，电脑里怎么全是这些东西。”

我笑道：“都是用来学习的。”我做得比较安全，将日本言情动作片全部放在D盘里，而且名字全改成了“现代经济的宏观论证”。

她正派地说：“希望你将这些东西删掉，要不然我明天就搬走。”我无奈道：“我电脑里东西碍你什么事了？我又没求你看，你侵犯我的隐私权我还没找你算账呢。你这个人怎么这样蛮横无理呀？”

“这些东西害人不浅，万一哪天夜里你看得忍不住了，我可不是遭殃了。”她白了我一眼，“我可不想成为替罪羊。”“放心，我没那么冲动。”说时还盯着她高耸的胸部细看了一眼。

她惊吓地倒退两步捂着胸口说：“我不管，我害怕。”她逼问我到底删不删？说为了我们有个良好的同居环境，应该将那些东西删掉。话语中如同天使一般的拯救我。

我挠了挠头皮，坐下来沉默。人都是讲感情的，这些日本明星陪我度过了无数个寂寞的夜晚，现在只要听声音就能亲切地辨认出她的名字和模样。已经是半个和尚了，总得有点精神幻想吧。

文娟拍着我的肩说：“那你继续学习吧，我不打扰你了。我只要发现一次你在看这些东西，我一定会搬走。”她转身时，我小声嘀咕，又不是我请你来的，你自己求着要来的。

她回过头一个回旋踢，踹在我椅子后背，叫嚣道：“你什么时候能学会尊重女性？你是不是受了什么打击？就没见你礼貌过一回，斯斯文文说话不行吗？我现在是在跟你商量，我不能忍受的我就要说出来。”

我憋了一肚子气，无言以对。她出门时轻言细话地道了声晚安。

我重新温习了我的那些日本片，将声音开到洪亮故意气她，跌宕起伏的水波声浸淫着整个屋内。没播放到一分钟，她拿着枕头冲进我屋里，对着我劈头就打，边打边骂：“你这个下流坏子，你去死。”

我抱着头反抗，用肘推她，她退后抱着身体逼问我：“你到底删不删？”“看心情。”我舔着嘴角说，“我凭什么要听你的？”她骂我无赖，从我房里走出去。

一骑红尘妃子笑，她从我屋里气呼呼地出去时，我还在自责，我对待女人是不是太刻薄了？一些小要求都不能满足别人。

想到后半夜，我洗了澡夜不能寐，她屋里却传出了呼噜声。一个文弱女子比我睡觉时还粗暴。

我穿着拖鞋轻轻地迈出了门，屋内散射的亮光照明了走廊，走近她房门时我附耳贴门，呼噜如雷鸣。窃笑了两声，头一歪抵在门板上，房门却吱吱地开了，里面一片漆黑。我站在门前呆若木鸡，她的呼噜声停顿了几秒，继而传来梦呓般的吧嗒声。

我不清楚自己当初为何迈了进去，或许只是好奇她睡觉是什么样子？那刻我脑子里竟然浮现表姐睡觉时安详的小脸贴着枕头，一只腿搭在床外侧。

屋内闪出一道亮光，黑暗中的眼睛遮蔽了所有物体，我用手挡在眼前慢慢挪开时，文娟正靠在床上，手里握着一把水果刀阴笑道：“你这个下流坯子，闯进我房间干嘛？”

我尴尬道：“你还没睡呀？”“我敢睡吗。”文娟瞪着我说，“算我看走眼了，你居然是个大色狼。”对付女人就要先发制人，我吼道：“你睡觉那么大声音，还要不要人睡了？简直是只猪。”

“我不那样怎么能试探出你的品行？”文娟掀开被子，穿着睡衣走下床，手里晃着刀子走近我身边说，“我警告你，下次没有得到我邀请，不许私自迈进我房间一步，否则有你好看。”

我退后两步举着手说：“我只想跟你道个歉，真没别的意思，我赵有才是那种人吗？”“道歉也可以先敲门呀，你鬼鬼祟祟干嘛。”

曾经系里有位独身主义的导师，年仅三十四岁，到我毕业时他还没有结婚，连个女朋友也没有，同学们经常讨论他的生理问题是怎么解决的？在我认为就算是和尚也应该会通过一些途径或手段来解决这种事。导师有句传遍学校的哲理：女人像弹簧，你弱她就强，你强她就弱。你越去碰她就越感到阻力，你越想去压她，她就越反抗。哪怕你再强硬，只要压在这根弹簧上，最后也会筋疲力尽，而弹簧也会越压越松，越压越乖巧，最后失去了阻力，世界上原本两件美好的东西，经过日月摧磨，逐渐变成两具废品。

最经典的是他说完那句时，后面会有两个感叹：何必呢，何苦呢？最好的办法是对她置之不理。他的观念中男女是相生相克的。

我咬牙切齿冷漠地甩下一句："你以后也别进我房间，咱们井水不犯河水。"

那一夜，我抽了半包烟，屋里烟雾缭绕，我幻想的美好同居开场就变得一团糟。很多女人我看一眼就知道是什么货色，文娟生性难测，我从来不知道她心里在打什么主意。她从来不说她自己的那些忧愁或难过，但唯一可以确定一点，她是一个过得不怎么开心的女人，要不然也不会搬过来与我同居，更不会抽烟。

第二天一早房门被敲得咚咚响，文娟叫道："赵有才，起来上班了，你个懒鬼。"

我睡梦中被惊醒，不知骂了一句什么。她发怒的踢着门叫嚷："赵有才，你大清早的发什么脾气，你给我起来说清楚。"

我眯着眼睛一脸疲意趿拉着拖鞋拉开房门怒道："你上你的班，关我屁事，你以后没正事，别随便打扰我。"

她眼睛红肿，化了淡淡的妆，像一夜没睡，又起得很早。她胸口岔气道："我为你煮早餐了。"

我像被咽住似的，半天说不出一个字。愣在房前渐渐清醒，我前女友以前很少为我煮早餐，包括星期天在家，她睡到很晚都不愿起床，然后咬着我的耳朵说："亲爱的，起床煮饭吧。"

文娟温柔地转过身，从她房间里提着一个咖啡色的挎包出来，神情平淡地对我说："我上班去了，晚上见。"

我很难这么早起，阳光漫过天际，晨阳红透，整个人清新洒脱充满活力。我站在阳台上吸了口空气，望着小巷里的她一步一步朝公路走去，心里为之一热。

文娟用昨晚的剩饭放在高压锅里煮成了粥，还给我煎了香肠和鸡蛋。我洗漱完毕坐在桌前，香喷喷的气味让我回到了少年时代，我好久没吃过粥和咸菜，像母爱般的温暖。

吃完早饭，才八点钟，似乎这一天将会很长，很长。我还没习惯这么早去上班，搬了把椅子坐在阳台晒太阳，早睡早起，生活节奏会变慢，整个人无所事事，轻闲自在。文娟没搬过来的时候，这个钟点我还在梦乡里，急急忙忙的爬起来，每个节奏都是慌乱紧促。

## 12

站在工地的路边，太阳散开的热量足使花朵枯竭，使人萎靡。包工头凑近我身旁乐呵呵地递上一支烟，一脸福态地说中午咱们上馆子吃饭去，悄悄往我口袋里塞了个红包。我心安神泰的嗯了声。

早上吃的热粥到现在肠子都是暖的，不禁想起了文娟。就算是和安蕾同居时我也没这么向往，总是盼望早点下班，心中有了牵挂，每一个小时都是焦急而漫长。

老板娘像一道移动的风景似的，她的出现总能让视线里涣然一亮。在我们快要开饭时，她的车停在公路边，依然是黑色短裙网袜、大墨镜，如唤着一只宠物一样对我招着纤纤玉手。

默契使然，对我嫣然一笑，我就坐上了她的车。包工头站在公路上仰首长望，民工伸着脖子停下了手中的活啧啧赞叹。

很早听过一个传说，女娲在造人时，让女性承担了哺育生命的使命。凡是善良的女人都会得到一对大胸部，养育出强壮的后代。凡胸小如拳的女人都是过于心机重，心胸狭窄，没有得到女神的偏爱。

如果以此定论老板娘是一个非常善良的女人，那么文娟也是一个善良的女人。而且文娟的面相学里也有这么一条定律：胸小如橘、面尖如猴、眼大如铃、耳垂窝缩的女人基本上具有狡诈、现实、虚伪等特性。文娟说这样的女人爱说谎。

我从小生活在乡下，思想保守，封建迷信在我脑中已根深蒂固。我一再要求自己将来一定找个无比善良的女人做老婆。

男人喜欢单纯善良的女人，不喜欢聪明的女人。据以上定理证明，胸大无脑的女人是所有男人追求的目标。

坐在香气萦绕的跑车里，开了一个多小时，也不知道她到底要开往哪里。她只字不提，我也闭口不问。有人说只要两人相爱，不管在一起做什么事都是浪漫的。我跟老板娘并不相爱，而且肚子还饿着，但我却很陶醉与她相处的时间里，无论她要做什么，哪怕是下车让我陪她一起走下去，走到脚掌起泡，我也毫无怨言。一个雍容华贵、脸如凝脂的女人散发出来的魅力并不像系里那位独身主义导师说的弹簧。每当坐进她的车内就像进入一个湿漉漉、滑溜溜柔软催情的洞穴。

老板娘偶尔用余光瞟我一眼，嘴角显出安详淡然的微笑。我望着挡风镜前的风景，像一个膨胀的气泡，只要老板娘纤细的手指轻轻一碰就会崩溃。我的精神牌坊在这个密不透风的车厢内被融化。在一个布满地雷的禁区前方，站着一个性感尤物，肤白丰盈，貌美如仙，盘绕发髻，朱唇轻吐，热气迷魂。我只要成功地绕过雷区，就可以与她耳鬓厮磨。

她像一块粉色丝绸包裹的香甜炸弹，随时让我粉身碎骨，或者失业。

突然间车厢内响起了诺基亚的主题铃声，惊扰了这香消玉殒的春秋淫梦。像一个被揭开盖头的丑新娘，还没来得及盖上，一脸的窘态暴露无遗。

她放慢车速，惊鸿一瞥就碰到了我这张肮脏的脸。然后的表情像笑，又像坏笑，准确地说是双眼微眯、鼻孔张开，脸两旁的肌肉收拢凝聚，不可思议兼不屑的坏笑。她边开车眼角还边露出思量的神情，居然能有人在车厢里意淫得这么爽。

在那个电话还没来时，我的发展性思维早把自己带入了九霄云外或酒店软榻。那里有个女人，有一杯酒，衣服四散，最淫乱的歌声，最销魂的节奏，响彻四野，我和那个女人一脸热汗，酣畅淋漓。

正值发育之年，夜晚总会梦到漂亮主动的女人将我带到一个软绵绵的被窝，像海上一叶小舟随风飘荡，醒来还能回味那种快乐，如此真实奇怪。每当这时会发现内裤上一大堆的白色浓稠结晶体，虽不得其解，不得其妙，却已知羞耻，总要藏起来，偷偷地拿到一边自己清洗，不敢让父母瞧见。

此刻一脸邪念未曾掩饰，被老板娘转眼瞧见，满脸通红。像少时那块沾满浓稠结晶体的内裤被她拿在了手中，还细细把玩，非要问个所以然。

铃声响了十几秒，她转过眼盯着我三四次，我尴尬地捂着嘴巴干咳。她笑道："你愣着干嘛，帮我接电话呀。"

我手忙脚乱，间歇性地哦了两声，抓了几把空气搓着手不知所措。她笑得更欢，断断续续，像西域古城边的驼铃声敲打着城墙。

我不知道她的电话是放在身上哪个部位？女人的衣服比男人的衣服复杂很多，最明显的特点是口袋少。至今回忆不起那些穿裙子还有吊带衫的"小姐"们是将手机和钱放在哪里的？穿得少而简洁，却可四处藏物。

我想老板娘的手机不至于是放在胸罩里吧，不自禁又一邪笑。

她嘴角往左手边一撇，原来那里放着一个黑色的香包。接收到旨意，我弯下腰埋过头去拿包，她抬起了手臂，不知她有意调戏还是失误，来了个急刹车，我撞倒在她怀里，抬起脸来，她深深地吸了口气拍着胸口望着前方骂道："老不死的。"

我顺着她的眼神望去，前方一个步履蹒跚的老头早已闯了黄灯走到了公路的另一边。绿灯闪过，老板娘翘起嘴唇并没有对刚才那戏剧性的一幕作过多解释，脸上像蒙着那块我少时的尿布，而她却掩藏得很好，一脸焦躁地示意我帮她打开电话，她依然目不转睛地开着车，那副专心致志的表情就像某大公司惜时如金的女强人。

我这个人是从来不相信前世今生的缘分，我们之间却已有心有灵犀的感应。她稍稍侧起耳朵，没有过多商量和催促的言语，我就将手伸进她的包包里，在杂七杂八的粉底液和口红中，还摸到一块薄薄的卫生棉，心里一凉，今天没戏。我找出手机打开举到她耳旁，手指贴着她精致冰冷的脸庞。

她接电话的神态与安蕾避着我接电话的神态如出一辙，凭我的感觉，这种表情是装不出来的，是因为心虚造成的。女人接到情人的电话时，是很小声的。如果故意大声，那必定她旁边还有另一位异性，故意用声音装饰出镇定的心态。

她硬朗地嗯了两声，说是呀。“你在干嘛？”话语中有提到我，说赵设计师很不错，很负责，而且挑选的装修材料也是她最满意的。

我的心却忐忑不安，像半吊子水不上不下。与老板夫人如此亲密，本就犯了杀头的大罪。她在电话里与经理寒暄了两句，问了句吃饭没有？然后自己也回答“吃了”。

她每一个字都铿锵有力，那头的经理应该还不知道，我正坐在她夫人的车里，而且帮她举着电话不知前往何方？

我不知该得意还是该自醒，走神脱轨时，老板娘哈哈地笑了两声，“那我让他自己跟你说。”

当老板娘将头从我手边挪开让我与经理通话时，顿时让我措手不及，我毫无心理准备这是唱的哪一出？我战战兢兢地将电话放在耳边，吞吐不定地喂了一声。

经理问了我一些农院进展的事项，让我一切听从老板娘安排，还语重心长地与我说些私家话，装修上也要给些建议，毕竟女人不太懂，也不能全按照她的喜好来，尽量大方脱俗，别搞得跟农村暴发户似的。

他说她老婆的品位时还与我哈哈大笑，算是自嘲。老板都用惯了那套，打电话与开会一样，最后总要说上几句激励上进和承诺之类的话。

我挂了电话放进老板娘香包里时，又碰到了那块卫生棉，脸红耳烫。老板娘吐着舌头对我调皮一笑，像个天真的小孩子撒了个无足轻重的谎言。

我晕头转向，浑噩无知，经理到底是否对这一切知情？

我不安地捂着嘴巴咳嗽，打着无聊的哈欠，想从这种糟糕透了的暧昧气氛中走出来。老板娘问我是不是困了？我摇摇头，她底气十足地说，哦，我知道。你想抽烟了。

然后老板娘自作聪明地按下车窗，一股清风飘来，风吹在沸热的脸上。我佯装深谢地点点头，掏出烟，点燃，深吸轻吐，胳膊搭在车窗上，扭过脸望着别处。老板娘投好地说烟味很香。我没有再回答，身上发热，像个红脸关公。

她踩下了油门，没再与我聊天，一路风驰电掣。心里像闷热的鱼儿般活跃跳动，时而钻出水面，时而沉入水底，在一叶起伏的白帆中随风驰骋。

13

深灰色的天空，没有云，也没有风。

我坐在马路边的栏杆上摇甩着双脚，抽了两支烟。眉上几分愁，纵情欲念袭遍全身每一个毛细血管。我实在受不了这种煎熬。

或许成年男人都有个共同的特征，愤怒或无奈时就要找人发泄，或者躺在一个女人怀里。汪明如此，我亦如此。我踌躇不定，从未有哪天像这么狼狈迫切地需要女人。

我轻松地跳下栏杆，顺手招了辆出租车，准备前往红日洗浴中心。如果时间允许，洗完澡吃完饭还能赶上几场表演。

我是那里的常客，连门口提鞋的服务员都知道我喜欢喝王老吉，一种十分便宜的败火之物。每每打发走身边的姑娘，一个人躺在温热的床上，烟雾辛辣刺鼻，一屋子的猪大肠味。

我总能想到那年骑着自行车背表姐去学校的山坡上，四周都是明亮干净的阳光，空气新鲜，宽阔的原野，朴素的花朵，表姐说有才少爷是世上最善良的人。我从未料到男人与女人躺在床上会有如此邪恶的事情发生。我以为我的生命中永远不可能有“小姐”，永远。那一年，我 18 岁，高中毕业。看不起任何水性杨花、以此为业的女人，无论何种理由都不能原谅。

我的第一次，萍姐温柔地褪去我的衣裤，然后整齐地叠在床头，我看着她有条不紊地爬到我身上，像非洲草原上一头拖着猎物的狮子。胯骨压得我生疼，我一声不吭。我看不清她的脸，一张喘息的脸，头发垂直散落盖在我鼻尖。当时电视里放着《三国演义》，我扭过头盯着关羽那张胃疼的表情。萍姐说你怎么看电视呢？起身将电视机关掉，又爬到我身上哼哈起来，她的胯骨压得我生疼，一直痛到了心里。

我的肩膀上沾着她的发香，每晚侧睡时就能闻见，一股浓烈的熏香，慢慢地侵蚀表姐留给我的那瓣栀子花的气味。等到我行走的足迹逐渐遮蔽身后的阴影时，那种味道就成了猪大肠味，烘骚、腥臊。

从此我原谅了女人，也原谅了自己，背弃了滋养我灵魂骨髓的栀子花香，还有我少时追求的爱情。活到现在我仍然没弄明白那是什么？

我问过徐风什么是爱情？徐风说爱情就是我们懵懂的年代在那张纯洁的纸上写下的纯洁的字。当我们不再以字传情时，爱情就成了珍藏品。生活永远是庸俗的，像猪大肠味。

我所怀念的那些童真年代，表姐过马路时过分脆弱地拉着我的衣角，我不知道什么样的爱该留在心底感动，什么样的爱可以拖到床上？

不该爱的时候爱了，该爱的时候也爱了，我没有错过任何一个机会。到头来我孑然一身，上无片瓦遮身，下无立锥之地。我珍惜了所有值得珍惜的感情，唯独没有珍惜自己。

我坐上出租车给司机指引地点。十几分钟后，文娟给我打来了电话，问我什么时候下班？让我带瓶石库门黄酒回去，她喝不惯啤酒。

她说话的方式总没有前奏，所以我开始相信她并没有对我有过暗示。不像安蕾，一句话能换成五六样的说法。

我说我今晚不回去吃饭。她吼道："不行，我饭都煮好了。今天咱们要庆祝一下。""你生日呀？"我笑道，"这么隆重，还要跟我喝酒。""不是。总之是个很重要的日子，你回来就明白了。"

我思绪着今天是什么日子？还查了一下手机的日历表，中国的习俗里今天并不具有代表意义。总不至某伟人今天诞辰或某件革命事件正好发生在今天也要跟我喝点酒缅怀一下吧？难道又是西方某黑色灰色白色情人节？那个变态的国家每个月都有情人节过，以至于性文化那么开放，约会狂欢都不用找借口。

听着话筒里的静音，文娟又吼了一声："喂，你还在不在听呀？"我鼻孔嗯了一声。

她笑道："你不用跟我装蒜，你一个小设计师。难不成还有什么推不掉的大应酬，总不会有房地产商请你吃饭吧。"

我捍卫自尊道："你管得着吗？就不回去。"一想到她昨晚防范我的表现就气愤，防我比防色狼还严，燕瘦环肥的女人我睡过不少，她在我眼中也就稍微干净的一碟鸡肋。食之无味，弃之可惜。

"你不回来试试，我毒死你的狗。"她像算准了我必须回去似的，"别忘了带瓶石库门回来，别让我等急了哦，你不回来我就不开饭，饿死了让你内疚自责一辈子。"

我心头又慢慢暖和起来时，她啪的挂掉了电话。我自叹道，几乎要让出租车司机出来评评理，“这到底是调情还是什么？神经病。”

一会凶狠一会柔情，霸道自满，装可怜，装温婉。还是不是娘生的？我在想到底有什么天大的好事，非让我回去吃饭，还陪我喝酒。而且最后的语气那么娇嗲入味。

难道要找我借钱？她的工资也不低呀，某驰名通讯公司的督导，最惨淡的季度也有四千多一个月，除了抽点烟，吃点零食，买些化妆品、衣服，也没有什么大的花销。就算是家里出了急事需要钱，以她的性格要么就藏在心里自己想办法，要么就直接问我要，绝不会用美人计。她除了长全了女人该有的优美特点，散发不出一点女人的心机。

我想入非非也想不通。或许真的是昨晚她想通了，改过了？要对我好了？出租车在十字路口转过弯，我对司机命令似的喊道：“调头。”司机惊诧地望着我。

我家里有个女人为我煮好了饭，死等我，今晚有酒有美女。免费的不要，非花冤枉钱去睡残花败柳，油尽灯枯的货色。这是一种什么行为，绝世大傻逼的行为。

一想到她今早为我煮的粥，心底热流滚滚，沸沸扬扬。女人毕竟还是女人，只装淑女不装荡妇的女人总归不是一个好女人。

天空像拉下了一张巨大的帷幕，马路上亮起了霓虹，映照在出租车的玻璃窗上。

万家灯火，归心似箭，我的家里有个女人等我，还有只狗。那是一幕温馨感人的画面。像我勤劳的母亲等待我父亲那样，守候一生。她忙碌了一个下午，满身油烟，做了一桌子丰盛的菜，每到吃饭时她自己却吃不下，总要刻意地找些事做。

在出租车停下的路口到民营小超市里买了瓶黄酒，我乐不可支地朝自己的居宿走去。像从雪地里迸发出来的小草种子，我全身燃烧着火焰，冒出了头顶。才刚进门就闻到了那久违的菜香味，是温暖，亲切，家常味，饭店里做不出来的味道。是母亲慈爱的感觉。在那种气息中犹如被呵护，安全、关怀。

我难以掩饰自己的感动。一个女人为我煮了饭，催我回来。

我奔到厨房时，文娟正系着一条围裙在盛锅里的乌骨鸡汤，闷骚像受热抑止的喘着气吐着鲜红的舌头，围在文娟脚下徘徊。

我举着酒激动地喊了声：“宝贝，我回来了。”如此肉麻的话从我嘴里说出来实属不易，这是我对她最崇高的感激和敬意。

文娟平淡地回过头一脸蔑视的说："恶心。"与电话里的语气判若两人。我被打击得难以自容，一脸血泼却卸不下来。

我倔强地笑了声："我又不是喊你，我喊的是闷骚。我前女友对它像对儿子一样，总是喊它宝贝。"

闷骚身上泛着幽幽清香，见我回来依然无动于衷，像被施了魔法似的吐着舌头对文娟翘首以盼。

我惊异地问道："我的狗今天是怎么了，见我回来也不打招呼。怎么现在不咬你了。"文娟闷嘴笑道："我给它买肉包子吃了。"

"我靠。这么快就被你收买了。"我一只脚轻触闷骚的头，"你他娘的还真是无情无义呀，老子养了你这么长时间就不如一个肉包子。"

文娟对我眨了下妩媚的眼睛说："你人品太差，连狗都不理你。"我问她是不是给闷骚洗澡了，怎么身上那么香。"我有空呀？"她又是这种自傲的语气。她嫌弃闷骚身上太臭，就给它撒了点香水。

她对我报怨她的辛苦，一下班就赶到菜场买菜，要赶到我下班之前做好饭。又问我怎么这么晚才下班？我说工地上事多。

她催着我洗手，解下围裙，将菜都搬到圆桌上，摆了杯子，一副隆重严肃的气势。我正襟危坐心里彷徨不安，有种落空的滋味。

她拿了个肉包子将闷骚引出门外，说："这里已经没你的事了。"听着这句话，像我与她之间今晚注定要发生点什么，我乐开了花，笑得龇牙咧嘴。

14

老板娘开了30多公里将我带到市里最有名的一家五星级酒店吃饭，才进门就被金碧辉煌的气场所挫败，自惭形秽。从大理石地板和餐具里透出来的光照在我身上，像照在一具古老的旧家具上，脚上的那双耐克板鞋平时穿得神气端端，此刻却显得那么的庸俗不堪入目。局促不安，体态失常，生怕身上哪个地方沾着一根毛草被人耻笑。看着身旁那些西装笔挺、斯文整洁的人像从干洗店里走出来的，就连迎宾也是举止优雅，高贵洋气。要不是身旁还站着一个身价不菲、珠光宝气的女人，这场面我连头都抬不起。我并不是被这些炫目夺彩的水晶吊灯装饰和熟知的室内布置所仰慕，这一套我见过无数，也设计过无数。但我却不适应活在这样的人群和泛着金钱味的场所里。他们脸上的表情自信、高傲、微笑，每一个都像视万物如草芥般的不屑。

一个我在电视上所见过的二线明星与几个陪护人员从大厅经过时，四周鸦雀无声、平静如水，连服务员眼中都是那种见怪不怪的表情。那个在舞台上穿着闪片金光劲歌热舞引得无数观众尖叫惊呼的长腿美女从我视线里转过去时，我还在发愣，意识错位像自己也站到了那个舞台上，底下有一大群观众，我们都是表演者。

老板娘咯咯发笑，说我见着美女就走神。

任何有钱的男人带着一没见过世面的女人出入高档场所，哪怕那个女人美如天仙，哪怕那个男人奇丑无比，她也会对那个男人崇拜。有时候钱会对人的心理造成很大的落差，有钱就见多识广，有钱就学识渊博，有钱就成熟稳重，不会见着明星要签名要拍照，他们不屑。他们可以随意缔造出任何一个明星，甚至还可以任意玩弄。

他们带女人去见各种未曾见过的，吃各种未曾吃过的，玩各种未曾玩过的，去各种未曾去过的地方，享受各种未曾享受过的。在这样一个阅历丰富的男人面前，无论长相，女人会自卑，除却外貌以外，这世界在他眼中是万亿立方公里，在她眼中却只是街头一隅。在他的世界里有游艇，有直升飞机，有私家豪园，夜夜笙歌，她的世界里只是公共汽车、出租车，租住格子楼，炒饭菜汤。她如何能不爱上他，如何不想嫁给他？

此时的我如果是个女人，我同样会崇拜老板娘的大气。但我是个男人，而她也的确没有让我值得崇拜的地方。她的钱是她老公利用我们这些人的才能所赚来的。这叫取之于民，用之于民。

老板娘点了两只澳洲大龙虾，两只生蚝，还专门为我点了只象拔蚌。这可是滋阴补肾了，中年男人专吃这个壮阳。其特效与营养高于牛鞭数倍。象拔蚌的外形堪称低俗下流，像大象的长鼻子，浑身油亮，与蜗牛同色，能够伸缩，捏一下会缩短坚硬。

厨师不知如何处理，将它切片，贴在一块包裹塑封白膜的金色冰槽里，像一条帆船的槽子，里面盛满了碎冰来保持象拔蚌的新鲜。

老板娘逼着我整只吃完，芥末油辣得鼻涕横流。她眉似初春柳叶，眼里泛着春光，问我味道如何？我咬着嘴唇说腥，能不能让厨师拿回去放点青椒炒一炒？

老板娘笑得前仰后翻，说没那种吃法，下次来重新点一只，可以煮泡饭吃。我摇着头说：“下次别来这种地方了，窒息。”老板娘嘟着嘴说：“怎么？不满意我对你的盛情款待呀？”

“受之有愧，无以回报。”我受罪般地咽下这螺蛳肉味的象拔蚌摇头，“确实不敢当。”

一张大的圆形桌子上，我和老板娘挤肩而坐，只占了整张桌子五分之一的位置。她身上的香气刺激着我的身体，整个人就像那条没被切片前的象拔蚌紧绷恐慌。

她让我下个月陪她去趟古镇。我问去那么远的地方干嘛？她说去选房间的装饰品。

那是这城市边界最穷的一个地方，因为保留一些明清时代的古街和古建筑，而且大部分都是近年根据旧模样翻新的，凭借几条小河、几座亭院，就发展成为这城市旅游热点，专门忽悠一些外国游客。整座镇全是商店饭店旅店，只有少数的几座历史古迹。一些妇女手提两水袋金鱼坐在放生桥上见着外国人就喊：“Buy fish，Buy fish”。上当的大多数是中国傻逼，外国人不吃那套。一群人专门捕鱼，然后卖给这些妇女，妇女们将鱼卖给游客，然后拿去放生。这些鱼再被捕上来，再卖，再放生。这件事在很多情侣眼中极其浪漫和充满爱心。做完这件功德后再去饭店吃此地最有名的清蒸白水鱼和猪蹄膀。

而且那地方宰人宰得出奇，进庙烧香都要收门票。饭店的饭、餐具、茶水都是另收费。

我大学毕业那年遇上了萍姐，第一次失业，我心情极乱，人生中的第一次转变，我想到那里去烧炷香。庙里没有一个和尚，全是带发修行的俗人，一个个长得肥头大耳，十足的大奸大恶。一路上全是功德箱，进去磕了几个头，就被带路的指引下捐尽了身上的零钱。带路的把我引到大殿，给我烧了香，长叩首之后让我在箱子里抽了支签。再次捐了一百块之后，把我牵引到了一位穿唐衫的大师面前。大师约莫二十五六岁的模样，长得贼眉鼠目，指甲有两三厘米长，一脸色眯眯的正捏着一位妇女白皙的小手细心说教，我站在旁边转了两分钟，大师把我轰到一旁让我静等两分钟。

两分钟后见那美妇笑着在功德箱里捐了三百块，然后双手合十离去。我坐过去，大师打开我的签文，用一口不流利的普通话给我解释了半天问我能不能听懂。我一直点头。大师要了我的出生年月，掐指一算，神灵若显。大师坚定地说：“在这之前你有过一段恋情？”

我没点头也没摇头。大师问：“是不是？”“你继续说。”“你必须回答我，我才能说下去。”我说：“不止一段。而且这个年龄的人都有过一段恋情。”

大师脸色有些难看。然后让我伸出手，我伸出右手到他面前，他一时恍惚也没注意我伸的是左手还是右手，轻握着看纹路，然后给我道了几句天机，防小人，防酒。喝酒不能大意，提防身边的人背后放冷箭。

我想这是什么屁话？要说几句我高兴的我还乐意，说我大富大贵，什么文曲星下凡，注定为普度众生而降世。我倒愿意捐个几百块。

连男左女右这么基本的看相道理都不懂，连街边行骗的小地仙都不如。听他说了几分钟废话，我听得不耐烦。大师每每说到我的倒霉处，我都说很顺利。大师叹息不止，说我这个人逆天而行，如果能过了今年，此后将会顺风顺水。今年可能会遭大难，此次来算是来得及时，晚一步都无法收拾。让我做个功德，此劫就可以化解。然后递给我一个本子，让我在上面留个名，我一看上面写的金额最少都在三百元。我起身摇头而去，大师在后面喊道："你就是太自信，太自信。"

我走出大殿时他那句呐喊还在我耳边回荡。

我本想欣赏一下这些佛祖的模样，迈进另一间庙堂时，见四处的功德箱，再也不敢磕头。一个中年男人又拉着我要看相，旁边还有个戴眼镜的托说，这位大师看相很准的。

被他拉着手不放。我说："你直接说吧，我是念书的还是工作的？"那一年我刚毕业，脸上还有些书生稚气，长长的头发、稀疏的胡渣又有几分成熟。

看相的把捏不定，揣摩了半天说："我只能看命，这个怎么看？"我说："那就算了。"他还拉着我的手不放，说了句模棱两可的话。"你与书有缘。"

我说我早不读书了，参加工作若干年了。他脸色泛红，像个失去了贞操的少女，补救道："不管你工作多少年，你这辈子都是书生。"

我问："此话何意？"他说："你不是一个做苦事的人。"我想这老家伙握着我细皮嫩肉的手就知道。我淡淡地问："那是做什么事的？"老家伙坚定地道："艺术创作，画家，我说的对不对？"我手一甩："去你妈的。"站起来便扬长而去。

我想到这辈子再不信这东西了，从此不进庙门。真是妖孽横生的黑店，老子进去磕了头还被洗劫了几张票子。佛祖如果真的惩恶扬善，也应该先劈死这帮人。

15

寺庙后堂的方桌上有本心愿簿，游客在上面写下自己的心愿和祝福，便可实现。我这个人比较喜欢窥视别人的隐私，打开细瞧了一眼，有韩文、日文、英文，当然最多的还是中文。

才刚迈出庙门，后面一个低沉的声音笑道："你是一个失业的人。"像从地狱底传来，顿时日月无光，星云俱低，仿佛神鬼降临。

我前脚离地，还未站稳，怅然若窘。回头一望，戴眼镜的那托竟拿着心愿薄发笑："你既然不信，又何苦前来？"

我说来时信，去时已不信。眼镜说："世上有恶才有善。世上若无恶，就无须佛的存在。"我说："对的，我心中已无恶，亦心中无佛。"

眼镜笑道："前来之人岂不皆是万恶不赦之辈？""我非众人，不知。此地恶魔挡道，佛祖早衰。"眼镜笑着把我挽留下来："年轻人，我们聊聊。"

那个上午我和眼镜在庙门旁石阶的阴暗处交谈甚欢。眼镜名朱宏宽。我问他如何知道我是失业之人？

朱宏宽说此季并非节假日，你一脸浮气，形象散漫，不像职员。学生也不这般无礼。我说你应该看相的。

他笑了两句。面由心生，你可以不信佛，一定要相信面相，脸就是心的镜子，心里每一个动作都会展现在脸上，包括脸颊、眼角、皱纹里，这里面学问很大。

我问什么是佛？他摇头，指着我脚上鞋子的商标说："佛在这里。"

我不懂，给他递了支烟。他吸了两口，舌头在嘴唇上连续吐动两下，弹了弹烟灰说："这双鞋去除这个商标就是一双普通的鞋，价值要减半。如果众人都热衷于这个商标，它就物有所值，不同于其他。"

我还是不懂。他笑道："信则值，不信则不值。一双普通的鞋穿在脚上与一双名牌鞋穿在鞋上感觉一样吗？""不一样。"我反问道，"难道佛乃感觉？"

这是我第一次听到这么时尚的解释。我笑了半天，他拍了我的肩两下，欲言又止。

我问到底信还是不信？他说信亦可，不信亦无防，跟着感觉走。你信它，它就是佛，不信它，它就是一堆木头。

那天我豁然开朗，人生如此，无非一群穿名牌和非名牌衣服的两帮人在争夺。徒步也是一生，驰车也是一生。那天我像找到了人生的真谛，衣服用来御寒，牌子就是信仰。御寒为先，信仰作伐，了了岁月，生生不息，奋斗不止。

傍晚我请他去吃饭，点了此地最有名的油爆虾、酱爆螺蛳、清蒸白水鱼、油焖蹄膀。他像个馋渴之人嬉皮笑脸地说想喝点酒。

我说你一个出家人，鱼肉平行，嗔酒犯戒，你就不怕佛祖降罪吗？他笑道："我哪里算出家人，我只是个看家护院的，帮菩萨打扫金身，一个杂役而已。"

我说你这么道德高深，为何不看相算命。

他摇头苦笑，敬了两杯酒跟我说庙里故事。就在南院帮我看相的那个年青大师，是个牌技极臭的赌徒，尤爱斗地主，连一百零八张牌都算不清，逢赌必输，酷爱做桩，而且牌性吝啬，有弹不发，收尾时手上总要挂一废弹。庙里的人都叫他"挂一弹"。

北院看相的中年人有家有室，女儿上职高，成天与街上一帮小流氓厮混，抢劫斗殴，三年换了两所学校，局子里都留有档案。染着一头的黄毛，嘴唇乌黑，眼圈发紫，拿番茄酱涂在脸上冒充血，人不像人鬼不像鬼。没钱了就来庙里问她爹要，不给就当众耍泼，揭她老子的底。气得她爹几乎都要吐血，恨不能当初没将她射在卫生纸上。

这两人都是继承先人的衣钵。庙里先前算命看相的老人如果去世了，总不至在庙门口写上一块招聘牌，而且这行业油水极大，就便宜了后人。家里爷爷父亲去世，就由子孙继承。

朱宏宽纵使钻研至深也无缘坐上那把交椅。我和朱宏宽从饭店出来时才七点多，整条街漆黑一片，连路灯也没有。我原本以为旅游的地方晚上会很热闹。四周寂静无声。

我问这是何故？朱宏宽说这是城市边界，三不管地带，土地贫瘠，除了街上的商铺老板有钱，其他人还都很穷。晚上流氓地痞出没，专门敲诈抢劫过路的游客。

我吓得虚汗涔涔，在他的劝慰下回到旅馆门都不敢出。我在那里玩了三天就浑身腻歪，大多数是坐在旅馆的床上上网打发时间。街上的店铺里销售各种各样的小玩意，有油画、装饰品、丝绸、乐器、陶瓷、苏绣等各种各样的商品。地摊上还有日本东洋武士刀，一米五的，一米二的，纯钢打造。本想买两把回来，碍于车站临检无法通过就打消了那个念头。老板给我设了一计谋，让我绑在裤裆里，装瘸子，一拐一拐的上车。耍了一上午的刀，最后碍于情面，买了他两把短军刀挂在腰间。

如果老板娘要到那里去选购房间装饰品，开车去一天一个来回也够呛，说不定还要住宾馆。经理就算体形肥胖也不见得心也宽，哪个男人能够容忍自己的老婆跟别人瞎跑？

我被芥末油呛得鼻孔酥痒，转过头捂着脸打了个喷嚏咳嗽道：“是经理委派我去的吗？”老板娘给我递了张餐巾暧昧道：“这个你放心。”

我大笑不止：“我放什么心，我有什么好忧心的？”老板娘满脸羞红转换话题逼着我吃掉生蚝和象拔蚌。我以为我的人生如朱宏宽教导的那样，心中无恶，亦心中无佛，不需要任何赎赦，不需要任何解救。富贵一生，朴简也是一生。

涉世艰难，孤军竞走，路有马车飞驰，伊人嫣笑，我何以坐守澹泊？任人挑逗？我说那地方都是劣质产品，也就卖一些房间内的小挂钟、竹编菜篮、蓑衣之类的，上不了档次，也不成品位。

老板娘拍着双手爽笑道：“啊，我就喜欢那些，正适合我的田园风格。”听她语气是一心要将屋子往农舍方面整。

我说田园风格也不一定要买那些东西，可以订做壁纸。现在有专门的装潢公司设计，想要什么样的都有，竹林、麦田、大海、花园，让你一早上起来睁开眼就像置身大自然中，鸟语花香，栩栩如生、熠熠生辉。

老板娘嘟着嘴问：“你是不是不想陪我去？”“哪敢？您吩咐的我从命就是。”我无趣道，“我只是希望房间能够和谐搭配，别到时候装修得不伦不类后悔莫及。”

“你还敢说没有，你连语气都变成这副腔调了？”老板娘哭笑不得道，“你不陪我去，我一个人去总行了吧。”

我给她介绍了几家市里有名的装材店。她死盯着我问：“你不会是拿了他们的好处吧？非把我往那里拉。”我笑道：“我又不是导游，哪能干得出这种事？”

“我看你就是。”老板娘说，“要不然怎么唧唧歪歪、思前顾后的？”被她一句话问得我哑口无言。我也在心里反问自己，我这是为何？心中无恶，无须进庙门，身正不怕影子歪，我慌从何来？

我从容地挺起胸答道：“一切听从安排，质量第一，美观为主，大方脱俗，田园风格。一定把好关，给足建议。”老板娘又是咯咯地笑，说这才像话。又关怀道：“快，把生蚝和象拔蚌都吃了。”

我吃了两样巨补之物，体内热火腾腾。回来的路上频频作呕，眼前总浮现她包里的那一块卫生棉。这一顿饭吃了近两千块，我不知道经理是否知道他的婆娘这样大手大脚。如果经理对我如此厚道，此生撒尽才华也要效犬马之劳，以图赏识。在车上她问我象拔蚌好不好吃？我点头说还行。

她嘲笑道：“这可是大补的，你可真不会享受。早知请你吃顿烤鸭算了。”我说：“如果我知道你是请我去吃这东西，我宁愿吃烤鸭，免得活受罪。”

“那好，下次就吃烤鸭。”她的笑声像悦耳般的铃声。“下次我请你，烤鸭我请得起。”她将车速放慢，转脸笑问我：“一个员工请老板娘吃烤鸭，你有何意图，老实交代。”

我摊开双手说：“那我不请了。”“不行，说出去的话就是泼出去的水，收不回的。你要为这句话负责。”

我夹紧双腿喘着粗气望着窗外一言不发，浑身沸热浮躁，一身阳气直冲云霄。体食壮阳之神物，面有绝色之娇娘。回去时的车速比来的时候慢一倍，好几次我差点开口请求让我来开。

老板娘似乎比我更喜欢这种气氛，她口吐香气，给我放了首《相见恨晚》。在音乐声中摇摇晃晃抵达工地时已经是下午三点多，血液里酝酿的火焰正含苞待放，像撕破皮囊般的冲动，矫健无比，灿烂无比。

16

像从天堂回到了人间，四处灰暗的土色。老板娘坐在车内探出头对我微笑着招手，与来时一样，清风掠过，恍若隔世，南柯一梦。

包工头与所有施工队人员伸长脖子远望着老板娘的跑车渐行渐远，像一部文艺片的结尾，意味深长。

一个下午体内的象拔蚌和生蚝都在发挥作用，热血膨胀。生活若没有对比，每个人都能活在意境里自娱自乐。我极度的愤怒沮丧，像被人打了一拳无以报复。老板娘的音容笑貌在我眼前流转，回忆缱绻，如此婉约。

包工头凑到我身前递了支烟，淫笑非非，拍了几下我的肩膀，舔着嘴角说：“老板娘真是好女人呀。”

人心不古，风气堕落。只要是男人与女人单独相处，是个人都会往那方面想。我无病呻吟嗯了两声，独自坐到工地角落里的一堆砖瓦间。

直到施工队的人员都下班了，包工头喊我，我才抬起头来。我十分需要女人，坐在公路边的栏杆上抽烟，踌躇许久。我坐上出租车准备去洗浴中心时，文娟打电话给我，让我回去吃饭，我像又看到了新的希望。

中午吃了 380 一斤的澳洲大龙虾，面对文娟烧的乌骨鸡汤还有家常菜时居然食欲不振。

文娟给我杯子里倒满了酒，笑靥如花地说：“今天我们要庆祝一下，为了我们的友谊。从今开始，我们就是室友，要互相照应，互相谅解，营造一个和谐健康的同居环境，抵制低俗恶劣的行为发生。你能做到吗？”

我满杯饮下，心中愤慨。文娟轻啜了一口笑道：“喝慢点，这样容易醉。”“醉了更好，多余的理智让人痛苦。”

文娟瞟了我一眼，低下头把玩着手中的酒杯。一句空穴来风的话让场面陷入冷寂尴尬。

我放下酒杯，点了支烟，吞云吐雾。文娟深锁眉头问我哪根筋搭错了？一回来就愁眉苦脸。

我吐了口气，扔掉烟屁股踩灭在地上愤愤地问：“你十万火急叫我回来，就为让我品尝一下你的手艺？”

“今天是我们同居的第一天，这么大的喜事还不值得庆祝吗？”她忽而变得热情高涨，拿起汤匙给我小碗里盛鸡汤，“来，赶快尝尝。可惜我这么好的手艺。”

这是她的口头禅，我才喝了半口。她又开始抱怨式地邀功说：“你个没良心的，我忙了一下午，你没句赞赏不说还给我脸色看。”

我轻微地挤动嘴角，她跟着一起狂笑，若有若无的幸福。她的开心毫无预谋，就像她的忧伤一样，旁人不懂。她沉溺其中。

觥筹交错，她的脸很美，很美，泛着红晕。她说生活可以很美好。我没有听懂她的意思，只是不停地举起酒杯与她的手指碰撞。

她劝我多喝她的鸡汤，我说今天吃了很多激发激素的食物，胃口不好。她白了我一眼，表情冷淡下来。

那天她做的一手好菜都便宜了闷骚。她简单地吃了几口，站起身吩咐我刷碗。屋内只剩下闷骚的舌头与食物之间的吧嗒声。

我像个荷锄归来的老农，吸烟呆呆地望着脚下的狗，烟灰飘落到它的毛发间，像溶化的雪花。这样的真实安详扑灭了心中燃烧的激情。每回从外面回来看见文娟我都感觉很累，这是我认为男女之间最累的一种感情，难以把握。

我不懂一个与我同居的女人每天烧饭给我吃所谓何图？

我觉得自己的境界还不如一只狗，没心没肺的嚼咽，饱了就到一旁睡觉，不给任何人添麻烦。

我系上围裙用清洁液擦洗着碗筷时，文娟婉若夜猫般地走到我身后，一只手叉在怀里，一只手举着白色的香烟，优雅地夹在两指之间，烟草味泛着女人的神秘感。她轻蔑地朝我脸上吐了口烟雾说：“叫你洗碗，你还真洗了呀。一点男人味都没有。”

我问这算不算调戏？她翻动眼球笑道：“鬼才调戏你呢，你有空多照照镜子就不会说出这么幼稚的话了。”

我说每次失落的时候，我只要照一照镜子，心理就平衡了，上帝对我这个人还是很公平的。苍白而又优柔的脸庞，迷离之中带着一点忧郁的眼神。

她笑得花枝乱颤地问：“你知道希腊神话中的纳西新是怎么死的吗？”我说：“我只知道金瓶梅中的西门庆是怎么死的。”

她推打我一下：“跟你说正经的。他不爱美女，却爱上了自己水中的影子，每日痴情地注视着自己，最后凄然而死，化作一朵水仙。”

听完她的话后我故意看中水池中的泡沫痴痴发呆，一言不发。她推着我说：“陪我说会话行吗？别老装了。”我说我有一天也会化作一朵水仙的，你们都会化作骨灰。

她扶着我的肩膀像个哥们似的说：“我也要化作一朵水仙。像纳西新一样，自爱自怜，孤芳自赏。”我看着她扶在我肩上的手问：“你这样每天勾搭我到底是何居心？”

“逗你玩呀。”她将两指凑近嘴唇深吸一口烟，修长的指甲上涂着腥红的指甲油，青灰色的烟雾在上面缠绕，让人黯然神伤。

我曾很多次说过不喜欢她涂红色的指甲油，太浓艳，吸着烟像个舞女。我说你必须顾及一下我的感受，你不能忍受的东西叫我删，我也删了。你再涂这种指甲油，下次我就将你瓶子扔掉。

她“哼”了一声，扭着腰肢转身而去。

夜幕漆黑，玻璃窗内看不见外面的景色。我坐在电脑前放了首老板娘车里的音乐《相见恨晚》。像一堆扑灰的稻草灰里，蕴藏着炙热的火星。我给汪明打了个电话，问他晚上有没有空一起洗桑拿去？

汪明在电话里轻哼了几声唧唧歪歪，这厮语气像正被人监控似的。我笑道：“老子这几天中饱私囊不少不易之财，想请您老人家帮着挥霍一下，都不赏光。”

汪明装作一副正派语气教道：“都老大不小的人了，洗洗睡吧。”

一听就知道这家伙旁边肯定有美女。比我还大两岁的人，还没找个正式女朋友，他家里给他介绍的相亲无数，父母下了最后通缉令，今年过年再不找个女朋友回家，就直接到越南去给他买一个传宗接代。

我有时候也想不通他怎么会看上万芳芳那种残渣余孽。金玉其外，败絮其中，一身战后的枪伤，每每吃饭时总是装副可怜兮兮的样子说自己的命苦。

我挂断电话靠在椅子上叹气。文娟穿了件卡通睡衣站在门前轻敲道：“可以进来吗？”

我随意的点了下头，转动椅子面向她，从烟盒里抽了支烟出来，翘起二郎腿吐着烟雾问：“孤男寡女独处一室，而且女的经常穿着睡衣走进男人的房里，传到外面去，如果说这两人关系很纯洁，你说有没有人相信？”

文娟坐在床边，抚平衣角，双膝并拢，将眼前的一丝头发掠到耳后说：“你别老这样咄咄逼人好不好？我一个女子流落在外已经很可怜了，我只想烦的时候找个人聊天。你不用每件事都想得那么透彻，那么肮脏。”

我说做人不能这样自私吧，既然你选择跟我同居，那我们算不算朋友？大家的东西是不是公用的？我闲着不用的东西都给你用了，你要用楼上的卫生间，我也让给你了。你闲着不用的东西能不能也让我用用？

她快活地答着：好呀，你想用什么就拿呀？我将烟屁股插进烟灰缸迅雷不及掩耳的扑倒在她身上。

她惊恐万状抱紧双臂扭头躲避着我，下身奋力弓起尖叫道：“赵有才，你个臭流氓放开。”

我双唇在她脸上乱蹭，经过一番厮斗，我筋疲力尽仍没得逞，重要高地都被她严防死守，边都没沾到。半分钟后她翻转身，将我压在床下面，用肘挺着我的胸满脸通红的问：“你能不能有点礼貌？”

我摊开双手投降喘着粗气说：“真情流露，抑制不住。”

她狠狠地捶打着我的胸膛说：“你要再这样我明天就搬走，我给你煮饭还要受你欺负。”我羞红了脸说：“别呀，我这不是陪你运动一下吗？有益于血液循环。”

“不需要。”她躺下来，头靠在我的臂膀上说，“这是最后一次，你再这样，我们连朋友都没得做了。”听着这种绝交的语气，内心万般羞耻。

她坐起来整理衣衫和头发，脸如骄阳妩媚动人的问：“是不是我给你煮饭，你感动了？”我骂道：“感动个屁。饭有什么好吃的。我在乎的是煮饭背后的含义。”

那一晚她在我房里坐到半夜，像是妥协，又像是要安慰我的失落，说半句停半句。说我们这样的关系很好，希望明天之后像什么也没发生过，让这个房间内充满友情和欢乐。

男人一旦做了这种事没有如愿后，就像一个阴谋被揭穿了，无法再演下去。我一点都没有痛恨自己的鲁莽，这是用来测试一个女人爱不爱你最原始的方法。爱情是很盲目的，一旦爱上，会失去理智，飞蛾扑火，死不足惜。刹那间便是永恒。文娟处理得很有分寸，我很清楚，我的目标不在同一屋檐下。

第二天早上她照样为我煮了早饭，热气腾腾，像她的那一抹笑容温暖人心。

# Chapters.03

# 第三章

## 心不动则不痛

The heart do not touch the pain

1

经理家的农舍日益完善。每次下班我都要在外面喝得烂醉深夜才回家，文娟做了一桌子菜打电话催我回去，我敷衍了几声便关机。她很细心地照料着我那只狗，我们成了最熟悉的陌生人。回到家我便胸口沉闷地倒在床上吸气，她给我泡了杯茶，放在床柜上，坐在椅子上望着我良久，没说一句话，再也没在我面前说过她的凄苦，等我醒酒时便会离去。

我的生活像回到了与安蕾分手前，甚至不如那段时间，感觉自己命中一个女人都没有。

工地一收工，我便打车去与徐风会合。靠在酒吧小隔间的软皮沙皮上望着舞池里的妖媚女子垂涎欲滴。没有迪厅那样的嘈杂，没有茶馆那样的安静，这种场所正适合我浮躁的心境。白肚皮，水蛇腰，峰峦起伏，人间仙境也就这般吧。对于徐风来说，天堂再美，如果一个个女人都是庄严肃静，像开追悼会似的衣着整洁，不容亵渎，他宁愿到地狱去陪那些张牙舞爪的妖魔鬼怪厮混在一起。

徐风最近也过得不如意，公司高层换了一批人，准备融资重组。日用品批发是销售行业里最赚钱的。徐风所在的公司准备在年底融资上市。一朝天子一朝臣，先前跟他关系好的几个区域经理也被调到了外地。新官上任三把火，公司为了开源节流，从上到下大批地裁员，员工们人心惶惶，主管们也被遣调不少。每个月的举报箱里塞满了邮件，像一堆争食的蛆，不是你死就是我活。连最得意的部下都会在暗地挤兑自己的上司，收集各种罪证往总部送。徐风这些年为官不清，赚得钵满盆满，上上下下牵动一大帮人。像战乱时各地的诸侯混乱，他被推到了风口浪尖上，擒贼先擒王，除去他就可保其他小卒平安无事。

像这种大型连锁企业，全国各地都有店铺，整人的招术十分毒辣。稍不如意就被调到相隔千里一个鸟不拉屎的小城。众多部门经理主管都是在此地打拼多年，安家立户。为了四五千块钱一个月抛妻弃子背井离乡，心一横受不了这怨气，就辞了职，正中下怀，公司连遣散费都不用出。

徐风举起酒杯大口地喝酒，长吁短叹。我安慰道："再怎么裁也裁不到你才华横溢文武双全的徐大经理头上。"徐风摇头说："今日不知明日事，总不能坐以待毙吧。"

我笑道："调就调呗，你孤家寡人调到哪不是工作，无牵无挂，换个环境等于给生活换了次新的血液，何乐而不为。"

徐风骂道："说得轻松，人生地不熟。不光捞不了钱，还得倒贴钱网罗关系，走上串下，就算给一店长当也是名存实亡的傀儡政权，根本没人听你的。"

我喝了口酒笑道："大不了不干呗，操，凭你这身才华，天下无人不识君呀。等我混好了，介绍你到我们公司来。咱们双剑合璧，天下无敌。"

徐风喷了一桌子的酒说："我死也不去。像你一样，被一个肥婆整天调戏，忍辱负重，还被调到工地上去日晒风吹，晒得跟非洲难民似的。"

被他这么一说，更加重了我人生的失意感。为了保卫自己那点虚荣心，我跟他强辩这只是工作需要，与你们遣调性质不一样。而且经理相当器重我，经理那如花似玉的老婆隔三差五还开着跑车带我去酒店私会。

跟徐风在一起，只要谈到女人他就兴致勃勃，口若悬河，像这方面的专家。任何复杂情感话题到他嘴里就变得简单而清晰，男人与女人之间就那么回事，再美好的爱情被他说出来都变得粗俗下流。

这回他却毫无兴趣地打断我的话题，说道："有钱女人多的是。你真想在那破公司卖力卖到老呀？"我指着舞池里的那些人说："人生大抵如此，就当为社会做贡献吧。"

徐风说："咱们合伙开安装公司吧，就算是死也死得轰轰烈烈，这种胆战心惊的生活太压抑了。"

我说我可没你那么厚的家底，也没你那么大的野心。你要开，我给你打工。亏了我一分工资不要，你赚了按正常工资付我薪水就行。

徐风骂道："你不帮我，老子哪去找两百万的注册资金？"我笑道："我比你还穷。我他妈要有三十万，我都不会去公司上班了。"

徐风火气升腾，倒了杯酒一饮而尽问道："你敢说当初南峰大楼广场从设计到主体完工，你没弄到钱？"

南峰大楼广场的账目全部掌握在萍姐手里，因为裙带关系她推荐了我，作为她最信任的床下弟子，从预算到报价我帮她谎瞒了一百多万，害得我整天提心吊胆，就算东窗事发，我最多也就是一个计算失误的罪名。她第一次往我卡里打十万块，我每天晚上做恶梦，戴着手镣捆在潮湿阴暗的屋子里，一张张阴森恐怖的脸庞对我獠笑，往我身上撒尿，醒来后恍惚自己全身散发着霉味渐渐腐烂。我一个刚毕业的大学生从没见过那么多钱，从银行里取出来时，紧紧地抱在怀里，左顾右防，东张西望怕被抢劫犯盯上，出了门就上了出租车。我抱着一包钱还给她时，她笑我傻得可爱。她说："你以为就你那雕虫小技能瞒得过郑王八。"话外之意参与其中的并不止我一个，就像不止我一人躺过她的温柔乡一样。郑王八是老板的亲舅子，他老婆十年前去国外做生意，一去不复返。听公司里的人说只不过开了一间皮包公司在那头帮他哥哥洗黑钱。老板与市领导的那些肮脏勾当萍姐也不甚了了。群众比较清楚的是，郑王八的老婆在国外肯定给他戴了不少洋绿帽子，乐不思蜀连家都不回。郑王八多次想离开公司，独立门户，被老板骂得狗血淋头。萍姐说郑王八只要走出公司大门就会被车撞死，危言耸听，吓得我面无血色。

萍姐说到伤心处，咬牙切齿说他们都不是人，都是该死的畜生。一把鼻涕一把泪，我看着包里的钱都像是血泪。承包南峰大楼广场的施工方是萍姐的远房亲戚。萍姐一再解释，一切都是按正常流程走的，与你不相干。后来南峰大楼的广场被评上了标致性建筑，公司也没人问起过账目的事。就连一个小包工头都比我赚的多。

我感觉自己像颗被利用的棋子，那时我想到郑王八的嘴在萍姐身上游走，让她无法呼吸、娇喘。人与人之间的信任就是这样产生的。

之后几天我刻意地躲避萍姐，被她捕捉到了我的卑怯。那年我还是表姐口中说的世上最善良的人，自尊心很强。我不想靠一个女人与另一个男人鬼混所赚来的钱分我一杯残羹。晚上萍姐带我去吃饭，从包里递给我一沓钱，说是郑王八的意思。还举起手机，拨着他的号码让我亲自问他。

离职后，我感到自己罪孽深重。去庙里抽签，看见了那些假大仙，亲眼所见这世上的尔虞我诈，没有一块净地。朱宏宽给我讲解了一个上午的佛经，众生无我，苦乐随缘；得失随缘，心无增减。命由己造，相由心生，世间万物皆是化相，心不动，万物皆不动，心不变，万物皆不变。心不动则人不妄动，不动则不伤；如心动则人妄动，则伤其身痛其骨，于是体会到世间诸般痛苦。

我笑道：苦乐随缘，得失随缘。世上罪恶都是源于野心。

朱宏宽说：人无善恶，善恶存乎尔心。百年之后，一切皆是虚幻。人生在世，长命也不过百岁，撒手西归，全无是类，不过是满眼空花。哪来罪恶？悠然，随心，随性，随缘。

我似乎看到了自己的人生百岁，匆匆而过，蹬腿西去，双手空空，生不带来，死不带去，为何而争？为何而夺？这世上奸诈全无意义。

2

我给徐风扔了支烟，信誓旦旦地说："你不信就算了，我要是有那狠心，我只要和地主婆联手，将整个公司吞掉都行，猪头经理查无实据。"

徐风骂道："你他妈就是一窝囊废。我看你们公司肥婆就有这意思，只是短时间内你还没取得她的信任。"

我笑道："老子总不能为了赚钱和你开公司将自己卖掉吧？"

徐风说想先跟我合伙做点建材生意，问我有没有门道？我说现在建材跌涨不停，又没有固定的关系网。还是等段时间再说吧。

徐风摇头叹气，说我白混了这么多年。"指望你我还不如去烧香求菩萨，我自己想路子吧。"

徐风打量着舞池里的女子，审美疲劳地咬着嘴中的烟屁股伤神。妖媚的人间，浮华的夜晚，女人们像剔去荆棘的花朵，伸手一揽便可蹉跎成一段有血有肉的回忆。我热爱这个世界，但我不爱这样的生活。

从酒吧出来时，街上灯火阑珊，空气微凉，路面被大片的雾气露水浸湿。徐风喝得酩酊大醉，顺手拦了辆出租车作罢地对我摆着手。

回到家，文娟正坐在客厅的椅子上心不在焉地一根一根地挑着碗里的泡面。我问道："你是在玩泡面还是在吃泡面？"

"吃不下。"文娟有气无力地抬起头瞟了我一眼。"干嘛不煮饭？""没心情。"

看着她那副失恋的表情，我内心得到了极大的满足。文娟站起来问："我到底哪里做错了？对我像对仇人似的。"

"我没有呀。"我狡辩道，"我们是好朋友。""我打你电话你不接，每天晚上一身酒气才回来，话都不跟我说一句，有这样对朋友的吗？"

"君子之交淡如水，卿卿我我如胶似漆是恋人的行为，我是用标准的朋友之道对待你。""那从明天起，准时回来吃饭行不行？"

“不一定有空，我也有我的交际圈，我也需要别人的慰藉。”感情是需要有的放矢的，如果一个女人需要一件衣服，你不停地给她买铅笔，买得再多她也不会感动。我需要的不是一个为我煮饭的女人，哪怕对我再好，我只能记得，但我不渴望。

“以后你出去玩，带我一起去好不好？”文娟眼睛里放射着颤抖的光芒。我趁着酒劲说你要是我女朋友，我就带你去。她整个人瞬间变得像秋天的焉茄子。“你又喝醉了。”

我转身而去，回到房重重地关上房门。在网上她给我发着千奇百怪搞笑的表情，也不解我心头怨恨。我心硬如磐石。

一个梦还没做完，天就亮了，暴雨滂沱，冷雨敲窗，睡意全无。我腥红着双眼爬起床打电话向组织报告了天气。穿着一条大裤衩和拖鞋走出门，文娟正在客厅里布置饭桌，拍着手欢喜道：“哈哈，赵有才今天不用上班了？”

她又是很早起床做饭，头发盘起，像个家庭主妇，脸上没有化妆，容颜苍白。她特意展示她的手，没有再涂红色的指甲油。

我问道：“你今天不上班呀？”“你忘了，今天是星期天。”我冷淡地哦了一声，在工地上作业时间长了，不知今夕是何年。

文娟催着我洗漱，在后面推着我的背将我赶到楼下的卫生间。一早上起来莫名的难受，焦躁不安。

文娟奔下楼站在卫生间旁双手叉腰，管家婆似的口气：“快点，快点，菜冷了，懒鬼，起得这么晚。”

开饭时，我看着满桌的菜欢笑地说：“你每天做这么多菜累不累？”

“不累，不累。做饭是件很享受的事，你不能把这事当差事，否则烧出来的菜肯定不好吃，你要把它当成创作过程。”文娟给我添了满碗的菜说，“你要是能把今天的菜全吃了，我就赏你一百块钱。”

我笑道：“你要是亲我一下，我给你两百。”文娟认真地掰着手算道：“我一天亲一下，一个月亲三十下，那就是六千呀，这事划算。容我考虑一下，过几天答复你。”

她大笑不止然后正经地说：“现金结账，可不带耍赖的呀。”我早已习惯了她的敷衍战术。叹了口气说：“这么长一天，我们两个呆在家里你看我，我看你，忒无聊了吧。”

她说：“还有闷骚呀，我们三个一起玩。”“玩什么？”“帮闷骚洗澡呀……”她一句话还没说完，已经笑得气不成声，“我们可以……哈哈，给它理发，将它剪成一个秃子，将它身上的毛发都剪掉。哈哈……”她捧着肚子大笑，像很早就打了我这只狗的主意。

我摇着头说：“太麻烦，要不我们看电影去吧？”“买张碟在家里看就行了呀，干嘛花冤枉钱。”

我闷闷不乐地扒了几口饭，望着坐在我面前的这个美丽女人，心灰意冷。饭后，文娟收拾了碗筷，我站在阳台望着雨势忽大忽小。她擦干手从厨房出来陪我坐在沙发上看电视。以前星期天，安蕾总会趴在我怀里，一会拔根我胡子，一会撩弄我头发，东倒西歪，悠然自得地度过一整天。

文娟依偎在沙发的一角，翘着腿抽着烟，悠闲地望着窗外。细雨纷纷，飘飘洒洒。

我仰头悲叹，正想找个话题时，房内的电话铃声响起，我散漫地站起来一步三晃迈动步伐。我十分诧异万芳芳这个小骚货怎么会给我打电话？我才刚放到耳边，那头就传来一串放浪形骸的笑声。

我喂了声假装笑道：“汪明又请你们吃饭呀？”“没有汪明我就不能给你打电话呀？”万芳芳娇气地问，“赵大才子最近过得怎么样？都不联系我了。”

“组织都解散了，孤掌难鸣呀。”我叹道，“要不你约汪明出来大家一起聚聚吧，我现在都请不动他老人家了。”

万芳芳咯咯发笑道：“汪总飞黄腾达了，恐怕早把你我都忘了。他现在是大忙人，投怀送抱的纷至沓来，哪还想得起我们这帮老朋友呀。”

我呵呵地笑了两声，一听她这醋味就知道汪明最近没理睬过她。万芳芳问：“今天有没有空？陪我一起出来坐坐，也没别的意思，就是一起说说话，我心里憋得慌？”

“就我们两个？”我语气升了两个调。万芳芳狡猾地说：“要不我打电话约金妮一起去，不知道她有没有空？”

我跟万芳芳约在雅歌茶馆。挂了电话时，文娟一只手撑着门沿站在我房前问：“约会去呀？”我学着童声俏皮地说：“不可以吗？”“女朋友？”

我走到她身前咳嗽了两声正经地问：“如果我交女朋友，你会不会心里不舒服或者吃醋之类的？”文娟温顺的点着头说：“嗯。”

我拍着她的肩说：“那以后就对我好点，说不定我会回心转意的。做人不能这么自私，你不喜欢我，还不允许别人喜欢我呀。”

文娟拉着我的手臂像只撵路的小狗嘟着嘴说：“带我一起嘛。”

“带你去做电灯泡呀。”我将她推出门外，“出去，出去，我换衣服。”



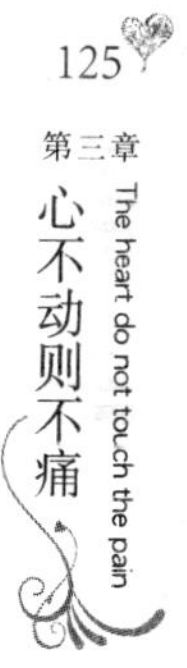

我穿戴整齐，衣冠楚楚。走出房，文娟对我翻着白眼骂道：“斯文败类，又不知道哪个女人要遭殃？”

“你那么慈悲心肠，你就代天下女人受过吧，我保证只祸害你一个。”我招着手得意地说，“约会去啦。”

雅歌茶馆华丽优雅，散发着淡淡幽香。万芳芳半个小时后才赶到，她穿得花枝招展，脱下一件红色风衣，里面穿着镂空的黑色针织衫，整个背部都是透明的。一走进包房脸色泛红，笑颜羞涩地坐下来。这还是我第一次跟她单独坐在一起，狭窄的房间内弥漫异香，情调兴浓。

万芳芳说：“金妮今天没空，不来了。”

我哦了一声，点了支烟。从接到她电话那刻起，我就在猜，这女人约我出来，要么是让我在汪明那里帮她说点好话，助他们旧情复燃，要么是跟马东闹矛盾了，让我和解。

她从头到尾没有一句想提汪明和马东的意思，一直关心我，说我瘦了。关心完我身体，又夸了我一遍，说这样挺有男人味，而且她就喜欢瘦的、带胡子的男人，成熟。

她眼睛里放射着热量，我见过很多美女，也欺负过不少女人，不是一个喜欢自作多情，主动咬钩的人，我能读懂别人的信息。我最害怕的就是女人对我好，看一个女人对你是不是真心，只要看她对你有没有所求？你要拒绝了她们的要求，她们翻脸无情、换副表情又是一个人。今天跟你热情欢笑，明天见面可能都不打招呼，冷眼相对。她们连虚伪都不装给你看，就连虚假她们也要用在刀刃上，不浪费片刻的情意。

## 3

万芳芳剥了几颗核仁放在我面前问道：“听说你和金妮分手了？”我孤单地笑了声：“你跟汪明不也分手了吗？”

“我们从来就没有交往过。”万芳芳边往自己杯中斟茶边苦笑道，“他是个好人，但他不懂我。”我盯着她的眼睛问：“马东就懂你？”

女人心虚时总会低下头，说假话时也喜欢低着头，不敢面视别人的目光，像掩耳盗铃。她垂下平日里妖媚的眸子懦懦地说：“马东对我一点都不好。”

我哼了声：“你已经费尽心机在算了，只是抓的牌不好。随缘吧。”“可我不甘心。”万芳芳气势逼人，像个对上帝撒泼的妇女，“别再谈他们了。”

这之后几天马东约我吃过一次饭，他失魂落魄主动打电话给我，说想陪我喝两杯。他头一次慷慨解囊激烈地站起来阻拦我买单。失恋过后他变得更加性情，与当初被同学们孤立时一辙相同。他跟我诉说着真情，诉说着友谊。我们坐在一个小摊上吃了六斤龙虾，喝了八瓶啤酒。我问他还有没有给万芳芳写诗？他拿起一只龙虾，从头吸到尾，吸得呲呲响，吸尽了所有汤汁才剥开皮咽嚼。他叹道：“封笔了，从此心中无诗。”

他在我面前揭露万芳芳的恶行，这是他平生遇到最恶毒最攻于心机的女人，他输得一败涂地，这些年辛苦存的几万块为博红颜一笑，花销一空，到头来老死不相来往。我不知道马东何故变得如此大方？他是一个连嫖都讨价还价，连“小姐”都宰的人。

万芳芳掠夺了他身上所有能掠夺的，洗劫一空，灵魂无处安放，感情无处寄托。终于再也负担不起万芳芳的任何奢求。这个心肠狠毒的女人陪我在茶馆喝茶时一如既往地表现她的无助和可怜。她总是以一副卑贱的身份亮相，让人去保护，去征服。没有任何人能改变她，我甚至不知道她追求的到底是什么？如果是钱，一个女人想赚钱是件很容易的事，她们身上全是资本。无论美丑，总有人愿意尝试，年老的、丑陋的单身汉们也会如获天物。她伤害了马东，伤害了汪明，伤害所有与她接近的朋友，在她病危时都无人照应。这他妈可怜的一生，她不知道有没有料想到？

那天我和她在茶馆坐到五点钟出来，雨势已停，碧空如洗，天色湛蓝，像个很干净的早晨。万芳芳挤在我身旁问：“赵有才，你觉得我跟金妮哪个漂亮？”

我呵呵地敷衍了两声笑，怀旧的叹息。没有结局的相遇，分手不需要太多的理由，只是一个时间差。或许太过认真才是最大的错误，认真是最愚蠢最善良最无知的生活态度。

我平淡地送走万芳芳，看她风姿绰约的踩着高跟鞋翩翩离去，她的背影和她的眼神一样淫荡。

马东喝着啤酒释怀地笑道：“万芳芳床功很好，你可以试试。”我说就算是嫖我也不会嫖熟人。马东讨救地问我：“怎么才能处理好与女人之间的感情，像你那样游刃有余？”我摇头说：“如果哪天你对女人死心了，这世上哪怕再漂亮再温柔的女人都伤害不了你。”马东说：“难道你是太监？”我一直对太监这个词耿耿于怀，这是高中时同学们给我取的外号，情窦初开的年龄，每个人都有自己暗恋的对象，或写情书或节日送贺卡表达倾慕。高中三年我是班上唯一不恋爱、不在寝室谈论女生的男生。

马东见我怒形于色，喟然长叹回忆起那年的青春。如徐风所说真正的爱情停留在文字间，在纸上传诉，我们不再以字传情时，所有感情都变得不清澈，变得模糊、世俗。

马东回忆起他喜欢的女孩，一脸怒放的幸福。这世上会有那么一双眼睛，彼此不认识，彼此不了解，深深地望一眼，世界凝结，心潮澎湃。眉目传情，相思难睡，每天都渴望见上一面，不说话，只微笑，心已所属。你看着我，我看着你，像熟知的故人。

我们发着共鸣的笑声，笑得像善良单纯的小孩。每个人心底都有世上最伟大的爱，只是在不爱的人身上释放不出来。没有谁是天生的感情骗子，包括万芳芳，还有这城市千千万万闷骚的男女。

马东说不知道多年后，我们情归何处？我们爱上的只是刺激，我们的爱人做不了一个好妻子，也成不了一个好母亲。

到马路上都听不见汽车声，地摊老板的炒锅已停火，收拾摊位时，我们还在喝酒，还在倾诉衷肠。马东不知疲倦地唠叨高中生活，算起来，那才是感情生涯里最纯净的一段日子。那一夜，月光如水，照进青春年少的操场，照在如歌如潮的教室。光阴飞溅，杂草丛生，马东笑得阴森恐怖，全身笼罩着烟雾，缥缈幽暗。

我频繁地与故友聚餐，让文娟凄然成病。她不再做饭等我回去，家里买了很多零食，总要藏起来，怕我偷吃。深更半夜穿着睡衣坐在客厅里看电视，拿着一包薯片窝缩成一团。见我回来，她声音低沉地说："赵有才，我要搬走了。"

我问："住得好好的，干嘛要走？"

"你对我不好。"女孩总在一个男人面前说自己要走时，大凡是让男人挽留或者珍惜。文娟仅有的心计也就要出这般戏法，很多时候我喜欢她的单纯和这些一眼就让人看穿的小花招。我笑道："对不起，冷落你了。那我今晚陪你睡，这总对你好了吧？"她咬着上嘴唇气急败坏，回到屋心怀叵测地下载各种各样的软件及电影、歌曲，让我的网速处于瘫痪。第二天早上也不再给我做早餐。下班后，我除了抽烟发呆，就是到她屋里敲门问候一声，终于让我尝试到了无所事事的滋味。

她故意在键盘上龙飞凤舞、争分夺秒，忙得不亦乐乎，卖着关子高傲地抽出时间问我："找我干嘛？"我问："玩游戏吗？""好啊。"她的头像小鸡啄来，一脸得逞的快意。

她关掉了二十多个网页，我的电脑终于恢复正常，如沐春风，神采飞扬。我感叹这家伙开那么多网站，怎么不死机？

我陪她在网上一起开飞车，一起斗地主，一起作弊，一起骂别人。得胜后她给我发着种种爱意的表情。呆在各自的房中心灵相通，用耳麦聊天，聊到很晚。她找到好的电影总要跟我分享，明明不对我胃口，她也逼我看完。我们平淡安稳地生活着，她依然每天做饭催我回来，早上催我起床。我梦想这是我生活的全部。结婚生子，安详无忧。

4

工地上的事日渐减少，包工头塞给我的红包也屈指可数，逢艳阳气爽便请我去附近餐馆小搓一顿。经理家巍峨的农舍像个未化妆的老孺，一脸沧桑。我和包工头商量着将剩余的废弃材料在前院造一个标志。午饭前，老板娘如期而至，开着她的凌志跑车，一身洋气，皮靴短裙，脖子上挂着一大串的珍珠项链，略施粉黛高傲贵气地站在我面前说我还欠她一顿烤鸭。我很荣幸一个女人能把我随意的一句玩笑当真，并且随着斗转星移还不曾忘记。

我不顾舆论的压力再次坐上她的车，咆哮而去。在车上她笑着问我有没有想她？我没有当这句话是玩笑，我以为这是一个契机。俗话说两情若是长久时，一枝红杏出墙来。但我并不想要，我还想保住我这五斗米的饭碗，人越老越胆小。因为中国有很多俗话在警惕着我。俗话说若要人不知、除非己莫为，俗话说早知今日、何必当初……世上没有不漏风的墙。或许这些俗话就是为我这样的俗人墨守成规而准备的。如果我是艺术家，我肯定将她睡了，艺术家的世界里只有男人和女人，并且男人和女人睡觉这件事是艺术冲动，与道德无关。

我用鼻孔“嗯哈”了两声将这个问题过渡了，扭着脸望向窗外，老板娘对于我模棱两可的回复并不满意。说要再带我去吃象拔蚌。我已经发过誓此生不再沾那玩意，不光难吃，吃完还难受。我觉得那东西应该是新婚之夜吃的。

我说我不要。她的脸色明显比来时难看，发着脾气说我不知好歹。而且失去理智，表现出了跺脚的习惯，脚下分不清是刹车和油门，一脚踩下去，我整个人腾起来，又一脚踩下去，我的头就差点磕死在挡风玻璃上。她洋洋得意，笑得唇红齿白，露出两个若隐若现难得的小酒窝。在她解气后，她决定放过我。同意去吃烤鸭。烤鸭店都是设在一些犄角旮旯，我们转了几家饭店，纷纷表示没有烤鸭。

她不甘心地拍打着方向盘，将车子驶向城镇公路。我的梦想就是开着百万跑车带着心爱的女人一起去吃蛋炒饭，奢华中带着平淡。

我们在小镇的小吃街找到了一家专门制作烧鸭的小店，她欣喜若狂。我和她一同从车上迈下来，像一对情侣，暖风吹来，神采奕奕。我们坐在靠墙的僻静处，向老板要了半只烤鸭还有几样小吃。男人和女人之间的感情，凡是没有结局的，可以分为两种，一种叫友谊，一种叫游戏。与上不上床没关系，关键在于上完床以后还会不会联系，一如从前？如果这中间奇迹般地出现一种叫爱情的玩意，那实在是痛苦至极。

到目前为止我跟很多女人的关系都叫游戏，我生命中没有一个红颜知己，也没有特别遗憾的伤痛。就算有，也被取而代之的女人给削平了。就像换了一个又一个的打火机，长年累月，最后总也记不起上一个打火机是什么时候买的？又是怎么消失的？

小店里食客济济，像一群群采完花飞走又飞回的蝴蝶，人进人出。我从没认真地去对视她的眼睛，或笑或痴或沉默。

我觉得我们的关系已经有点危险，假以时日，水到渠成，不再尴尬时，做一切事都觉顺理成章。

她的饭量不大，而且女人总把减肥挂在嘴边，或者陪客人吃饭时刻意地礼貌。只要我点烟时，她就会停下筷子，喝了口茶，杵着双手似少女一样等待情人的表白。

我们在烤鸭店打着哈哈坐了一个多小时，我要起身，她却坚持让我再坐会。在一群惊慕的眼光中，我们漫无边际地瞎聊。出门时，晌午的太阳倾泻在她的车身上，银光闪闪，耀眼夺目。四周吹来酥痒入骨的暖风，我就那样站在一堆亮光中遐想，老板娘将车钥匙递到我眼前问我想不想试试？

我腼腆的摇着头，径直走向了车的另一边。她似乎觉察到了我的某种心理。但当时我也不知道自己到底在想什么，就在那一瞬间，我很幸福，突兀的幸福，仿佛这辆车就是我的。而且人生无忧无虑，轻松散漫。

才开了一公里，马路上行人稀少，她无端地瞟了眼我，说我是个大坏蛋。我问此话可有出处？她说没有，就是感觉。

女人的感觉一向很准。每次我想当个坏蛋的时候我就想起朱宏宽的话，世上一切皆是化相。佛家化相的意思在我理解就是意淫。我可以耍点手段把老板娘骗到某酒店的床上，但我也同样可以回家将这个过程幻想一下，甚至比实景更精彩，更安全。只要想到这些，我对那种事就毫无兴趣了。我就是这样一个喜欢自溺的人。我几乎想把这个道理讲给老板娘听，我不会说化相和意淫，我会说柏拉图的精神恋爱。

整个路途中我一直在酝酿怎样开口跟她提“神交”这件事？在我看来这事更平和，更长久，更刺激。等到她开车将我送回工地，我还是没想好开篇的词。老板娘叫着我的名字对我招手，坐在车里依依不舍。

下午我坐在离太阳最近的地方发呆，想起自己的臊性，我不可思议地脸红和惊诧。何来这么崇高的情操？

一直到太阳慢慢阴下去，天边的云像奔跑的火焰，从我的头顶飘过去一堆又一堆。包工头坐在我身旁像个傻子似的陪我一起看天，他递了支烟给我，问明天是不是又要下雨？我说不知道。我们讨论了许久关于大气臭氧层的问题，他以为我一个下午都在为这事发呆。他和我感到同样的可悲。

我打电话问徐风，我算不算一个高尚的人？他说不算，一个对社会可有可无的人。我问那么你呢？他直截了当地说：社会的败类。

对这个答案我很满意。每当我感到自己比很多人都出类拔萃时，我就觉得我应该坚持下去。我立志要做一个可有可无的人，不给社会添麻烦，不给社会捣乱，保存革命的果实，一代代繁衍下去。





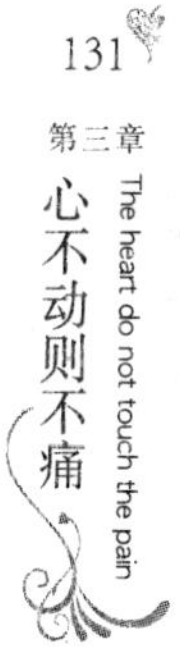

下班时我哼着小调在公路边上拦了辆出租车。回到家看着我的狗在门前活蹦乱跳，我觉得这生活真美好，我朝它吹了声口哨将它引进屋子里。文娟正系着围裙在炒菜，我拍着她的肩膀探过身子用手在翻炒的锅里拿了块肉扔给脚下的闷骚。文娟骂我怎么这么不讲卫生？此时我手指放在嘴巴里吸吮着被烫熨的热量。文娟问我怎么变得如此欢快，是不是升职了，还是公司发奖金了？我说两样都不是。我问她，你知道什么是神交吗？

文娟笑道：“我喜欢这个词。”我说咱们以后就玩这个。

看着满桌的菜还有塞满冰箱的食物，我心存愧疚地说：“从你来以后，我没煮过一次饭，你每天买这么多菜，要不明天我早点下班，我买菜来做吧。”

她偏执地说：“我就喜欢做饭，这是我唯一消遣的方式。你要是真有良心的话，你就送我件礼物吧，或者星期天带我出去玩。”我满腔诚意地答应，麻利地洗着碗筷，拉开桌子准备就餐时，徐风给我打来电话，问我去不去唱歌？

我骂道：“你他妈不早说，老子刚回来，准备吃饭。”徐风说：“也不晚呀，这不刚天黑吗？夜生活才刚开始，别说我没通知你，新货上市，一流的货色。绝对让你垂涎欲滴。”

我爽快地赴约。这辈子只要是金钱和美女就足以将我摧毁。我心有不舍地尝了口文娟炒的番茄炒蛋和青椒肉丝，放下筷子说：“我今天不在家里吃了。”

文娟正端着两碗饭朝我走来。生气地放在桌上问：“女朋友找你呀？”“不是，一兄弟找我去唱歌。”

文娟拉着我胳膊说：“我也要去，呆会你喝醉了，我扶你回来，好不好？”

我犹豫了片刻，又想起我们的神交。一口承应下来，她高兴得像麻雀，让我等她，她要换衣服。

5

徐风花了一万大洋重新疏通了关系，位子稳了又生龙活虎。商场里调了几个新来的化妆品促销员，请他去唱歌。有好的东西他总要跟我一起分享。

文娟在房里磨磨蹭蹭，打扮了半个小时。我边等她，边吃着桌上的菜，等她出来时，我发现自己居然吃饱了，还打着嗝从冰箱里拿了罐王老吉。

文娟挽着我的臂膀，乖张温柔。其实我更想牵她的手，被她拒绝过很多次，就再也没那勇气。

她穿着一件低胸的羊绒衫，在夜色辉煌的丛林里陪在我身旁。下了出租车，红黄相织的广告牌灯光照在我们身上，五彩斑斓。我挽着她上楼，穿过璀璨夺目的门帘，前台服务员将我领进包厢。四个清汤挂面的纯美女子正围着徐风摇筛子喝酒。

众人一眼望过来，满脸欢笑地让座。我脱掉外套融入了他们当中，酒色生香，烦恼支离破碎。

徐风吃惊地盯着文娟，一脸春色。我将文娟拉到我旁边介绍道：“我女朋友，空姐。”文娟咯咯笑，掐着我的胳膊。“别听他乱说，没正经。”

徐风弯下腰给文娟倒酒，旁边的女孩自觉地挪到一边。一个女孩打量着文娟，羡慕地笑道：“空姐的身材就是好呀。”文娟打趣地说：“我不是空姐。”我解释道：“空虚的姐姐，简称空姐。”

众人捧腹大笑，女孩们开朗地应合：“我们也是空姐呀。”

“空虚好呀。”我说，“你们空虚了，徐大经理就不寂寞了。”一个个说得脸红脖子低，都不敢抬眼。徐风问文娟是不是受了什么蛊惑？怎么上了赵有才的贼船？文娟抿笑道：“我心甘情愿的。”

看见四个美女我居然心如止水，想想要换作从前我会躁动成什么样子？徐风喝完一杯酒摊开双手靠在沙发上眼神绕过我瞟着文娟啧啧称赞。一个女孩点了首歌，坐在沙发上深情款款地诵唱。眼神中似有歌声中的回忆伤感。

那是文娟前所未有开心的一晚，她大杯地喝酒，与那些女孩谈隔离霜和粉底液。徐风想与她搭讪，却找不到空隙。

因为文娟的到来，几个女人兴致大发，近乎疯狂笑声不断。她们合唱情歌，猜拳打闹。我从来没看见过她脸上那种幸福，与我在一起时，她也不曾如此贪杯开怀，像换了个人。我心底酸酸疼痛，是失败感。

我和徐风坐在轰隆隆的音箱旁交杯换盏，包厢里一面巨大的镜子里反射出我俩的面貌。徐风看着镜子感叹："这是我们一生中最美好的时光。"

小时候背着书包在放学的路上，看见成年男女轻松愉快地从身旁走过，总渴望自己早点长大，再也不用做作业，也不用被管束。现在却无限怀念那些让我们荡起双桨、小船儿推开波浪的日子。

成年无非就是这样，身上还残留了那年没完成作业被老师催罚后的焦虑。

包厢内像分成了两派，莺歌燕舞，小鸟欢唱。徐风站起来挤到女人堆里给她们敬酒，文娟形态微醉，摇摇晃晃地满杯灌下。文娟酒量惊人，狂欢豪放，喝酒时从不推辞，倒多少喝多少，扶着身旁一个女孩的肩趴在她怀里。女孩们纷纷回敬徐经理。一个小小的经理都能如此潇洒得意，权力真是了不起的东西。这年头不管做什么都没有当官爽。很多人错误地认为当官会很枯燥，其实他们的生活比谁都丰富。工地上的包工头每月赚的钱起码是徐风的两倍也没他这么风光。

文娟醉倒在一个女孩身上，嘴里发着呢喃。徐风对我坏坏地一笑，居心不良地拍着我的肩。那个女孩轻轻地松开怀抱，将文娟放倒在沙发上，抽出身继续与她们摇头媚笑，一屋子浪态如潮。

看着趴在沙发上的文娟我心生怜惜，这样一个女子，心无设防，总是这么大大咧咧。但我总感觉她没有醉，就算是睡着了还是那样妩媚动人，不曾遮掩她的风姿。让我又想起那晚她装睡试探我的情景，不禁倒吸一口凉气，这小狐狸精高深莫测。

徐风给我散了根烟，我抽了两口作呕地将它掐灭在烟灰缸里站起身说："不行了，我先带她回去了，免得在这丢人现眼。"徐风拉着我说："急什么呢，你才喝了几瓶？醉了，我送你回去。"

我摇着手说："好意心领了，下次，下次一醉方休，绝不带家属。"

几个女孩拉拉扯扯，要留我下来，说还为我点了情歌对唱。徐风忙去切歌，将话筒递到我手里，将一个长发飘飘的姑娘往我怀里塞。我无奈地跟着节奏心不在焉地哼了几句，转头望着文娟一堆烂泥似的躯体。唱到深情处，长发女孩泪眼汪汪地盯着我。我扭头从鼻孔里笑了一声。

对他们抱了声歉意，我搀起文娟，搂着她的腰，徐风帮着开门，问要不要帮忙？文娟一身的酒气全喷在我脸上，让我脸颊炙热。我笑道："如此美差，岂能便宜别人。"我扶着她步履蹒跚地从通道经过，一路上她发着恶心的呕吐声，她的脸就歪在我脖子上，不省人事。我感觉她全身发热，像个火炉，在电梯里我有想亲吻她的冲动，她迷迷糊糊地喘着粗气，两颊红斑乍现。

她整副解脱之情，不像一个醉酒之人。我很想挽着她这样走回去，但我没那样的体力。在霓虹闪闪的马路上，我拦了辆出租车，陪她一起靠在后座。我一边给司机指引路线，一边照顾着怀里的她。那一刻我觉得自己很男人，身体扩张逐渐变得强大。掌控全局的自信让我不想做任何乘人之危的事。

司机默默地打着方向盘，放着一首林忆莲的歌，在悠扬的音乐声中，只有文娟发着沉重的喘息。我满脑子都是那首歌的旋律和耳熟能详的歌词。

出租车开进小巷，一直送到门前。司机没有半句埋怨，只问我前面的路能不能开出去？

文娟以前多次说要投诉，说我们这条巷子怎么没路灯，怎么能配得上一个大城市的称号，黑不隆咚，万一进小偷怎么办？我说这都是居委会的事，管不到咱平民头上，再说也不是咱的地盘，不喜欢可以搬走。

文娟所从事的职业让她经常接到投诉，所以一有事就想着往上投诉，网速慢了她要投诉，电话没信号了她也要投诉。

只有旁边几户人家还亮着星星灯火。我一手揽着她，一手拿着钥匙开门，去摸索墙上的开关。闷骚见着生人就会喊，此时窜出来徘徊在我身旁呲呲作响，像记恨我没带它出去玩。

我抱着文娟坚难地上楼，但还是很乐意。我们歪倒在门楣上，我贴近她的肌肤在她口袋里掏出钱包，找到钥匙开了她的门。我很少去她屋里坐。阵阵清香，干净整洁，床头放着各种各样的时尚杂志。她有一只小纸箱是专门用来装零食的，为防止我偷吃，她放在衣柜的最里面，要扒开好几层衣服才能摸到。我有她屋里的钥匙。有时候下雨她去上班了，我在家里无聊，不想煮饭总会偷吃她的零食，每次行窃过后，总要重新整理那一大堆衣服叠好放回原处。偶尔看见不该看见的东西也会脸红心跳，羞耻难容。以至于后来懒得再去偷。有一次下大雨，我从外面回来，双脚浸湿冻得发抖。徐风打电话约我去打牌，我就换了双新买的靴子，是在一家军用专卖店买的，最后一双，我非常喜欢，稍微有点大，老板说靴子大一号没关系。穿在脚上像个战士。买回来后一直没穿，那天穿在脚上很冷，又找不到合适的鞋垫，就到文娟房里偷了她仅有的两包卫生棉，垫在脚下舒服至极，感觉无与伦比，无论是透气还是质感，都是无可挑剔，电视上的广告毫无作假。我打麻将到很晚才回去，回到家文娟诧异地盯着我，叫了句“赵有才……”我问何事？她话到嘴边又吞了回去，摇摇手说，没事，下次能不能早点回来？我等你吃饭。

我说，以后不用老等我吃饭，这样我压力很大，你不欠我的，我也不想欠你的。我正经起来就像一个开人大会议的委员了，不容丝毫的怀疑和污蔑。而且就算她问我，我也可以将这糗事推到闷骚头上，以我的说服力完全可以嫁祸闷骚。闷骚整天满屋子乱跑，见什么吃什么。

在文娟心中，我是一个不太坏的人，要不然她也不会断然选择陪我同居。她信任我，我是这城市唯一值得她烧饭等待的人。她的所求只想陪我聊两句，因为我总能逗她开心，或让她崇拜。



6

一大早赶到工地，一群人就围在一起议论纷纷，摇头叹息。包工头将我叫过去说刚才有个人从脚手架上掉下来了。我惊慌地挤进人群问：“人呢？”

包工头说：“人送到医院去了。”说完又轻松地叹道，“问题不大，脸着地的，掉了两颗门牙，脑子应该没事，就两米多高。”

我看着地上的一滩血迹头晕目眩。包工头给我散了根烟问可不可以找经理要点医药费。

我摇摇头推辞掉他送过来的烟，双手叉腰后退了几步，捂着脑门子吸了口凉气问：“他们买保险没有？”包工头笑道：“我自己都没买保险。”

我指着地上一滩血迹说：“要是医药费没有超过一千块钱，你就自己垫一下吧，要不然我垫也行。如果工人真的脑部出了问题，就只能通知经理了。他房子还没人住，就见血，兆头不好，你赶快叫人清理下，能瞒就瞒了吧。”

经理是包工头出身的人，办公室里还放了香案，每天开完会总要祭拜。要让他知道这等晦气，肯定又要大发一通脾气，以后事业不顺，在公司里可能一千个看我不顺眼，把他的运道和这件事联系起来，施工队的人去无踪影，白白让我当受气包。

包工头想了想，强行递了根烟给我帮我点上火说："也是，也是。怎么能让你掏钱？"

我劝道："你还是赶快给他们集体买个保险吧，一年两百块不到。这年头都不容易，家有老小，也是对他们的一个保障。真出了事，你自己也承担不起这个责任。"包工点点头感叹了几句，答应近期一定落实这个问题。然后派人用铲子将那块有血迹的地方铲平，带有鲜血的泥土刨到了公路的另一边。

中午吃饭时，包工头召集了施工队的人开了个小会，让大家保守这个秘密，谁都不能泄露半句，否则后果自负。后果自负这句话像一句法律又像一句佛语，让人后怕又让人深悟。

从脚手架上摔下来的工人下午就来了工地，两颗门牙脱落，依然张口朝我憨笑，一阵疾风从伤口缝隙里钻进他的喉咙，那张焉皮褶皱的笑容坚强而善良。

包工头拍着他土灰色的工作服示意他下午回去休息。他离去的背影满足而安稳，让人不自觉的感动，心底里一股逆流喷涌到瞳孔，那时的阳光闪耀模糊，日薄西山，所有东西都褪色，唯有这一抹真实。

那天我像感知到很多东西，心里充实而悲凉。我不知道经理派我这里来算不算一种修炼？

下班时，我扶着包工头的肩想表达一下我的感触和同情，吞吐了半天却一字也说不出口。满腹经纶侃大山，却难以诉说一种真正的感伤。我给他散了根烟，搂着他的肩看着经理家的农院说："其实我们都是同一类人。"

包工头谦虚地说："我哪能跟你比，你是大设计师。"我叹道："我们主宰不了这世界，连自己的生活都控制不了，你说活着可悲不可悲？"

包工头似懂非懂地点头，心不在焉地扭头指使着正在收工的人群。我松开他的肩看了一眼这房子，最多还有一个月就能全部完工。人生真的很奇怪，每年都会遇到很多人，在这些人群中川流不息，各自为营。有些事让我们痛恨，有些人让我们感动，时光过滤烟消云散，所有的仇恨和感动化为乌有。

我在路口买了瓶黄酒，想回去与文娟酗酒谈情，我心底有股温暖想要释放。昨天晚上我将醉眼熏熏的文娟轻放在软席上，像个保姆似的帮她盖好被子。她嘴里发着呢喃，手在空中挥舞几下整个人如同一滩烂泥头歪到了一边。逞强的男人有个怪癖，女人越不给你，越想要她，越想摧毁她；当她如同一只羔羊任你宰割时，却毫无兴趣。这算不上高尚君子，只是性格里没有那一种嗜好。

她的所有风情和光彩都被掩盖，脸上如同初生的婴儿，激不起我半点想法。我轻轻地退出门，夜凉如水，站在阳台上点了支烟，风中带着湿湿的雾气。

那一夜，我眼眶红润，睡眠断断续续，像睡得很饱，每次睁开眼我以为是天明，爬起来抽烟，满屋子烟雾。到天亮时万分疲惫，昏昏沉沉，文娟敲打着我的门，将我喊起来上班。一打开门她捂着鼻子大叫："你昨晚在房里烧窑呀，这么多烟。"

我搓着眼皮笑了笑。她拍着我的肩说："没睡好吧，昨晚你背我回来的？"我点点头。她质问道："没占我便宜吧？"

我说该占的都占了，你就安安心心做我的人吧。生米都煮成熟饭了，事已至此，我不会逃避责任的。她一拳打在我胸口骂道："到底有没有？"

我左侧轻闪，揉着疼处说："迟早都要发生的，我们就顺其自然吧，勇敢的面对，都是成年人了。"她气得胸口岔气，掐着我的胳膊说："你最好放老实点，你这个大坏蛋。"

我吐了吐舌头："是你昨晚非倒在我怀里的，还说爱我。我抗拒不了。"她吼道："不可能。"然后眼珠转动了几圈笑道，"赵有才，你还蛮喜欢贫的嘛。"

我若无其事地拖着棉鞋走向客厅问："早饭好了吗？""没做。""没煮早饭，你这么早喊我起来干嘛？"

她性情多变，忽儿变得像只麻雀，笑魇如花，说晚上给我做一顿丰盛大餐。

我提着酒在回家的路上，徐风用像个八婆的口气给我打电话，问我昨晚战况如何？我说昨晚当了回君子。他在电话里笑道："装逼乃人之常情，装到极致就成了一种高尚的品质了。"

我说："还没你那么高的境界，我俗人一个，心有所动，立马行动。"

徐风一个劲地在电话里赞叹文娟豪气冲天。我挂电话时说："晚上再带给你瞧瞧，我看你是入迷了。也活该你孙子羡慕我一回了，这世上好事不能全让你占了。"

我发现自己有精神病前兆，自从文娟搬过来后，每天回家的路上我都喜欢自言自语，一个人滴滴咕咕，抱怨不停。到底是为什么？做饭给我吃，又不让我碰？总念唠这些之类的，有时候还会偷笑，被路人发现，我马上闭起嘴，脸上发红。

回家时，文娟烧了一桌子菜。我们举杯言笑，闷骚在一旁埋头叼着我们扔到它盘子里的骨头。文娟问我什么时候为闷骚剃度？将它全身的毛都剃了，这样干净。给它洗澡也方便。我说这事我干不了，我不参与，我持中立态度。

文娟说："这是你的狗，你有照顾他的义务。"我说这狗是我女朋友的，

我要打电话问一下她的意见。文娟的笑脸立刻阴了下来，给我倒了杯酒，殷情地往我碗里夹菜，让我说说女朋友的事。

我装作深沉地叹道："哎，伤心的往事就不要再提了。"文娟温柔地低下头说："其实我是一个适合做贤妻良母的人，只不过命不好。"我以为她又在暗示什么，举起杯子激动得一饮而尽。

饭后，屋外的夜色还没升起，我站在阳台点了支烟，文娟催我去洗碗。我问她想不想喝豆浆？这本是一个下流的段子，我跟很多女孩开过类似的玩笑，但文娟听不懂，她纳闷地问："怎么了？"

我说呆会去超市买豆浆机，每天早上可以喝新鲜的现磨豆浆，不用再准备早餐了。她问："那剩饭怎么办？不煮粥了？"

我心里一阵感动，这个社会还能有如此节省朴实的女子。我说以后剩饭就拜托闷骚了。她嚎笑不停，嘟着嘴说："可怜的闷骚，呜呜……"

一听说要去超市购物，她精神抖擞，马上进屋收妆艳抹，我喊了五遍后，她终于换了一身衣服走出房门。

我们赶到超市时，走入化妆品区，文娟就要拉着我去挑面膜。问今天是不是全由我买单？我抿嘴一笑，潇洒地眨了下眼。

徐风正拿着对讲机人五人六地站在美宝莲柜台陪一个穿短裙制服的美女说笑。

文娟选了一篮子的女人生活物品，得胜地向我举起两指。徐风转头时见我站在甬道里，笑着向我招手，一步三晃地朝我走来，颇有几分炫耀的意味。如果不是为了在他下属面前给他留点尊面，我早一脚踹过去了。

文娟开心地对他尖叫："原来你在这里上班呀？"徐风故作苦楚地说："今天值班。"寒暄了几句，我说明来意，徐风将我带到豆浆机的销售区域。促销员为我们演示了一遍操作过程，文娟在旁边叽叽喳喳问售后、保修之类的。

徐风说："你这个女朋友很适合过日子。"

我和徐风一样，买东西从来没想过这些售后服务，基本上坏了就扔，只怪自己倒霉，或者下次再也不买这个厂家生产的。

徐风说文娟这类精打细算、想法长远的女人一定是个居家女人，对待感情也一样。一段感情出现问题了，她们也会想着如何修补，如何挽救。

芝麻绿豆大的事徐风都能借题发挥到女人和感情问题上。我拜服了一声情圣，问今天能不能再来个"此货已收，质量问题，退货"。他对我耳语道："这次不行，有女人在，不能搞得狼狈为奸，形象奸诈。"

我叹了声："操，早知道不带女人来了。"

7

在买豆浆机时，徐风问文娟想不想拍广告，那款豆浆机正找人拍宣传图。徐风对文娟上下打量说："你这气质跟身材正适合，像居家女人。"

文娟高傲地哼了一声，也没当回事。回来时缠着我问徐风是不是骗她的？我翻开徐风的电话号码将手机递给她说："要不你再问问？"文娟一手推开："我这不是征求一下你的意见吗？"

以后很多天她就拿这件事当我们之间的话题，扭摆丰臀啧啧自赞地说："你兄弟都说我是一个居家女人，你真没眼光。"

每天吃完饭，我洗碗，她就忙着用水泡豆子，第二天早上喝豆浆。徐风骂我越来越没出息了。我性本无男佣命，奈何佳人武艺高。他几次三番约我出去浪，我老气横秋地说："我现在是有家有室的人，不能再跟你们小青年比了，我现在身上的担子重，压力大呀。"徐风给我大爷问了声好就气冲冲的挂了电话。

经理家的农院主体已经完工，轮廓分明，线条粗犷，只剩下一些杂七杂八的事。经理来工地看我时拍手称赞，看我在这几月内变得胡子拉碴，皮肤黝黑，人显憔悴。经理本想让我回公司，让同事们给我开个庆功会，为我加功洗尘。我怕太过抢戏而遭到公司一些心胸狭隘同事的挤兑，毕竟我在公司呆的时间不长，根基还没稳，招摇过市、拔苗助长是大忌。我婉言拒绝，让大家在同情和惋惜中看我茁壮成长，不知不觉中平步青云。我推辞说："这个太没必要了。这本是我分内的事，就算经理派我去伊拉克我也义不容辞。"

经理一腔感动，拍着我的肩膀说："那就放你一个星期假吧。你好久没休息了，将你的星期天都补回来。这段时间工地也没大事，下个月装修，你给点参考意见。"

我千恩万谢，回到家睡起了大觉。公司里的地主婆不知道从哪里打探到的消息。我才休息了一天就打电话给我，问我星期天有没有空，出来坐坐。这死婆娘像三月里的梅雨天。

我撒了个谎说要回家相亲，家里逼婚，明天就要回去。她听完停顿了几秒笑呵呵地问："你也相亲呀？还这么封建。"

我说："现在正流行相亲，海归博士都要相亲，何况我。"地主婆笑道："喜欢什么样的，跟我说说，改天我给你介绍一下。"我说："不麻烦您老人家了。

等我回公司请你吃饭，不忘你大恩大德。”

忙了很多天，一闲下来整个人就空虚了，无所适从。文娟听说我被公司放了一个星期的假，要请假陪我去旅游。早上她敲门我还赖在床上不起来，我说好久没睡过懒觉了，要重温一下一觉醒来天都黑了的幸福。

文娟去上班了，闷骚在屋内乱窜。一早起来无所事事，泡在论坛里陪一群处在水深火热中的男男女女一起聊天。

一到中午闷骚就跑出去找食了，屋内空荡荡的，晌午的空气中透着倦意。我打电话给汪明，问他什么时候来收房租？这厮又装起了圣人，说最近没空。我问道：“晚上总有时间吧，到我这里来吃饭吧，找个人一起打麻将。”

汪明勉强地回应我。下午两点多，换了身衣服出门，去菜市场买了一大袋菜回来。

徐风听说今晚有美女麻将，三点多下班就赶了过来。一来就要到文娟房里去观摩。我在厨房里忙着烧菜，这家伙像刑侦队似的，在我床上搜寻线索，最后连一根长头发都没找着，然后去检查文娟的被单。出来时拍着我的肩说：“你娘的，跟一美女住这么长时间还没拿下呀。”

徐风的爱情观跟土匪差不多，威逼利诱，强攻智取，不是你死就是我亡。我忙得一身油烟味，他在旁边一边宣扬他的战绩和攻城战略一边指着锅里对我指手画脚：“多放点辣，多放点辣。”

文娟给我打了一电话，问我晚上有什么安排？我说一切安排妥当，你直接回家吃饭就行了，晚上打麻将。她尖叫了一声。文娟是个十分恶劣的赌徒，经常和我一起玩麻将游戏作弊。我不放她炮，她敲我的房门能吵我一夜。第二天早上还缠着那事说个没完。

文娟五点钟赶到家，太阳还带着强烈的热量透过玻璃窗射进屋内。文娟给徐风打了个招呼就吵着要开饭。我给汪明催了一电话，这家伙说在银行，马上赶过来。

我和徐风抽了两支烟，文娟这娘们一听说房东还要来，到房里去换了一身清凉的衣服，白胳膊细腿的，胸前还像多垫了层东西。

汪明来时手里拿着三万块钱，一进门就跟我谈钱的事。我骂道：“操，老子叫你来吃饭的，没有催你还钱。”

汪明就是这么敏感，可能时时将这事放在心上。我回屋将准备好的房租交给他时，他又牵扯了一阵。文娟还在旁边笑：“这俩大老爷们挺像村姑的，拉拉扯扯。”说得汪明不好意思，脸一红将钱收进口袋。

经过简单的介绍，四人齐坐一桌。徐风要喝酒，文娟说：“我不喝，我一会要打牌。”

汪明好像最近性生活很和谐，一脸的光滑，气色红润。我说万芳芳上次约我去喝茶了，估计是空虚难熬了，现在出击正是时候。没想到这小子一个劲地摇头，像逮着了尤物。文娟在旁边好奇地打听我们的故事。汪明指着我对文娟说：“你小心点，这家伙不是好东西。”

文娟笑道：“我早就知道了。”徐风补充说：“看来你是尝试过他的霸王硬上弓和怀中抱妹杀了。”

文娟高傲地仰着头：“这些招对我都没用。他敢乱来我就杀了他。”我点头说：“她枕头下有把水果刀，专门防我的。”

以前我说到万芳芳汪明最少会感叹一句，然后又夸一遍，结尾总是带着淡淡的忧郁一头雾水的问：“怎么才能搞定女人？”这次却一反常态，说了句僧语“过去了就让它过去吧”，有点往事不要再提、红尘俗世事不关已的洒脱。

众人逼问下，他才招出最近又谈了一女朋友。贤淑温柔，到外面吃饭，点了肉就不要点鱼，节俭持家，乖巧听话。

文娟得出结论：男人过了饲养期就对以前的饲料再也不感兴趣了。

汪明一时兴起，要说我们以前的故事，被我以打牌为紧，匆忙结束了饭局。文娟积极地收拾碗筷，给大家泡茶。码齐了麻将，吞云吐雾。汪明心飞天外，第一局自摸忘了飞苍蝇，徐风望着我闷笑。

几局下来，文娟一把没胡牌，吵着嚷着说“赵有才，我要换座位，你太小气了，坐你下面一张牌都吃不了。”

我安抚了几句，专挑三六九万给她。她喜眉笑眼，打了二圈就把牌扑倒说：“我听胡了。”我问：“你要什么，我放一张给你，让你胡把牌顺顺手。”

她说要二四索。我扔了一张出去。她笑着把牌翻过来，然后又去抓了一张，刚好是四索。大骂道：“你个死赵有才，我刚要自摸了，你放什么炮？让你喂牌你不喂。”

徐风在旁边解释：“打麻将就像人生，千万不要让别人知道你想要什么牌，就算给你了，也只不过放你一炮，做人，还要是靠自摸。”

此后文娟的手气一直是要风得风要雨得雨，三个牌桌老将都顶不上一个连牌都算不清的女子。

一直玩了深夜三点，三个男人输了八九百给她，笑得她嘴都合不拢，不忍休战。汪明眯着眼睛说明天还要陪女朋友去岳父家吃饭，悻悻罢牌。徐风要赖在我这里睡，我推开他说："去死，我陪男人睡在一起睡不着。"

汪明大义地对他说："我送你回去吧。"下楼时徐风大骂我不是人。文娟精神抖擞坐在桌上数钱，笑嘻嘻地说明天要去买衣服。

夜色漫漫，屋内一片狼藉，一屋子烟雾，显得凄凉不堪。文娟问我饿不饿？给我炒了个蛋炒饭。

那一夜陌生而漫长，文娟给我道了晚安打着哈哈关起了房门。我坐在沙发上看着屋内惨白的灯光和窗外漆黑的夜色，睡意全无。心中无物，我突然有种前所未有的焦虑感。每当我脑中一片空白时，或者在获得很大满足感后，就会出现这种状态。我害怕下一秒就是天亮。曾经我有一个梦，梦中有辆红色法拉利敞篷，还有一个善解人意不管是不是处女至少忠贞于我的妞。

而就在今夜，我发现多年来，我还是孤身一人，楼下睡着一条狗，隔壁住着个女人，我或许不在她梦中。我也不确定自己在谁的梦中。

## 8

如果不是安蕾打电话给我，我几乎忘了这个世上，我还欠着一个女人一份承诺。朦胧中被手机铃声吵醒，撑起身子从床头拿过手机打着哈哈。安蕾吵吵嚷嚷："赵有才，你没死呀，连个短信都不回我的，你做得够绝呀。"

我睁开眼看了下屏幕，还有条未读信息。像沉醉中被人泼了一桶凉水，浑身战栗。半年前这个怒骂我的女人还是我女朋友，我们练就了一身淫功邪术，只因为我除了上床，对其他事都很冷漠，她就背着我去陪别人上床。通过这件事，我终于相信床上是培养不出感情的。

我笑道："你又不是不知道我晚睡晚起。"她阴阳怪调地说："日理万机够忙的呀。""都是为了国家，为了事业。""我呸，花天酒地乐不思蜀吧。"

"你还真说对了，每夜沉醉，一直还活在你留给我的阴影中不能自拔。""少贫嘴了。"安蕾骂道，"这么长时间你电话也不给我打一个，从来没关心过我们母子。"

我阒然惊起，这话听起来我像个不负责任的父亲，突然觉得自己成了离异的男人。我问道："你还没打胎呀？""我决定的事谁都阻止不了。"

我掐指一算，整个人几乎晕厥。她肚子里的孩子都有七个多月了。我还记得某天的清晨，她在床上紧贴着我搂着我脖子说："我们结婚吧。"那时她嫣然微笑，瞳孔里全是我的影子。那个场景让我感动。那是我认为她最美的时刻，宛若天使般的纯洁。凌乱的头发散落在她脸颊，红彤彤的脸蛋娇羞可爱，两片殷红嘴唇轻轻开启等待着我回复。我说我大业未成，何以结婚？她的表情变得冷淡，转过背没有理我。

那段时间是我人生中最努力的时候。她离开我后，我变得茫茫然，觉得一切都不重要了，懒惰成性。

那时我有很多理想，我要在三十岁之前创办一家自己的安装公司。那时我充满斗志，谁都打不败我。现在想想遥不可及，男人很多时候做一件事，只是为了一个女人。

我从没想过结婚这个词，像与我不相关，但我不讨厌孩子。人活着的意义就是繁衍后代，要不然地球会灭亡。如果地球人口只占动物数量的几十万分之一，那人肯定要被老虎狮子吃掉。

我与安蕾约在雅歌茶馆见。洗漱完毕，换了身衣服连胡子都没刮就赴约了。我的心里像有某种东西在慢慢侵蚀全身，回想到昔日的情意，还有她如此坚贞的意志，哪怕是她背叛过我，我都想原谅她。有些恨，时间久了，就会忘记；有些感动，就算忘记了，却可以重温，再次复燃。

我赶到雅歌茶馆的时候，安蕾早已坐在上次我们相见的位置。她挺着一个大肚子，摇摇欲坠，艰难地站起来迎接我。

她比以前稍微胖了些许，皮肤红润白皙。我脑中一阵惊愕，这小狐狸精饮食起居由谁照顾？想起她孤苦伶仃心中又抽搐不停。

我坐下问道：“最近还好吗？”她淡淡地笑了笑：“就这样呗，上个月辞职了，现在在家静心养胎。”我故意问了句：“你生活能自理吗？要不到我那里去住吧，好歹有个照应。”

我观察她眼中有一丝狡猾闪过，低下头说：“我姑妈明天来照顾我，你每天抽那么多烟，宝宝会发育不良的。”

凭我感应我知道她在说谎，但我不知道她到底有什么可隐瞒的？她不停地给我剥着核桃，放在我前面问：“你还好吗？”我说一般。

她笑道：“我们已经 113 天没有见面了，你还是跟当初一样，总是没话对我说。”这句话的意思无疑是想说这 113 天她每天都数着，每天都曾想起过我。而我早已忘记了我们上次见面是在什么时候。

我问她有什么打算？她却宽慰我，不要太过放在心上，她只是不想打掉孩子，不用我负责。如果这世上真有这么一个通达贤淑的女人，每一个男人都想要，但凭我对她那么长时间的了解，很明显她不是这种女人。她虚荣小气，见着路边可怜的乞丐都不会给钱，曾经我们一起逛街，我给了一个腿残的小男孩二十块被她一顿臭骂，她说我是在害那孩子。人贩子利用别人的同情心故意折磨那些拐骗来的孩子，将他们弄成残疾去乞讨，讨不到钱会对他们大打出手，讨到了钱小孩子也一分进不了口袋，无尽无穷的苦难等待着他们。给钱的人多了，只会有越来越多的小孩子被拐卖，被用来当工具。如果每个路人都不给钱，小孩子最多只会被毒打一顿，长此以往，人贩子一分钱也赚不了，只会放了他们。而且她还告诉我，真正的乞丐是神经有问题的人，从来不会主动向人乞讨。我深受一课，认定她是我成功道路上的良师益友。我一直认为她是理性的动物，足智多谋。为何就怀孕这件事做得如此鲁莽？不考虑后果？

我多情地问道："安蕾，我真的值得你这么做吗？"安蕾咬着嘴唇说："你好久没这样叫过我的名字了。"

我们在一起时每天直呼宝贝、亲爱的，近乎肉麻到起鸡皮疙瘩，也不嫌腻不嫌酸的在一起呆了几个月，翻脸时我只喊了句88，什么天长地久此恨绵绵都是狗屁，同床共枕瞬间泯灭还不如个路人。

我站起身，坐到了她旁边的藤木长椅上。她避开身说："你还是坐回去吧。"

这小妖精以前在床上和我配合默契，媚态如狸。我们肌肤相贴，亲密摩擦，零距离的交融，放射彼此的需求和空虚。如今我只是搂一下她肩膀都被推开。

安蕾推着我说："你先坐过去好吗？我们好好说话。我怕你不小心碰到宝宝。"我重返座位，服务员拉开布帘问我们要不要南瓜饼？刚蒸熟的。我说来一份吧。我问安蕾："你饿不饿，要不我们找个地方吃饭去。"

安蕾斟了杯茶说："我想陪你多坐一会。"

我们一直坐到五点钟，我搀扶着她从茶馆里出来，天空阴暗，行人稀少。她似乎不愿离去，站在门前深情地望着我。我说："我们找家饭店吃饭去吧？"

她给我推荐了一家招牌烤鱿鱼的店。挽着她上出租车时心中突增几份结婚生子的愿望，那种感觉很踏实。今生就此停戈，不再背叛欺骗、尔虞我诈、厮杀湮灭。这就是我的一生，娶妻生子安然度过。反之前方迷雾重重，不知何处是天涯。我不知道自己还要经历多少女人，重蹈几何覆辙才能到达我生命的定数。

安蕾却对我的这片赤诚之心无动于衷。她透露的每一句话都无复合之意。我甚至有点偏向于马东的猜测，这女的想借我生一子？

我的思想走入了一个死胡同。迈进人声鼎沸的饭店，安蕾选了一个僻静的角落坐下。点菜时她频频微笑，怀孕后她比以前更有风情，更加温柔。

菜上齐时，文娟给我打了一个电话，我看了一眼后，关了手机。抬起眼看见安蕾神色黯然。她问道："女朋友呀。"我说是徐风找我喝酒。

饭店的橱窗外灯火阑珊处，车水马龙。安蕾叹了口气说我们以前手挽着手从这街道经过，以为可以走到人生的尽头。

说完她哽咽了一声。我没料到一个女人会以子要挟对我煽情，我一直以为是自己错了。我恍惚大悟自己太过疑心癫狂，犯下孽错。

安蕾擦拭完眼泪说："想请你帮个忙。"我点完头应答之后。她又吞吐着说："算了吧，等孩子生下来再说吧。"我心中更加急切，问到底何事？

她一副贤良淑德的样子说："我并不是要你负责，只是我现在已经是山穷水尽了。你知道我没存款，现在工作也辞了，过几天我姑妈要来照顾我，孩子生下来需要很多钱，我怕负担不起。"

上次我给钱让她去打胎，她推却了，我以为她并不是为钱而来。我说要不明天拿两万给你，等孩子出生了，我会负担的。

她乖巧地点着头，似有一道弧光从我面前飘过。纵使不相信世上所有的人，我总不会对自己的骨肉不闻不问。



9

霓虹灯下的长街闪烁美丽，繁华掩饰下有些东西在腐烂，有些东西在发芽。路边妖艳的女子们在汽车飘扬的尾气中奔走，只求一个好价钱。我抽了支烟，幻想人生的尽头就在脚下。

回到家时，文娟气嘟嘟地坐在沙发上双手抱胸问："干嘛去了，打你电话都不接。"

我看着一桌子的菜说："对不起呀。你以后不用什么事都要等我，我有我的生活，你也应该有自己的生活。"文娟嚷着要陪我吵架。我转身回到自己的房间闭门不出。

第二天我就将钱转给了安蕾，她只给我回了条谢谢的短信。我突然有点一筹莫展莫名其妙，将马东找出来喝酒。这厮感情上受挫后变得像个僧者。我问他："如果哪天你得知自己将有个孩子你会怎么办？"

马东一口饮罢笑道："结婚呗。"我说："可孩子他妈没想陪我结婚。"马东问："你前女朋友还没打胎呢？哈哈，你就将错就错吧，有个孩子未必是坏事。"

我叹道：“是呀，如果我有个孩子，我这辈子都不结婚。”马东笑道：“言过了。”我举起酒瓶说：“干了。爱错一个人比当光棍还要痛苦。”

马东喊着地摊老板说：“再来二十根肉串。”然后对我笑道，“你孙子每次请美女吃饭总去安静优雅的包厢，请我喝酒就找这种路边摊应付。看来一辈子的朋友还真不如生命中的过客。”

我大笑道：“两男人坐包厢里太诡异。”马东说：“你知道什么是幸福吗？现在我就感觉挺幸福的。当你将所有事情都看淡了就幸福了，随它而来，随它而去。”

我问：“跟万芳芳还有联系吗？”马东灌了一口酒说：“其实我爱过她。”我不知道万芳芳有何种魅力？能让汪明神迷，让马东痴情。走的时候马东拍着我的肩说：“好好珍惜吧。”

生活似乎因为安蕾的出现又变得一团糟。每晚回家吃饭，文娟闷闷不乐地问：“你是不是谈恋爱了？”

我镇定地盯着她问：“我们到底算什么关系？”文娟轻松地说：“朋友呀。”我嗯了一声笑笑，扒着碗里的饭。她咄咄逼人地追问道：“最近见你神不守舍，又被哪个女人勾了魂？”

我说：“你管得着吗？”我们又出现了冷战。星期天她呆在家里饭也不煮，催着我说：“赵有才，你要带我出去玩，我要吃爵顶鸡，还要去坐云霄飞车。”

我倒在沙发上胡乱地按着电视说：“没空，没看我正忙着吗？”“你忙个屁呀，一脸的浮躁。”文娟将我从沙发上拉起说，“我要搬走了。”

我叹道：“走吧，走吧。”她挡在电视机前指着我骂道：“外面这么好的太阳，你窝在家里不无聊吗？”我给她扔了支烟说：“我们就这样静静地呆着吧，谁也不许折腾。”

闷骚一向早起，一大早就跑出屋外觅食了。屋内只有我和文娟的长吁短叹。文娟坐在窗台上翘着脚趾孤单地望着远方。

一直到中午我还没吃饭。文娟嚷着说：“我饿了。我要出去吃饭。”我站起来伸了个懒腰说：“好吧。咱们出去浪。”文娟哈哈大笑，翩翩起舞跑回屋换衣服。

城市的天空如此湛蓝年轻，我的心却疲惫不堪。我和文娟肩并肩走在人行道上，她欢呼雀跃地围绕在我身旁问吃完饭去玩什么？

我很享受那一段路程，以后的某些日子，我记忆最深的就是和她挨肩走在马路上，她翻着口袋说：“我没有带手机，也没有带钱，今天跟你混了。”

她从我的口袋里夺出我的手机说："我帮你保管了，谁的电话也不接，也不许陪你的兄弟去喝酒，今天要带我去玩。"电话被她关了机，一路上她拿在手里把玩着说："你到底想好没有，呆会去玩什么？"

我沉默地摇着头，路旁的行人行色匆忙，像大网里的鱼，每人都寻找出口。我们挣扎，欢笑，把这当成一场盛宴。有人鱼跃龙门，有人徒手至死。

我和文娟坐在一家餐馆的角落里敲打着手中的竹筷，望着窗外的熙熙攘攘的路人。置身其中，我们每个人都活得如此坚强。如果我是上帝，我不知该以何种心态来对众人惩恶扬善。

服务员端来一盘炭火烤黑鱼，香气扑鼻，辣油滚烫。文娟拿着餐巾纸擦汗抹嘴，额头上的秀发沾着汗水贴在鼻梁上。喝着冰水吹着舌头说："真辣。"

我问她："你上次相亲，跟那男的吃饭也这么大开杀戒吗？"文娟摆正身姿笑道："没有，小心翼翼的端着，好累。"

我吃了两口放下筷子，跷着二郎腿抽烟。文娟狼吞虎咽地抬起头瞪着大眼睛问我："你怎么不吃了？"

"我喜欢看你吃。"每当此时我总会心生一股怜爱。原来一个女人要的如此之少。安蕾很挑食，每次我陪她一起吃饭，她挑着筷子说这个不好吃，那个不好吃，整个一富家千金般的刁难。

饭后我们沿着马路漫无目的闲逛，文娟拽着我的肩膀问："干嘛去？"我说不知道，然后就被她带进了电影院。那天放的一部国产水货电影，抄袭的《粗野美国》，电影院里笑声不断。才看了一个开头，我就歪着头靠在文娟肩上睡着了。

散场时，文娟将我拍醒说："你是不是最近工作太累了？"我说："有一点。"她生气地说："以前老说要陪我来看电影，我陪你来了，你却一个人睡觉。"

我们出来时，夜幕降临，灯火辉煌。整条街繁衍着心荡神迷的气息。这就是我们留恋的城市，安身立命的环境。

文娟在路口拦了辆出租车将我推上车说："咱们回家喝酒。"她像洞穿了我的心理，我做所有事都提不起精神。在下车的路口，文娟进小超市抱了一打罐装啤酒塞在我怀里，自己又抱了一打出来。

回到家时，闷骚在门口转悠，摇着尾巴窜到我们身前，跟着我和文娟一起进屋。文娟说越来越喜欢这只狗了。我们气喘吁吁地坐在沙发上，茶几上摆满了啤酒。她拉开一罐递给我就准备开战。我问："你就不怕喝醉了我占你便宜？"

她大笑道："今天不管你做什么事，我都不会怪你。"我高举欢呼："君子一言，驷马难追。"文娟说："喝光为止，谁耍赖谁是王八蛋。"


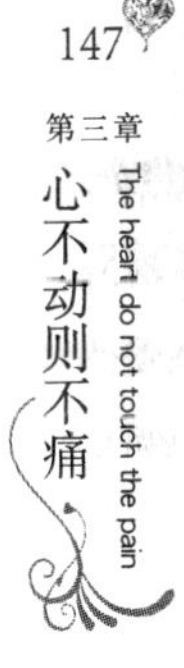

我放下啤酒站起来说，我放首歌。文娟拍着手掌说：“嗯，好。难怪像缺点什么。”

在轻缓的《加州旅馆》中，我的肌肉慢慢松弛，两分钟的前奏悠扬动听。喝酒总要跟朋友一起喝才能喝出心情。我灌了一口，仿佛回到了与安蕾重聚的日子，我将她按在沙发上，就是放着这首罪恶的《加州旅馆》。她的一颦一笑，欲拒还迎，重现眼前。她紧紧地闭起眼睛，我们搂在一起，寻找精神的家园，像在无边的沙漠里奔走，饥渴难耐。

文娟轻轻的哼着“Welcome to the Hotel California Such a lovely place， Such a lovely face .”文娟说这就是我们的加州旅馆，每个劳神疲惫心身罪恶长途跋涉的人都会来到这个地方。每个人心中都应该有一个自己的加州旅馆，在那里祈祷和赎罪。

我一直很喜欢最后的那两句歌词“You can checkout any time you like，but you can never leave!”——你可以在喜欢的时候结账，但永远无法离开。

爱情何尝不是如此，随时可以说 88，那些伤痛和记忆就像永远都嵌在骨头里一样。

文娟说《加州旅馆》能带我们找回来时的路，犹似凉风吹过头发，阵阵花香。

整整喝完一打，我们哈着酒气窝在沙发里抽烟，文娟靠在我身上吐着烟雾轻哼道：“欢迎来到加州旅馆，多么可爱的地方，多么可爱的脸庞。”

我问：“这是我们的加州旅馆吗？”“不是，这是我们的窝。”文娟摇着手醉醉醺地说，“我们要住到天长地久。”

我呵呵地笑了两声：“我可不想。”文娟端正身姿拿起啤酒问：“你是不是不行了，继续呀。”

我们大口大口地比着酒量，将空罐捏瘪扔在脚下。音箱里一直重复着“You can checkout any time you like，but you can never leave!”这像一道咒语，又像一道禅机。

我脑袋膨胀，像贫血似的血液供应不足，眼前一片空花，白茫茫，群魔乱舞。

那夜我做了一个梦，梦中我坐在酒店的包间点燃一支雪茄和文娟喝着红酒，烛光荡漾，粉红相织。

第二天醒来时已是十点多。满屋狼藉，散发着刺鼻的烟雾和酒气。文娟歪头歪脑地趴在我胸前，像正做着一个酣然大梦。

Chapters.04

# 第四章

## 猪都学游泳了

Pigs are learning to swim

1

一个星期过得很快。梦醒心不归，残阳西去，新一轮的太阳对大地洗劫了一遍。焕然一新的世界，重新回到工作状态，却有一种哮喘的病态。

清晨的雾气还没散去，工地堆积的琉璃瓦上沾着湿嗒嗒的水露，事尽尾声，似有失落的伤感。从这一片凹凸不平、荒草沙砾的空地上竖起一栋三院的别墅，这半年中让我体会人生之妙，建设性的工作中唯一的乐趣，就是把空白变成琳琅满目。

工地上的事已经不需要我再过问，站在马路边看着飙来飙去的车遐想。恍惚中老板娘的坐骑却已开到了身前，她按下车窗探出精致的脸庞笑道："工作不专心哦，在想什么？"

一个多星期没见，越发的觉得她美丽动人。"这里已经没我事，本来是要回公司的，经理硬让我留下来。"

"谁说没事呀，你还要陪我去选购室内装饰品。"她妩媚地朝我眨了下眼，像个久违的朋友那样亲切，推开另一扇车门，"上车，带你去吃饭。"

又是吃饭，男人与女人那点事，总是在吃饭中培养出来的。女人身上的香水味能够刺激男人的神经，在这狭窄的空间内，每次我都是蠢蠢欲动。

老板娘开玩笑地说:"要不直接开到古镇吧，我们到那里去吃饭。"我反对道:"一来一回最少也要四个小时，吃顿饭天都黑了。"

她笑起来像西域边疆的驼铃声，清脆悦耳。人与人之间一旦产生了好感总能互相理解，不管她做什么事，总能设身处地的为她考虑。我安抚道："装修房子也不是一朝一夕的事。"

“那就明天去。”老板娘坚定地说，“明天你早点来工地，八点钟出发。”

心中蓦地幸福而惊恐。

传说三国魏人阮籍隔壁有个十分美貌的少妇，以卖酒为业，阮籍常去饮酒，醉了便睡在她身旁。隔帘闻坠钗声，而不动欲念。我不算一个正人君子，心理跟阮籍这厮如出一辙，喜欢玩精神层次。叶公好龙，但怕龙。老叶玩的是暧昧，喜欢把龙放在心里，或者口头戏弄，却不敢与龙真正的面对。对于老板娘我一直停留在叶公好龙的境界。

我们踩着熟知的节奏迈进一家农家野菜馆，要了一间小包房。我靠在椅子上抽了支烟。老板娘平淡地说：“给我来一根。”我递上烟给她上了火，她稚嫩地眯眼抽了口，大声咳嗽。我笑道：“别勉强了，点菜吧。”

老板娘学着我的样子说：“你抽烟很帅，哈哈。”我露出一个腼腆的微笑，打开菜谱递到她的面前。她被烟雾辣出了眼泪，用餐巾纸擦拭着眼圈说：“还是你点吧。”

我们每次坐在一起，总是找不到太多的话题，这种感觉却无比美妙。一顿饭吃了一个多小时，她细嚼慢咽，深情款款。马东说成功的男人背后有一群女人，失败的男人背后有一堆卫生纸，他们医院每年都会接受大量肾痛尿频尿不尽的前列腺患者，这些人大多是三十岁左右的年轻人，都是年轻时寂寞，没结婚前浪费了大量的弹药，双手活动频繁过度亵渎，才会出现这样的病态。我说那我岂不很成功，多数子弹都用到了正途上，尽量以每一颗子弹消灭一个敌人的原则冲锋陷阵。马东说你只是一堆臭牛屎，才会有那么多苍蝇围着你转。

在我生命中，我没有将任何女人当苍蝇，她们落落大方、优雅从容，浑身散发着香水的诱惑。

我一直对婚姻很恐惧，我从没在哪个女人身上看到坚贞不渝，萍姐就是最好的例子，包括公司里那个三十七岁的地主婆也想红杏出墙。无论美丑，女人到了年龄一脸的想入非非。

饭后老板娘将我送回工地，叮嘱我明天早起。我想我这辈子再也闻不到儿时的栀子花香了，空气里弥留着老板娘身上的香水，整个城市都陷入了这种危机感，妖艳催情。

我心不在焉地等到下班，一路魂不附体。在路边报摊上买了份杂志，坐在公交车上居然被一个很单纯的故事给感动了，眼圈红红不敢再看下去。觉得自己满身腥腻，龌龊肮脏。

文娟变得热情开放，习惯等我吃饭，习惯在我洗碗的时候从后面趴在我肩上问："明天做什么菜？"我说："随便，明天不一定回家吃饭，明天要陪老板去古镇买装饰材料，可能很晚才能赶回来。"

文娟狐疑地揪着我的耳朵大笑道："是不是又去会花姑娘，故意甩掉我。我也要去古镇。"

我笑道："你怎么比闷骚还喜欢撵路？等放长假我带你去。"

我一夜难眠，第二天一大早起床，收装整齐，想到要不要带两条内裤去换换？经理那么信任我这小王八蛋，让我陪他老婆一起去旅游重地，我居然想那么多歪门邪道，惭愧难当。

我哼着小调出了门，赶到工地时，老板娘早已在那里守候。我知道女人是很喜欢迟到的，安蕾文娟皆如此，出门前化妆收拾，几乎可以抽两袋旱烟。如果有一件事能让她们积极前往，那肯定是一件很憧憬的事。

老板笑道："赵有才，你迟到了，今天扣你工资。"我一看表说："才7：50，是您老人家早到了。"老板娘将我请上车问："要不要先去吃个早餐？"我说："不饿，你要吃吗？"

早晨的风很清凉，老板娘按下车窗，放了首音乐专心致志地望着前方。开出人口密布的城镇公路，绕过纵横复杂的红绿灯，上了高速。老板娘轻启朱唇问："一路这么无聊，还有一个小时才能到，你说两个笑话听听吧。"我正绷紧神经在车上昏昏欲睡。平时在女人堆中，我满嘴荤笑话，面对自己老板的女人却哑口无言了。

我想了半天说："要不我给你说个爱情故事吧。"她欢笑着说："好啊，我喜欢听故事。"

我就讲了三国魏人阮籍和隔壁卖酒少妇的故事。她催问："结局呢，阮籍和少妇怎么样了？"

我哈哈笑了两声："爱情只是一种感觉。那个故事没有结局，如果有结局就不算一个美好的爱情故事了。只能算一个普通的家庭故事。"

老板娘问："阮籍没有跟那女人好上吗？""没有。"我说，"其实这个故事说的是一个人的高尚品德。隔其帘而不动念，心如止水。"

老板娘问："他不喜欢那个女人，为什么每次喝醉都要睡在她床上？""或许他迷恋那种亲切感吧。"老板娘问："那个女人喜欢他吗？"

"故事里没说。应该信任他吧，要不然也不会让他睡在家里。阮籍是一个很有才气的诗人。"老板娘叹口气说："为什么总有这么多折磨人的故事。"

我燃了支烟给她读了一首阮籍的诗：

一日复一夕，一夕复一朝。
颜色改平常，精神自损消。
胸中怀汤火，变化故相招。
万事无穷极，知谋苦不饶。
但恐须臾间，魂气随风飘。
终身履薄冰，谁知我心焦！

我没有阮籍的才气，却时常在深夜时感受到这种焦虑。一个胸有大志、抱负远大的人往往总会蹉跎岁月。阮籍是一个隐士，精神丰富的人，会被现实世界各种束缚所纠疼。

老板娘似懂非懂地点头，放慢车速，阳光折射在我们脸上，温暖热诚。

在接近古镇的地界，高速路两旁的视线里渐渐荒凉，歪歪斜斜的花儿和野草在风中摇摆，放眼望去，远处无一栋高楼，四处山丘、树林。风在耳边呼刮，汽车里响着音乐，却像空旷寂静的原野，所有声音在大自然中过滤成了静虚。一个老头从山间走来，口中吟唱着他的诗和他的焦虑。



## 2

赶到古镇时，将近九点半钟。老板娘将车停在一家酒店的停车场前，捶着小蛮腰说浑身骨头都散架了，要找张床睡一下。

我尴尬地盯着她说：“肚子有点饿了，要不就找家饭店先坐坐吧。”“没事。我就躺半个小时。”老板娘哈哈地说，“再说也要到厕所去方便方便。”

我羞怯的下车跟在她身后，一起朝酒店的大堂走去。虽然不是旅游旺季，小镇却人口密集，花花绿绿一片盛世，热火朝天，人潮如海。酒店门前张灯结彩，迎宾穿着开叉到腰间的旗袍微笑鞠躬。

老板娘在前台登记了一间房。我坐在大堂的沙发上点了一支烟，她对我招着手：“上去呀，坐这干嘛。”

我说：“我在下面等你吧。”她快活地大笑道：“阮籍隔帘而不动念，你难道不如阮籍。就上去坐一下，看会电视。”

我将烟掐灭在硕大的烟灰缸内，站起来搓着双手跟她走进电梯。

我走进房间心里就扑通乱跳，此时才真正的佩服起阮籍来。我局促不安地坐在床头的一把椅子上。老板娘拉开窗帘哈了口气，冲了杯茶放在我面前的茶上几说：“你先看看电视吧。”然后她就进了卫生间。一分钟后听见里面马桶冲水的声音，她抿嘴笑道：“回去你开车吧，累死我了。”

我嗯了一声，诚惶诚恐如履薄冰地点头。

她脱掉高跟鞋，坐在床头揉着黑色丝袜包裹的脚趾埋头说：“这地方还真热闹，小桥流水的，有点不想回去了。”

我岔开话题问：“车子的后备箱那么小，呆会买的东西怎么装回去？”

老板娘想了想说：“这次只是来探探路，小的物件咱们带回去，其他的东西用笔记下来，下次找辆大货车来一起装回去。”

“要不就在这边找辆卡车吧，我现在就去联系。”

她喊住我说：“不急，买好了再说吧，再说现在人手也不够，我们两个也搬不动。”

“找两个搬运工还不简单，我十分钟就能找到。”

老板娘咯咯地笑道：“我还想到处玩玩，呵呵。”我捂着脑门敢怒不敢言，不知她到底是来游玩的，还是来买室内装饰品的。

她竟躺在床上眯了起来，曲线身形起伏标致。裙外的长腿弯弯的摊在床沿，像一副艺术品。

我脑子变得浑浊恶俗，呼吸有点断断续续。她躺在床上侧过脸指着旁边的一张床盯着我说：“今天起得太早，有点困。你也休息一下吧。”

我摇头道：“要不我先下去逛逛吧。”她笑道：“怕我吃了你呀？”如果这不是我老板的女人，今天就将她调教了。

轻轻的带上房门，终于松了口气。在走廊里给朱宏宽打了个电话，他陌生地喂了几声，待我自报了姓名，解释了几遍他才记起我。弄得我一头热情像贴在了冷屁股上。他问何事？我说今天正好到这边来玩，中午有空一起吃个便饭，顺便讨教一二。他笑了两声说随时恭候。

我坐在大堂的沙发上踌躇半天。原本工地上每天都会有很多建材商和家装公司的人去推销，从中作梗还可以拿点回扣。这次跑这么远，到这花里胡哨的地方挑选，如果回去时只带几件器皿陶瓷，怎么跟老板交差？还以为我带着她老婆游玩来了。

就在我犹豫不决时，老板娘从电梯里走出来，戴着太阳镜对我挥着手说：“等累了吧。”她径直朝我走来，却没到前台退房。

酒店外，阳光铺洒四野，人潮涌动，各色品种的游客拿着相机胡乱拍照。老板娘看了下表对我笑道："现在才十点多，你饿不饿？"

我说还好。走到古镇入口时，老板娘却跑去买了两张套票，笑嘻嘻地说："先玩一会，然后找家饭店吃饭，下午再去买东西。"我无奈地摇着头说："装修延期了，经理责怪下来，我担当不起。"

老板娘拍着我肩说："你还真尽职尽责。今天看中了，明天让人直接来取货。"她胸有成竹地领着我去河边渡口坐乌篷船。我叹道："这都火烧屁股了，你还真有闲情。晚上能不能赶回去都成问题。"

她笑道："赶不回去就不回去呗。"

河水平静，心中却荡起层层涟漪。船夫摇摆着手中的船桨偶尔跟我们客套几句。老板娘无心搭理，望着河两边的景色说："其实这次来有点私心，就是想出来玩玩。又没人陪。"

我点了支烟，风中带着湿润的泥土芬芳，全无心情观赏。如果说这里是个旅游景点还不如说是山水公园，或者说是特色贸易市场。因为有一部国际大片在这里取过景，才让游客们遨游物外、身临其境。

河岸两边聚集了各地而来的游客和小吃、饰品的摊铺，老板娘指着青年男女手中的彩色棉花糖说："呆会去吃那个。"

船夫将船停在放生桥，我从船舱跳上岸，老板娘在后边伸着玉手惊吓地叫道："扶我一把呀。"

我跟文娟相处这么长时间，也没见她主动伸手让我牵。我拉着老板娘的手腕，手心溢满了汗。她登上岸边时，神情自然地对我抿嘴一笑。或许这时候应该有一句"谢谢"，但她没说。

我们走在拥挤的街道，两边的房屋鳞次栉比，都是根据明清时代的模样近代翻新，连一块砖的古迹都没有，地面上铺着灰白色石板，被雨水浸蚀出一道道斑驳的凹槽。狭窄的过道里人来人往，各举相机，几步间便有一个买小吃的摊铺。店里面陈列各色各样精致稀奇的装饰品，店主滔滔不绝地与外国友人交谈砍价。

老板娘好笑地说："这些开店的都会英语呀。真厉害。"

看着那些五颜六色的玩意，每一个店铺她都要拉着我进去看看，缠着老板问那些东西的用途。她买了一块纱巾包在头上，像从远唐而来的女子，问我好不好看？我说："好看。"

我拿着笔和本子在旁边记下她要买的东西和店铺的地址。谈好价钱，对老板说明天来付钱。

她头上戴着新买的帽子和丝绸，买了双绣花鞋让我帮她提着。我问这到底是来干嘛的？正经事一样没干。

她严肃地说：“赵有才你翅膀长硬了，敢跟老板娘顶嘴了。这是你的工作。”

我闷声不响地跟在她身后，拿着大包小包的衣服。女人们看见衣服什么事都可以放下。走至庙门口时，她又拖着我进去膜拜，我说这里面全是骗子。

她神经兮兮紧张地捂着我的嘴说：“佛门重地，别乱说，小心雷劈你。”我被她的表情弄得哭笑不得，我总算知道了，为什么那本功德簿上有人捐三百甚至上千的钱。女人们只想花钱买一平安，但从没想过钱放进功德箱里进了谁的口袋。

我说我认识庙里一个大师，呆会我请他出来吃饭，帮你算算，很准。

我被她强拉进了庙，如同上次来一样，闻着一股檀香味，被一个长袍老人领到一尊佛像前烧香磕头，他手指引着功德箱：“随意。”

捐了几次钱，老板娘虔诚地抽了支签。我给朱宏宽打了个电话。该厮欢喜飞奔而来，一脸笑意，看我身旁站着个美貌妇人，遂正儿八经跟我寒暄。“赵施主来了。”

我大操一声：“喝酒去吗？”他捂着嘴尴尬地将我往庙外拉：“出去慢慢谈。”

老板娘跟在我们身后，拿着签文说：“大师帮我看看签上何意？”一般庙堂里的签文皆是些打油诗，少数很有文才。这里的签文更敷衍，几乎就是一些警世格言。

我看了下表说：“吃饭时间也到了，要不找间饭店，坐下来细细解读。”老板娘点头同意，在石拱桥旁的一家菜馆里临水而坐，看着河里来来往往的乌篷船和嬉笑的男女，如果非要说这里有古迹的话，也只有这条浑浊不堪的河流算古迹。

朱宏宽矜持老道，摆起了谱，在我的再三坚持下要了两瓶酒。老板娘将此地招牌菜通通点了一遍。我给朱宏宽上了烟，就等着听他胡侃。朱宏宽巧舌如簧，专挑女人喜欢听的讲。不用经我介绍他已经猜出八九老板娘身份。看相之人多看人着装气质出手。

每次听朱宏宽吹牛如饮甘露，他又搬出了那套物质即表象论，让穷人听了心悦诚服，让富人听了平心静气。

老板娘神情专注，手托下巴，将朱宏宽奉为神灵。人都有个共性：贪、色。朱宏宽就是掌握了这点，每每点到痛处都能让人心头一亮触发共鸣。通过物质表象论，让人去追求心灵的净土，戒欲戒贪。再扯点饮食起居健康之类的，基本上就是位大仙了。

老板娘的几句敬慕，让朱宏宽颇为得意，喝起酒来忘乎所以。老板娘心中像有很多疑虑和心事，吞吐了几句便没再说，从包里掏出几张百元大钞塞在他兜里。说时间匆促还有问题未曾请教，下次专程来拜访大师。

朱宏宽早已酒不醉人人自醉，满面春风，如桃花盛开。推辞了几句，便收紧了口袋。

3

晌午过后，街道两旁的行人闲散。老板娘精神百倍地拉着我逛遍了每一条街。走至街后的林荫小道，变得清静安然。几个外国游客站在桥头拍照，姑娘们悠闲地坐在亭子里，靠着大柱闲聊。桥下的石墩旁坐着一位其貌不扬的男人在帮人素描。老板娘指着他说："你比他长得更像画画的。"

我撩动了一下头发无关紧要地回答了一句："是吗？"

她认真地给我诉说她的故事，她以前认识一个画画的，只可惜这个故事没有然后也没有结尾。女人们说故事总是只说一个开端。她说这句话的意思并不是要告诉我她心底的秘密，而是想告诉我，我长得跟她的朋友有几分相似，看着亲切。

她说要画一张素描，我几次劝止都没起作用。就坐在桥边的石阶上抽烟，看画师一笔一笔勾勒出她的样子。

她淡然自若地跟画师攀谈，望着我对画师说："他也是画画的。"画师回头看了我一眼，震惊地"哦"了一声，对我微笑着打招呼。

河岸吹来细细的风，人变得慵懒无力。老板娘的脸庞在画师的笔下变得丰满臃肿，我站在身后忍不住发笑。画师涂涂抹抹，十几分钟后，一副肖像终于成形。老板娘接过看了半天惊愕地问："这是我吗？怎么这么丑？"

画师尴尬地说："三十块。"付完钱后，老板娘纳闷地盯着我问："到底像不像我？"我安慰道："不像，一点都不像。"

她闷闷不乐反复对照，走到旗袍店时她很快就将这件事忘了，换了几身衣服在镜子前孤芳自赏。修长的大腿从开叉的绸缎里露出来，让人浮想联翩。她自信满满地让店员包起来，走在路上才问我："漂亮吗？"



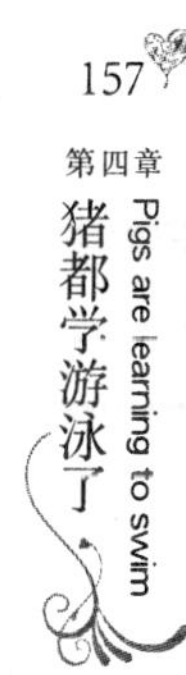

我愣了下，“嗯……嗯”

她嘻嘻哈哈像个少女般的天真，蹦跳着，那时阳光从屋檐上洒下来，照在一路的灰石板长街上，我一步一步地踩着她的影子前行，像融为一体般的暗爽。

当你沉溺于某件事，而且不容懈怠时，时间总会过得很快，上帝给了每个人同样的一天，却演着不同的故事和结局。老板娘买齐了她要的那些竹篮蓑衣陶瓷，不日就可以把她的别墅装扮成农家庄园。

将近五点钟时，街上的游客就稀落了，空荡荡的路口，悠长的深巷有点孤独阴森。老板娘眉目汪汪地问我：“今天开不开心？”我点头嗯了声。

我们穿过电影镜头中的石拱桥时，老板娘站在石阶上嘟起嘴望着远方长叹了一声。她问我想不想吃完晚饭再回去？

我说：“还是回去吃吧，晚上开车不安全，我们刚来的路上特别荒僻。回去晚了经理也会担心的。”

她笑道：“还是你想得周到。”走到车旁时，她突然有点不高兴地说不想回去，明天还要来，跑来跑去累。

我搓着手指不安地说：“这样不太好吧。”

她犹豫了片刻，拿出手机作打电话状，刚拨了号又挂了。对我说：“要不你留在这里吧，酒店的房还没退。我先回去，明天再过来。”

“你累了一天，回去开车路上不安全，万一出事了我对经理不好交代。我送你回去吧。”

老板娘将车钥匙递给我，扭着丰臀朝酒店走去。我兴奋地拉开车门，一坐上去，摸着哪里都舒服，让我浑身激昂。

我坐在上面轻轻地晃了晃，打开广播，开到酒店门前等待着老板娘。她从里面出来时对我喊着：“打道回府。”

这一带的路段狭窄颠簸，天色灰暗，荒无人烟，比来时还寂静。老板娘说：“幸亏你同行，要不然我一个人还真有点怕。万一半路冲出个劫匪，后果不堪设想。”

我呵呵笑了两声，车厢里只有广播的音乐声回应。老板娘疲倦地靠在座椅上眯起了眼睛。

沿路灯火闪现，像烟花一样从耳边呼过。下了高速我直接将车子开到花宅小区，老板娘还在沉睡中，玉体横陈。我按下车窗，在霓虹幽明中点了支烟，看着身旁的她，像只受伤的羔羊。安静地听完了一首歌，我将烟头弹出窗外，一道弧光陨落，在地上溅起点点火星。

我将老板娘推醒：“到了。”

车厢里泛着枯黄的灯光，老板娘平淡地睁开腥红的双眼，搓捏眉宇静静地望着窗外一声不吭。半晌问我要了支烟。我帮她点燃，她咳嗽着抽了几口说：“要不我送你回去吧。”

我冷淡地笑了笑：“我自己打车回去。”

“今天你也累了，明天休息一天吧，我们后天再去。”

我在车上早就想好了有利可图。我说：“后天我叫两个搬运工去就可以。”

老板娘盯着我问：“不用我去了？”

“今天你都选好了，我总不能让你陪着我一起去搬东西吧，这些粗活就交给我吧。你放心，你选的一样不落给你带回来。”

她有点不情愿地说：“我呆在家里也是无聊。”

我将选购清单交到她手里：“你算下钱，另外还要请两个人租辆车。后天早上我在工地等你。”

老板娘咬着嘴唇说：“到底是你做主还是我做主？”

我突然发了声吼，脾气暴躁地说：“我不都是为你好吗？你不嫌累，我还嫌累。一个人能完成的事，干嘛非要两个人去。你要愿意去，后天我就不去了，你直接带着人将东西搬回来就行了。”

老板娘脸色苍白镇定地说：“你整天一脸的不情愿，我到底哪里得罪你了？你以为我真的是想去选那些破陶器破竹篮吗？”

“那为什么？”

她靠在车窗上，手杵额头半天说不出话。我也想不通哪来这么大的勇气，敢怒视自己的老板娘？她抬起头叹了口气说：“你下去吧。”

夜色正浓，酣情醺醺。风清月淡，星火闪耀。豺狼虎豹出没之时，狐狸野鸡卖弄之际。众生在这张大网下演绎一出又一出放纵的故事。

我走在街口停顿仰望，抽了支烟，在红男绿女中穿梭而过。找了家小餐饮店，坐在里面叫了碗大排面，像个狼狈的逃犯吸缩吞食。从快餐店出来时，我没有打车，双手插进口袋一直沿着公路走，步行是一种很好的排泄方式，这样会让身体很轻松，一路上可以想很多事，遥远繁乱的记忆汹涌而来。沿路的小排档上有拥抱打闹的情侣，有举杯欢畅的哥们，每一个场景都似曾相识。

走到家时，身体已十分疲惫，楼上还亮着灯。这一抹温馨的灯光感动了我许久，像雪中送炭。

我轻轻地打开楼下的门，闷骚趴在它的窝里巍然不动，或许已经入睡，没有起来迎接主人。


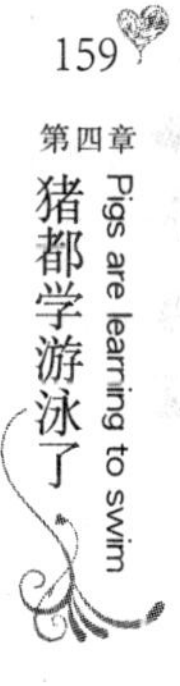

走上楼时，文娟还在客厅打瞌睡，穿着睡衣坐在沙发里仰起了头，音箱里放着一首带着死亡味道的音乐——《生命中最美丽的一天》。“不要打扰，请不要打扰，在遥远的天边，你将化作七道彩虹。”这是她常听的一首歌，有点像希腊神话中的纳西新，凄然而死，化作一朵水仙，纯洁无瑕。

我走近抚着她的秀发时，她突然轻轻地睁开了眼睛，一脸淡然地望着我：“你回来了，吃饭了吗？”“吃过了。”我笑道，“怎么不上床睡？”“无聊，睡不着。”

我不知道她整晚在想些什么？总是要深夜才能入眠，偶尔拖着我一起陪她玩游戏。

人相处时间长了就算没有爱情总会有感情，而且这种友谊的情感比爱情更可靠，没有吵过架，没有因为上床而冲淡彼此的热诚。在将至未至、熟与不熟之间，总会带给我一份期待。

她回房睡觉时，我还坐在客厅听着那首音乐。幸福总是一瞬间的事，这种幸福是艺术，第二天醒来时，又变成了生活。

我给包工头打了个电话，让他帮我租辆大货车，还有请两个搬运工。他一口答应，工地上的人随时听我调动，搬运货车随传随到。

在家休息一天，在论坛里闲逛了几个小时，突然对我赖以打发时间、寻找精神家园的网络产生了怀疑，这些不真实的东西全都被一股饱满的力量填满，我不知道那是文娟，还是安蕾肚子里的孩子？但我可以确定绝不是老板娘，也不是网络里那些美女，那些离我太远。

我做了一顿丰盛的晚餐等她下班，站在阳台上看着晚霞西去，看着她从悠长的小巷里一步一步朝我走来。在很远她就朝我招着手，灿若桃花。

这一夜，属于我们两个人。

我甚至有点担心这种快乐维持不了太长时间。她回家从不跟我唠叨她工作的事，一拿起筷子就跟我鬼扯她的星座论。

那时，屋内的风哗哗而过，我们争论、反驳，商量着深夜夜观星相，看凡星坠落。她对外太空研究极深，每个星座都能指出名字，不排除她忽悠我的因素。我们坐在阳台上看着星星，抽着烟，像哥们似的谈论逸闻趣事。

夜凉，风如潮水，繁星点点。我们一直坐在寂寞里遥遥相望，没有越雷池半步。

## 4

星期四早上，我赶到工地时，几个人蹲在公路边的一辆货车旁抽烟。我上前跟他们问候了几句，散了一圈烟。老板娘还迟迟未到，给她拨了通电话，说正在赶来的路上。

闷热的一天，阳光早就漫过了天际。老板娘姗姗而来时，不再是那种积极喜庆的态度，像失落的孩子将钱交到我手上时还问了一遍："真不需要我去了？"

"这种体力活，让我们去做就行了，你去了岂不失体面。"她打扮得神采飞扬，长筒靴短裙子，高挑的身材，一对呼之欲出的胸房让民工们看见笑得合不拢嘴。

在货车上我就将民工们这天的工钱给付清了。开到古镇时给他们每人买了包烟，他们心满意足地道着谢。车子停在古镇入口的停车场，司机坐在车里等候，我领着两个民工拿着购物清单，挨家串户。前天我们来选购时，我并没有帮老板娘彻底砍价，她玩心大发，我也无心理睬。这里面油水大大的有。一天没见，老板依然认得我，见到我喜眉笑眼，还以为我不来了。我胡吹了几家隔壁店铺同样物品的价格，每样都被我砍了三十块左右。付了钱，老板心悦诚服地让我搬货。从古镇搬到停车场有百米多的路程，两个搬运工挥汗如雨，来回地跑。赚这么点钱，累得我够呛，到中午十二点时，让货车司机开车到将我们带到镇外的一家饭店吃饭，这里的菜比古镇街便宜两倍以上。

这一趟生意我赚了近五千块，不枉奔赴一趟。到下午四点钟时所有装饰品全部装车。两搬运工累得气喘不定，心底突然横生悲苦。看着他们脸上的汗迹顺着脖子流进胸膛里，突感不公。同样的一天，有人赚了五千，有人只赚一百五，或许有人赚的是五万或者更多，干的是同样的事。这就是人生，算计、欺骗。

我给他们买了瓶水，靠在车旁说："晚上一起洗桑拿去。"司机抿嘴发笑，两个民工推辞谢过。

回去的路像一首高昂的歌，我们吐着烟圈，感叹这一天的辛劳，像大有收获。卸了货，我生硬强拽将他们拉进一家洗浴中心，然后吃了份自助餐。碍于情面，没给他们叫什么按摩的业务。出来时他们抖着衣服一身洒脱地问我要了个电话，以后有事还找他们。

之后几天我一直跟老板娘东奔西跑，不辞劳苦默默无闻地为她打理一切。我们之间像产生了一丝隔膜，再也找不回应付自如谈笑风生的表情。人与人的关系转变之快就像彼此间突然多了块玻璃，互相熟知，如此接近透明，却无法触摸，像隔着一个世界。每次相视都能看见玻璃反射出来的冷漠。谁都没有变，这块玻璃就叫缘分。我们相对嬉笑，始终都隔着一层绝缘体，没有共鸣。

连续忙了十几天没有休息，身上脱了层皮，日出而作，日落而息。标准的农民工生活。

经理给我放了两天假，重新调整工作状态准备回公司上班。老板娘却不允许，说要等房子入住才放我回公司，留在工地给她当一参考。

精神一松懈下来，才想起安蕾肚子里还怀着我的孩子，我想这要真是我老婆早就跑了。我想带点钱给她，带她去做个胎检，看看是男孩还是女孩？

突然觉得自己快要做爸爸了，那种感觉很奇妙，渴望兴奋，茫然紧张，像一个抢了押钞车逃亡的囚犯。

早上我靠在床头给她发了一短信，等了很久没有回复。再拨电话过去时已经关机。居然有股失恋的落寞涌上心头。

那一天我给安蕾打了很多电话，一直处于关机状态，心里空落落的。给她发了个邮件也没回复。自从分手后，我就不知道她住在哪里？有时候想有女人爱上我真是个奇迹，我甚至连她以前上班的公司在哪里都不知道，我没有接送她一次上下班，回家也从来不过问。我只知道她常去那家韩流美发店做头，那才是我最在意的。每次做头回来她都很开心，有次我趁她洗澡偷翻了她的手机，里面储存的名字是16号，我纳闷居然没有一条短信。对于这方面我的记忆力天生的强悍，我死记下那个号码，每天上班时都有一股拨打的冲动，想听听对方的声音。我们每次练完功她总是满足而幸福地死睡过去，我还要抽支烟，听听歌，在论坛里闲逛到后半夜才能入睡。有天深夜，我翻看她手机时，16号的名字居然变成了陈阳。我用她手机给陈阳发了条短信："你睡了吗？"一分钟后回复让我呕吐恶心。语气暧昧称呼肉麻：想着宝贝无法入眠。

我压制怒火佯装道了声晚安，删除了短信记录，将安蕾从床上拉起来死干了一晚。她莫名地问我哪来这么大的瘾？

我从没怪过那个理发师，我一直认为这是安蕾的错。她不给人家留号码，理发师也没那么大的胆勾引每个顾客。

我那段时间脾气暴躁，工作不顺心才是导致我们分手的最大原因。尽管心里爱着她，但我无法说服自己原谅她。一个女人与我如胶似漆地在床上睡了好几个月，从此陌路天涯，对我来说简直像个梦。而人生不是梦，在最无助的时候，梦会醒。

她从我屋里搬出去后，我心里五味翻腾，酸楚疼痛。有一天，我终于耐不住寂寞，借同事的手机给陈阳打了一个电话。那头传来一声充满磁性青涩的喂，我沉默不语，直到他挂了电话。失业后，我百无聊赖，坐在家里发呆，在好奇心的怂恿下，我决定去见见陈阳。我想看看跟我同侍一女的男人会长成什么样子？更大的原因是我从不承认我不如人。

我装扮成一个客人去了那家美发店，第一眼我就认出了陈阳，秀气的脸庞，奶油小生的模样，脸上透着一股稚气。我相信只要有眼光的女人都会选择我，从各方面我都比这个理发师强。他们胸口挂着牌，就像KTV抢客的“小姐”热情好客，我点名让16号帮我理发。感受着安蕾背叛的每一个细节，这个单纯的小伙子可能并不知道我跟安蕾的关系。我隔岸观火向他搭讪，问着他们的工资和作息。一个月大概两千块左右，每天工作到晚上九点半。我始终想不通安蕾怎么会喜欢这货？

我笑问道：“每天这么多美女做头发，你应该有很多女朋友吧？”他笑道：“店里不许谈女朋友，也不许陪顾客谈恋爱。”

我一坐上椅子他就建议我弄发型，手艺的确不赖，如果不是因为安蕾我几乎每次都想找他理发。

回来时，心中万份痛爽。我想到一年后安蕾在某个深夜给我打电话说：“赵有才，我想你了。”我骂了句：“给我死远点，滚开。”挂了手机，扔到八丈外继续睡觉。

对于这个问题我纠疼了很久，幻想了若干种折磨她的方法，却从没想去理发师那里挑拨她们的关系。不知为什么，每次想起那个理发师，我总感觉输的是他。

过了这么久，早已忘记了陈阳的电话，也忘记了他秀气的脸庞。每次我刮完胡子后，安蕾总是嬉笑地捏着我下巴说：“喜欢奶油的你。”我哈哈大笑道：“上半身奶油，下半身可粗犷着呢。”

事到如今，我也没再关心安蕾与他有没有染？

我心神不定，反复拨打着安蕾的电话，一直到下午，无心准备晚餐，躺在床上听着歌。似乎这城市慢慢沦陷，像渐渐失去了什么？文娟下班时推开我的门看着满屋的凄凉，冷冷地问：“躺在床上等死呀？”

我叼着烟在嘴角不理她。她说我比女人还麻烦，女人都没我这么多事，三天两头不高兴，情绪化变幻莫测。

我说我痛经来了——痛苦的曾经在回忆里反复无常地纠葛。文娟坐在我身旁抽了支烟，倒在我膝盖上叹了口声：“打算什么时候去吃饭？”

我们有气无力地出了门，在小镇上随便找了家餐馆，胡乱填饱了肚子。在回家的小巷里，她突然很伤感地挽着我的手臂靠在我肩上说怕鬼。我跟她说人的政治定义是制造和使用工具，高级动物，就智商比其他动物高点。如果世上有鬼魂的话，那些被我们吃掉的猪狗牛羊都会来找我们索命，世上飘满了鬼魂。她瑟瑟发抖，不让我说下去。我说我敢在坟头睡觉，她认为我是吹牛。这事我没干过，如果夜晚没有蛇和野兽出没，从理论上讲我的确敢这么做。

文娟是一个很迷信的人，这样的人都很善良，她们相信因果报应，甚至可笑地坚持手上的纹路注定宿命。那夜我没陪她赏星星，我忧心忡忡地怀念着安蕾。一想到她肚子里的孩子，我脸上的表情就俨然一副正派爸爸的样子。

在黑夜里等待天亮的过程，是种煎熬。安蕾留给我的那些故事成了我排遣的素材。

5

第二天，我给安蕾打了一天的电话都没人接。我就预感不妙，心慌难受。一连几天寝食不安夜不能寐。上班时心乱如麻，老板娘几次兴冲冲地向我请教装修意见，我愣半天才缓过神。心情跌落到了低谷，一脸死相。

老板娘生气地给经理打电话："把你的员工叫走，在这里碍手碍脚，什么主意都没有。"

我早就领教过女人由爱生恨的滋味，像有把利刃刺进我胸膛里。从我去古镇拉货那天起，她心中就对我滋生了成见。

我像犯了错的学生站在工地上抽烟。这个世界瞬息万变，须臾间粉骨碎身。经理急忙赶来工地时，看我憔悴不堪，眼带血丝。没有训我，也没问原因，拍着我的肩说老板娘性格就这样，多担待点。

经理给我放了一个星期的假，让我去散散心，回来好好工作。谁都看得出我脸上敷着一层儿女情长的忧愁。每每看到新闻里的交通事故，我就为安蕾担心。脑海里是她挺着大肚子蹒跚地走在街上，无依无靠，想到此处我几乎可以煽动自己的眼泪。

我想安蕾挺着一个大肚子能去哪里？她是一个受不住寂寞的人，而她的朋友圈子我一概不知。我只能厚着脸皮去找陈阳，或许他们还有联系。

我赶到美发店时，却没看到陈阳的身影。我问那些店员，他们说陈阳带着女朋友回老家结婚生孩子了。我当时脑子一嗡，茅塞顿开恍然大悟。这他妈的简直是个天大的玩笑，我本以为自己就算不是主角，也算个男二号，舞台谢幕时，没看见观众对我的掌声，原来我只是一跑龙套的小丑。

我想不到安蕾如此恨我？那些眼泪那些毒誓都可以是假的。我只是想不通她为什么不再演下去？或许急着回家生孩子没空理我。此时她应该看着我发给她的邮件得胜地大笑。

我赵有才算计一生，自以为聪明绝顶，占尽顺手便宜，没想到到头来败在一个婊子身上。像走错了一步棋，不提防被对手偷吃了一个车。

如果那些撕心裂肺、肝肠寸断的眼泪和举天的毒誓都可以是假的，还有什么是真的？她在茶馆里跟我说的那句话一直在耳边回荡：我这三个月都是一个人过，我要是有男人，让我全家死光光，让我过马路被车撞死。

我一路诅咒着她，她是一个虚荣心很强的女人，陈阳的经济条件永远无法满足她。我幻想他们结婚后为了柴米油盐而争吵，为了孩子的奶粉钱担忧。心中又平衡了许多。我甚至为陈阳感到悲哀，娶了一个水性杨花的女人。

尽管我极力地用心理暗示安抚自己，但还是忍不住的疼痛。人在经受失败之后，便会变得豁达潇洒，挥金如土。越是失去了某件重要的东西，越是不在乎剩下的东西。就像一个女人死了丈夫，孩子还没扶养大就想着改嫁或随丈夫而死的心愿。

我心疼的并不是那两万块钱，我如果能够做到无毒不丈夫，有徐风的手腕，一眨眼的功夫捞个几万块轻而易举。

安蕾正是看穿了我的小气、善良、贪婪、胆小。一个优秀的男人总是让女人流连忘返。我曾经以为我很优秀，我只是个傻瓜，让女人连骗了两次，如同玩物。半年前我与她分手时一蹶不振，现在是彻底绝望。我打电话给徐风："出来喝酒，哥们请客。"

徐风以为我又是赚了大钱，在电话里兴奋得鬼喊鬼叫。

我在酒吧楼下等了他半个小时，他才衣冠楚楚地赶过来，冲上前拍着我的肩问："怎么一脸死气沉沉的？"

我苦笑了一句："人算不如天算，这就是他妈的社会。"想不到我赵有才也会有今天，我以前嘲笑汪明，鄙视马东，玩弄情感于股掌之中，泰然自若。

徐风说："我可不是来听你抱怨的。"

我们找了个最喧哗的地方坐下，叫了一瓶王朝干红，没喝两口满嘴苦辣，心里压抑憋屈，连呼吸都沉闷。看着这五彩斑斓的人间，穿着骚媚下贱的女人，无名之火倾泻而出。我拉起徐风说："走了。"徐风骂我神经病，走出酒吧门还扯着我的衣角支支吾吾想说点什么。

他给我散了支烟问："到底怎么了？"我说被安蕾给耍了。一个背叛我抛弃我的女人，怀着别人的孩子来我面前哭诉，我居然相信了。

徐风说“说明你还是一个善良的人。这社会被骗的人只有两种，善良、贪婪。”

徐风要拉我去放纵，我浑身无力，掏空般的虚脱。我强大的内心被攻破后如此脆弱无助，想找个人依靠。经他建议去了附近一家洗浴中心洗桑拿，在里面蒸到皮肤沸烫，汗流满面。泡在浴池里我想起以前汪明失恋的样子哈哈大笑，徐风没心没肺地说：“不至于为一个女人精神失常吧。”

我拍着脑门从池子里蹦出来说：“幸亏安蕾是骗我的，这是喜事呀，我难过干嘛？为了她怀孕的事我纠结了好几个月。”

徐风笑道：“还是蒸桑拿起作用，排除毒素一身轻松。”

红尘孽债，与我无关。我嚎唱着：“星星还是那个星星，月亮还是那个月亮。”这歌词意境多高呀。我豁然开朗，我什么都没失去，只是摆脱了一个包袱。但被欺骗的滋味实在难受。

我和徐风穿着浴袍穿过吧台时，他色迷迷地着盯着服务员的衣领。登记了一间房，躺在洁白的床单上，徐风说：“这张洁白的床上不知道发生了多少肮脏的事啊？”

我按了铃让服务员送来一包烟和六罐啤酒，一个水果拼盘。我说：“你今晚别想整那事，哥们心里空虚，陪我喝喝酒，抽抽烟，聊聊人生理想。”

没聊几句，徐风又扯到生意上，说农村散养的猪都开始学游泳了，多条理想，多条后路。让我尽快想法子弄到钱，开一公司。

我漠然道：“这社会时下最流行的，空买空卖，要什么本钱呀，真有本事空手套白狼去。”

“那得有关系网呀。”徐风认真地说，“只要你给我介绍几个大工地的负责人，你再联系几家长期供货的建材厂，咱们做下中介，从中拿回扣也比你整天坐在办公室里听老板吩咐强。”我说：“跑腿的事我不干。你不知道现在工地上人多难缠。”

“你就这点出息。成大事者何患言辞。多陪笑脸，多鞠躬。”徐风冒着香烟说，“我他妈一经理还得经常给退货的顾客道歉。现在的产品售后全他妈的放屁，三包政策全是糊弄文盲的。一有事，厂家不管，顾客都来找销售。弄得我里外不是人，成天跟人解释。”

“你不是还有那么多美女陪你吗？人生惬意，夫复何求？”“都是假的。过眼云烟，其实就是一个梦。你不也有很多女朋友吗？到头来还不是跟我躺在这里发呆。”徐风叹了口气，那口气叹得很长，像中枪后的喘息。

我们谈起念大学时，那个盛夏在学校假山后面的长凳上看到的场景，一对男女抱怀而坐，传统典雅东方呻吟，娇喘嘀嘀，听得我们心痒痒。从那时起他就认定这件事不是件美好的事。一直听到那对狗男女败火完事，坐在那里窸窸窣窣耳语抚摸，我们才偷偷摸摸，弯着腰走到操场。他问我："这个女人要是明天来倒追你，你会娶她吗？"

我大操了一声："你当我傻逼呀。"

我问他这辈子有没有被女人伤过心？他想了想说这辈子最令他伤心的是大学假山后面的那个女人，尽管看不清她的脸，但他一辈子都记住那个浪荡的音符。每次当他爱上女人，搂上床时，心底就响起了那个声音，像道阴影噩梦。他总想起躺在自己怀中的女人曾经无数次地这样躺在别人怀中。

他问我这算不算心理病？

我说我很尊重有处女情节的男人，但你得先撒泡尿照照自己。己所不欲，勿施于人，这叫自私。

他沉默半晌，吹了口烟雾说看似身边每个女人都适合结婚，但每一个都不是自己梦寐以求的。人生最痛苦的事不是没女朋友，而是身边太多女人，找不到一个标准答案。

我说爱情不是多项选择，爱是唯一。可以为之去死。他鄙视地问我："你有吗？""没有。"

每个活得光鲜亮丽的单身男人身后都有一道黑暗和一个向往。我们反反复复的追求，如浪打浮萍。

## 6

第二天打开更衣箱换衣服时，才看到手机上六个未接电话，都是文娟打来的。刚刚遭受女人的欺骗，却看到另一个女人的关心，肠暖脾热。

徐风下午两点钟才上班，我们一起出了洗浴中心，让他陪我去选了一根鱼杆。徐风问我是不是准备作归隐之举？我说上班的时候想着休息，休假却无聊了，这就是没有理想之人的悲哀。心情浮躁，隐痛犯疾，钓鱼是最好的解压方式。

遭受打击后，特别容易感动。我知道文娟特别喜欢吃水果，我想买个榨汁机回去，她一定会很开心。

徐风说一榨汁机就几百块钱，这种小货物损耗厂家会自己补上的。呆会他大笔一挥，让我将榨汁机藏楼下货物柜里拿着发票去吧台退钱。

我摇头道："不用了。半年前，我睡了个女人，给她吃给她穿给她住，她怀了别人的孩子，我还给她两万块。我这么大方的人，何必再干这种鸡鸣狗盗之事。"

徐风说商者算于精，无奸不商。这是做商人的第一步，将来哥们联手要算尽天下钱财，大贪者，从小算起。

我买了台268的榨汁机，提了一箱牛奶和一袋子水果回去。徐风说我变了，渐渐显露做大事者风范了。

回到家打开邮箱，没看到安蕾给我的回信。我将她的名字从通讯录里删除，像从没相识过那样。那一刻心里很空虚，仅存的一点好奇无处寻根，不知道她现在过得好不好？我准备了一桌子菜等文娟下班，陪闷骚一起站在小巷口迎接她。她回来时对我一顿通骂。"打那么多电话都不接，还以为你出事了？"

我心感内疚地说被徐风拉着去喝酒，醉了睡在他那里。她冷笑一声："徐风又给你介绍了几个小妞？一看就不是好人，你少跟他来往。"

上楼时，我兴高采烈地指着桌上的榨汁机说："送给你的，谢谢你昨夜对我的担心。"她哼了一声："赵有才，你这个人不坏嘛，知道冷暖。无事献殷情非奸即盗。"

我无趣道："想对你好点都不行，以后不送了。""你天天回来吃饭就是对我最大的恩惠了。"文娟楚楚可怜地说，"这么大的房子，楼下一片黑，空荡荡的让我心慌。"

我知道她是一个很害怕寂寞的人。

饭后，我用冰块、牛奶、香蕉给她做香蕉奶昔。她陶醉地说早上喝豆浆，晚上喝果汁，一定会青春永驻容颜不老。

休假期间我一直做着这些家庭妇男的杂事，做饭、煮豆浆、榨果汁。白天带着闷骚一起去屋后的污浊河流里钓鱼。眼神集中时，风吹涟漪，波浪滚动，人也跟着摇曳，像漂浮在海上的帆。人生不过钓鱼，等待，看着浮子起伏，一个又一个阴谋得逞。收杆时的沉重感让每个人都向往。

文娟对我近期的表现很满意，但缺少点男人味。她说太沉重，像老头子，我最迷人的吊儿郎当气质不见了。我捏着她尖尖的下巴问："是这样吗？"她一手推开："死相。"

这个星期我想清了很多问题，人生随缘，与其练达，不若朴鲁，与其曲谨，不若疏狂。古代战争中，骄兵必败，只有在经历一场大败后，人才能看清自己的弱点。

我回到了正常的工作状态，星期一早上去公司报道时，同事们对我抱以格外的热情和客气。见到地主婆时我也不再畏惧她，因为我没有迟到。地主婆拍着我的肩说我瘦了，又说我黑了，心疼之情溢于言表。我也拍着她的肩说：“都是拜您老人家所赐，感恩不尽。”

经理见到我时多了一份亲切，看来包工头跟我干的那点猫腻还没被他发现。他说别墅装修完后要带我去参观，让我到他家吃顿饭，比预算省了十五万。我推辞了几遍，强执不下。他将同事们召集开了会，今晚给赵有才接风洗尘，一切公费。末了还说：“我就不去了，免得扫你们年轻人的兴。”

这个预算可是地主婆做的，这件事他没放在会上讲，隐约中看地主婆的脸色有些阴霾。从一窥百，地主婆把揽政权多年，大大小小的项目都由她经手，公司从起步到发展壮大，她功高权重，从中捞了多少油水，经理一向没怀疑过。这次却激起了他的疑心病。

同事们围着我欢呼。我想这并不是我人生的低谷，我的生活才刚开始。长期没有坐办公室，几乎有些生疏。像得了多动症，偶尔站起来踱两圈，跑到厕所抽支烟才能平息内心的骚动。

公司的一个圆脸小妹妹像认定我将是栋梁支柱似的殷情地给我泡茶，弯腰放在我桌上说：“以后还请赵设计多多提携。”领口圆圆鼓鼓的，细皮嫩肉，好不生动。这还是我第一次在公司里如此明月张胆近距离地观察女同事。自从跟萍姐的事过后，我再也不敢吃窝边草，办公室恋爱是断送一个人前途最快的毒药，比贪污走漏风声的坏处还大。虽然公司没有这类的明文规定，一旦有人恋爱了，老板心里就会不爽，老板希望员工把一整天的心思都放在工作中，哪怕员工间一个挤媚弄眼被地主婆看见都要遭教训。

我笑道我进公司没多久，还在工地上呆了这么长时间，算起来我是新人，还要靠你们关照。

她说可你工资涨得比我们都快。问我有什么秘诀？我秘而不宣，我想这可能是地主婆的美言，才让经理如此器重和信任。

地主婆长久未见到我，释放的冲动更加强烈，中午毫不避忌地拉着我去吃饭，说要好好补偿我。结果又是我买了单，我不想欠这老娘们太多。她神神秘秘带着股醋酸地说经理要给我升职。

我以为她又是诱骗我：“少拿我开玩笑，不再派我去工地，我就烧高香了。”

地主婆认真地说：“你这个人呀，就是太单纯。经理已经让人将我隔壁的



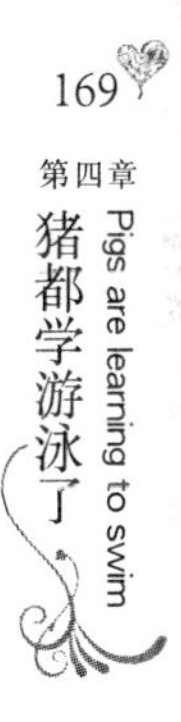

一间储备室腾出来了，准备给你做办公室。”

我心中一喜，才帮他设计了一座农院就如此厚待我，要是将来我做一单漂亮的大项目还不得奉我为太上皇。

我心中忐忑不安。地主婆接着说：“你准备怎么谢我？”我咬牙沉默，看着她一身的肥肉心生呕吐。地主婆往身上揽功说要不是她，也没有我今天。今后跟着她干，一定不会亏待我。

这句暗示，我想了好久没想通。我说：“那是，你是我上级，我肯定听你的。”她淫声大笑，牙龈的红肉外翻。

一个下午，我心花怒放，一直在想着我升职的事。借上厕所的机会鬼头鬼脑地往储备室望，看到正在搬货的工人，一阵澎湃。

几天前我还在为安蕾的背弃而抑郁，转眼间就要迎来事业的高峰，人生难测呀。

下班后，同事们像叽喳的麻雀喊着我的名字。地主婆一早就订好了包房，领着我们开往大酒店。

席间，地主婆第一个站起来向我敬酒。同事们纷纷响应，宽慰我辛苦了。换作公司里的其他男同事，在工地上晒五个月可能早跑路不干了。

饭毕，同事们激情高涨，要去唱歌。走出包厢门时，文娟给我打了个电话，问我怎么还不回去？

我支吾几句挂了电话。地主婆试探地问：“女朋友呀？”

我笑道：“现在还不是。”几个女同事意冷心灰。地主婆说年轻人太早恋爱会影响事业，小赵你大好的前途可要自己把握好呀。

在包厢里，大家集体举荐让我唱首歌。趁着酒兴我就随便嚎了一首。几个女同事围着我表敬意，说起南峰大楼的广场，把崇拜之情吐露得赤条条。我还从没发现平时没搭几句话的同事们如此可爱。天堂地狱一线之差，瞬间我又觉得生活中机会多多，美女如云。

地主婆一晚上没喝几杯酒，唱完歌后就躺在沙发上作息。散场时突然装起酒疯，赖在沙发上不走，嘴里呓喃不停。几个同事将她搀下楼，扶到她车上时，她忽而清醒过来，拉着我的手说她开不了车，让我送她回去。

我趄趄趔趔地拉开车门，哈着满嘴酒气搓脑门。几个女同事问我行不行？我趴在方向盘上久久不回复。

圆脸嘟嘟的女同事说赵有才喝了那么多酒，他开车太危险了。大家商量着让公司里两个男同事一起护送地主婆回家。

我脱离虎口，圆脸女同事在马路上拦了辆出租车要送我回去。一上车我就松了口气，道完谢将她赶了下去，指使出租车奔向郊区。

7

四天后，我就得到了升职加薪的通知。经理在会议室隆重宣布此事时，我佯装一脸惊愕，不可思议地站起来若大梦初醒般地望着众人。这个表情我已经在家里练习了四天，这四天我茶不思饭不想，心里七上八下，惶惶不可终日，像等待高考放榜的学生。地主婆带头鼓掌，在同事们热烈的掌声中，我谦逊地推辞道："怕不合适吧，我才是一个新人。"我知道这些掌声中有嫉妒声。

从派去工地，同事们对我的同情，现在成了憎恨。

经理扫视众人盯着我说："你的能力我很清楚。大家以后多向赵有才学习。"地主婆附言，说我在工地任劳任怨不辞劳苦，先前的南峰大楼广场已经证明我的才华，从经理家的别墅设计到完工更见证了我认真负责的工作态度。

一个经常迟到的员工，一时间就变成了勤劳的蜜蜂。男同事们尴尬地朝我笑了几声，他们中有人在公司呆了三年还是原地踏步。几个女同事给我道贺，让我晚上请客。

经理给我安插了一个项目总监的位置，这个职务主要是用来牵制地主婆的权力。万一将来我跟地主婆闹不合，她再将我平日的德行抖出来，我屁股还没坐热就得卷铺盖走路，烂泥巴田里也会长刺，人在江湖，就怕背后捅刀，我得先弄一件护甲穿穿。

散会后，经理亲切地贴在我身旁，将我领进新的办公室问我喜不喜欢？我低着头没看一眼，将办公室的门关上掏心挖肺地小声说："项目总监可是个大油水的差事，经理如此器重我，我感恩不尽，怕难当大任。"

经理眼神里泛着狐疑，一脸严肃底地掏了烟出来，点燃，递给我一根。这么聪明的老板怎么会听不出我的言外之意。他推心置腹地说："你就放手去干吧。你的为人我信得过。"

我猜想这肯定是老板娘在耳边吹了风和地主婆上了奏折。女人一旦参政，朝纲必乱。我无奈叹道："我可不是一个同流合污的人，怕没坐稳三天，就有小人进谗。"

自从别墅的预算出错后，经理对地主婆的热情明显减退。

经理冷笑了两声，笑得我心慌。为表忠心，我虚实夹击，羡慕地看着那张偌大的办公桌说："公司里谁不想坐这个位子，我何德何能，自己几斤几两，我一清二楚，我万万坐不得。"

经理拍着我的肩说："你安分守己没有人会说你。你的能力大家都看在眼里。不升你我升谁？你的升职对大家是个鼓励。你做得不好，我也会撤掉你。公司就是需要一个活跃的竞争气氛。"

我就差没下跪，感激得掩面鞠躬。经过四天的排演，我发现这场戏演得还不够真切。

经理老辣巨奸，我这点小心思岂能瞒得过他。

几个女同事殷切地帮我收拾桌子，往办公室搬东西。男同事们议论纷纷，当着我的面开玩笑，说我是借着地主婆的裙带关系晋升。显然还没拿我当总监看。

我们公司在十二楼，坐在近十平方米的办公室里，转过椅子，从明净的玻璃内望着远处行走的芸芸众生，凌云之志突显王者霸气。

我把这个消息告诉了徐风，把他气得暴跳如雷。说你这样的垃圾也能当总监，老天瞎了眼。我说你这样的禽兽都能当经理，天道早亡了。他吹嘘恭喜了几句，叮嘱道："捞钱，赶快捞钱，这份美差可比我强一百倍。做一个项目顶老子一年。"我说爷不像你那么心黑，老天疼我才会厚待我的。他在电话里作呕吐的声音，让我给他介绍建材厂和工地，他在中间推销，然后拿点纯利润，给我百分之十的回扣。我笑道："好说，两个月过后保证有你的业务。"

他笑呵呵地挂了电话。我心底道不出的喜悦，叼着烟吹着雾，看着高楼下的世界，无比畅快，恍若自己是老板，在这个小空间内任意妄为。又给汪明打电话道明了喜讯，他乐滋滋地大笑。

小圆脸端了杯茶走进我的办公室，笑媚地喊我总监。人一当了官，周围的小娘们也越发的开朗活泼。我得意洋洋地掐灭了烟头，敦厚地微笑。

地主婆冲进来瞄了眼小圆脸吼道："没事别往总监办公室跑，回去好好工作。"小圆脸嘟着嘴巴，转过头对我吐着舌头，如猫般退了出去。

地主婆坐在我面前的会客椅上正儿八经地说："你现在是她们的上司，别再跟她们嬉皮笑脸的，没有威严你怎么管好她们，以后谁还听你的？"

我摊开双手说："我又不是管人事的，我只不过负责项目进展，我也没觉得自己比别人高一等。""你的想法是好的，但以后很多事都要你拿主意。你不建立威信，何以立足？"我唯唯诺诺点头。地主婆身子探向我跟前试探地问："经理这次升你的决心很大，你发现没有？"我憨笑道："这不都是你的功劳吗？

大恩不言谢，我记在心上，晚上请你吃饭。”地主婆勉强地挤出一个笑容：“怕你早已经不是以前的赵有才咯。”后面一个感叹词拖了很长的音，像讥讽自己的失策。

我原本只想当个经理手下第一强将，为他开路扫障，没想到摇身一变，成了公司扛把子。

升了职，心情分外奔放，推开真皮坐椅，站起身给她泡了杯茶：“您的恩德我谨记在心。”

没想到地主婆不领情。“光说不练。”抛下一句话拉开门扬长而去。这肥猪以前要么雷霆大怒要么柔情蜜意，想不到此刻也学会了笑里藏刀。

晚上请同事们去狂欢时，地主婆却推辞身体不舒服。我知道她的心思，一顿饭收买不了她。

男同事们抱着喝穷我的心态借酒浇愁，不得志的人怨声载道。吃完饭照例去唱歌，气氛却不如上次热烈，像东西变了味，发了霉。我问小圆脸是不是我做人太失败了？小圆脸说：“不是，是他们太失败了，你很成功。”

散场后，只有小圆脸一人欢欣鼓舞地站在我身边，其他人随意地招着手离去。我给小圆脸送上出租车关怀道：“早点回去休息。”语气中不自觉地流露出领导的气势。

回到家，文娟还亮着灯坐在沙发上看电视，一桌子的菜。我总是想起我母亲给我父亲热菜的场景。

她不冷不热地转头望着我说：“又在外面喝酒了。”我激动地奔到她身旁搂着她说：“我升职了。”

这次她却没有拒绝，松开双臂举过头顶像被我绑架似的说：“恭喜你。”

贴得如此之近，我却不想放开她。她推开我走到桌边问我饿不饿，给我热饭。我摇着头问她想要怎么庆祝？她想了半天，却脱口说随便。她对我升职的恭喜远没有徐风和汪明那么强烈，甚至不如公司里的小圆脸。

我问她为何不高兴？她孤苦地说：“你这样每天很晚才回来，我睡不着。”

男人升了官，体内的征服欲和自信更加的强硬。我将她拥入怀中时，她面无表情地盯着我，死鱼般的白眼，就算我吻下去，跟吻一具尸体也没区别。我无趣地坐到沙发上点了支烟问：“我们到底算什么关系？你每天等我下班，我承认我感动。但你不能这样对我，我也是有血有肉，有感情的动物。”

“你不需要感动。”文娟坐到我身旁说，“我搬过来跟你住是因为怕孤独。你是一个好人。”

当女人对男人说“你是个好人”的时候并不是什么好事，多半是不来电。一夜的冷漠过后，星期天她突然变得很热情，催我起床，缠着我要庆祝。我们吃完大餐回来的路上经过一家婚纱店，她驻足观望，问我她穿婚纱漂不漂亮？我说一定很漂亮。她第一次向我道出家史，平时我也没问。父母催着她结婚。她忧伤地说可能一辈子也没机会穿婚纱了。我陪着她作出一个忧虑的表情，心里却有种安定感。

8

升职后，我每天上班都很积极，我梦想坐在自己的办公室里看着楼下的人群，那种遥望众生皆不及的感觉比躺在床上更舒服。我热情投入，颇有几分风驰电掣兢兢业业领导的架势。时间一久这种感觉就平淡了。

我几乎有点讨厌总监这个职务，如履薄冰。每天七点钟就要起床，再也不敢迟到，不敢给别人留口舌。每天临睡前还要构思，为明天开会准备开拓性的语言和总结。

有时候会出现头晕的状况，回到家就想睡觉。屋内冷冷清清，我和文娟的交流也越来越少。这个城市出现了暴雨季节，电闪雷鸣，狂风骤雨，清晨赶去上班，衣衫尽湿。同事们嘲笑我一个大公司项目总监还要每天挤公交车上班实在太屈才了。大家纷纷建议我买车。我哭穷之时，总想起文娟在肆虐的风雨里挣扎的样子，下班还要买菜回来做饭，怜悯痛惜。

那晚，暴雨倾盆，屋外的风刮起来带着尖刺的嚎叫，像头饿狼，杀气腾腾。雷霆滚滚，轰轰隆隆，响彻屋内，电光火石从窗前划过时，连我这个大老爷们都有点惧怕。我连电脑都没敢开。除了灯光，就是外面的雷雨声。我和文娟匆匆忙忙吃了晚饭，她吓得瑟瑟发抖，拉着我聊天。

或许是我升职后的繁忙让她受了冷漠，她话语连珠缠着我聊到十一点多，我眼皮犯困，周身疲软。回到房才刚刚躺下，就听见敲门声。我烦躁地爬起来拉开房门，只见她穿着一身睡衣，抱着棉被和枕头可怜兮兮地望着我。我将她让进屋内，不在意的钻进被窝心中窃喜。响雷震动，如石山轰塌。她面部狰狞，吓得尖叫地推着我说：“我怕。”

如果按卧铺比例算，我这张床应该可以睡三个人。屋外肖冷的世界，带着万般惊恐。孤男寡女同榻而眠，天公作美成全此桩姻缘。但我没有邀请她上床，越是这个时候越要表现君子所为，鸭都上架了，不能因为一点小小的风吹草动给惊跑了。

我打着哈哈坐起身一脸倦意："早点睡吧，明天还要上班。"她抱着被子坐在我床边盯着床里侧说："我能借宿一晚吗？我一人睡害怕。"

我倒了下去，合上被子："随便。"

文娟光着脚丫子踩上我的床，一条优美的白皙弧线从我眼前晃过，粉嫩无暇。我想这个女子多久没被人临幸过了，难道就不曾幻想？

她有条不紊抖开棉被，放好枕头，睡在离我一尺内侧。我们发着平稳的呼吸。怕惊扰她，我转过身说："关灯吧，我睡不着。"

她说关灯害怕，蜷缩着身子慢慢向我靠近，外面一个惊雷，她就滚到我身边紧紧贴近我。我伸过手臂将她搂在怀里闭着双眼佯装睡意沉重，她双手抓紧着我让我陪她说会话。

雷声断断续续，她受伤似的望着我，那种眼神绝不是勾引。换作一般女人，此时与我躺在床上，会用妖媚的身体缠着我双腿上下摩擦水眼汪汪地说害怕。她的害怕之情是真正的恐惧，大大的眼睛眯成了一条缝，像在逃避什么。

我掀开棉被，将她拉入怀中，双脚交缠，贴身安抚。她轻轻挣扎了一下，双手拦在胸前趴在我胸堂上。

我轻抚着她的头发说了一句关于前奏的话，一首好的歌或一个好的故事，要有一个动听的前奏，足以引人入胜或信服。我说了声对不起。我说我经常惹你生气，经常犯错。但我总是控制不住自己，如果我真的做错了，也是因为太爱你，就算犯错，也只会犯在你身上，不会犯在别的女人身上。

窗外雷雨惊天动地，环境渲染，情绪悲鸣，像战士攻城充当先锋前一番临终告白。在这样的夜晚在床上搂着一个女孩表白是件很浪漫的事，我相信只要仅存良知的女人都会为此感动。况且我们搂在一起。

她靠在我胸前一声不吭，发着沉重的喘息声。我捧起她的脸蛋准备亲吻时，她却拒绝了我，将头埋在我怀里，抵触着我。

我们依偎在一起，她也能很明确地感应我下体的变化。突然发着扑哧的笑声。我双手搂着她的细腰，探进衣服内抚着光滑的肌肤说我是一个发育健全、生理健康的男人，你不能老这样折磨我。她像渐渐被我说服了，用一根指头戳着我的肚子不声不响。

我低下头吻起她湿湿的双唇时，她仰着头紧闭牙关，淡淡的甘泉味。我不懂这是拒绝还是迎合，是试探还是享受？

一个男人此时除了兽性，再无理智。我利索地除去她的衣物，她却推开我说：

“把灯关了。”声音像从胸腔里发出来的，字正腔圆。

我大喜过望，虽然关了灯没情调，但足以证明接下来的这件事比电闪雷鸣还要恐怖。

黑暗中干柴烈火抱成一团，殊死搏斗。长时间没泡妞，手法渐渐生疏了。我感觉到她像一根冷冰冰的棒槌，躲避着我的亲吻。她严防死守拒开我说这事有点恶心，把我的思维一下子带入了另外一个画面，帅哥美女，衣冠楚楚谈笑风生，突然赤条条地搂在一起挥汗如水，大声疾呼，哼哈不停。这个场景确实不太和谐，有辱斯文。

但我顾不了这么多，箭在弦上不得不发。我们光着身子在被窝里翻来覆去，在黑暗中摸索探进。她哈了一口大气抖开被子说：“放了我吧，太热了。”我满脸大汗，喘着粗气按亮灯靠坐在床头闭目叹息。我看着她的胴体吼了句：“你他妈有病是不是？”她靠在我肩上一言不发，将被子往身上拉，像犯了错的孩子。

我从床头找了支烟衔在嘴中，火气未平。她侧过身接过烟盒陪我一起吹着烟雾。

我想了很多种可能，但我没想到结局。那支烟灭了以后，我又朝她身上扑去。反反复复，我们累得筋疲力尽，折腾了一晚上都没有成功。每当我快要得手的时候，她就将我推下，猛烈拒绝。我掐着她的脖子说：“我们之间没可能是吧？”她点着头，闷声不响。我赌气地翻过身，绝望到了太平洋以外的海洋。馒头就是馒头，不管你怎么挖掘，剥了一层又一层，始终都看不到你想要得到的馅。

她扶着我的肩膀，贴近身体像要对我说些什么，那一夜很长，我们都没有睡，她就一直靠在我背上发着微弱的呼吸。窗外大雨滂沱，一直下到了清晨。她光着身子双眼通红地从床上爬起来问我饿不饿，她煮豆浆给我喝。

我摇着头生闷气，看她抱着衣服和被子从我房间里走出去。这是我人生历程上的第一次大败，让我对自己的魅力产生了怀疑。煮熟的鸭子送到嘴边都能让她飞了。

一夜相拥，我穿戴整齐起床时，文娟却变得温柔体贴，与床上的反抗天壤之别，端着热腾的豆浆催我去刷牙。

一整天我都在思考这件事。我甚至大胆地设想她是一个老处女，才会对此事如此慎重保守。这颇让我沾沾自喜。踏破铁鞋无觅处，得来全不费功夫。众里寻她千百度，蓦然回首，一个纯洁的女人就在我眼前。最后我几乎认定了自己的想法。从生理上讲一个大龄女青年会更加的如火如荼。她犹豫不决，踌躇难定，该占的便宜都让我占了，就差一步。我想那一步或许是我的承诺。

中午我坐在办公室四仰八叉的抽闷烟，地主婆冲进来将一大堆资料放在我桌上气汹汹地说："经理让你核算的。"这事以前是地主婆做的。地主婆恶狠狠地说我坐没坐相。我嬉皮笑脸将脚从桌子上拿下来，翻开一大堆的文件夹盯了眼愣道："不是预算完了吗？""经理让你再估算一遍。"地主婆呼着大气坐在椅子上说，"赵有才，你现在本事可通天了，我做事都要经过你的审批。"

这是某二期工程扩建，我们公司承包的一个小项目。这事可难倒我了，经理剑峰所指，将我和地主婆之间的和睦关系挑拨得鲜血淋漓。我笑道："您老人家算的肯定是没错。"

她怒气冲冲地哼了声说："赵有才，你今天不抓出我的错误，我就辞职。"这话可吓倒我了。话外意，不是我走，就是她留。一山难容二虎。

我站起来恭恭敬敬地给她倒了杯茶说："你有脾气朝我发有什么用？我一向言听计从，哪回没有照您的吩咐做事？"地主婆独揽大权多年，说一是一，从来没有谁敢质问。这下弄得我里外不是人。

"你少给我耍花腔。"她甩下一句气嘟嘟地奔了出去，腰间的赘肉抖得一闪一闪。

莫名其妙的给经理背了块大包袱。也活该这死胖子倒霉，一份清单做得纰漏百出，我一下午就查出七八万的油水漏洞。

我合上文案，站在窗前升了个懒腰，似一飞冲天的爽意，却感到前所未有的压力。下班时，我待在办公室里纹丝不动，佯作加班，制造出一副兢兢业业刻不容缓的样子。



9

留有余智，方能提防不测。我不知道地主婆是故意出错，还是作风一向如此？第二天我拿着文件卑躬屈膝地走进她的办公室，堆着一脸笑容吞吞吐吐地说出入不大。

地主婆一双死鱼眼盯着我问："你什么意思，有话就直说。"我斩钉截铁地答复："没什么大问题，计算无误。"

这死猪马上换了副和蔼可亲的样子站起来走近我身边说："那就拿给经理看吧，给我看有什么用。"

我想这回就放过她，她也不是傻子。有把柄握在我手上，以后她再敢拿屌

毛当令箭欺压我，就让她好看。

刚从经理办公室出来，就接到金妮打来的电话，说下个星期结婚，问我去不去？我还特意跟她确认了一遍，今天不是愚人节。她笑呵可地问：“你到底来不来嘛？”

我问怎么这么快？她说贵在神速，看见好的就要牢牢抓住。这世上没有最好的男人，只有最适合自己的男人。这个以前跟我说一辈子不结婚的女人，突然成了闪婚一族，女人的话确实不可信。我问有没有感情基础。她说：“你还是好好操心你自己吧。”我道了句祝福挂了电话。

我本想借工作之由将金妮的婚礼推辞了。看着自己以前的女人跟别人结婚，最少也要包个两千块的红包，可能还要受点刺激回来。眼睁睁地看着他们在人前卿卿我我甜蜜幸福的样子，还得说着违心的祝福，这事让我气恼。

我打电话问汪明，他也接到了金妮婚礼的邀请。他声音洪亮地说：“去，干嘛不去？”我说：“她这是成心气我呀。”汪明笑道：“那你也带个妞去气气她。”

我看着身边的女人一个个离我而去，结婚生子。而我还像一匹脱缰的野马，我有时候甚至爱上了这种寻找的感觉，爱情最妙之处在于两个不熟知的人，慢慢变得心灵相通，互相关心。从陌生的好奇好感，变得亲切温暖。看来金妮是找到了她要的。

我正坐在椅子上面对失败人生叹长气时，地主婆敲着我的门，问中午有没有空一起吃饭。这还是我升职后她第一次邀我吃饭。

下个月就是公司周年庆典，届时会有很多合作伙伴带着属下漂亮职员前来参加。地主婆问我相亲的事怎么样了？要在周年庆典上给我介绍一位对象，说得有板有眼，好像那些女孩都是她侄女，只要她一声令下，马上对我投怀送抱。地主婆一改常态，恭维地说：“赵总监可是青年才俊，一表人才，也是该考虑终身大事了。”

我无奈地笑道：“顶了个有名无实的总监帽子，囊中羞涩。哪个漂亮女孩会看得上一个整天挤公交车的小职员。”地主婆安抚道：“你可是越来越有大将风范了。”“跟您老人家学了点皮毛。”

她尴尬地笑红了脸。我站起来结了账，犹然当她是最敬佩的上司。

一个下午，雨势不减，我坐在办公室内望着窗外凄迷的世界暗暗发笑。文娟跟我同床了两个夜晚，还在打着擦边球。每次我要直奔主题，她就说我不尊重她。她似乎默许了我们之间的事实，睡前奔到我床上安稳地睡在床里侧，用被子盖住身体，睁大眼睛盯着我，咬着嘴唇摇头。

我怀着向往的心情一直等到下班，焦急地往家里赶，打了辆车狼狈地回到了郊区。昨晚我将她搂在怀中商量着重新去找房子，搬到离她公司近的小区。她却说喜欢住在这里，我们有着各自的空间，下雨打雷就睡在一起，不会寂寞，也不会因为时间长而厌烦。

回到家时，文娟在厨房忙着炒菜，额头上的雨水都没来得及擦干。我从后面抱住她说："辛苦了，你对我真好。"她扭捏着推开我笑道："不带这么煽情的。"

我们之间的感情因为这两夜突增数倍，饭后她连碗都不让我洗，说这不是男人该做的事。

这一夜，我们之间很神圣，像举行了某种仪式般的慎重。洗完澡她穿着一件新买的粉红色丝绸睡衣来到我房间，若隐若现，浑身沸腾。轻解罗裳，我们就相拥到了一起，在一片久未开启的荒地，我辛勤开垦播撒热血。我的期望并未如愿以偿，她不仅不是处女，似乎处理得游刃有余。

我歇了口气，靠在床头心里小小的失落。她躺在我胸前问我怎么了？我抚着她的额头问：你爱不爱我？她笑了笑，没有回答。

费尽千辛万苦去得到一样东西时，原本并没有那么完美，心里难免有落差。

屋外雷声隐隐，夜雾漫漫，风雨纵横。我将她按在身下说："你不该让我等这么久。"她闭起双眼，发着沉重苍老的喘息。水乳交融后我们相视一笑，坐在床上抽着烟不过如此般的感觉。

星期天我带她去买衣服，说要去参加一个朋友的婚礼。她撅着小嘴坏笑的问是不是前女友？在这方面她有着天生的敏锐和悟性，那天她花了两千多块大洋把自己打扮得花枝招展分外妖娆。女人在服饰方面总是不愿输给另一个女人。文娟是我见过最识大体的女人，她从不在这些过往的事情上纠结，偶尔玩笑好奇地问我两句，我一板脸，她马上笑倒在我怀里。

金妮结婚的那天，穿着一袭白色的婚纱，万芳芳穿着低胸长裙给她当伴娘，大有喧宾夺主的意味，两人幸福地从大堂里走出来迎接宾客。汪明带着女朋友笑哈哈地盯着我，然后给金妮道贺。万芳芳一脸淡然地问了句："最近好吗？"

汪明微笑地点头，紧搂女朋友的腰。我给金妮递了红包，问新郎呢？

金妮甜蜜地指着一个正在欢声笑语面目可憎大约三十岁的死胖子。我垂头丧气，凑近她耳旁小声嘀咕："这家伙真是你要找的处男？验过货吗？"

她咬着牙使劲踩了我一脚："别贫。"我赶忙补上一句："新婚快乐，白头偕老。"

金妮说这胖子心地善良，是万中挑一的好男人。

我正在给金妮介绍文娟时，新郎朝我们走来，来了一句文绉绉的开场白，像饱读诗书的雅儒，听得我一阵肉麻，浑身起鸡皮疙瘩。

文娟紧贴着我的肩，双手挽着我的臂膀乖巧文静。

想起金妮以前孤独的听着《一个人想你》，狼吞虎咽地盘腿坐着沙发吃着鱼，深夜盯着电视机缠着我多陪她说会话，在她大喜的日子，心中突然莫名的煽动，眼圈微红。或许某天我们每个人都会迎来生命中最重要的一刻，到底这是不是自己想要的幸福？

金妮将我们当作娘家人般的热情款待。万芳芳周旋于男方亲友中，左右逢源，嬉笑打闹，一张笑脸没有收起过。汪明坐在酒宴上敲打着筷子对我说："这个女人又开始撒网了。"

他女朋友似乎闻到了一丝气味，怒视道："你吃醋了？"

汪明脸一红，给我散了支烟。说过段时间想将保健品店盘出去，准备做蔬菜生意，问我有没有兴趣？我一打听，这家伙大半年赚了三十多万。早知我三万块投进去，现在也可以分个十几万，悔不当初。我笑道："钱我是没有，不过我可以帮你铺铺路。"我说徐风是超市经理，而且总公司人脉甚广，到时候可以让他帮个忙，在各大分店的海鲜区租几个冰柜。汪明沉着地说："这样更好了，市场打通了，就什么都不用愁，回头你问问他，有没有兴趣入伙？"

我说好的。问他大概需要多少钱？他说万事俱备只欠东风，将蔬菜做成熟食的师傅他都找到了，店面也在寻找中，一声令下就可以开工了。他将房子押了出去，前前后后加起来差不多可以筹集150万。

我问："你有把握吗？"汪明豪气地说："成事在天，谋事在人。你有兴趣的语也入一股吧。"我敷衍地嗯了一声。

这时大堂内响起了婚礼进行曲，不知从哪里找来的流氓司仪，在万众瞩目下，看着金妮和新郎说："李志诚先生，你愿意娶金妮女士为妻吗？不管是69，冰火两重天、老汉推车、观音坐莲，一年四季风雨无阻，你都会坚决贯彻落实夫妻生活，你愿意吗？"

大堂内一阵哄笑，这两个狗男女同时庄重地回应："我愿意。"

胖子从口袋里掏出一枚戒指万分矫情地捏着金妮的手说："上辈子我是征战沙场的枭雄，死前没有给你留下半句话，或许今生你才会等我这么久。"

这句话感动了在场的所有人。金妮热泪盈眶翘起无名指，让胖子将钻戒戴上去，热烈拥吻。

汪明女朋友和文娟泪眼闪闪地说这男人好浪漫。婚礼上的嘉宾笑言他们将来肯定是一对欲火男女，婚姻和谐，生活美满。

## 10

从金妮的婚礼上回来后，文娟一直闷闷不乐。金妮抛花球时，她努力去接，却被汪明的女朋友抢了去。文娟有些伤感地望着我，两手空空，挽住我的手臂一言不发。

我问她是不是想结婚了？

她用眼睛瞟我，靠在我肩上怅然若失。女人到了这种年纪总缺少归属感。在床上她越来越冷淡，甚至有些反感。敷衍了事地问："你一天不做会死呀？"

我们为此事争执不休，闹得不欢而散，她抱着被子回到了自己的房间。几天的冷静过后，她见着我都不打招呼，两颊绯红，对我产生了抵触，陪她开个玩笑，她都会生气，轻轻碰她一下，会被猛烈地拒开。我问到底哪里做错了？她说我给不起承诺。

某天深夜，她接了个电话，捂着鼻子似刚哭过，敲开我的房门问我有没有空陪她一起回趟老家。我惊愕道："去见你父母？"她恳切地点头。

我们之间的关系好像又上升到了一个高度。我是一个最怕见长辈的人，意味着要承担很多责任。我一口应答下来，话锋一转说最近工作很忙，请不了假，等到放长假陪她去。

她欣慰地抿着嘴，又恢复了往日的热情。

我们一起去逛街，她会提很多东西，说男人不能给女人拎包，爷们就要有爷们的样子。我背着手走在前面，她在后面像个小丫环。她乐呵呵地追着我说赵有才，你要不嫌弃我，这辈子我就当你奴仆吧。每天下班她都会做可口的饭菜等我，端果汁给我喝。我想我是真的爱上她了。星期天我们在家琢磨着榨各种各样的果汁，苹果加芒果，黄瓜加番茄。喝得又酸又涩，我们吐着舌头长笑。可我每次拥抱她的时候，她就有点不乐意。

白驹过隙，时光如梭，日复一日，平淡中多了许多温馨。

转眼就到了公司周年庆典。同事们期盼已久的日子，蠢蠢欲动。觥筹交错，烟火满天，像看到了雨后的彩虹。五颜六色的绿叶红花鱼贯而入。宴会上地主婆给我介绍了各色品种的女孩，含蓄内敛、热情奔放，波涛汹涌、骨瘦平平，

口味齐全。那天老板娘也穿着一身低胸晚装亲临现场，端着一杯酒陪经理应付那些合作伙伴，看到她时，我羞涩地打了个招呼。

我与女孩们说笑时，老板娘偶尔朝我观望，眼光对视，我轻微的撇过头镇定地侃侃而谈。

老板娘翩翩而来，走近我身旁笑道："赵总监最近好吗？""托您老人家的福，这不是还活着嘛。"我爽朗地笑了两声，我知道我有今天，她功不可没。

"还在生我的气？"她笑吟吟地向我举起酒杯。

我抿了口酒，沉默微笑。如果那天她是真的怒斥我，我也不会得到经理的重用。

她呼了口气说屋内太闷，让我陪她去外面吹吹风。我放下酒杯，跟着她走到阳台边。夜色如霜，水雾蒙蒙。她关切地笑道："你瘦了。"

一阵风吹在沸热的脸上，带着淡淡的香水味。我掏出烟点燃，凝望远处，深吸轻吐。

我们之间像少了份暧昧，多了份熟知的亲切。她笑靥如花，礼服外露出瘦瘦的手臂，像个小女孩似的趴在栏杆上发呆。

她跟我说着她们家的房子装修得如何的精致，还有那些没有派上用场的瓷器，悔恨傻笑说当初真该听我的。她自顾地长笑，冷淡下来盯着我问："你面对每个女人都这么冷静吗？"

"不是。"我摇着头："你是一个好女人，还是我的老板娘。"

"你并不傻。"她深吸了口气，捂着低低的胸口，在微凉的风口吸着鼻涕像怀念着什么。

人生不知道哪天说了再见就真的再也不见了。那晚过后我们就再也没有见面，临走前她掏出手机要了我的邮箱号，一脸喜悦叮嘱我回去一定要加她为好友。那几天我们聊了很多，她偶尔用谍报工作者的口气询问我公司里的情况，有时候玩笑说经理最近累得像头牛，是不是我们下属没有尽力？平均三天内几乎就可以收到一封她的邮件，一句话或两句话，都不长，也没有什么特殊的含义，只是一声问候。几个月后，她说想出来陪我坐坐，为了那次约会，我们预谋了两个星期，终于定在一个星期天。我在咖啡馆从十点等到下午三点也不见她的踪影。后来她没有解释，我也没问。我们继续聊着一些无关紧要、不以为然的话题。我不知道这到底意味着什么？但我们之间的确什么也没发生。有时候心底有些许的犯罪感。不管是蓝颜或红颜，都只不过是精神世界里虚拟待定的人物。

一直到她怀孕，在家养胎的日子里跟我分享着肚子里宝宝的情况。我想如果我跟萍姐没有上床，或许也能这样亲如姐弟。

宴会结束回到家时，文娟穿着睡衣坐在客厅等着我，抚平我西装衣领说："你一身酒气胭脂味。"她的表情已经像个妻子，接着问我饿不饿，要不要喝茶？我从没奢望这么漂亮的女人会爱上我，对我如此温柔顺从。虽然我有很多卑鄙的手段去攻破女人的寂寞，但那都不是长久之计。我捏着她的小脸，将她挽到沙发上。我想我们之间必须好好谈谈，游戏就要遵守游戏的规则，真情就要拿出真情的态度。

她模棱两可，问我介不介意她比我大。我扑哧一声："都什么年代了？"

得到我的肯定，这会她却坐地起价，说自己不算一个好女人。

我问这句话什么意思，是让我知难而退，还是委婉拒绝？

我是一个久经沙场的人，早已适应这城市朝秦暮楚，一夜过后的拥抱热吻，可以当作什么也没发生。

文娟轻轻地叹着气，将头埋在我的肩上，整个晚上都在自贬，说着自己的各种毛病。我厌烦地站起身回到自己的房内。我对她的忽冷忽热已经忍受到了极限。

耳鬓厮磨、同床共枕，忽然就变得相敬如宾。

上过床后还能将我们的感觉保持在这种平淡如水中或许只有她这样的女人能做到，我时常怀疑她是一个情场老手，对爱情造诣极深，大半年了，还能让我悸动，每时每刻都是新鲜的。

每次我当着她的面在电话里与别的女孩笑语连珠时，她就板着脸站在挂历旁往上面打叉叉。这个月开始她就在27号上划了一个大红圈，每过完一天就打一个叉号，以此提醒我她生日快到了。

我挂完电话，她坐在沙发上唉声叹气："哎，还有两天就快到了，真不知道该怎么过？"

我装作浑然不知，来回踱步。她说："以前我生日的时候，我一个朋友送了我一条很好看的裙子。"说完她就走到房间翻箱倒柜，找出那条裙子抖开放在身前比划给我看，说买时600多。然后啧啧叹息说那个人连她手都没牵过，出手真大方。言外之意，我都睡过她，该有点表示了。

我不屑地说："一条破裙子有什么好珍藏的，等我有了钱，给你买辆进口的标致207CC。女人开起来特有气质。"

她切了一声，说就想要件风衣。她耍心机时，眼睛转动，像个机灵小鬼。

她生日的那天，硬是拖着我去商场，指着橱窗里那件红色风衣童真地说："就是那件。”每个女人，在买衣服的时候，都像个小孩子，安蕾、文娟皆不例外。

11

文娟在生日上虔诚地双手合十许了个愿望。她是个很迷信的人，像对待生命中最重要的一件事，吹灭蜡烛神情安然地对我投以一笑。

我多情地以为她许的愿与咱俩之间的关系多少有点牵连，我问她时，她摇头不语，说讲出来就不灵了。她送了块大蛋糕到我嘴边，用手指撩动着的嘴唇问我什么时候陪她去见父母？

我的迂回战术这次没起到作用，她拿着这件事当承诺，三天两头给我敲警钟，还诱惑我，回来就可以名正言顺地同房。

公司组织去海南旅游时，我就请了假。小圆脸和地主婆显得万分遗憾，之前就调侃说要看我在三亚沙滩穿泳裤的样子。

我是个十分好面子的人，此次去看文娟的父母，我是秉着见岳父的心态做的准备，本想打肿脸充胖子，借汪明的斯柯达开过去，再顶着刚晋升的总监头衔，问起话来也有底气点。没房没钱的，这个年头，哪家老头放心把闺女嫁给你吃苦？

文娟说她们家在大山深处，盘山公路，她又知道我有恐高症，这半生不熟的驾驶技术让她心里悬。

我说我这潜力，买车也就眨眼工夫的事。咱们以后在一起了，难道每次你回娘家我都要帮你背着大包小包的坐巴士？

文娟开心地在我脸上亲了一下，说你真好，想得那么远。

一大早她就起来为我挑选衣物，配了好几身，她左看右看就是不顺眼，最后逼我穿了件西装，还拿着梳子帮我梳了发型，说头发乱蓬蓬的不成熟。简单地打点行装，在清晨的微风中，我们手牵着手出了门，打了辆车速奔长途汽车站。文娟靠在我怀里感动地说：“谢谢你。”我心里忐忑不安，万一她父母瞧不上我，颜面尽失。我按着她的手说虽然我不是世上最好的男人，但我一定努力做你生命中最好的。我们几乎泪眼潸潸像新婚前的宣誓。

我买了车票，坐在候车室听她概述家里的情况。这次她敞开心扉说了很多，似乎已经把我当准老公了。

广播响起后，她接过我的包，生怕我走丢似的架着我上车。我笑道：“我又不跑，你这么紧张干嘛？”

她像个搞传销的，对我密切监控。让我坐在靠窗的位置，说这样可以看她家乡的风景，紧紧地挽着我的手臂靠在我胸口。

巴士缓缓开出车站，她松了口气，清晨和煦的阳光映照在脸上，酥酥麻麻。我从没感觉到我生活的城市这么美，高楼大厦，鳞次栉比。城市总是越活越年轻，像个白皙鲜嫩的小姑娘，吸引着我们瞩目停留。像我这种货色真不配生活在这里。

此时我才真正地敬佩这些在城市里立足成家呼风唤雨的大亨们，香车美女数不尽数，而我爱上个女人，连套结婚的房子都没有。

我跟文娟谈到此事，她却安慰我说只要相爱，哪怕是住狗窝也会幸福的。我忧虑地闭上眼睛。她靠在我肩上，将一只耳机塞在我耳朵里，陪着她一起听那首《生命中最美丽的一天》——不要打扰，请不要打扰……

几个小时后，车子驶入她家乡的地界，她睁开朦胧的眼睛问我累不累?

我摇着头将她搂在怀里笑了笑。她像个小导游在我怀里撒娇，给我指引那些风景名胜，还有那些街道，说起她几年前陪朋友们玩的情景，脸上泛着回忆的幸福。

我问她为什么不留在家乡？她分神了半天，像还在回忆里无法抽身，说人总要到外面逛逛嘛。

到了车站，我们去附近的超市买了大包小包的礼品，然后坐了一辆公交车上路。沿路森林茂密，公路盘旋，从车窗望下去，四处都是断壁悬崖，我想这种山路十八弯，就我的技术翻车很有可能，有去无回。中午一点多，我们终于赶到了她家，沿路芳草清香，鸟儿鸣叫，她笑着对我说：“没跟你说错吧，我是大山里的孩子。”

她的父母和哥哥嫂子还有她常跟我提起的小侄子在门前迎接我们，事儿办得很隆重，按照当地的习惯，还放了串鞭炮，噼里啪啦将四邻都惊动了出来看新奇。跟着她的指引，我腼腆地喊了声：“伯伯好，伯母好，哥哥好，嫂子好。”不停地点头鞠躬。

她父母年近花甲，鹤颜白发。迈着年老的身体握着文娟的手，又凑近我上下打量，接过我们手中的包裹，喜眉笑眼将我迎进屋内。

一家人远没有我路上想的那么刻薄，可能是我天生的悲观主义，想象中他们坐在中堂抽着旱烟对我严刑拷问：“有车没，有房没有，什么工作，月收入多少？”等我一一说完，然后冷眼相待。

我原以为这次就是来看看二老，探探口气，回去了咱们继续恋爱着。享受一段时间性生活再说。看这阵势，把我当作上门认亲的主儿了。


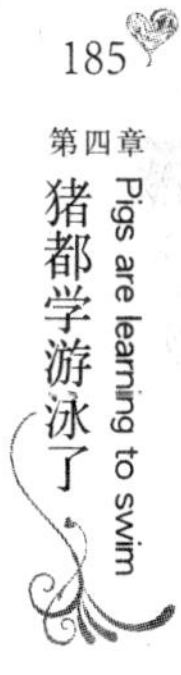

他们早已备好饭菜等着新来的客人，隔壁的邻居都凑在门前瞧热闹，对我指指点点，像看动物园里的猩猩。看刚才鞭炮的架势，我想他们心里是认定我是女婿的人选了。人生很奇妙，上一秒我还觉得自己是自由追逐的浪子，突然就陪老岳丈坐在一起喝酒。

她母亲客气地喧嚷大老远不要买这么多东西来，拿着沉。然后对我嘘寒问暖，一路上劳累否之类的关切，让我倍感亲切。她哥哥三十五岁左右，剃着平头，一身豪气地问我是喝啤酒还是白酒，不醉不休的派头。

我声音弱弱地回应："都行，都行。"

老丈人亲自给我斟酒，我站起来轮流敬了一杯。文娟在一旁吓唬道："你不行就少喝点，我哥哥可是千杯不醉。晚上我几个堂叔还要来陪你，你悠着点。"岳母在旁边劝着："随意，随意。"不停的让我吃菜。看来文娟那手厨艺都是跟她学的。不知道是不是坐车饿的缘故，每道农家菜吃起来味美汤鲜。

一家人从没问过我收入、工作，只问我一些家里的基本情况。我从没想到会碰上一个这么好说话的岳丈，怎么放心女儿远嫁他乡。

听他们的意思，婚事越早办越好，文娟是他们的一块心病。都快三十岁的人了，在村中被人问起，两老人都不知道怎么回答。特别过年亲朋好友询问更是无颜诉说，给她说了很多亲事，前两年天天相亲，没相中一个，干脆离家出去，去了另一个城市，父母天天担心牵挂，也没见她带个男朋友回来。找到我算是捡到宝了。

文娟在一旁发着脾气说："我又不是一无是处没人要。"

对于结婚这事，我只是口头上说说玩，反正总有一天要结婚，可一点准备也没有。被二老这么一说，心里闷得慌，酒气上来，憋得一脸通红。我跟文娟可就同房了几晚，完全是被骗来的，加上好奇的心态，半推半就的来了。心想就当先认个门，结婚的事最少也要等个一年半载吧。

她嫂子也在一旁煽风点火，话意最好是年底就将事办了。

我差点没蹦起来。尴尬地挤出牙齿傻笑："一切听文娟的吧。"心里暗自骂娘。她此时却不出来给我解围，点头嗯嗯说正在商量中。

她们一家人脸上露出的那种诡异之情，总让我觉得其中有诈。她母亲说到动情处泪眼闪闪，说就这么一个女儿，虽算不上好家境，从小娇生惯养，没拿过一根草屑，当宝贝一样护着。脾气有时候不好，发过一阵就没了，你多让着点她。

在这么感动的哽咽声中，悻悻的收了局。饭毕，我给她哥哥和老丈人敬了烟，要站起来帮丈母娘收拾碗筷。文娟推开我说："哪有男人干家务的，你看我哥哥和我爸爸，从来就不做这种事，男人要有男人的样子。"她嫂子笑个不停。我这个人不太敢多看已婚女人的，群众反映我身上有种天生掠杀少妇的魅力，无可抵挡。

她哥哥问我会不会打麻将？下午闲着也是无聊，找几个人陪我玩。我推辞说："不太会，不太会。"我这个人牌品很差，一向是赢得多，输得少。人说牌品如人品，只要打几圈，就知道我有吝啬的天性，我宁愿掐烂也不给别人吃，有人摸大清，我就故意给他人点炮，也不让他胡。所以一到牌桌上，人家都恨死我了。再说第一次上岳父家，谁知道会碰上哪门子亲戚，六亲不认的通杀，回头他们说起我的品性，文娟的面子上过不去。陪他们打麻将，不等于送钱给他们吗？

我说想到村子里转转，看着新鲜。文娟擦干手上的油渍不情愿地拉着我说："有什么好看的？"

出门不完，我站在树下点了支烟，看着远远近近的池塘质问："来之前你可不是这么跟我说的。不是说好就来看看你父母吗？怎么突然成了结婚交易大会了？"文娟冷静地问："你不愿娶我吗？"

"愿意。"我生气地说："但你没说这么快呀？""有区别吗？""我怎么一点都感应不到你要做我妻子的样子？""我对你不好吗？你个没良心的。"说完这句话，她又将我往屋里拉，让我别试图反抗。老人家笑嘻嘻地给我泡了杯茶，笑我们恩爱。天知道啊，老子才睡过她两晚，从到头尾都是被骗、被诱惑的。



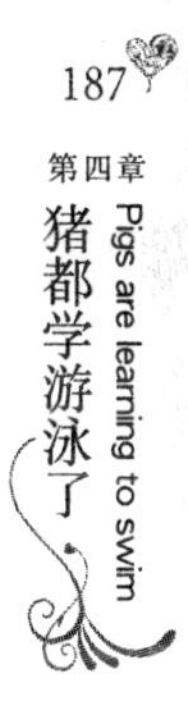


12

下午我又无缘无故地多出个侄子，也就是她哥的儿子。直接喊我姑父。小家伙上三年级，调皮活泼，带着我在村中转悠，逢人就懂事地介绍这是我姑父。言语中带着炫耀之情。

小家伙带着我去村后的竹林里玩，大概有一亩多地的竹海，棵棵如碗口粗，遮天蔽日，遍地落叶，踩上去软绵绵的，十分舒服。他自豪地说这些竹子都是他们家的。

我问种这么多竹子做什么？"卖钱呀，竹笋也可以卖钱。"他牵着我的衣角，抬眼笑出两颗脱掉的牙缝，纯真无邪。

听完他的回答，我感觉自己很白痴。我们漫步在竹林里，他俯下身，扒着落叶，四处寻找，在土堆里找了一块小石块，笑嘻嘻地问我："姑父，你叫什么名字？"声音中带着尊敬。

我说赵有才。

他就近选了棵粗壮青绿的大竹子，在上面歪歪斜斜地刻着我的名字，回头问我对不对？我点头说嗯。然后他又并排刻着文娟的名字，下面写着：天长地久，永远幸福快乐。

他回过头羞涩地缩着脖子对我憨笑，像是以此表达他对我和文娟的支持，单纯的心境里萌发着对我们的祝福。

我感激地拍着他的头说："要保护好这棵竹子，千万别砍伐它。"他底气沉着地答应了我。我蹲下身搂着他的双肩问："你叫什么名字？"

"文强，强大的强。"他一笑起来就露出两边缺牙的空隙，又用手去挡，极其可爱。

我说这可不是个好名字。他说是姑姑起的。他不停地傻笑。我问他是不是一直都是这么喜欢笑？他还是笑个没完，乐不可支。我们坐在竹林里盯着竹子上的字体发呆。我抽着烟盯着四周的竹子问："你以前帮别人刻过吗？"

"没有。我姑姑只带过一个人回来。"他坚定地指着我说，"就是你。"我心想，骗鬼呢，又不是处女，这点姑父比你清楚。我沉思之时，他大步朝竹林外跑去，让我等一会。

几分钟后，他不知从哪里买来两大包牛肉干，递给我一包，满脸真诚。我说我不吃，你吃吧。我扶着他的小脑袋有点微微感动。他帮我撕开包装，同时撕开另一包，拿着一根牛肉干在嘴里津津有味地嚼着，说很香的，继续执着地递给我。我被这个小男孩身上的童真和大方所打动，第一次见面，我都没有给他买礼物，他却请我吃牛肉干。

我们从竹林里出来时，一大帮小男孩在村口的老年人活动中心玩单排轮滑，我问他为什么不去玩？他老态龙钟地摇着头说："家里没有。"看他那副无奈失落的表情，我突然很想笑。

我拉着他的小手要带他去城里。他狡猾地抿着嘴犹豫了半天说："你给我姑姑打个电话。"我笑道："还怕我拐卖了你呀，小鬼。"

我给文娟打了个电话通报后，他这才放心地蹦蹦跳跳跟在我身后，来了辆车，他却不让我上，精明地说那种车要两块。然后上了一块钱没空调的车。

山路逶迤，蜿蜒曲折，万丈悬崖近在咫尺。本来害怕的心情却被文强感染得总想大笑，情不自禁地将他搂在怀里。他做着古怪的表情羞涩地挣脱，坐在旁边的椅子上挠着头问我会不会玩三国无双？我说会呀。他笑得龇牙咧嘴说最喜欢玩那个。我当然听出了他的潜台词，现在的小孩子可真是狡诈。

下车后，他在前面带路领着我去商场，给他买了个 PSP 和两张游戏卡，一双轮滑鞋，花了我两千大洋。

一路上他高兴得忘乎所以，只顾埋头玩着他的游戏，专心致志。小孩子永远都是这样，不懂得掩饰。我突然有种上当的感觉，平时机关算尽，这回却让一个小家伙给算计了。

回到家，文强就换上了轮滑鞋，东倒西歪，在屋内鹅行鸭步。文娟说你开始贿赂我家人了。

我说这跟你无关，这是我跟文强之间的交情。我跟她说起文强，这家伙将来肯定是一祸害，他身上具备人类最高贵的品质，大方豪气，人见人爱。

文娟得意地说：“他人精着呢，你可别被他骗了。油嘴滑舌像抹了蜜。”文娟说“他成绩每次都是名列前茅，你买 PSP 给他，要耽误了他学习，我向你是问。”

文娟摸着旁边玩心大发的文强的脑袋疼爱地说：“现在你得逞了。”

在别人家里总有点无所适从，跟文强挤在一起玩三国无双。文娟的哥哥嫂嫂进来后对文强痛斥了几句，要掏钱给我。我尴尬地推辞说：“太见外了。”

文强在他母亲怀里被逼着说了句谢谢姑父，此事才收场。

晚上来了一大帮亲戚，我脖子都鞠崴了。她们家那张八仙桌挤得水泄不通，女人们都没上桌，文娟和嫂嫂帮着端菜，她母亲系着围裙慈祥地盯着我，始终保持着微笑，没说一句话。

中国的酒桌上有个陋习，就是强意执着地让人喝酒，方表热情。喝到最后像在赌气，别人敬给我的，我非敬回去，看谁最后趴下。英雄气概，谁都不服输。最终寡不敌众，眼皮下垂，脸如碳烤，连说话的声音都变低沉了。

那晚我喝得酩酊大醉，味蕾都麻木了，还一杯接一杯地灌。文娟的母亲给我泡了杯浓茶，帮我解围。我趴在桌上，虽然思维清晰，却控制不了身体，无力再爬起来。她们的声音嗡嗡的在我耳边回响。她母亲急得像热锅上的蚂蚁，将我扶到床上，给我灌了几支葡萄糖，让人去请医生给我输液。我嗯嗯哈哈的哼出几个字：“不用，不用，我没醉。”我还能感应到自己上气不接下气厚重的呼吸声，脑子里昏昏沉沉，胸口岔着气，嗡嗡声渐渐散去。

到后半夜我才醒酒，被尿憋醒的。肚子饿得呱呱叫。屋内一片漆黑，我划亮打火机摸索到房间的开关。万籁俱静，轻轻拉开房门，在走道里寻找着卫生间。虽然我不可能敲开一间间房门，对于这点我很自信，懂建造的人都不会将卫生间设在房子的中心，这样的风水是太忌。即中心为厕所，定有污水管道通过房屋中心的位置，易使家庭成员患泌尿系统的疾病，而且家庭运气会大幅度下降。一般会造在通风口，有窗户的地方，所以我直奔走廊的尽道。推开一扇门像找到宝藏似的得意地唏嘘。

回到房间燃了支烟，却怎么也睡不着，看着那干净的床单仿佛如临一场大梦，我怎么会突然就到了岳父家？这是个多么生疏的词。

我亲眼见证了天亮的过程，黎明前的黑暗里一道曙光划破天际，远远近近的竹海渐渐清晰，窗外一片青绿，洋洋洒洒。

一大早文娟就来敲我的门，让我准备下陪她出门，我问又是去见哪个亲戚？你们家规定怎么这么多？她对我抛了个媚眼："带你去开开眼界，让你见识见识什么是美女，我的朋友个个都是一等一的大美女，你呆会可别失态，给我装稳重矜持点。"

虽然她平时总不让我碰，可我感觉她挺拿我当回事的，带我见父母，见亲戚，还介绍给她朋友认识，尤为感动。

我洗了澡，换了衣服，兴高采烈地跟她出门，一路上她夸耀着她家乡的空气好，水甜，风景美。

我像个小跟班，随她坐着公交车来到了城里。走在林荫小道上，两边大树呈现的阴影，让我更感觉这才是我应该生活的城市。四处散发着小城混世的格调，路旁零乱的桌台球旁围着一群小青年。

文娟领着我走进一家茶馆，包厢里面炸开了锅。五个如花妩媚女子拍手欢笑，她们拥抱成一团，开口闭口亲爱的，你终于来了。

如她所说，个个都是难得一见的美女，波涛汹涌，成熟妖艳。我极力大方热情地与她们打招呼，总显得格格不入，后来我便干脆不说话了，听着她们大声嬉笑叙旧，说起一个叫絮子的女人，突然就沉默了。

其中一个姑娘笑声朗朗地喊了句："嘿，小帅哥，你怎么勾搭上我们家文娟的？"

我给她们讲了个笑话：长臂猿不小心踩到大猩猩的粪便后滑倒受伤住院，大猩猩精心伺候！后来他们相爱了！当有人问起他们相爱的原因时，大猩猩眼里闪着泪花回答：猿粪啊，都是猿粪！

惹得哄堂大笑，那姑娘说这小子油腔滑调的，一看就不是什么好鸟，獐头鼠目。我笑了声，喊来服务员买单，站起来耸了耸肩：“我先回去了，你慢慢玩吧。”

文娟将我按下说：“你怎么跟小孩子似的，她就开一玩笑。”我强笑了句：“我好像不太受欢迎。”

人群中有个稍年长的女人出来解围。故意很重视我似的，追问我一些生活琐事和工作之类的。

回头我跟文娟说气氛好像不对劲，她说：“我没感应到呀，挺亲切的，是你太敏感了。”

老子又不是G点，犯得着碰到点触动就高潮嘛。我从进入包房里就感觉到了那群女人的抵触和敌意。连最起码的半句祝福都没有。

## 13

我以为文娟是一个孤僻的人，没曾想到她有这么多朋友，而且个个不善。这群女人个个抽烟，酒量惊人。请她们去K歌吃饭，玩到很晚才回去。

在文娟老家我们一共呆了四天，每天都是盛宴，她的老友及亲人，胃里几乎是用酒精洗刷了一遍。

回城的那天清晨，她年迈的父母将我们送到村口，看着那脸上的皱纹和苍白的头发，我眼前一热，回头握着他们的手喊了声，爸妈，你们回去吧。他们嗯嗯地答应着，老泪纵横。泣泣地对我挥着手。

坐上巴士时文娟说：“我都带你去见我父母了，你是不是也带我去见见你父母呀。”

我说年底就去。她盘问着我家里的人口，说要给我外婆奶奶包红包。

如果一个婚姻是因为两个人相爱，不知不觉走到了那个阶段，顺理成章会让我觉得很幸福。如果一段恋爱是以结婚为目的，总让我觉得别扭。

我妈以前说不管女人爱不爱你，结了婚都一样。我想这种说法肯定是错误的，这是几百年前，男女结婚前没有见过面，第一次挑起红盖头就将新娘扑倒在床上的封建社会男人干的事。

我跟文娟同处屋檐下，可总感觉不到她的炙热和爱意，总在敷衍我。这几天在她家，也是分房睡的，就算我喝醉了，她也没守在我旁边，也没有帮我脱



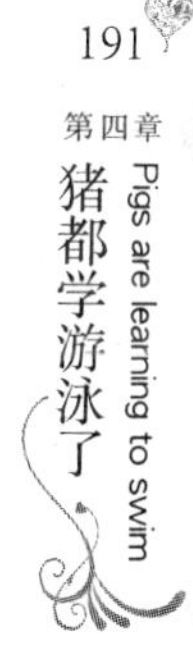

衣服，难道这算一个合格的妻子？一谈到婚事，我心里就不痛快。

我们坐了五六个小时的车，回到家满屋的灰尘，她包还没放下就忙着打扫，将冰箱里的食物全部清理干净，又要去买菜给我烧饭。我亏欠地拉着她的手说："咱们出去吃吧，先休息一下。"

几天没见闷骚，却找不到它的踪影，心里有点失落感。一直到傍晚我和文娟从外面吃完饭回来，闷骚才回家，身上伤痕累累，污泥遍布，看来没少吃苦头。文娟捂着嘴巴吃惊地说："这是哪个缺德的连狗都打？"

一看它身上的血迹斑斑，就是人为的。狗咬狗也没这么惨烈。

闷骚往我们身上窜，像诉说着委屈嗷嗷叫。文娟推着我说："你这人怎么这么冷血，你的狗被别人打了，你怎么不去找人家理论？"

我淡漠地问："找谁去？这几天我们都不在家，它肯定又去人家菜地里捣乱了，或者到别人家抢东西吃才会这样的。上次种菜的菜农就跟我说过。"

文娟满腔怒火："你他妈还是不是男人？连条狗都保护不了。"

"你告诉我，我该怎么做，学村妇一样站在门口骂几句解解气吗？人家以后看着闷骚，又会对它毒打，我们都不在家，又照顾不了它。"

文娟胸口气得颤抖，双手叉腰说我这人一点责任感都没有。

我们的世界观有一点小小的分歧，而且我也发现她的行为有些幼稚。她哈了口气，说要给闷骚洗个澡，问我愿不愿意帮忙？

我点点头，当然愿意。我拿着盆放了水，抱着闷骚，她嘻嘻哈哈地给闷骚涂沐浴露边笑边问："痒不痒呀，闷骚？"

闷骚在水盆里翻腾着，污水溅得我满身都是，整整换了四盆水，才洗去它身上的异味，像散了线的毛毯子，一抓就一手狗毛。

文娟给它清洗伤口，用电风吹吹干后回屋拿一件过时的旧衬衫，撕成条状将它包扎得像个木乃伊，又在它头上扎蝴蝶结。

整顿好闷骚，已临夜幕，万家灯火，我和文娟站在阳台上抽着烟。我如新婚般地搂着她的腰说："要不我们洗澡睡觉吧？"

她听出我的话意，掐着我的手臂说"除了睡觉，你难道就没别的兴趣爱好？"我说这是增进咱们感情最好的方法。

那夜她拒绝了我，说舟车劳顿，很累。而且她做这种事，一定要准备一整天。

我想难道下雨的那晚不是突发事件，是她蓄谋已久的？男欢女爱，随性而发，天经地义，伟人平民都逃脱不了。我从没碰到这种古怪的女子？我抱怨说口口声声要跟我结婚，还要分房睡，到底什么意思？她反驳道：难道你结婚只想干这事，你到底是在找妻子还是找性伴侣？

我哑口无言。我承认我不是一个很浪漫的人。少年喜欢怦然心动的感觉，以为手牵着手就是幸福。人年龄越大，爱情几乎是受生理支配，感觉是用眼睛来衡量的，小时候喜欢成绩好文静的女孩子，情商随着年龄的增长越发下降，看着肤白腿长的，哪怕是个充气娃娃也想凑上去咬一口。

第二天一大早文娟就敲我的门，穿着她生日时我送给她的毛妮子风衣，下身居然穿着短裙露着雪白的美腿，我惊讶地张大嘴巴问："不冷吗？"

她摆了个弯曲的造型手扶额头叹息："我一个弱女子，无才无德，不露点腿在社会上怎么混？"

我兴奋得手捂裤裆学着迈克尔·杰克逊的太空漫步惊叫"dangerous，the girl is so dangerous."

她笑得前仰后翻："性感吗？""风情万种。"我举起双手欢呼，"来吧，美人。"她推着我的胸膛："刷牙去，晚上好好收拾你。"

吃完早饭后，我精神十足地说要带她上街，让那帮庸脂俗粉看看什么才是标致的女子，让那帮色狼好好羡慕我一下。

我亲切的搂着她肩膀说："你就装出一副特爱我的样子，也满足一下我仅有的虚荣心。"

她愁苦地撇着嘴："我才稍稍打扮了一下你就受不了，这以后的日子还那么长，我该怎么办呀？我真怕你身体吃不消呀。"说时还特假地吸着鼻涕。

我说放心，别的菜我不吃，我就天天吃象拔蚌，吃生蚝，喝鸡蛋吃虾补充蛋白，每天晚上陪你一起做俯卧撑锻炼身体。

她双手瘫开倒在沙发上拖着长音疾呼："英雄，饶了奴家吧。"

我扑到她身上时，被她推开。问我能不能浪漫点，总是这样粗暴。我说毛片看多了，心理有阴影，实在浪漫不起来。

为了等待夜晚的来临，营造一个舒服的环境，她还真的准备了一天，首先，去买了很多蜡烛，然后将我的被单换了，还想着将房间里的床重新摆放位置，这样才有新鲜感。

我和她在房事上的理论背道而驰，我认为越脏乱的环境越刺激，比如公园，野外麦地。她却喜欢干净的地方，甚至要清洗很多遍身体。

晚饭后，我们沐浴身体，像宣读圣经时的圣洁，双膝跪在床上，屋内摆着心形的烛光，我压倒在她身上问这是不是仪式？

她爬起来喘着粗气说："我想喝酒！"晚饭时我们已经喝了足够多的酒，

我怕她喝醉，一人喝了一瓶啤酒，草草地收拾了碗筷。

她说要喝石库门黄酒。我无奈地从床上穿起衣服，奔跑着去小店里买黄酒。

白天她扶着我的肩像个妖精，一到动真格的，她就整个变了。跟我要着光说不练的那套假把式将我戏弄得团团转，以为遇上了最懂情调的女人。

我冲回屋内，将黄酒递给她说："你事儿真多？"她没拿杯子，揭开盖对嘴猛灌。我拉住她的手说："你喝慢点。"

我靠在床头抽着烟，等待着她的情绪稳定。

半个小时后，她放下酒瓶，无力的倒在床上。那一夜了无生趣，她偶尔喘息几声，一嘴酒气，我不知道是她感应到了我身体的力量，还是她的醉意上来了？中途她没说过一句话，也没再睁开眼睛，一直睡到第二天。

早上她匆忙地跑去卫生间洗澡。起床前她看着身边的我，眼神里居然没有爱意，一点都没有。

她身上的所有性格都吸引我，唯独房事我不能接受，我总感觉她在履行承诺或义务。她是一个非常好的女人，准备好早餐，换了整洁干净的衣服才唤我起床。

我希望能做几件令她感动的事，吃过饭我要带她去买钻戒，表示我是真心真意对待我们之间的感情。我觉得只能用婚姻来维持我们之间的关系，至少目前为止我没想到更好的办法。跟安蕾在一起时，我从来不用考虑这么多。虽然安蕾在处理生活问题上远没有文娟尽如人意，但我有足够的信心把握她。

文娟淡淡地笑了笑摇头说："过段时间再说吧。"

晚上她又要跟我分房睡，穿着浴袍对我说着晚安。我莫名其妙，歇斯底里地吵闹。"你能不能把话说清楚，我们之间到底算什么关系，你想要我怎么样？你直说，别老让我去猜好吗？"

她平淡地说了句："你太敏感，你不是说过要娶我吗？这种关系还不明确吗？"她说分房睡清静，经常腻在一起总有一天会烦的，小别胜新婚。

我在想或许是自己落伍，这是新的同居生活，是让感情保持新鲜、保持冲动最好的方法。像两个相交的圆，不是相离也不是相切，你中有我，我中有你。天天相见，夜夜不离，不占有，不重叠。

## 13

长假过后的工作量突然加重，经理偶尔带着我出去会客，口袋里的名片逐渐堆积。两个星期后，我给徐风介绍了一桩建材生意，这厮跑一趟腿，空手套白狼，做回中间人赚了两万块。小人得志地在手中拍着票子请我喝酒，潇洒地数了四千块给我说："这钱赚得真他妈的痛快。"

我难为情地推让道："你也是凭本事呀，就你这三寸不烂之舌头，废铁你也能当钢材忽悠。"

"嫌少是不是？"徐风又给我抽了一撮，大概是两千左右的厚度。我站起身说"真不是那意思,咱们兄弟之间我不会玩那花花肠子。"我收起四千块说,"多了一分我也不要。当初你说给百分之十,现在给了百分之二十。你做得够义气了。"

徐风嘿嘿地喝着酒："以后有好事多给哥们介绍几趟，我他妈就辞职干建材公司了，到时候你佐我打天下，荣辱与共。怎么样？"

我点头应答。跟他说起汪明的蔬菜做熟菜的想法，问他有没有通道？

他给我递了支烟，脸色阴沉下来犹豫了很久说："有倒是有，超市生鲜区域每年都有货柜拆了进，进了拆。但这事挺难弄的。"

我问怎么回事？他说："这要是你的事，我绝对挺力相助，但与你不相干，我也只能帮打听打听，租金估计一分也少不了。"

他话锋一转："其实没有必要放在超市里卖，他自己在外面租个店面卖也行，做个饭店，专门搞这种熟食也行呀，在超市里租个货柜一年最少也要十来万，而且资金链滞留，超市半年才结一次账。他有那么大资本吗？"

"他是想做大，全市投放十多个超市，然后做品牌，两到三年扩充占领整个市场。"我笑道，"这家伙做生意很冲动，前段时间搞了个保健品赚了三十万，现在正在兴头上，谁都拦不住他，房子都抵押出去了。"

徐风笑了笑："你缺的就是这份冲劲。"

"他还想拉我入伙呢？"我问道，"你说这事有谱没有？"

"事在人为嘛，成事在天，谋事在人。"徐风说，"我看不错。"

我敬了杯酒："你多张罗张罗吧，汪明这人很讲义气，有恩必报，不会忘了你的好处的。"

"说这话太见外了，能力之内，肝脑涂地义不容辞。"徐风举着酒杯说，"喝酒喝酒，咱们兄弟有一天也会大发的，咱们就不属于平庸之辈。"

那晚徐风在酒吧泡了一个大学生妹妹，脸涂得像石膏像，可爱白嫩。主动


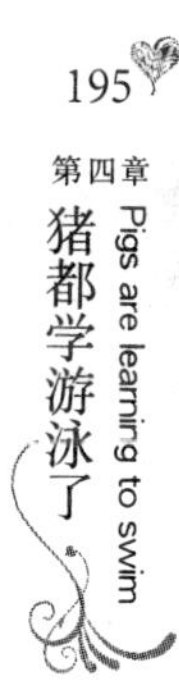

勾搭上来问他讨杯酒喝，然后两人就水深火热地攀上了。问老板在哪里发财？徐风虚报家安装公司的名称，此女马上眼神充电，挨肩坐下。她开口闭口不离美国瑞士，穷疯的女人不光天真还无知，说自己想出国深造，哭丧着脸说就是没钱，就望着哪家公司资助，充电回来为公司当牛做马。她嘟着嘴唇指指划划，和徐风玩起了游戏。

我想你跟一个车都没有的男人说这话，不等于对牛弹琴吗？我识趣地借机上了个厕所，然后下楼打了辆车愤恨而去，他妈的现在的“鸡”怎么都奔着出国，安蕾这辈子的心愿就是想出国，如果现在有一老头子带她出国，她连亲娘都不认。

我跟文娟的关系像受着潮汐的影响，时好时坏。一个有生理期的人永远都是那么不可理喻。她说跟我睡觉有种压力？我说我也不胖呀，这压力来自何方？难道是技术方面的？

她说我这个人哪里都好，就是性欲太强，这话对我是个打击，像我他妈的是头种猪似的，我告诉她老子二十二岁才破处男的，老子没你想的那么饥渴。你他妈的性冷淡，一个月才做两次，哪个男人受得了？

我曾以为她是故作姿态吊我胃口，没想到她真的是这样一个性冷淡的人。

口口声声说着要跟我结婚，还跟我分开用卫生间。我说咱们要是再这么见外就先别谈婚姻了，咱们以后结婚是不是也得在房间里弄两个卫生间？

她淡然地说：“是你说要跟我结婚的，我又没求你。”

我说谁爱伺候谁伺候去，我真的很累。每天我都很晚才回去，有时候是在公司里加班，有时候是陪老板应酬，有时候是陪哥们混在一起。

文娟从做饭等我，后来就干脆连家都不回了。有天下班回家打她电话，她说在网吧。我去将她接回来，问是不是家里断网了？她一副无动于衷的样子说家里很寂寞。我吼道：“你到底要我怎么样？我在家你说要分房睡，说清静。我不在家，你又说寂寞。”她说，我的寂寞跟你没关系。这句话像把利剑一样伤透了我的心。每次我都以为她是在故意撒娇，反复无常。我咬咬牙狠下心，这次再他妈妥协就是婊子养的。

我原以为或许哪天她想通了，会向我低头的。但我没等到那天的到来，却等来了一个噩耗。我跟她之间的决裂或许是天意。

星期天，我将她一个人撩在家里，去附近的麻将馆打麻将。在这方面我真是天才，完全可以当兼职。

傍晚，大胜而归，文娟蓬头乱发地站在院门前发呆。我凑近一看，闷骚硬邦邦直板板地躺在她脚下？像一具雕塑。

我想她总不会如此变态，我不理她就毒死我的狗吧。我气焰凶恶地揪着她问：“怎么回事？”

她急得眼泪都出来了，吸着鼻涕摇着头说：“我不知道，我不知道。我一天没看到闷骚，一出来就看到它死了。”

她的眼泪哗哗地滴在我的手背，我喘着气心里一阵难过。闷骚从一只一尺长的小狗跟着我，帮着我看家，陪着我玩。安蕾离开后，它没过一天好日子，我对它不是踢就是打。

连日来的脾气倾泻而去，我吼着她：“你连只狗都照顾你了，你有什么用？”

“你自己怎么不照顾？”她哭哭啼啼，鼻液拖到了嘴唇。

闷骚八成是被人毒死的，这一带的居民都嫌它捣乱，不是去菜地踩人家种子，就是抢别的狗食。

我不知道这城市那些充满爱心养狗的人，狗死了以后会怎么处理？我不想费劲地挖一坑将它埋了，这地方没有一块土地是我的，这样做也不合法。再说人都是火化，没理由狗还占一块地皮。如果我淋一桶汽油在它身上将它烧了，弄得臭气熏天肯定会被周围的邻居骂死。我赌气提着它的双腿扔进了垃圾堆，然后漠不关心地回屋。

文娟还一个人站在垃圾筒旁呜呜地哭泣，像受了委屈，或者真的为闷骚的死而难过。她如果不开心，我的目的就达到了，虽然是种幼稚的行为，但我坚决不会暴露出我的不痛快。我心里比谁都怅然若失。文娟哽咽了到傍晚，带着泪痕回到屋内。哭哭兮兮说我没有人性，这样对待一只狗。

我受伤时总是扮演这种强硬恶毒的角色。趴在阳台事不关己地抽着烟，断黑后，收垃圾的老头带走了闷骚的尸体，我终于知道这城市许多狗死后，都是上了餐桌。

那晚，我们饿了一夜。从此我不想再跟她说半句话，或许她也是如此，我认为她是扫把星，闷骚的死跟她脱不了干系。

## 14

某天深夜，文娟的父母来了电话，谈了半个小时后她将手机递给我。我愣了一下，二老在电话那头声音和蔼地问我们最近怎么样？我打着马虎眼，笑哈哈地应答。他们又催着早点将证领了。文娟的侄子文强在电话那头亲切地喊着

我姑父，一如既往的嘻嘻笑不停。

她的家人给我的温暖远比她盛大，我勉强坚持着，忘不了她父母送我们到路口时的那双期盼的眼神和文强在竹子上刻着单纯的祝福。我不知道这女人除了给我做饭还能给我什么？

挂了线，文娟站在我面前痴痴地问："什么时候带我去见你家人？"

"你没看我这段时间工作忙吗？"我扭转头抽着烟烦躁不堪。

"你说过要娶我的。"她一副讨账的口气对我重复着这句话，"你说过要娶我的。"

我吼道："你他妈这个样子像跟我结婚的态度吗？一个月同房两天，忽冷忽热，我就是个替代品，你从来就没有正视过我的感受。"我正期望着她的解释，她却没回应，不声不响地走进房中。那天以后她变得淡定从容，像对我死心了，再也没有给我做过饭，也没有等过我回家，甚至出现了一些乌七八糟的电话，当着我的面一聊就是半小时。

一个星期后，她突然对我说她要回老家了。

我以为她又是暗示我挽留。我嗯了一声问她回家干嘛？

她郑重地说："我回去就不会再来了，我回家开个网店。"

我知道她在等我的回复，眼睛炯炯有神地盯着我，她在兴奋的时候有个特点，比如我带她出去玩，瞳孔会放大，会放光。可那一刻，我看到她眼里的光慢慢熄灭。

我轻轻地叹了声气，坐在沙发上抽烟。我发誓再也不浪费时间和精力试图去改变或感动任何人。爱情没有我想象的简单。尽管我知道她在等我一句话，我却沉默了。

之后的几天，我故意用工作忙来掩饰自己心中的慌乱。每晚都是深夜才回去，家里再也没有那么热闹，冷冷清清的，我的狗没了，文娟闭着房门当我是路人。

星期天汪明将我和徐风约在一家饭店的包厢里吃饭，对我们说起他的宏伟目标，打造微波熟菜市场，让这城市的白领抛弃盒饭快餐。

对于有点经济基础和人际关系的男人来说，谈到做生意，只要一有渠道，资金都不会是问题。融资的手段N多种。

我们听完汪明的夸夸其谈，热血膨胀。汪明问到我有没有兴趣入股时，我低气不足地笑了句："我穷光蛋一个，你又不是不了解我的实力。"

汪明说："多少你随便投点，这次我可是拉你一起发财，别人我真不带。"汪明准备以供应商的身份进军十家超市，如果资金再多些，就选十五家或者更多。这也是让微波熟菜快速形成热潮的最好方法。

狡猾的徐风像猫闻到了腥味，举杯激烈，口口应诺汪明这个忙帮定了，他带头打头阵，去总部疏通关系，尽量将结账周期缩短为三个月一次，这样资金流动快。半年内就可以入驻二十家超市。

汪明激动地站起来就要拜把子，一口价出十万给徐风当活动经费。那气势当场就将我震住了，突然就从他身上看出意气风发的冲劲。以前我认为他是一个中规中矩的人，不曾料到他做起生意会这么狠。

徐风谦逊的说："该花多少，我如实报数，绝不贪一分，要不然我全家死光。"

汪明正在感恩代谢时，徐风抓着时机恰如其分地说："都是小事，如果你需要融资，包在我身上，多了我不敢说，最少五十万没问题。"

如果连徐风都觉得有机可乘的事，就不单单是汪明的冲动了，几乎连我都心动了。一个赚钱的想法，已经有了渠道和资金，就只欠行动了。我心一横，豁出去了。我从没有过一夜暴富的幻想，这种举动就像当初班里同学得了重病，集体捐钱一样，大家都捐了，你坐在那里纹丝不动，显得格格不入。人与人之间一旦找到了共同的目标，就像混元归一，势不可挡，无坚不摧，再多的困难都能一起克服。

那几天汪明请我们吃饭不隔天，恨不能食同席、寝同榻，吐着烟雾喝着酒，畅谈理想。

我拿出了这些年省吃俭用和一些灰色收入总共 23 万元交给了汪明，从那刻起，我真的是一无所有了。徐风东拼西凑了 60 万，或许一大部分是他家里的钱。男人有个隐晦，哪怕家里再有钱，或者开父母的车都没有面子去炫耀这件事，甚至提起来都觉得耻辱。人，都想竭力证明白手起家。

汪明大张旗鼓地注册了悦民食品有限公司，注册资金 260 万。一开始他取名为明舒乐食品有限公司，说"明舒乐"这个词是他想了几个夜晚，苦苦不眠，突然灵感一显，夜空中乌云散去，月儿透明皎洁，天赐一名"明舒乐"，词意为干净、卫生、简洁。但遭到我和徐风的大力反对，听起像卫生巾的名字。经过董事会两票否决，取名为悦民。

厂址是汪明前几个月就选择好的，每年租金 13 万，位于开发区。之前是一家宾馆，没做到一年倒闭了。后又租给人家开饭店，生意一直不好，老板拖了半年租金消失人海跑路了。户主卖了那些桌椅板凳抵租金。现成的灶具和冷库都不用造，楼上用来办公。还给我和徐风一人留了一间包房。什么时候辞职了搬过去天天开董事会。

店面前排重新装修一下，直接弄成超市货架的样子，卖当天的熟菜。

徐风说："我目前还不想辞职，还得跟赵有才再做几趟建材生意。"

我同声道："我也不想辞职，等我赚够钱再给公司追加资金。"

徐风忙着去总部疏通，汪明忙着招人手和购置货车。我只去广告公司做了块亮晶晶的广告牌，其余时间都在做着春秋美梦。晚上频繁地梦见自己开着红色法拉利敞篷车嚣张街头。上班的时候都觉得腰板挺直了，渐渐显露老板的派头，老子糊里糊涂地成了一家公司的合伙人，还混了个总监要职，我甚至认为今年是我命中转折的一年。

我已经很长时间没与文娟交谈过，形同陌路。那种兴奋得意感冲击着脑细胞，让我忽视了身边还有一个女人。心情变好，星期天，我说要请她吃饭，将这个消息告诉她后，我以为她会对我另眼相看。没想到她平平淡淡地说句了："我要走了。"我说你就算要走，也该让我为你践行吧。

晚上在餐厅吃饭，她选了一个僻静的位置，似乎有话想对我说。我们之间再也没有嬉笑怒骂，偶尔微笑望着对方。她举着杯子说："这可能是我们最后一次吃饭了？"我说不会的，还有明天，就算你回去了，我也可以去看你。她叹了口气："我们不属于友情，也不属于爱情，也不是亲情，呵呵。"我心底有些难受，同床共枕，我也曾付出过真情实意，居然在她眼中成了三不。

我敬了她一杯："跟你喝酒是找对人了，跟你谈恋爱绝对是找错人了。"

她神色失常地抿了口酒说："都是我的错。"

我以为就算她决定离开也只是一个短暂的离别，或者等我们都冷静下来，想念对方时她还会回来的。我看得出她脸上的失落和故作坚强的容颜。

那晚我们一直沿着公路漫步，她躲避着我，双手抱胸，冷风瑟瑟吹在我们脸上。霓虹下散着雾气，渐渐入冬。我们一直沉默没有找到话题。

她走的很突然，第二天我下班，回到家就没有再见到她。第三天，依然没有再见到她。到我恍恍惚惚认定这个事实时打电话给她，她才冷淡的说了句："嗯。"

她走时只带走了衣服，其他物品整整齐齐地摆放在她房间里。我以为她有一天会回来。

文娟离开的第九天，她父母打电话给我，问我们之间到底是怎么了？电话那头声音带着激烈的颤抖。我支支吾吾地说最近工作忙，没顾得上她，过两天去接她。连我自己都不明白我们之间到底怎么了？

那夜，我辗转反侧，失眠焦虑，变态的走进她的房间，躺在她那张床上，闻着她的味道思念她。

我抽了几支烟，坐了起来，拿枕头靠垫时，从床头抽出一本日记簿，稀稀疏疏写着阴雨晴天所发生的事。我想这是她故意留给我的，或许只想跟我作个解释。

她不是一个喜欢肆意宣扬寂寞和伤感的人，至少对我没有过。但每件事都记得很清楚，我们之间的点点滴滴，还有她的过去。她的爱情比我想象中要幸福。

我感动地哭得稀里哗啦，泪水泛滥，心底崩溃。

我哽咽着给她打电话，那头她正睡在床上朦胧地笑了两声说："我该起床尿尿了。"然后便是忙音。

当时天边已发出白光，六点多钟。脑袋像炸开了锅，思路清晰。原来这是一个悲剧。

Chapters.05
第五章
往事不堪回首
It hurts

## 1

文娟的日记前面都是些类似回忆的快乐，看得出那时候她是一个开心的姑娘。跟所有人一样，有着美好的初恋，憧憬甜蜜。

按照她的说法，当初她还是一个很正常的女孩，喜欢英俊有点坏坏的男生经常在女生面前走着像流氓一样的步伐，然后她会跟其他女孩一起花痴地凝望很久，暗生情愫。

她的人生中二十二年前都是一帆风顺，平平淡淡。没有生离死别的等待，没有渴望天长地久的爱情。在老家上大学，毕业后在老家工作。经人介绍，认识第一个男朋友，家境工作各方面条件都不错，懵懵懂懂地准备着婚姻，迎接幸福的到来。半后年，男方下了聘礼，定了结婚的日子，那天晚上文娟陪他在外面喝酒，就把身体交给了他。疼痛结束，看着床单上的一抹落红，她心里突然失落，原来男女之事不过这般乏味。之后文娟总以工作忙推掉男友的热烈纠缠，两人一个星期才见一次面。

结婚前夕，男友邀请文娟入住婚房。文娟冷冷淡淡地拒绝，婚期一拖再拖，心底总也没那份当新娘子的幸福。她清楚她不爱这个男人。尽管他百般的好，也激不起她心里的涟漪。爱是渴望是悸动是想念，该有的感觉她一样都没有。男友所有方面都做到尽善尽美，婚房装修没让她操一点心，从布局到家具都是挑她最喜欢的。可接过那把钥匙时，日记中的原话是：像从超市寄存柜里拿出来的条码，或许有一天会还回去，取回我的东西。我不想要，但它是属于我的。人与生俱来都在与这个世界抗衡，疾病还有灾难。但这些都不可怕，可怕的是规则。

面对生活的这潭死水，文娟没有挣脱，也没有接受，就这样静静地等待。爱情一旦出现隐患，就像一个毒瘤，等待的时间越长，恶性循环越大。等到揭开时，满目疮痍，恶臭泛滥。

文娟有着一群很好的姐们，星期天一起逛街，玩累了大家睡在一起，那种感觉让她向往迷乱，醉生梦死，远比男人给的感觉强烈。女人们在一起讨论得最多就是男人，一谈起男人，姐妹们七嘴八舌快活无比，那种神乎其神的触电，她从没体验过。对于性，第一次是因为好奇，之后开始厌恶，男友要求频繁，甚至让她觉得反感。一想起那件事身体就恐惧。

一个春光明媚的星期天，姐妹们逛完街，路过她的婚房，强烈起哄要求要去她的新房参观。文娟备受祝福地带着她们上路，打开房门看到了不堪入目的一幕，男友与另一个陌生女人正一丝不挂的躺在床上摆着不雅的姿势呜呼大战，汗流浃背，以后她想起那个姿势时，没有伤心，反而总是一阵大笑，就像两只脱了毛的野狗。

文娟夺门而去，反而像得到了解脱。纵使生气，也是因为在姐妹们面前颜面挂不住。她没哭也没闹，分手后，男友企求过无数次她的原谅。那天在一家咖啡厅他们像谈着一桩生意，从前到后，礼金物件一一算了清楚，说了句再见，从此人海无音。

她对那张脸逐渐地模糊，尽管是她的第一个男人。她开始对男人有了个笼统的概念，他们都是小狗，他们要找小母狗。我不是小母狗。

两年间在家人的逼迫下，她几乎每个月都有一次相亲，见过形形色色的人，吃着各色各异的免费餐。她不拒绝相亲，因为她不拒绝美食。在所有人看来这都是一个适合当妻子的女孩，温柔文静。在相亲人当中她与两个男人发生过关系，对方长得很干净，她们聊得很开心，然后就去了男人家里。那是个温柔的男人，很会讨女人欢心，幽默风趣，他做得很好，每一个动作都缓慢有力。他没让她做小母狗。他们交往了三个月，文娟又去相亲了。人们都说她是一个水性杨花的女人，她解释为喜新厌旧。连她自己也不明白怎么去克制这种厌恶感？她只知道她可以做一个好女人，为心爱的人洗衣服做饭，等他回家。但没她碰到可以让她厮守终身的人。第二个男人很粗暴，一个肥胖的中年男人，有车有房。文娟要的每样东西都给她买，终于有天他熬不住了，唱完歌已是深夜，强行将文娟带进他的住宿。文娟没有反抗，看着他笨拙地在她身体里出入，但始终没让他亲。宁愿去死也不愿与他对着嘴唇，他嘴巴里有股臭臭的烟味，或许是鼻孔里。

文娟对于性越来越放纵，在她的观念里就跟坐云霄飞车一样的感觉，害怕惊慌，却总在竭力寻找姐妹们说的快感，可惜从未找到。每次尝试后都带着失望。

她渐渐臭名昭著，人们都开始议论她，说她是一个不三不四滥交的女人。家人紧催不舍，以前文静乖巧，突然就成了一个不听话的坏孩子，让父母为婚事操碎了心。

为了逃避压抑和周围人的唠叨。她去临市上班，重新找了份工作。虽然那一年让她痛苦不堪，但字里行间她没有过后悔，如果生命会重来，她还会选择那样。

文娟在日记中说：我的青春期来得很晚，24 岁，我才学会叛逆，我顺从了 24 年，今天终于解放了。

在那里文娟认识了一个叫絮子的女人。文娟第一眼就被絮子吸引了，想不到会有女人长得这么漂亮，像个洋娃娃，眉毛画得那么精致。

絮子和文娟一见如顾，似曾相识。人生地不熟的文娟被絮子照顾得无微不至，住她的房子，穿她的衣服，用她的化妆品。

文娟对絮子说："如果我是男人，我一定娶你。"絮子拉着她的手笑道："如果你是男人，我就非你不嫁。"两人嘻嘻哈哈从此便以老婆老公称上了。

那时絮子刚刚失恋，心情低落。每夜都要拉着文娟去酒吧，她们疯狂地勾搭着帅哥。文娟学会了跳舞，学会了抽烟。自从认识了絮子，她觉得她的人生换了种模样，像从一个世界转到了另一个世界。朝气蓬勃，枯木逢春。每当她以后抽着白色点五的中南海香烟，就会想起絮子，因为那是絮子抽的烟，她潇洒地夹在涂着红色指甲油的两指之间就像一个妖精。

像絮子这样的女人，身边是从来不缺少男人的，让文娟仰慕崇拜，絮子随时随地想吃饭，抄起电话就能找个人死心塌地的跟在她们后面，买完单送她们回去。

絮子对文娟说："千万别轻易相信男人，他们都是小狼狗。"这句话正说中了文娟的心思，两人同病相怜地傻笑。

两人星期天手牵手一起逛街，买一件衣服换着穿，挑选同样的化妆品。文


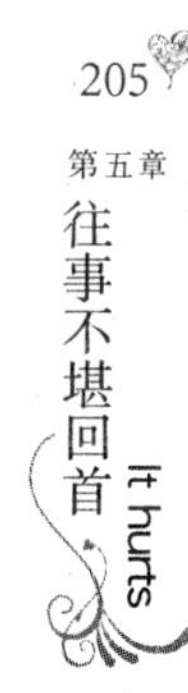

娟对絮子说:“小妖精,你不许打扮得这么漂亮,要是被男人拐跑了,我怎么办?”絮子说我这辈子都不会跟男人过。文娟信以为真。她还记得认识絮子时的那天晚上，絮子嚎啕大哭，问她：“你有空吗？”

文娟问：“怎么了？”

“陪我喝酒。”絮子就这样走进了文娟的世界，像疯了一样拉着文娟坐进出租车，坐了一百多公里也不知道停下来，漫无目的流着泪，看街道徐徐倒退。文娟一句话没说，陪絮子坐在车里，因为她还从没感觉过痛苦是一种什么味道。她的心是麻木的。

那夜絮子哭得花容失色。两人干了两瓶黄酒，又打着车回去。后来文娟问絮子，为什么要打车跑那么远去喝酒。絮子说喜欢陌生的感觉，不被打扰的宣泄。那天后，文娟就住进了絮子租的房子，两人形影不离。

她们就像天生融洽的朋友那样，从不为小事争吵。就算呆在一个房间一整天不说话也不会感到尴尬。各自看着书，看到好的桥段时，絮子总要读给文娟听。文娟发觉絮子不同于别的女人，她们总是聊着文艺，却从没讨论过男人。

絮子每每扒着文娟的脑袋给她画眉时，文娟轻轻地闭起眼睛，仰着头，总有股渴望拥吻的感觉，心里痒痒的。她心里既期待又害怕。不知道自己到底怎么了？

絮子给她画眉，她给絮子掏耳屎。絮子趴在她的大腿上，她轻轻地抚摸着絮子俊秀柔美的脸颊说：“世上怎么有这么精致漂亮的女人？”

文娟第一次感觉心跳得厉害，以前从没有过的，似乎要融化别人的冲动。

2

在一个暴雨的日子里，文娟吓得钻进了絮子的被窝。每当雨季来临，记忆像洪水猛兽冲刷着文娟的思念，因为雨天她总是想起和絮子在一起的夜晚。那晚她们抱成一团，絮子玩笑地捏着她的胸部说：“老公，你的咪咪好大呀。”

文娟说絮子是个小骚货，她不光会勾引男人，还会勾引女人。文娟全身热流涌滚，腹部像在燃热，她从未有过这种奇怪的感觉。

她不知道是错是对，但克制不住，飞蛾扑火般地向前冲。她和絮子吻在了一起，那么自然，热切。那是文娟一生中最快乐的一段日子，幸福甜蜜。她喜欢她的爱抚和亲吻，又羞怯又渴望。

窗外大雨滂沱烟波浩渺，文娟将絮子搂在怀里问：“你是不是对每个人女人都会这招？”絮子摇着头，眼神深邃而凝重。她们心里清楚，这属于什么行为。

她们并没有为此事感到尴尬，而是肆无忌惮更加激烈。事后便无休无止地翻阅那些描写同性恋的书。

文娟像陷进了一块沼泽地，怎么也停不下沉沦。她几乎失去了自我，什么事都依着絮子，不跟她吵架，不惹她生气。她对待絮子比对待生命中任何一个人都要重要，包括她的父母。几个月后絮子生了一场大病，连工作也辞了，文娟每天下班去医院照顾她，给她煲汤给她洗澡。文娟说那年还是个刚毕业生的穷学生，也没什么积蓄。怕絮子呆在医院里无聊，从父母那里借钱给絮子买笔记本上网。满足絮子，让絮子开心，她认为是生命中最重要的一件事。

絮子病好后，文娟带她去家里玩。文娟的父母暗地里责怪她不该对朋友这么好。父母总是催着：“你自己没结婚，以后还要生孩子，要用钱的地方很多。”可文娟就是喜欢打肿脸充胖子，她喜欢絮子，不愿让絮子看到她的难处。总是表现出一副大方的样子。晚上她们睡在一起，却不敢闹出动静。她虽不敢说絮子是她爱人，心里却一直认为：絮子就是她守候一生的人。

絮子和文娟都是农村家庭里长大的，父母观念都很传统，没有人能接受这件事。在父母的逼迫下，她们一次又一次的相亲，没有一次成功，人家都说是她们挑剔，眼光高。

在文娟生日时，絮子在家做了一桌大餐等她回来。文娟下班看着桌上的菜大笑，絮子将红烧鱼做成了水煮鱼，将青椒土豆丝炒成了土豆块。文娟还是满心欢喜，对着蜡烛许了一个愿：跟絮子去一个没人认识她们的地方生活一辈子。

文娟为了絮子专心钻研菜谱，一时间厨艺大增。对待做饭她像对待照顾絮子的一个过程。

自从认识了絮子，文娟像找到了自我，世界豁然开朗，朋友圈子也大了。半年后，絮子公然带着文娟去参加拉拉酒吧的聚会，里面清一色的女孩谈笑风生，偶尔絮子与别人搭讪，她的心里就变得酸酸麻麻的，回来的路上也不说一句话。

那时絮子已经找到了另外一份工作，不再跟文娟同一个公司。每天她早早的下班做饭等候絮子，絮子没有回来，她心里就焦急，一个电话又一个电话的催，

猜想着各种各样的结果，怕絮子移情别恋，担心絮子被男人缠着。她知道这份爱需要付出很大的勇气去维持。每走一步她都是战战兢兢。她曾跟絮子讨论过未来，絮子却没有给过正面的回答，在中国，拉拉是不可能结婚的，况且在她们双方父母当中，谁也不敢相信这世界两个女人会相爱厮守终身。女孩子哪怕在街上手拉着手，哪怕拥抱在一起，人们也只会认为是相当要好的闺蜜。她渴望的并不是肉体的刺激，她更喜欢拥抱，全身心的抱着对方，心灵的寂寞得到安慰。

有天絮子没有回来，文娟等到十点钟，电话也打不通。她像疯了一样，打车去絮子公司，看着黑漆漆的办公楼，又打着车去拉拉酒吧，看到絮子在舞池里和一个年轻女孩手挽手跳舞，女孩的头依在她肩上。文娟泪如雨下，她多么渴望那个躺在絮子怀中的人是她。她第一次为了一个人哭，她从没为男人哭过，哪怕看到当初男朋友像小狗一样趴在另一个女人背上时，她也没有这样难过。零下几度的寒风，文娟一个人走在街上，哭哭啼啼，一路小走着回去，哭得双眼通红，熬到凌晨也不见絮子回来，第二天还要赶着疲惫的身躯去上班。

在爱情中付出最多的一方结局时往往是最痛苦的一方。

再次看到絮子时，文娟的脸红红的，也没问她昨晚去了哪里。她不敢问，因为那个女孩比她漂亮，比她更年轻。有时在镜中看着自己的样子，额头已长出浅浅的皱纹，如果趁着年青没有嫁出去，哪这条路就是一条不归路，她不知道自己的守候到底值不值得。

她像病了似的，开不了口，浑身无力，躺在床上憔悴软弱。她三天没有理絮子，侧过身睡在床的边缘，身体尽量不去碰絮子。她恨自己，不能戒掉这个女人，不能拒绝她的温柔。爱上了就是爱上了，于千万人之中，非她不行。无论你心底再怎么抗拒，再怎么去诋毁这份感情的价值，甚至觉得她恶心不堪，但还是忍不住想起她。

絮子一个星期没出门，守在文娟身边，半夜坐在床头点了支烟，一明一暗的火光照在她脸上，孤独寂寞。文娟心里一颤，泪水又无声无息地滚落在枕头上。文娟爬起来搂着她的背，哭着说再也不生她的气了。“你出去花吧，跟男人也好，跟女人也好，只要你晚上回来陪着我，我什么也不奢求。”

她对絮子的放纵，让絮子更加疯狂地追逐，有时候带着一大帮女孩回来玩，当着文娟的面跟她们亲嘴。文娟始终是懦弱的，她追求的是精神，絮子追求的是肉体。

她成了絮子的跟班，亲眼见证絮子所做的一切近乎变态的行为。她开始认为这已经是一种病态了。哪怕她在心底跟自己说远离这群人，每当走到街头，却似有着无形的引力将她往回拉，她总要听听絮子的声音，回去看看她们到底在玩什么鬼把戏心里才安稳。

絮子在不身边的时候，她烦躁不安，只要絮子陪着她，哪怕絮子与别人上床，她只是难过，心却定下来了。

虽然这段时间她感受着生命中从没感受过的伤痛，却无比的怀念。生活有时候咸，有时候淡，有时候刚好，但都比无味好。

几个月过后，絮子或许是被她的真诚打动了，或许是玩腻了，突然安静下来。

文娟又成了快乐的小蜜蜂，忙东忙西，做絮子最喜欢吃的菜，找各种各样的国外关于拉拉的书籍和电影给絮子看，她企图用心理上的催眠来拴住絮子，尽管知道这是自私，可她不想失去她。她喜欢趴在絮子怀里，闭着眼睛享受着絮子为她画眉，痒痒的幸福。雨天一起看雨，晴天一起逛街，闲时一起擦着玻璃，晚上躺在她怀里等待着她的爱抚。

快乐过后，更多的担忧和对未来的不确定。一路走着，不知不觉就走到了城市的边缘，害怕熟悉的眼光，害怕天明。家中的父母不停地催促，有时候两人会抱头痛哭。絮子又是一个爱漂亮、爱虚荣的女人，她逃不开世俗的眼光，她在乎众人的评价。

春节过后，各自回了家，离开了絮子，文娟失魂落魄，深夜12点总要打电话给絮子，听听她的声音，看她身旁是不是躺着另一个人。挂完电话突然觉得自己很幼稚，无知的生活二十多年，突然感受到爱是什么滋味？爱上的竟是一个不安分的人，而且还是个女人。

春节父母又给她安排了相亲，提着包出了门，半路上却逃跑了，买了车票，跑去了絮子家。看到絮子时竟然脸红红的，扑倒在她怀中热泪盈眶，像受了偌大的委屈。认识了絮子，让她从一个文静的女生变成了一个不听话的风尘女子，背后的流言也越来越难听。一个女人如果得不到男人的疼爱，长得再漂亮也得不到他人的尊重。

春节过后，两人又携手回到了那个租住的小窝，似乎只有这一小片天地才是她们的容身之处。

情人节那天，絮子给她折了九朵纸玫瑰按着她的肩说：“以后我想你的时候就折一朵纸玫瑰，折满了九百九十九朵，我就回到你身边。”

文娟不知道是什么意思，问道：“你要离开我吗？”

日记里写道：我总是慢半拍，总是沉浸在幸福中无法自拔，我这样傻，没猜得出她早就沉受不住这份压力，是我一个人死扛着。我竟不知道她做那么多伤害我的事，只是要故意气我放弃。

那天文娟将玫瑰撕得粉碎，过了一个没有拥抱只有哭泣的情人节。她们之间的感情在哭泣后不可避免地变得脆弱。

3

文娟和絮子的关系逐渐变得不明朗。时而闹些小矛盾，文娟偶尔连想牵手的举动都不敢。絮子淡淡的忧伤挂在弯弯的眉角。26岁的未婚女人，在这个年纪，总是有些困惑，少女的憧憬变成了遗憾，青春的冲动变成了后悔，含苞待放凋零成残花一朵，女人的资本挥霍无几。

24岁的文娟刚刚蜕变，还没为年龄这件事发忧，那时她还认为年龄只是一个心理暗示，你不说，谁也看不出女人的年龄，皱纹可以用化妆品抹平，只要想笑，一样可以像个活泼可爱的中学生。

絮子在26岁生日时无限悲忧地对文娟说想要一个孩子一个家。在一个女人的一生中，只有走了这两步才是一个完整的女人。

文娟天真地说：“我们以后可以领养一个。”

絮子摇着头，让这个生日充满了分道扬镳的序曲。

文娟病了，瘦得只剩下一堆皮包骨。感冒发烧接踵而至。祸不单行，就在文娟整日魂不附体、躺在床上愁苦揪心时，絮子意外地参加了一次相亲，认识了阿昌。那天絮子回来时眉头是疏开的。文娟吃女人的醋，但从不吃阿昌的醋。阿昌微胖，中等身材，为人和善，笑起来像只加菲猫。絮子评价他，他不帅，但有安全感。文娟心里清楚，她们这样的人看男人是不看长相的，再帅也没感觉。

絮子陪阿昌约会的日子里，文娟总在缠着当电灯泡，嘴里笑笑地说：“我给你把把关吗？”心里却碎得惶惶不安。

她亲眼见证絮子和阿昌恋爱的过程，从有一点点的小苗头，到两人初步确定关系，那时阿昌连絮子的手都没牵过，就答应结婚的事。

每次都是絮子主动去亲近他，他才敢拥抱一下。絮子像安慰可怜的孩子般对他说："我迟早是你的人，你不必这么拘谨。"文娟在背地里说阿昌是个闷骚包，哪个男人不花，他这辈子也没想到会有鲜花摔在他那堆臭牛粪上，没钱没车的。

文娟说起阿昌的不好，絮子反驳说："他人好。"文娟酸酸地嘲笑："还没嫁过去就胳膊肘往外拐呀。"在她心里，絮子是她的人，她和絮子才是最亲的人，充其量阿昌只是一个龙套。连絮子和阿昌拍大头贴，她都要插在他们二人之间做个鬼脸，总要表现出大大咧咧开心的样子。阿昌也很喜欢她，将她当小妹妹，买礼物给絮子买两份，给文娟一份。文娟玩笑地对阿昌说："如果哪天你娶絮子，我给你当小老婆怎么样？"虽然这是句玩笑，可是她心里却有这样荒唐的幻想，只要能跟絮子在一起，什么事她都愿意做。

五月，絮子准备婚礼忙忙碌碌，文娟跟着一起挑选新房家具，还装成经验丰富地说起自己的第一次爱情，说起那个背叛她的男人对房子的装修。文娟试探做最后一次开导的问她："你真的愿意跟一个不爱的人生活一辈子吗？一辈子很长，那种折磨我一个月也受不了，要不然我早结婚了。"

絮子微微笑，摸着红漆嫁妆脸上浅露幸福。

文娟想到如果絮子真的结婚了，她就离开这座城市，不去参加她的婚礼。世上哪有这么大方的女人，看着自己心爱的人跟别人结婚，还要送上真诚的祝福。女人都是小心眼。

可就在絮子婚期定下来时，她却鬼使神差急切地要求当伴娘。絮子摸着她的脸心疼地说："你不会发烧了吧？"

以前难受时，会搂着絮子哭，那刻她却无比的坚强，满脸嘻哈大笑说："我要亲手将你交付出去才放心，要看到他对你好，我才死心。"

文娟买了套昂贵的鹅绒被褥给絮子当贺礼，调侃地说："你说如果我们三个人结婚，阿昌会不会愿意？这么美的差事便宜他。我们生一堆孩子，我给你们当丫环好不好？你们一回家就给你们端茶倒水，帮你们捶背。"

絮子的眼泪慢慢浸透粉底，像个花脸女鬼。从那天起就从文娟的房子里搬出去了，漂亮的衣服都留给了文娟，一样东西都没带走。文娟躺在床上，总觉



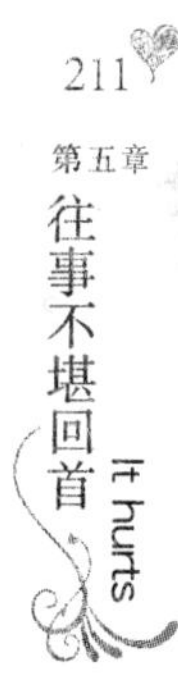

得晚上絮子还会回来。睡眠断断续续，一夜要醒三四次，翻过身却不见絮子。一根一根地抽烟，到黎明，眼睛肿成一缝，声音沙哑，早上还要拖着沉重的躯壳去上班。中午跟絮子通个电话，听听她的声音，问问她阿昌是否欺负她？

日记原文：

我抱着最后一丝希望挽着她的手走进礼堂，以为会像电视里一样，在交换戒指时，她会突然想通了，疯子一般地跑出去：我不要结婚。

我就追上去抱住她，不论生死，我都陪她走完这一生。

现实总没有想象的那么富有戏剧性。晚上我梦见我的新娘跑向我，一起去私奔，那是多么浪漫的事。

在亲朋好友的祝福声中，我看见阿昌轻轻地吻着她的唇时，她的脸泛着红色，羞涩是装不出来的，那是心动。或许她原本就不是我这种人，或许我也不是呢？

……

絮子婚后第二天便跟阿昌去蜜月了，关了手机，断了联系。

她曾经以为絮子是个无可救药的女人，没想到絮子走向了主流，却把她留在了深渊。

一个月后，文娟再见到絮子时，絮子就像换了一个人，酒也戒了烟也戒了。这些都可都是当初絮子教给文娟的。文娟一个人去了那间拉拉酒吧，陪着以前的姐妹们一起沉醉。她也可以夜晚亲吻，天亮分手，但这样不能让她快乐。当爱上一个人时，不仅仅是性，还有信任感动坚守。

为了见絮子，她经常带着菜去给她们烧饭，阿昌总是客客气气热情地款待她，可絮子的表情却变得冷淡，不再有当初那么真诚的眼神。

文娟辞了工作，回到了家，试着去遗忘，试着去恋爱，听着父母的劝言一次一次的相亲，女人没了自信，魅力就打了折扣。

最后一次忍不住思念去看絮子时，絮子已经怀了宝宝，挺着微起的小肚子一脸阳光地对文娟微笑。文娟知道这个女人再也不会回到她身边了，永远也不会折完那九百九十九朵玫瑰。女人一旦有了孩子，就有了牵绊，何况阿昌对她那么疼爱，什么事都依着她。

文娟删除了关于絮子的一切离开了这座城市。她忍着泪水发誓再也不去碰，她瞩目街上的男人，心如止水。只要有男人愿意娶她，她也会像絮子一样结婚，生个孩子，过完这一生，她可以把这种爱释放到血脉身上。

又过完了一年的生日，家人的催促，朋友的对照，连旧友聚会都不敢参加。亲人问起，每每总是哑口无言，她终于知道年龄跟世俗有关。年龄不是你的生命，是你在别人眼中该有的样子、该做的事。

在痛苦中过了几年，时间飞快。她尝试着在各处寻找自己的天堂。

文娟来到新的城市，举目无亲，在同事们眼里她的性格孤僻清高。越是这样的女人，越是有自以为是的男人喜欢去征服去尝试。很多中年妇女对她恶语中伤，有人说她是狐狸精，有人说她不正经。

每晚像游魂一样在街上转悠，在酒吧里坐坐。有一次在公交车站的走廊里躲雨便遇上了赵有才，那天心血来潮，突然对面前这个男人产生了好奇。她喜欢高高在上玩弄男人于股掌的感觉，以此来嘲笑这个世界，没有哪个男人不喜欢艳遇。再真诚的爱情也经不起诱惑。

她从来不在公司里与同事打闹，越熟悉越厌倦。陌生人还能激起一点新鲜感。

文娟将伞移到赵有才头上时，赵有才微微一笑，笑得很坏，一个男人哪怕你隐藏得再严肃，笑起来的时候嘴角的表情是掩饰不了内心的。文娟蔑视地看着远方，看吧，把他乐的，男人都是一路货色，絮子也不会幸福。

她紧跟着赵有才去了他的居宿，原本以为他会留她过夜。一个陌生女人与男人单独相处，男人总会暴露出他们的本性。那晚的赵有才畏畏缩缩，像对她不感兴趣，又像惧怕着什么。

她以为赵有才也是边缘人，搬过去才发现这是头狼。赵有才没有回来时，她装作生气，装作吃醋，慢慢的觉得自己变得像个小女人。每次故意耍完小性子后，看着赵有才失意的表情，心里会有小小的喜悦，只是喜悦，从来没有过心动渴望。有一天赵有才突然兴奋地跑回来对她提“神交”这件事。她很开心，柏拉图的精神恋爱是她唯一的救赎。那天她激动得想告诉赵有才她的身份，晚上接到父母的催促电话。那天她甚至跟赵有才规划未来，以后我们可以生个孩子，每月两次房事。太多了她会觉得恶心，而且还要在醉酒的情况下她才能接受。

赵有才像有很多女人，吃饭时也能接到女人的电话，但赵有才从没因为这些而怠慢她，至少他比絮子讲义气。有天赵有才带她去参加金妮的婚礼，聪明的文娟一眼就看出了他们之间的那点猫腻。

赵有才说这社会人与人之间的关系很复杂也很乱，比肚脐下三寸的毛还要乱。文娟喷笑了一句，突然有点想跟这个男人结婚。

4

文娟日记的末页上写着：我原本以为可以删除过去，但我发现只能删除未来，悲在其中。

看完她的日记后，我打电话向公司请了三天病假。所有疑虑愤怒都找到了答案和归处，却不尽人意、苍白无力。

我靠在文娟床上，睡到中午十二点，公司的同事给我打来电话，问我在哪个医院，纷纷要来看我。我声音沙哑地笑了两声谢过，关了机。

晚上我打电话约徐风出来喝酒。他满面春风地坐在沙发里对我招手。最近他和汪明斗志昂扬，磨刀擦枪，整日腻在一起讨论着以后如何扩充海外市场。我对他们嗤之以鼻。我在想是不是所有的创业团队在起步时都这么激奋和不知天高地厚？

徐风笑声朗朗地问："赵总又有什么不开心的事，愁眉苦脸的。"我点了支烟说："文娟走了。"

徐风端起一杯酒呵呵大笑，幸灾乐祸地戏谑道："你技术不行吧。"我苦笑了一声："不涉及技术。"

舞池里散布着各种妖艳的女子，与擦肩而过的男人借火调笑，互相勾引，人间繁乱。我看着出口处的一个女子发呆，那背影与文娟如同一个模子里刻出来的，她侧过脸时，像瞟到我这边，我没细看清楚，匆忙追过去时，她与几个女人拥簇着，到门口已经看不见了。徐风一杯酒还含在嘴里，紧随在我后面打着嗝问："怎么回事呀？"

我说我好像看到文娟了。我怀疑她没有回老家，还留在这个城市，又回到了以前的生活，醉生梦死。

徐风将我从清风冰凉的门口拉回喧哗的酒吧。他说："你真的病了，相思病晚期没得救了。病入膏肓，已经出现幻觉了。"

我从没像这么慌乱过。徐风说："文娟是我见过女人中最适合你的一个，你小子没把握住，是你命不好，没福气。"我说不是我的问题，是她的问题。

徐风冷笑一声："你最大的缺点就是从来不去反省。"我说文娟是个拉拉。

徐风竖起耳朵凑近我问："什么？""她喜欢女人。"

徐风愣了半天没说出一句话，满脸惊诧。

连我自己都感觉这像个晴天霹雳，不可置信。虽然这样的人群在城市里屡见不鲜，但我从没预感会与我有关。

我在酒吧里看到女人们拥抱接吻时会在旁边吹口哨起哄，我认为那只是女人们耍酷或引诱的一种表现。

徐风正襟危坐，严肃地板着脸问我是怎么想的。我问信任和感动算不算爱情？徐风说信任是最崇高的一种感情。感动一定是因为有爱。我说文娟很想结婚，我想成全她。

徐风给我打了个比方，如果没有汽油，给你一辆世上最豪华的汽车，也只是个累赘，你不可能推它回去。爱情可以当作珍藏品，但这是生活，生活很现实，一辈子那么长，你保证你能坚守一辈子？

看他那么正经，比我还认真，我忽然想笑。我说跟同性恋结婚的好处很多，至少这辈子不可能再戴绿帽子了。她要高兴带个女人回来睡觉，我也不会吃醋。

徐风说："从你这句话就足以充分证明你是一个追求肉体的人，如果你在乎她的灵魂归属你就不会是这样的想法。这不是爱，这是怜悯。"

午夜出了酒吧，徐风站在夜阑人静的街口双手插兜哈着酒气问我还想不想喝？我摇着头叹气说："累。"

徐风说这两年我们很少聚在一起宿醉了。徐风诡异地说："去洗浴中心怎么样？"我还记得第一次跟他去洗浴中心时的情景。那是我们快临近毕业的时候，为了庆祝解脱，我们一人口袋里揣了一千块钱不知天高地厚跑去外地旅游。在火车上他说咱们晚上睡网吧，白天啃馒头，无论如何也要撑一个星期。出站后，四处的人流涌动，让我们想入非非，装成少爷模样四处拍照。第一天过得很简朴，去永和豆浆店吃了两份牛肉烩饭，一直撑到晚上，背着大包躺在网吧大厅里打游戏，将就过了一夜。清晨时精神恍惚，太阳一照，人显得越发无朝气。我问徐风到底是来旅游的还是来受罪的？他一气之下，中午找了间稍微高级点的餐厅，去里面吃牛排吃比萨，挥着刀叉说："这就是咱们以后的生活。"那顿饭吃得我紧张，肚子算填饱了一半，我们用刀叉手法生疏滑稽百出地切着牛排。结账时花了近两百块。在里面眯了一小会出了门沿街瞎逛，到了晚上他说今晚咱们要挥霍一下，我一数口袋，还有六百块，还要留车票回去，怎么挥霍？

他豪气地说咱们是来旅游的，不是来流浪的，今晚最少也要住个三星的酒店。非拖着我往一家大型酒店里走，我慢吞吞地跟在他身后气都不敢喘。他走进前台问服务员标间多少钱？人家眉也不扬一下说：“最便宜的880。”我们身上的钱加在一起连押金都不够付。我还能想起当时自己怯懦的神情，拉着他的衣角头也不回地往外走，满脸通红。他骂骂咧咧说：“他妈的抢钱呀。”

无形中被人损得一败涂地，他安慰我说请我去洗浴中心洗桑拿，一定不会让我失望。我们一进去就在池子里打闹欢呼，往对方身上泼水。他晚上经常去地摊吃烧烤，不知道吃了什么过敏，肚脐眼上一块红红的斑点，我嘲笑他说是梅毒。他害羞地双手遮着不让我看。

我怀着神秘的向往，跟他在身后一言不发。他开了间包房，叫了两个“小姐”来帮我们做古法按摩。我以为像放电影一样，前奏高潮和结尾。我焦虑的等待着，任“小姐”的手在额间轻抚，心中盘算着那点钱到底够不够？还在做着强烈的思想斗争，第一次给“小姐”是不是太亏了？我瞟了眼旁边的徐风，他像一点也不着急，正在跟“小姐”打赌说笑。他认真地说：“你信不信，我手不碰到你的衣服，就能摸到你胸部？”“小姐”撇着嘴摇头笑道：“不信。”

他神经兮兮地往手中吹了一口气说：“你敢不敢试试？”

“小姐”说：“你输了怎么办？”

徐风说：“输了我给你一百块钱。”

“小姐”说好啊。正在帮我按头的“小姐”和我一样，双目瞪着他，期待着他表演。认识他那么长时间，还从来没听说过他会这种魔术。只见他将手轻轻地贴在“小姐”胸部一副无比享受的样子说：“我输了。”

我在旁边大笑。“小姐”镇定地盯着他说：“输了可是要付钱的。”结果他就被“小姐”带进了另一间房，留下我一人做着那无聊的古法按摩。“小姐”按完我的脚掌后说时间到了，站起来微笑而去。那一夜我失望极了。脑中幻想了若干个徐风和另一个女人的版本。一个小时后他才回房，我问他详情，他说钱不够，就做了一个油压。我问什么是油压？他不耐烦地说：“你自己去试试不就知道了？”倒下头一觉到天亮。

醒来后去洗澡刷牙，在大厅里狼吞虎咽地吃自助餐，徐风说这可能是我们在此地最后一顿饭了。穿了衣服去结账时，整整800块。他妈的，还不如去住星级标间。

出了洗浴中心直奔火车站，买了票往回赶。

现在我已明白什么是油压，什么是胸推。可这些又有什么意义？我从未停止过对女人的好奇，生活总在某个时刻让我一头雾水。

说起往事，徐风总是内疚。他第一次当上经理时问我："想去住星级酒店吗？我请客。"我说还是去洗浴中心吧。生活还是一如既往，每个地方都有那么一个爱说笑的做古法按摩的女子，总有那么一个游戏。那夜徐风又带着我去洗浴中心。我问他："那么多女人，为什么还要嫖？"他反问我："家里有饭吃，为什么还要去饭店？"

我哑然地给他扔了支烟。抽完烟他按了下铃，随着服务员的牵引走到了另一间房。我躺在白净的床单上，看见电视里柔弱的女子颤颤一笑，让我又想起了那张温柔的脸。

5

几日来，不是陪徐风喝酒就是泡澡。为了给我解闷，还专门从他的部门挑选出五个漂亮的促销员晚上出来陪我唱歌，过的日子比神仙还舒服。哪怕是亲兄弟之间也少不了这一套行规，玩过拿过，就得办事。还没从浑噩中走出来，刚一到公司，就翻开电话簿四处联络，又给介绍了两桩建材生意，抹着老脸给人家当孙子生拉硬拽着才同意。这年头做的小生意就是渠道关系，如果不是握着这点交情，货发过去一辈子也讨不了钱。

望着落地窗下的人群，心中突然感到可悲，众生忙忙碌碌，包括我在内，没有理想没有抱负，如果要拍一部人生电影，我们肯定都不是主角，我们都在围绕着别人而转，完成别人下达的命令。而汪明他是主角，他会开创一部自己的历史。我伸了个懒腰，有点想辞职的意愿。

汪明一切置办妥当，徐风也将路子铺通，选定了日期全市发货。

悦民食品公司开业那天，正好是星期天。汪明和徐风都请了一大帮人来祝贺，我拨通电话就请了马东一个人，我生活中原本就没有几个朋友，也没有女人。想起安蕾以前对我说过的话，或许真的是我太自私，性格又差，脾气不好。只有文娟是唯一能够等我、包容我的女人。

马东看着这么大规模，啧啧赞叹，直骂我不地道，发生这么翻天覆地的变化，居然一直瞒着他。马东比我还要开心，唠唠叨叨有很多感慨想对我说。到了这个年纪的男人，而且是没有成功，多少都有一些人生感慨，这些感慨都趋向于哲理。

那天请大家来免费试菜，回头还给客人打包了熟食礼品。大家一致反映良好，前途无量，对我们溜须拍马，拣着恭维的词大大的捧了一番，吃完饭还不尽兴，晚上汪明请了些杂七杂八的人去唱歌。马东除了跟我亲近，其他一个都不认识。他跟汪明之间还有些隔阂。看那气派每一个都混得比他好，喝了几瓶酒有些萎靡。

以前的马东见人说人话，见鬼说鬼话，见着耗子学猫叫。现在霎时变得像只忧郁的畜生。

散场时，他拉着我陪着走段路，夜幕辉煌，马东靠在栏杆上给我递了支烟回忆若干年前我们上高中的时候，谈恋爱情节恶劣是要被开除的，我们向往大学的原因是那里可以自由恋爱。当时班上有个成绩差的家伙，班主任一直视他为眼中钉，刚好他写了封情书给英语课代表被班主任抓个现形，就那样被劝学了。我们都为他感到惋惜。

马东问我："你还记得他叫什么名字吗？"我摇摇头说："忘了，好像什么良还是伟的？"

马东抢着坚定地说："张伟良，去年过年的时候我还看到他了，孩子都两岁了。"

我嗯了一声。马东又跟我说起当时全校闻名的校花事件。校花就因为在校外陪一个男同学睡了一觉，半夜回宿舍，被门卫堵住，然后第二天被带进校长室，经过校长的逼供就招了。

还有人将他们的对话传得神乎其神。校长问："干了几次？"校花说："三次。"

经过此事后，校花和那位男同学纷纷退学。当时我们都为校花的前途担心，在我们心中不是处女的女人是绝不会的有人再要的。因为我们都是处男，必须同等。

我们踢着球，上课偷看杂书，被作业催得头疼，早上睡懒觉，用各种各样的名目写请假条骗老师。毕业时在同学录自我介绍的一栏爱好写着：打球，看书、听歌。几年后，我们都成年，所有的爱好变成了桑拿、K歌、泡吧、按摩等娱乐活动。变化如此之快，我们练习了多久？还没学会如何去爱？

白驹过隙，马东说这还没十年，他妈的现在变成什么样子了？无限怀念那年的纯洁。

骂完过了瘾，马东跑到路边小店买了两瓶啤酒和两包花生米，递给我一份说："赵老板飞黄腾达了，吃得惯吗？"

我笑了笑，搂着他的肩欢唱道："有今生，今生做兄弟，没来世，来世再想你。"

两人趁着夜色，一路拿着酒瓶吹喇叭。马东沉着地说："该做点实事了。以后有好的路子拉我一把。"

我死气沉沉地呼了口气说："人生最重要的是健康，平安。真的。有饭吃，有一个相爱的人，此生足矣。这世上有钱人很多，每个人都有烦恼，有人苦于疾病，有人苦于情感，有人苦于身体缺陷。人生本来就没有十足的完美。"年轻时不懂得这些，他们朝气蓬勃，以为永远都打不败。只有到了三十岁时，身体机能开始出现衰老的情况下，再也不会装出年少时那副无病呻吟的痛苦状，这时候的痛苦都溢于皱纹和白头发，胃病前列腺接踵而至。

城市的夜晚总像一朵败落的残花，撒着一地的锦簇，形同白昼。每次回到黑影重重的郊区，再也看不见楼上亮着的灯火，也听不见闷骚的叫声，像走进一座孤坟，沉闷死寂。

我已经有点不习惯一个人住。等了两个星期，也没有等到文娟的信息，我打电话过去时，已经是空号。

晚上做梦经常会梦到她，还是那些场景，她气嘟嘟地说："赵有才，你个下流坯子。"

我的确很想伟大一回，做个君子。偶尔一个人深夜看毛片时，觉得欢爱之事真的太龌龊，一个温文尔雅一个娇羞可爱，突然就赤膊相对，暴露互相最狰狞的一面，脸部歪曲，一身的肥肉相对。

要不是跟汪明合伙开了一公司，我简直找不到生活重心。没事以老板身份往公司里跑，听着七八十个员工对我点头哈腰，才恍悟自己是老板，那种感觉比当偶像还要爽。我要是早一点能够体验这种心情，我砸锅卖铁也要弄一公司玩玩。

自从悦民食品公司成立后，汪明那辆斯柯达就经常被徐风借去开。我问汪明那车现在是不是属于公车了？汪明大方地说："你们爱怎么开怎么开？油钱自掏。那辆破车我才不稀罕呢。等着瞧好吧，年底咱们都换奥迪。”

那天我正想借他车去练练手，又扑了个空。我骂道：“你不能老借给徐风开呀？我也是公司合伙人，我他妈一天都没开过。”

汪明说：“他开去学校了。”我问开去学校干嘛？汪明简单利索地回答：“装逼。”

我坐在汪明的办公桌上给徐风打了个电话：“你他妈快点回来，副总裁要用车。”

一个小时后，徐风将车开进公司大院，果真是装逼去了。两个青春靓亮的女孩穿着校服从车里钻出来，浑身稚气。

我惊讶地问：“你怎么带两个学生过来？”

徐风眨了眨眼给我介绍：“萧盈盈，小可。”

我对她们问道：“小妹妹，今天不上学吗？”

“今天星期六呀，大叔。”

我摸着下巴的胡子说：“我很老吗？”

“不老，不老，不超过三十岁的都能接受。”两个小女孩嘻嘻哈哈地说，“这就是你们公司呀，蛮大的。”

这已经是徐风第三次往这里带女孩了，我们做的是熟食，包括肉类和蔬菜。所以一有朋友直接带到这里开饭，比一般饭店的味道还要正。星期天我们聚在一起吹牛逼，开会内容大致是我和徐风听着汪明给我们规划公司前景，未来要朝餐饮业和酒店业发展。汪明信心十足，雄心勃勃地说兄弟齐心其利断金。

徐风将俩女孩带进楼上的包厢，然后吩咐厨师炒菜。

席间我将他拉到院子外面说：“你不能公私不分呀，我们之间可以兄弟不分，但汪明毕竟是大股东。”

“汪明才不会像你那么小心眼。不就几顿饭么？”徐风问，“那两个小姑娘怎么样？你不就喜欢清纯的吗？让你回到学生时代。”

我骂道：“清纯个屁。”忽儿想想又问道，“满十八岁了吗？”

徐风奸笑一声大脚踹我屁股上：“假正经。”

我问徐风是怎么跟她们勾搭上的？徐风说网上认识的。我说你不觉得无耻吗？跟中学生抢妞。他说：“你还记得我们念大学的时候，那帮老王八蛋子天天打着招聘的旗号到学校去招经理助理吗？开着车在学校门口等美女，成圈的上。操他妈的，谁跟我们客气过。风水轮流转，你也不用替中学生担心，他们到了年龄说不定比咱们还不讲道义。”

跟小女孩在一起，总感觉自己也跟着年轻了几岁。话题变得轻松，世界观也变得童真。席间我对萧盈盈和小可说：“你们离徐风远点，他可不是什么好人。”

萧盈盈笑道：“我们也不是好人呀，正好臭味相投，今天找到组织了。”小可伸手问我要了根烟，改称赵哥了。两个女孩说哥，晚上一起唱歌去。

饭后我拿了车钥匙。徐风问我去干嘛？我说去古镇。徐风说：“这世上俗人很多，你他妈俗得可耻而且没品位，你想要就自己去争取吧，别在那里祈天求神或者要依靠别人。烧香拜佛那一套在城市里行不通。”

6

下班前地主婆闯进我办公室跟我大吵了一架，说我过河拆桥。女人有时候怒发冲冠只想听一句解释。但我没给。我平平淡淡地点了支烟，坐在椅子上纹丝不动。我找汪明借车来才开了三天，她就眼红，在经理那里打我小报告，说我在一建工程里捞了钱，还数落出一大堆的数据。这正是经理最渴望出现的局面，就盼着我俩之间矛盾冲突形成互制作用。

经理对我翻了一天的白眼。我也没主动凑上去澄清。下午经理召集开会，提出几个新项目的方案让大家表决。我将地主婆的意见一一推翻，指出四五处纰漏，气得她眼冒血光，如斗牛。

地主婆说我忘恩负义，说我刚进公司时天天迟到，要不是没有她的栽培，也不会有今天的我。

我看了下时间说：“该下班了。”起身抖了抖衣服摔门而去，老子最讨厌这种扶我上马，又在背后放我冷箭的人。想拿我当卒子使，去他妈的。

在停车场取了车就接到小可打来的电话，让我去接她放学。上次徐风硬将小可和萧盈盈塞进我车里，带着她们一起去古镇，跑了一趟花了老子两千多，看着喜欢的物件，发着嗲往我身上蹭说赵哥我喜欢这个、我要那个，将老子当凯子。心情没好，反而越来越心痛。

晚上带她们去吃饭，两人发着花疯说要喝酒。一口气叫了五瓶，全部打开，还以为她们多能喝，结果一人只尝了一小口，说都是叫给我喝的。我说要开车，不方便。

饭后萧盈盈说要去唱歌，小可说要去找酒店，先住下再说。我想起以前跟文娟在一起的时候，剩饭不忍心倒掉，去外面吃饭总只点三四个家常菜，总为我着想，不愿花太多的钱。

我板着脸严肃地说："我送你们回去吧，在外面过夜，你们父母会担心的。"两人撅着小嘴闷闷不乐摔着车门，坐上去就不说话。

夜幕升起，车窗上凝结着一层雾气，手脚有些麻木，或许是两个小女孩陪在身边，让我感觉不那么寒冷。

将她们送到小区里，小可要了我的电话，下车时笑嘻嘻地给了我一个飞吻，说赵哥真是大好人。过后每晚都打我电话让我陪她去唱歌，我本不想去，她撒着娇说我不讲义气，我一时就妥协了。心里也堵得慌，打文娟的电话每次都打不通。总是一股无所事事，不知所以的感觉。

去那里才发现她叫了一帮同学，其中有一个小毛孩子好像是她男朋友，看着我的眼神醋意横生，她们又吃又喝又唱将我拉来买单，在他们眼中倒成了老混蛋了，我虽算不上一把年纪，却突然成了一个中学生的情敌，颜面无光。而凭我睿智的判断小可正在跟那小毛头闹矛盾，将我拉来充面子。那天我一肚子的气，散场后给了小可五十块，我说有事，让她自己打车回去。

小可年龄虽小，却很机灵，晚上给我发信息跟我攀交情，装可爱。

小可在电话里说要请我吃饭。我说一个小丫头片子，你能请我吃什么？她发着咩咩的声音说："请你吃水饺。"

我说我可没工夫陪你睡觉，公司加班，你找徐哥吧。小可气嘟嘟喊着："别挂，别挂。"

我将车开到徐风超市的楼下，一个电话将他叫下来。他穿着一件棉衣，胸口挂着一大工作牌，腰间别个对讲机冷飕飕地跑下来说："今天值班，可没空陪你喝酒。"

我指着楼下的肯德基说："去那里坐坐。"

他一看表："20分钟呀，一会要上去。"

我叫道："那两个小女孩是不是被你给睡了，你自己制服不了，硬将这茬推给我？"

徐风说："你他妈真是狗咬吕洞宾不识好人心。你说哪次有新货我没介绍给你？"

我骂道："玩也有个度，跟你们公司促销员一样，各取所需，玩玩就算了。这都是帮小孩子，出了事谁负责，人家家长找上门，你逃得了吗？再说了我他妈不喜欢小孩子。"

"你又不想结婚，又想谈点爱情，这不正中你意吗？人家小姑娘有的是时间陪你耗，你想写情书就写情书，又不要你买钻戒，又不要你买房子。吃几顿饭就把你小气成这样。"

"老子一大男人，被她们耍得团团转，像她们司机一样。我都怀疑到底是谁在玩谁？"

徐风摆摆手说："好……好，以后有西施貂蝉我也不介绍给你。"他啧啧地叹惜，"两个水灵灵的姑娘，细皮嫩肉的。"

走的时候徐风还在后面哈哈大笑，像是笑我的狼狈。

我沿着公路漫无目的开了三公里，停在路边的人行道上，坐在上面抽了支烟，才六点钟，夜色已如烧焦的煤炭。不知道该找谁出来喝两杯？我已经不想回我那个家，很多天没有打扫，杂乱不堪。我想这世上某个角落或许正有很多人像我一样，浮躁痛苦，找不到出口？唯一能做的只有怀念。

我需要一群朋友，坐在热气腾腾的圆桌上围成一群，举杯欢笑，捞着各自的锅底，然后醉醺醺地回家睡觉，第二天迟到，挨地主婆一顿嗔怒关怀的小骂，然后没皮没脸地坐回自己的办公桌前，跟同事们吹嘘一番："这娘们拿我没辙。"可显然生活总是夺去我们原本该拥有的，赐予我们不想得到的。

或许我该像文娟一样去试着研究宇宙，从云朵的空隙中看过去，浩瀚无垠湛蓝的天空，延伸到整个宇宙，无限地扩大，渺小的地球住着一群渺小的人，生死无关，忧伤不明。再把这一点点的忧伤放大到一个人身位，就无足轻重了。这是她缓解痛苦的方法。

黑夜幽幽，我开着车回到家时，天空突然飘起了小雨，雨声滴滴答答像木鱼，看着这栋黑暗的屋子心烦意乱。

这种日子多一天都是煎熬。暮雨之中，寒意透彻心骨。两天后，我打电话给汪明，想将楼下的房子租出去？汪明问："你不是讨厌别人打扰你的生活吗？"

我说孤零零的冬天，一个人面对这么大的空寂承受不起。汪明说随便你吧。

我在院前贴了一张出租牌，用最廉价的房租三天内就将楼下的两间空屋租了出去。搬进来一对开商店的夫妇和一个在附近制药厂上班的小女孩。他们问水费电费怎么算？我才想起抽屉里的电费单延迟一个月没交。我说你们自己装个表吧。

下班回来，有两个人跟我打招呼，心情缓转了些。看到他们幸福充足的笑容，我想我的生活不至于比他们还难过。

星期天棋牌室老板娘打电话给我，问我怎么好长时间不去打牌？这个女人是出了名的好性格，看上去温柔贤淑，善解人意，男人玩牌，她就在一旁不言不语，偶尔一笑，那里服务也好，中午还送顿饭。

我想我总算有个地方可以去了。以后的大半个月我就沉迷在麻将桌上消磨时光，我以为这样可以转移注意力。每天听几个无事的中年男人拿老板娘开涮。

下了班就急急忙忙往那里赶，深更半夜才回去睡觉，我像个大忙人没腾出半点时间去想文娟，可每晚做梦总梦到她，像孙悟空的头箍，在脑子里挥之不去，被闹钟吵醒时，头痛万分，想要杀人。我觉得自己在睡觉中猝死的可能性很大。

我和地主婆的矛盾日益强化，每天都要吵架，以前是在我办公室吵，现在在经理办公室也吵，在开会时站起来撕破脸皮大骂。

经理说我精神状态很差，最近工作萎靡，再这样下去总监的职务别干了。我好不容易爬上来，我梦寐以求的职位，有些东西总是在得到后变得一无是处。

经理放了我几天假，让我好好休息，回来努力工作。他语重心长，拍着我的肩像在我身上寄托了很多希望。

楼下的小女孩交了一个男朋友。那天的阳光格外温暖，我看着她开心地站在男孩的自行车后座上，双手扶着他的肩一路大笑，碰见我幸福地打招呼。

我望着太阳打了个喷嚏，我想明天就去找文娟。哪怕见她一面，或者陪她逛逛街。

## 7

晚上腰间突然疼痛，一直疼到裤裆里，我想可能这段时间没有运动，不是在公司里坐着就是在麻将馆坐着，犯了腰肌劳损。以前偶尔酸痛过，以为是肾虚，没有在意。我在床上躺了一会，疼痛感越来越强烈，疯狂狰狞。扶腰爬起来倒了杯茶，疼痛感突然就没了。我吁了口气，倒在床上时，又复发了，而且更加剧烈，几乎到了抓头皮蹭地面的状态。我上网查了一下病状，以为是睾丸炎症，吓得脸都白了。我打电话问马东，问他在不在医院？

他问什么事？

我痛苦的说："蛋疼。"

马东说："去你妈的，医院不治这病，这是全民族的网络疾患。"

我唉声叹气地说："老子是真的蛋疼，从腰间一直疼到下体，右边睾丸像快要被人捏碎的感觉，是不是睾丸炎呀？"

"民族症状怎么反映到你身上了？"

我说是呀，整个民族的疾苦让我一个人承担，你说能不疼吗？

"都这时候你还有心情耍贫，看来病得不重嘛。"马东笑哈哈的再询问了一遍我的病症，然后断言，"大概是结石吧，石头活动了，你赶快来医院吧，估计撑不过今晚。"

我急匆匆地开着车去了附属医院，一帮警察和一群看热闹的人拥簇着一个浑身血迹衣着狼藉戴着手铐脚镣头部包着白纱布的亡命之徒从医院里出来。犯人上警车时依然满面春风地笑着对警察说："能不能轻点？"

围观者从那沉重脚镣判断说这个人不是死刑也是死缓。

我停好车走进急诊科，我想生活还是很美好的，至少还拥有自由。

挂号的时候，护士问我什么情况？我沉着地说："蛋疼。"她抬头冷静地看了我一眼，给了我一张卡。"18块5，外科。"

马东穿着白大褂正从电梯里走出来，热情地奔过来打着招呼说正好值夜班。他在我腰间捏了捏："这里痛不痛？"

我说刚才挺疼的，这会又好了。他蹲下，一只手压在我肾脏旁，另一只手重捶下去，我尖叫一声："疼。"他站起身拍了拍手："结石，你去外科吧。"

顺着马东的指引，将信将疑去了外科诊室。医生检查了一遍，开了几张单子，让我去化尿。交钱去了二楼，护士给了我一个小塑料杯子，让我去厕所接尿。我尿了满杯，晃晃悠悠地交到她手中。几分钟后化验结果出来，正常。

医生给我开了两瓶头孢，我问医生是什么病？医生说只能往结石方面推测，明早来做一个B超。交了钱让我去输液室输液。

打电话给马东，他懒洋洋走出来看着我手上的单子说：“肯定是结石，你明天去东方医院做个碎石治疗，不超过两千块。没什么大事，喝点排石颗粒，多运动，多喝水，就排下来了。我们医院没碎石的仪器。”

我手一挥：“切，你要懂这么多，就不会整天被关在小黑屋里。”

“哥们人生被拉黑了，没办法，英雄无用武之地。但你不能否定我的才能。”

我安心地走进了电梯，度过了漫长的两个小时。盐水一滴一滴地流进我的身体，疼痛感渐渐消失，转为膀胱膨胀。几次提着盐水袋进厕所，半天憋不出尿，我打电话问马东是不是搞错药了，现在连尿都拉不出来，恨不能拿把刀子将鸡鸡割了，让水放出来。

马东说是输液的正常反映，别一惊一乍的。

输完液已经是午夜，连医院里也静得阴森。我按着手背上的针孔去找马东。我说现在真是生不如死。马东说你现在回去也睡不着，不如在这陪我聊聊天吧。

一坐下来他就滔滔不绝嘱咐我辛辣油腻的食物不能吃，不能喝酒，然后拿笔列了张单子。我说医生还没确定是结石，你他妈瞎操什么心？

他笑道：“不知好歹。老子就是医生。那帮是垃圾，没病也要给你查个几道程序才放行。”

马东嘘寒问暖，婆婆妈妈了半小时，我不耐烦地说：“我先回去了。”他嘴里哈着一口一口热气，尾随而行将我送到停车场。

回到家折腾了一夜没睡，膀胱憋涨，站在卫生间里屏住呼吸往下运气，活生生的像武侠里气至丹田的招数。尿液断断续续，酸得我身体已经无力支撑，只能蹲下来。

坐在床上看着文娟的日记熬到天明，一大早拖着疲倦的身体到医院去排队做 B 超，医院给了我一个“憋”字，去喝两瓶水再回来。

我跑到医院的小卖部一口气买了两瓶矿泉水，想吐的感觉。靠在走廊里冰冷的铁椅上眯了一会，窘态百出地睡了一个多小时。醒来时双眼模糊腹部胀痛，我想我赵有才怎么也有今天，我一向谈笑风生，潇洒得意。

我走进小黑屋时，女医生让我躺下，将裤子扒下，一扒再扒，连内裤也扒到了禁区，露出一撮龌龊的毛发，我任人宰割地闭起双眼，医生涂了一圈油乎乎的液体在我腰间，翻来覆去扫描了几分钟，给了我一把卫生纸：“擦擦。”我拿着检验单走到楼下外科诊室。医生说：“输尿管结石。”还给我画了一个详细图说明，直径1. 3厘米的石头卡在肾脏以下的输尿管里。

医生说三个月以来从来没见过这么大的石头，与马东如出一辙推荐我去东方医院做碎石治疗。

我辗转到东方医院时，已经11点多，肚子饿得咕咕响，整个胯下像淌在了水里。挂号时，我说是结石，来做碎石的。泌尿科的医院又给了我一个“憋”。我说憋了两个多小时，膀胱里全是水。

“那行。有尿就行。”医生拉开布帘子，让我躺在上面，一扒再扒，又在我腰间涂了一圈油，在腰间画了一大叉号。像屠宰场被盖章后的牲口。我被带进一间小屋，医生调试了几秒，然后让我脱去毛衣，光着肚皮躺在上面，一个黑圆棒对着我的腰部的那个叉号。便开始对我进行电击，像震山似的号响“啪，啪。”显示屏上一道道闪电从小黑点间穿过，医生解释说：“你看，打得多准。”我微微欣喜，一生中从没哪次被电击，电得这么泰然。

医生问：“受得了吗？”

我说还行。又再一次加大了强度。我咬紧牙关，电流从身体穿过，像一根银针刺穿皮囊。

房间内响声雷动，震动声不绝于耳。像山上的雷管炸石。

医生微笑地盯着我问：“受得了吗？强度再大点行不行？”

我抿着嘴唇点了下头，使劲地盯着显示器，看着闪电正在击打着我体内的病源，疼痛感就少了许多。

我从电床上下来时，医生给我开了一袋子的排石颗粒，交了钱，端着一篮子的盐水去输液室。

输液室弥漫着浓重的药品味，病人们零零散散地坐在沙发上盯着墙壁上的电视打发时间。

那天我输了五瓶盐水，浑身冰凉，嘴巴里都冒着药水味，舌头泛苦。我以为自己生命中有很多女人，每个人都对我关爱，这就是我的下场，病了都没人送饭。我也不想去麻烦谁。饿得奄奄一息，企图用沉睡来麻痹饥饿感。

被尿憋得下体胀痛，举着盐水袋上厕所，输液管里不停地回血，欲哭无泪。

夕阳落下，窗外一片灰暗。终于输完了最后一瓶水，我舒了口气，望了眼漂亮的护士。她递给我一张单子说明天继续。

我蹲在医院的厕所里辛苦地憋半个小时才压出一股尿液，稍微减少了几分


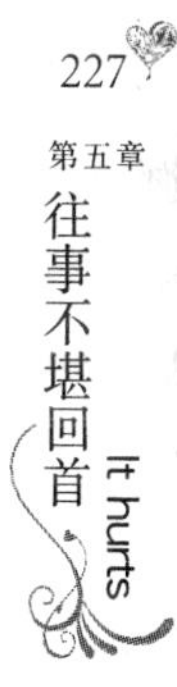

胀痛感。如果医生告诉我，我的病治不好，每天都要接受这种折磨，我一定会选择死亡。我们坚持活下来的原因是人生还有希望。

一天没抽烟，躺在车上猛吸了两口。放了首音乐，给汪明打了个电话，吩咐厨师炒几个素菜，少放点油。

汪明接到我时，颤颤巍巍地问："怎么会这样？怎么会这样呢？"我笑道："别大惊小怪的，就一点小病。"

我端着饭碗狼吞虎咽问汪明："你吃过没有？"

"跟员工一起吃过了。"汪明笑道，"我总恍惚咱们现在开的不是公司，是饭馆。"

我说下次我不来吃了，免得你说闲话。

汪明推打着我："不是那意思，我是想以后正规化，在市区租一办公楼，完善市场营销策划,发展到整个中国乃至亚洲连锁,多气派。这里就当一工厂使。"

我不懂他哪有那么多的梦想，一天一个主意，和着天天尽做美梦。我笑道："这个我不掺和，分钱的时候喊我一声就行。一切你说了算。"

汪明叹了口气说："你什么时候都活得比我轻松，我还有一大笔贷款要还，女朋友催着结婚，不愿意跟我爸妈住，又要买房。"

我笑道："我他妈一无所有，没车没房没女友，三无人员。您跟我比，那是抬举我。"

汪明冒出一句从未显露的语气说："人生，活的是态度嘛。"那时的天已黑暗，整个院子里只亮着一块硕大的广告牌——悦民食品。这块牌子照在我们的心上，照着我们的希望。

8

因为医院里的那些漂亮护士，让我每天输液不再那么枯燥。我的生活重心几乎围绕着排尿、喝药、运动，蹲在厕所里涨红了脸。

我斟酌了一夜，写了封辞职信。星期五早上递到了经理办公桌上。他一脸惊诧地看着我，咬着下嘴唇吸气。

我可不想这样苟延残喘地去工作，在公司的厕所里来回的穿梭，被得意的人耻笑。再说一天坐八个小时对我的身体也很不利。

经理犹豫地说可以给我放一个月的病假。

我可以感觉得到，他这句话说得很勉强，我最近休假的次数太多，当了总监后工作能力与以前也无明显提升。

我去意已决，与其拖泥带水不如来个干脆。体内那一股不为五斗米折腰的豪气，使我没有办法不去拒绝他的好意。我甚至无法控制自己头也不回的那种姿态。我喜欢这种狠劲，那种未知的刺激让我迷恋。

经理拍着我的肩阴森森地问："是不是找到好去处了？"

换了我我也会这么想。这是多少员工梦想的职位，曾经的我也一样垂涎三尺。就像你不明白为什么一个非常漂亮的女人得不到男人的疼爱，不明白她被抛弃的原因。所有的东西，只有等你亲自尝试，过了把瘾才知道原来不过如此。现实与理想之间的差距就像你每夜都做梦自己以后当了大老板开着法拉利在街上张狂，将自己聊天工具的在线状态改成"最近穷疯了，只能买辆 F430 开开了"。碰见漂亮女子拉开车门扔一沓钱在地上，然后很绅士地问："小姐，这钱是你掉的吗？"当你奋斗了很久后，只能开一辆三厢，它完全满足了你开车的愿望。心疲力竭，再也没有心情去幻想那些童话。你更在乎的是结果，开一辆法拉利与开三厢车所去的目的地都是一样的。

我说三个月内不打算再去找工作。经理将信将疑长长地叹息一声。

地主婆听说我要离开后，突然变得和气了。一脸十分愧疚的寡妇相说："赵有才，我错怪你了。"

我说跟你屁关系没有。能够用这么粗俗的语气与她对话，我觉得整个人顿时高大威猛起来了，像凌驾于她之下示意：这破公司，你乐意，你继续留着吧。

我甩下这个勾心斗角的工作时，心中豁然轻松。像从一块大沼泽里走出来，阳光旖旎，祥云婆娑。这次我无疑于给同事们留下了一个硬汉的形象。

辞职后过起了革命离休干部的生活，对未来茫茫然。徐风得知我离职后，骂我是变态，因为他为此断了一条关系网。他胡诌地安慰我："蚌壳里都能长珍珠，你这尿道里结这么大一石头，不是玉也是颗钻石。尿出来你就发了。哥们。"

我说："你多吃点菠菜豆腐，也能养一大钻石出来。"徐风怒作关心道："你他妈死到临头还贫，好好养病吧。"

我去医院里挂了一个星期盐水，石头还没排下来，医院也若所有忧，给我进行了第二次碎石。

那些天我就感觉自己是一大傻逼，精神世界里空无一物，想找个诉苦的人都没有。十几天后，排尿已经恢复正常。可医生已经对我放弃了，劝我开刀。

我有点惶恐不安。甚至想好了开完刀后，一定要在腰间伤疤上纹点东西。我打电话问马东，马东说别听他妈的那帮废物的话，开刀的总没有原装的好，你现在还这么年青，万一输尿管被他们弄出点毛病怎么办。再说了开完刀后，腰间一条十厘米长的刀疤，像他妈的剖腹产一样，出去后怎么混，不丢死人。你真要开，老子给你开，小手术。

我操道："去你娘的，都想拿老子当试验品练手是吧。"

马东笃定地说屁大点病，没经过风雨，多运动，注意饮食，照常性生活，该干嘛干嘛。

听了他的话顿时挺失望的。本想是大病一场，失业又失恋，然后悟出点什么，病之初愈一副老态龙钟哲人模样对他们说：孩子们呀，身体才是王道呀。

没想到他们都不拿我当事，尽我一个人在这装憔悴，连医生都不管我。

我再也不想呆在这里没皮没脸地求怜悯。也快过年了。我将车还给了汪明，回了老家，临走前汪明还一个劲地嘱咐病好了速回公司帮忙。

那个冬天我过得很温馨，没有任何压力，整天陪着家人一起吃火锅，我妈清晨就将我拉起来陪我一起跳绳。傍晚带着我一起去散步，手上捣鼓着她那破国产手机得意地问我想听什么歌？国产手机没什么特点，就是喇叭破，声音大。我说你要不是我妈，我打你的心都有。她乐呵呵地扭着我的耳朵说"你什么都好，就是脾气要改，以后娶了老婆不能动不动就打。"我嗯嗯地点头，咱不打。

以前每次都唠叨着给我相亲。问我恋爱情况。我说我跟谁都过不到一块，你也别给我介绍，我现在看谁都觉得像傻逼。

"就你一个聪明，就你是美男子。"她恨铁不成钢地说，"那你就当一辈子和尚。""当和尚就当和尚，和尚总得有人当吧。"

一路上她叨叨絮絮，说谁谁谁结婚了，生了孩子，开了公司，都是些发小，少年老成。少抽点烟，多吃水果。

我掏出一支烟衔在嘴角说："你不说我还真忘了。"

"你成心气死我是吧。"她咬牙切齿地说，"反正今年你都成这样了，就算了，明年你一定要带个姑娘回家过年。"

我说："嘿，凭什么呀，我要是找了个姑娘，人家非要我回她家过年呢，你可是赔了儿子又折兵呀，现在找一姑娘彩礼也是个大数目。"

她嘟嘟囔囔念叨："你自己看着办，别娶了媳妇忘了娘。"过了一会又转过头真诚地对我说，"随你吧，反正陪你过一辈子的人是老婆。妈妈总归是妈妈。"

我突然有点伤感，拍着她的肩说别一个人自顾自怜的，这都八字还没一撇。

"没有就去找。爱情不是等来的，你都这么大了。好的合适的都别被人抢光了。你像个垃圾桶一样，站在那里不动，等到最后别人用过的不要的，统统都塞给你。"她气汹汹的语气和那种粗俗的比喻，让我肚子笑得抽搐。我雄赳赳地说："我们赵家可不是垃圾箱，不是谁都能进的。"

我说病好了就去找，要么不找，找就找个最好的。厨艺比我还好，天天伺候着咱吃饭。她这才笑嘻嘻地平复了心情。

春节前夕，表姐打电话给我，说有才少爷回来了怎么不来看表姐？

我这辈子只有对我表姐的爱才是最真执纯洁的爱，因为我从来没想过陪她上床，或许爱真的跟性无关。20年前的夏天，我们在池塘边玩耍，怕回家挨骂，我光着屁股下去玩水，让她帮我看衣服。我被荷叶割得一身红刮痕，摘了两片荷叶送给她一顶，我倒扣在头上说长大了要当官，然后娶她。想起那时，真浪漫。

表姐没有我想象中那么漂亮，看来似乎有些庸丑了。或许是我美女看多了。她老得很快，皮肤也没以前白皙，额头上皱巴巴的。

原本女人都经不起岁月和等待。以貌娶人是最愚蠢的男人，因为你会心疼地看着你爱的东西一天天贬值。

表姐小家碧玉似地跟我诉冤，说最近一男的对她穷追猛打。我说那就嫁给他呗。表姐摇着头说，太恶心了，老对我动手动脚的。

表姐一直重复着那个男人的恶心举动，我想这男人太急躁，肯定有色心，没气候。我也不想跟她扯些没用的犊子，哪些是爱哪些是贪色？有些事真的很难分清，谁也没有具体的概念。

我问："性到底对生活重不重要？"毕竟她是过来人，有过婚姻经历，其实那时我想起的是我和文娟之关系。

表姐脸颊红到了脖子根说："精神空虚才可怕，肉体寂寞算不了什么。"

五个月后，我表姐嫁给了那个她口口声声说着恶心的男人，当时我跟她还坐在餐桌前喝着果汁取笑。要是他看到这个画面，心里肯定气爆了。

我知道女人的话的确不可信，没有一句靠谱的，包括我表姐，或许她真的被恶心姐夫感动了，太缺乏安全感就嫁了。也或许她是幸福的。

9

这是我过得最开心的一个春节，上午淌着温暖的阳光去看表姐，聊着童年的往事，不经意地笑起。衣食住行都是父母操办，一觉醒来什么都不用想。原来做孩子才是最幸福的。

除夕夜，陪着父亲一起点烟花，我刚点的那颗才响了三株就熄灭了。我父亲很沮丧，又不好爆粗口，说明天要去找商店。

他是一个很迷信的人。他说明年，你做什么事都当心点，不想去工作就在家里休息一年吧，反正你现在身体需要调养，你看都瘦成什么样了？

我宽慰道："三株够了，三次好运够支撑一年的。"

元宵前，我都是呆在牌桌上，日夜颠倒。我母亲嗡嗡地催着我要锻炼，说两条腿都瘦得跟猴一样，再坐下去要瘫痪了。

我的结石还没排下来。有时候有那种感觉却始终没憋出来。我很想念文娟。当我连尿都憋不出来的时候，我依然活得很开心，我想性或许对生活真不是很重要。

我做了很大的勇气，只要她愿意，我就不懊悔。

正月过后，我简单地收拾了几件衣服，急切地坐着巴士往她家赶，一路上，我还在感慨自己的爱情会是这种方式，选择的灵魂伴侣会是一个拉拉。

我不记得我跟文娟认识的具体时间，因为刚认识一个女孩时，你不会想到你们之间以后会有事情发生，会留下一些刻骨铭心的故事，所以总是忽略具体日期。但我永远记得去她家的那天，我以为自己是个救世主，伟大的程度足以震撼世人。坐了七个多小时的车，下车后到城里给她父母买了很多礼品。我本想给她一个惊喜，来之前也没打电话，兴冲冲地穿越盘山公路，踏着春天冒芽的小草走进她家门时，里面一片冷清，二老接到我时，眼神里露出一丝冷漠。我叫了声爸妈，他们兴致平平地将我让进屋，给我倒茶。我左顾右盼没看到文娟，尴尬地问了句："文娟呢？"

岳父声音哽咽地说：“走了。”眼眶湿润。

我愣头愣脑半天没反应过来。张着嘴巴像望着高空的不明物体哑然。远走他乡了？还是……

我想都不敢往下想。岳母端过一杯茶放在我手中，已经是老泪纵横。啜泣着断断续续地说：“你为什么不早点来？打你电话都打不通。”

人犯了错，最诚恳的解决方式是低头认错，最无奈的是沉默，最无耻是找借口。我不知道该怎么回应，选择了无奈的沉默。

请原谅我叫她一声岳母，她对我真的不错，还记得第一次在她家桌上陪亲戚喝酒时，她那慈祥的眼神。

我存着一丝幻想，却不敢开口询问。我不信生命会如此脆弱。

二老眼圈通红，似乎早知个中原委。突然间我成了个局外人。

我是后来从文强口中得知，我们一起坐在屋后的竹林里，看着他在竹子上歪歪斜斜刻的字：赵有才，文娟，天长地久，永远幸福快乐。

我两行热泪混着鼻涕一起流到嘴角。

文娟是在正月十七过世的，过完元宵后的第二天夜里。浴缸里放满了热水，穿着一身整洁的衣服，用刀片轻轻地划过手腕，不知道那刻有没有想起我？或许想的是絮子。

早饭时大家才发现她躺在浴缸里，水已经冰凉，散发着腥味，浓稠的血浆染红了整个身体，像一朵盛开的玫瑰。脸色卡白，手脚都已僵硬。文强跟我诉说时身体还在打抖，他从来没有看到过那么白的脸，像雪一样。

我将他的小身体搂在怀里，问他为什么会这样？我心里比他更清楚这是怎么回事，脱口而出，只想减少一些自己的负罪感。我总觉得是我断送了她的生命，在没认识我之前，她至少还是个温婉的姑娘。温香软玉，已是一堆白骨。

文强吸拉着鼻涕，胸口岔气，委屈地看着我，抿着嘴唇：“姑父……”泪如雨下。他已经说不出话，一遍又一遍地哭吼。

文娟回家后，开了一个手机网店，生意一直不太好。文强说她从来没笑过一句，心事重重，望着远方。岳父岳母总对她提起我，她却从不回答。春节时在父母的催促下又相了一次亲，无功而返。

我查到她聊天工具最后一次更新状态：请为我折支纸玫瑰！

千头万绪涌上心头。竹子上的字眼已是一片模糊，我从没涌出那么偌大的

悲伤，从小到大，这是第一次这样直接地面对生离死别。女人的爱，爱得最真诚原来是等待。

天色已晚，我让文强带我去她的墓前看看。那本是岳父为自己选的，白发人送黑发人。我能想象到他们的痛苦和对我的失望。

那块新凿的墓碑上干净的刻着几个人名，却找不到我与她相爱的证据。至死，我都不在她的生命中存在。我多么希望有一天，我们死后碑上刻着相互的名字。

文强哭哭啼啼地拉着我要回去。断黑的夜里我们从公墓里走回来，我浑身不自在，叫我如何还能安稳的站在他们面前，在这里过夜。

自从我迈进这扇门时岳父岳母双眼通红，泪水总是挂在两颊，要留我吃晚饭，给我安排床铺。我扑通一声双脚跪了下来，嘴里颤颤呜呜连句愧疚的话都说不清楚。二老嚎声大悲说孩子不怪你，不能怪你。

我从没感觉过那么难堪和不知所措。我不知道当时是用何种的语气表达出我想回去的意思。那简直像从几万米宽度的河流上过渡。等到他们将我送到村口时我才恍惚到岸了。二老强执着要我留下来，手里提着我刚拿来的礼品，要让我带回去。

我抱着他们的肩悲痛地喊了句："爸妈，回去吧。"

如果文娟在世能听到这声告别，也许明白我的心境，我对她从来没放弃过。

夜色茫茫，山风中带着窸窸声。我坐了一班公交车赶到城里，在车站旁随便找了间旅馆住下，一进房，我几乎瘫倒在床上，抱着被子嚎啕大哭。心底像个巨大的漩涡，一夜没睡。手指上带着淡淡的烟草味，嘴唇干裂。爱与性无关。

第二天清晨，身体疲倦，却怎么也合不上眼。我按着原路坐车去文娟墓碑前坐了良久。春天里的阳光温暖如炬，那块崭新的墓碑像肇事者的罪证。我拿着粉笔在她名字旁边写着：夫，赵有才。

我靠坐了一个上午，想起了她日记里的话：我本以为可以删除过去，却发现只能删除未来，悲从中来。

我想她真的爱过我，超越性之外的爱。

基督说我们每个人生下来都有罪，这世上没有哪份爱是长久的，唯有神的爱。

爱与生命同在。当一个人对爱情再没有希望时，她毅然地离去了，她才是世上爱得最真的人。没有什么事比死亡更真实，闭上眼与这个世界无关，浩瀚的宇宙里成了一堆沙土。死亡是人类的自卫本能之一，结束生命是否比绝望的等待更理智些?

如果每天都接受这样的折磨，我一定会自行了断。是因为我们能看到希望，试着去相信。自愿退出生活这场游戏的人或许再无留恋，活着的人都很坚强。生命不过一个长短，我们每个人都要走上这条路，有的人是带着失望而去，有的人带着希望和追逐活着。

回旅馆后，腹下一阵疼痛憋涨，排尿时输尿管生痛地挤出一粒黄豆大小的石头叮咚一声落入抽水马桶，尿道口带着斑斑血迹。我欣然点了支烟，窗外的夜色星星点点，这个城市依旧繁华，没人共享，不再显得那么迷人。

……

10

我没有回家，也没有回公司帮忙。成了一个背包客，从这个城市的长途车站买了最远的一张车票。如果有人再问我什么样的女孩最美，我会回答他：对爱情抱着憧憬的女孩最美。此时我又想起了文娟那张善良温柔的脸。有一次，我在一辆公交汽车上又看到了文娟，我没敢惊扰她，那时我已经五六天没有刮胡子，不修边幅。她好像老得很快，还是穿着当时的那条淡蓝色牛仔裤，整个脚背都露在外面。

五月一号，我接到表姐的电话回家参加了她的婚礼。第二次结婚没有之前那么铺张，她脸上还是洋溢着归属感。这就是女人需要的，文娟需要的，可惜我错过了。

徐风因作风问题被总部开除，喝了大半个月闷酒四处骂娘，上访无门，留在悦民食品公司帮忙。7月份正值酷暑邀着我一起去了广州倒建材，成立了风才建材贸易有限公司。公司总经理徐风，副总经理赵有才。司机赵有才，清洁工赵有才，文员赵有才。讨债徐风，保安徐风。整天开着一辆二手普桑在工地上转悠，享受着烈日的蒸腾。广州老板们都比较阔气，每次都是打电话叫我们去拿钱。他是一个伟大的梦想家，睡前都能想到几千种赚钱的路子，可惜分身无术。年底又流行了服装热，倒腾分子低价收购服装厂库存的劣质品拼命地往越南和泰国运。徐风双眼泛红地问我：“有信心没有？”

我热烈地响应：“报告，准备完毕。”

春节我又去了一次文娟家，经过一年，二老的心情渐渐舒展。竹林里那棵碗口粗的竹子上依稀可以看见赵有才文娟天长地久永远幸福快乐的字样。

我总感觉她从不曾离去，城市的每个角落里都能看到她的影子，那些对爱情执着纯真的女子，美到不可言喻。

爱与生命同在。但愿睡着的人能安宁，活着人能安康。